O CAMINHO
DOS INGLESES

Antonio Soler

O CAMINHO DOS INGLESES

Tradução de
LUÍS CARLOS CABRAL

EDITORA RECORD
RIO DE JANEIRO • SÃO PAULO
2007

CIP-Brasil. Catalogação-na-fonte
Sindicato Nacional dos Editores de Livros, RJ.

S672c Soler, Antonio, 1956-
   O caminho dos ingleses / Antonio Soler; [tradução
   Luís Carlos Cabral]. – Rio de Janeiro: Record, 2007.

   Tradução de: El camino de los ingleses
   ISBN 978-85-01-07906-0

   1. Romance espanhol. I. Cabral, Luís Carlos. II.
Título.

07-3562   CDD – 863
                                     CDU – 821.134.2-3

Título original espanhol:
EL CAMINO DE LOS INGLESES

Copyright © Antonio Soler, 2004

Todos os direitos reservados. Proibida a reprodução, no todo ou em
parte, através de quaisquer meios.

Direitos exclusivos de publicação em língua portuguesa somente para o
Brasil adquiridos pela
EDITORA RECORD LTDA.
Rua Argentina 171 – Rio de Janeiro, RJ – 20921-380 – Tel.: 2585-2000
que se reserva a propriedade literária desta tradução

Impresso no Brasil

ISBN 978-85-01-07906-0

PEDIDOS PELO REEMBOLSO POSTAL
Caixa Postal 23.052
Rio de Janeiro, RJ – 20922-970

EDITORA AFILIADA

*Para Carlos Cañeque,
capitão da nave dos loucos.
Cadaqués e tramontana.*

*Para Félix Bayón,
o homem dos três corações.
O sacramento da amizade.*

*Estes olhos cansados que não entendem
por que as pedras afundam na água.*

ALBERTO TESÁN

Houve um verão no centro de nossas vidas. Um poeta que não escreveu nenhum verso, uma piscina de cujo trampolim pulava um anão com olhos de veludo e um homem que certa noite foi levado pelas nuvens. Os dias caíram sobre nós como árvores cansadas.

Esta é a história de Miguel Dávila e de seu rim direito. E também é a história de muitas outras pessoas — da senhorita do Capacete Cartaginês, de Amadeo Nunni, o Babirrussa,[1] ou de Paco Frontão e aquele carro morango com creme em que ele passeava quando seu pai estava na prisão. E também é minha própria história. Ao recordar aquele tempo, ressuscito uma parte de mim mesmo. Como um velho paisagista que, ao pintar os rios, as folhas das árvores e o azul das montanhas que tem diante dele, desenhasse o contorno de seus olhos, o traço sinuoso que o tempo deixou nas rugas de sua pele. Seu auto-retrato.

---

[1] Mamífero nativo das ilhas do arquipélago malaio, de até um metro de comprimento, pêlos escassos e presas grandes que perfuram o focinho e crescem para cima e para trás. (N. do T.)

Entre todas as fotografias que tiráramos ao longo da vida, não sei qual acabaria nos definindo. Aquela que, pairando acima do tempo, diria quem fomos de verdade. Mas sei que o verão em que a história de Miguel Dávila aconteceu é a fotografia que define o que foi o germe, a verdadeira essência de nossas vidas.

Vimos Dávila voltar ao bairro na manhã de um dia claro do final de maio, quando os jasmins de dona Úrsula começavam a impregnar a rua com seu cheiro adocicado e os gatos que em outros tempos Rafi Ayala teria esfolado vivos miavam com o desespero do cio. Dávila tinha a mesma figura delgada e altiva de sempre, embora nas costas, sob a camisa branca e um pouco amarrotada, carregasse uma cicatriz de 54 pontos em forma de meia-lua. Todo mundo conhecia Dávila como Miguelito. Depois da operação que sofrera naquela primavera, também passou a ser conhecido como Miguelito, o Poeta ou, simplesmente, Dávila, o Louco. Trazia debaixo do braço um livro grosso e com as bordas das páginas um pouco encrespadas. O símbolo de sua desgraça.

— Colocaram meu rim em uma bandeja e depois uma enfermeira gorda atirou-o em uma cubeta com papéis sujos, luvas de borracha e caixas vazias de seringa — foi a primeira coisa que Dávila comentou no salão recreativo Ulibarri, com um sorriso depreciativo e o orgulho de sua ferida clareando um pouco a cor parda de seus olhos. O Babirrussa foi o primeiro de seus amigos a vê-lo. Ao chegar ao salão recreativo, sentou-se na geladeira de refrigerantes para observá-lo de longe enquanto Dávila contava ao Carne, a Milagritos Doce e ao mestre Antúnez a aventura de sua operação.

O Babirrussa era pequeno, tinha cara de malaio ou de chinês e um penteado de franciscano ou algo assim, com a franja espetada e as costeletas recortadas quase acima das orelhas. Suas pernas pendiam ao longo do refrigerador vermelho sem alcançar o chão, e ele batia suave e repetidamente com o salto de seu sapato direito no segundo "o" da palavra Coca-Cola.

— Uma enfermeira gorda e morena, uma galinha choca que me dava de comer, me lavava as mãos e o pinto quando eu não podia me mexer e depois jogou meu rim na lata de lixo como quem joga cascas de batatas. Foi isso o que ela fez.

Nem o Babirrussa nem Avelino Moratalla tinham ido visitá-lo no hospital. "Para não parecer um maricas", disse o Babirrussa. Mas Paco Frontão apareceu uma tarde, quando circulou o boato de que Miguelito ia morrer. Nem entrou no quarto. Ficou na porta, observando-o de longe, como naquela tarde o observava o Babirrussa. A mãe de Dávila estava sentada em uma cadeira dobrando e voltando a dobrar um lencinho em suas mãos. Miguelito virou de repente a cabeça no travesseiro, olhou para Paco Frontão e fez um movimento estranho com a boca, como se quisesse rir. Mas Paco Frontão nunca teve certeza de que os olhos de seu amigo o tivessem distinguido da figura de um enfermo, da própria morte ou, inclusive, da brancura da parede.

Mas Miguel Dávila não morreu. *"Or direte dunque a quel caduto che'l suo nato è co'vivi ancor cogiunto"*, disse naquela tarde a quem o ouvia no salão Ulibarri. O Carne e Milagritos Doce ficaram mudos, e o mestre Antúnez — magro como uma caveira, com o cabelo grisalho penteado para trás — disse, encrespando até o insólito todas as rugas da testa:

— O quê?
Dávila respondeu depressa:
— Direis agora àquela sombra que seu filho entre os vivos ainda tem morada.

E se levantou do banco em que estava sentado, deixando o Carne, Milagritos Doce e mestre Antúnez com uma expressão inocente e confusa no rosto, os três simulando que haviam finalmente compreendido o que Miguelito quisera lhes dizer antes de se virar e encaminhar-se à porta de saída. Deteve-se diante do Babirrussa. Os dois se olharam, agora sim com um sorriso aberto. E, sem dizer nada, o Babirrussa pulou da geladeira e saiu do salão recreativo Ulibarri ao lado de Miguel Dávila; a parte mais alta de sua cabeça erguida ficava um pouco abaixo do ombro do outro; seu andar de saltimbanco e os olhos de chinês ou de malaio brilhavam de orgulho por causa da cicatriz de 54 pontos em forma de meia-lua que seu amigo, regressado do reino dos mortos, tinha nas costas. O Babirrussa continha a respiração e a fala para não pedir a Miguelito que levantasse a camisa ali mesmo, no meio da rua, e lhe mostrasse de uma vez por todas aquela marca do inferno.

Naquela tarde, eu fora entregar as anotações a González Cortés no bar de seu pai. Cortés, ainda mais alto do que parecia na sala de aulas por causa daquele avental branco que quase batia nos seus tornozelos, estava em pé ao meu lado, perto de uma daquelas mesas que ficavam coladas nas janelas do bar. O Garganta se agachava para conseguir avistar sua cabeça entre as garrafas de bebidas e se pentear com muito esmero, usando o espelho que havia atrás do balcão. Usava seu terno para grandes ocasiões e uma camisa verde-esmeralda com o colarinho achatado nas lapelas do paletó preto.

González Cortés, enxugando as mãos no avental, perguntava ao Garganta se ele ainda teria outra entrevista de trabalho na rádio, e aí olhou para a rua e me disse, com o sorriso repentinamente entristecido: — Olhe. O Dávila. Diziam que ia morrer. Virei a cabeça e nós dois vimos Miguel passar no outro lado da rua. Amadeo Nunni, o Babirrussa, caminhava a seu lado. O sol da primavera iluminava as duas figuras. Dávila vestia uma camisa branca meio engomada, e o outro, pequeno e saltitante, calçava seus sapatos de feltro rabiscados com bandeiras sulistas, cruzes gamadas e caveiras de piratas. Vencedores de não se sabe que batalha distante. Mesmo assim inocentes e intrépidos.

Essa foi a primeira tarde em que Miguelito viu Luli Gigante. Já a vira tempos atrás, quando ia com seus amigos observar Rafi Ayala esfolando gatos nos muros do convento ou vê-lo enfiar a ponta de uma chave de fenda no buraco da uretra ou levantar o corpo sobre um tijolo colocado em cima do pênis esticado em uma mesa. Antes de ficar doente, também a vira algumas manhãs no caminho dos Ingleses, ela abraçada a seus livros e ele na calçada oposta, a caminho da drogaria. Mas aquela foi a primeira vez que Luli lhe dirigiu um olhar lento e um sorriso que quase não era um sorriso, tão suave que Babirrussa não o percebeu, e Miguelito, quando já avançara uns passos rua abaixo, tampouco tinha certeza do gesto.

Mas antes desse encontro fugaz, quando afastei a vista da rua, daquelas duas figuras, de Dávila e do Babirrussa, meus olhos foram parar nas manchas de água que as mãos molhadas de González Cortés tinham acabado de deixar na brancura de seu avental. E ao ver o rastro suavemente cinza da umidade no pano, senti o mesmo que se sente nas tardes de sol quando uma nuvem passa e depois a luminosidade de um dia feliz escurece.

O pai de Amadeo Nunni, o Babirrussa, desaparecera numa noite de tempestade e granizo, quase oito anos atrás. Em um primeiro momento, acreditaram que fora assassinado em um dos portais da Pelusa. Haviam encontrado um homem morto vestido com o paletó do pai de Amadeo, perfurado por 12 punhaladas e mais uma na calça, com a carteira enfiada em um bolsinho interior do paletó de brim. A mãe do Babirrussa chorava desconsolada no meio da madrugada chuvosa, enquanto ele, uma criança de apenas 9 ou 10 anos, permanecia sentado em um canto do refeitório com um pijama listrado, um uniforme de presidiário. Mantinha a escuridão de seus olhos meio asiáticos concentrada no chão, no desenho sinuoso dos ladrilhos, suas pernas não alcançavam o solo, e os dedos das mãos, curtos, amarelados pela força que faziam, apertavam a borda da cadeira. Suportava a batida irregular do granizo no teto e nas vidraças da casa e o pranto de sua mãe.

E quando o guarda municipal que levara a notícia falou da coxeira, da palmilha mais alta da bota direita e de como o pai de Amadeo fora incapaz de correr para fugir do possível assassino, a mãe parou repentinamente de chorar e o Babirrussa levantou um pouco, só alguns milímetros, a vista dos ladrilhos. Agora fitava os rodapés.

— Que bota? Que palmilha?

O granizo e a chuva pararam subitamente.

— Que palmilha? — voltou a perguntar desorientada a mãe do Babirrussa, com voz de resfriado, engolindo as lágrimas. — Que bota?

O guarda ficou olhando para os olhos esbugalhados, quase suplicantes, da mulher. Olhava também para o silêncio súbito que agora chegava da rua e das vidraças.

— A bota da perna coxa.

O Babirrussa apertava a borda da cadeira, a casa de cupins rangia surdamente. Na face de sua mãe se congelara uma expressão de espanto.

— O homem era coxo — titubeava o guarda. — Ele está com a carteira de seu marido.

O Babirrussa piscava.

— E então, o que aconteceu com meu marido? Não foi morto? — perguntou, talvez desiludida, a mãe de Amadeo Nunni. — Então, onde ele está?

Ninguém nunca soube onde o pai do Babirrussa estava. Desapareceu naquela noite como se nunca houvesse existido, como se fosse um daqueles grãos minúsculos de granizo que se derretiam assim que tocavam o chão e se fundiam para sempre com a água da chuva. "Meu pai foi um fenômeno atmosférico", repetia o Babirrussa cada vez que se referia ao progenitor. "Foi-se como aqueles sapos que são levados pelas nuvens e depois caem com a chuva em outro lugar, só que pra minha mãe ainda não choveu nada", e o Babirrussa observava o céu, sem se importar que não houvesse nenhum rastro de nuvem ou estivesse no meio de uma noite coalhada de estrelas. Seu pai estava sempre prestes a cair do céu.

Quem também resolveu desaparecer alguns meses depois foi a mãe do Babirrussa, embora tenha deixado endereço e de vez em quando lhe mandasse beijos de batom impressos numa carta. Ela não foi um fenômeno atmosférico, e se subiu ao céu foi simplesmente porque embarcou em um avião da companhia TWA rumo a Londres depois de ter passado os meses seguintes à evaporação de seu marido tentando ganhar a vida como empregada doméstica. Na capital britânica, encontrou trabalho na chapelaria de um museu, embora houvesse quem afirmasse que o único museu que ela conhecia era o de suas virilhas.

Deixou Babirrussa em Málaga aos cuidados de seu avô paterno e da cunhada Fina. "Na Inglaterra tudo é muito esquisito. Dirigem os carros ao contrário", esse foi seu principal argumento para deixar o filho em companhia de sua família política. Foi nessa época que Amadeo chegou ao bairro. Ao longo daqueles anos, o Babirrussa mal crescera. Conservava sua estatura de menino, talvez esperando que o pai voltasse e pudessem desfrutar os anos roubados da infância. Também mantinha seu ar extremamente concentrado e o olhar esquivo. A principal transformação foi em seu rosto, no leve estiramento das pálpebras cada vez mais rasgadas e no endurecimento de seu queixo, que ia se robustecendo no centro daquela cara de menino, ficando cada vez mais quadrado.

Amadeo Nunni demorou bastante tempo para ficar amigo de Miguelito Dávila, Avelino Moratalla e Paco Frontão. Passou seus primeiros anos no bairro trancado na casa de seu avô e de sua tia. Olhava para o céu e refletia sobre sua incerta orfandade, recebendo aquelas cartas de Londres nas quais ao final de três ou quatro parágrafos, sempre idênticos, dirigidos ao avô, e das mesmas seis palavras destinadas a sua cunhada, "Fininha sempre muito linda, I suppose", sua mãe escrevia, com letras maiúsculas, PARA MEU MENINO. E sobre aquelas letras estampava um beijo com batom fúcsia. "Como as putas. Grande malandra", sentenciava, invariavelmente, Fina, levantando as sobrancelhas em um gesto de desprezo teatral que deixava o Babirrussa ainda mais confuso, sempre envergonhado ao ver aquela estrias brancas e rosadas marcadas no papel, como se contemplasse uma fotografia de sua mãe despida no meio da rua.

Sua tia queria ser Lana Turner. Ser como Lana Turner quando ela era jovem e fazia filmes em preto-e-branco. É possível que esta inclinação tivesse surgido quando, ainda menina, fora escolhida entre mais de cem candidatas para fazer um anúncio de talco. Creio que todos os adolescentes do bairro aprenderam a se masturbar com Fina. Menos Rafi Ayala, que talvez o fizesse com a foto de um animal aberto de ponta a ponta ou de um desfile das SS pela Grosse Strasse de Nuremberg. Antes de terem começado a foder com a Gorda da Calha, diziam que o Babirrussa cobrava de seus colegas de escola Miguelito Dávila e Avelino Moratalla e do amigo de ambos, Paco Frontão, para permitir que se escondessem em um armário no quarto de Lana Turner e a vissem trocar de roupa. Quando, ao entrar na casa, ouviam a voz da Fina, seu coração disparava com a promessa de seus ombros nus, suas costas e o milagre de seus peitos surgindo daquela gaiola de renda que era seu sutiã. Contavam que Avelino Moratalla vendera um relógio de parede, dois rádios transistores de seu pai e uma batedeira elétrica avariada ao agiota da rua Carretería para poder ver Lana Turner se despir.

Os outros tinham de se conformar em ir à loja da tia do Babirrussa oito ou nove vezes por dia. A loja tinha um cartaz sobre a porta. O Sol Nasce Para Todos, estava escrito ali, com letras garrafais. E nós não sabíamos se aquilo era um slogan, se era o nome do estabelecimento ou se, de fato, fazia referência à própria dona e ao uso comunitário que os jovens do bairro faziam de sua beleza. Todos nós nos esquecíamos do sal e depois do pão e depois dos ovos para voltar à loja e ver Fina atrás do balcão, ensacando o arroz com um cigarro melancolicamente caído num canto da boca; seus peitos sobressaíam das blusas apertadas e das malhas de lã sintética com o mesmo bico e a mesma firmeza com que pirâmides do Egito brotam da areia do deserto; ao manejar o azeite ou fazer contas no papel áspero, desenhando aqueles números sinuosos e tão cheios de curvas como seu próprio corpo, Fina parecia estar no meio de um salão de festas de Nova York ou de Chicago, prestes a receber Gary Cooper ou Alan Ladd com um smoking branco e não aquela coleção de punheteiros e de mulheres gordas e mal penteadas que sempre a olhavam com desconfiança e receio.

No entanto, quem ela gostaria de ver entrar por aquela porta não era Allan Ladd ou Gary Cooper, mas John Davison Rockefeller. Dizia que era apaixonada por ele. Tinha um livro que contava sua vida, com umas fotos borradas e amareladas, e quando olhava para elas notávamos como, suspirando profundamente, aquelas duas pirâmides poderosas, que pareciam prestes a trilhar o caminho do céu como os sapos, os milagres ou o pai do Babirrussa, cresciam por dentro da malha sintética ou da camisa de seda falsa. "Esse sim era um homem e não o vendedor da Cola Cao", dizia, apertando contra o peito o livro meio desfolhado com aquele sujeito sorridente na capa; nós o invejávamos — não por seu dinheiro nem por seus ternos listrados, mas pela forma como Fina o abraçava e, sobretudo, pelo modo como falava dele: "Um deus. Um homem."

O vendedor da Cola Cao era um sujeito magro e nervoso,

com um bigodinho antigo delineado, que chegava num carro barulhento e um tanto desengonçado e a cada duas semanas pedia Fina em casamento. Saía sorridente do local, com a recusa da lojista enfiada no corpo, mas confiando sempre no futuro, viajando por não sei quais povoados com seu bigode reto e fino como uma linha traçada com uma esferográfica e os cachos da nuca alvoroçados pelo vento e pelo ruído de seu carro. Muito distante dos deuses.

É possível que Miguelito Dávila tenha começado a se apaixonar pelas palavras no começo de sua doença. Seus olhos ficaram maiores ou pelo menos mais luminosos. Dois faróis no centro da cor meio esverdeada que sua pele adquirira. Aqueles nomes sonoros com os quais os médicos especulavam, hipernefroma, rim ectópico, hidrofrenose, creatinina e até mesmo rim em ferradura, aplicados a sua anatomia, adquiriam uma contundência, uma harmonia que o aliviava do cansaço permanente que vinha sentindo havia meses.

Miguelito murmurava esses nomes em seu quarto, olhando-se com o tronco desnudo no espelho da cômoda. Quase orgulhoso dos mistérios que naqueles momentos estavam sendo forjados no interior de seu organismo. Chegou inclusive a escrevê-los com letras maiúsculas no caderno escolar abandonado, entre raízes quadradas e o último trabalho de ciências naturais que fizera antes de ser expulso definitivamente do colégio, há quatro ou cinco anos, e começar a trabalhar como aprendiz na drogaria de dom Matías Sierra.

É possível que estivesse se predispondo à loucura ou, talvez, como afirmaria seu médico no final daquele verão, Miguelito Dávila tivesse sido acometido por aquele tipo de psicose que afetava alguns doentes submetidos à diálise pelo fato de ver seu sangue fora do corpo, viajando pelo interior de uma máquina extravagante; ou porque, tal como ocorrera em outras ocasiões, o sangue fosse, durante seu movimento incessante pelos tubos do aparelho, arrastando partículas de metais que acabavam se alojando no cérebro e afetando a conduta do paciente. Ou talvez tudo se devesse a uma mistura de fenômenos ainda mais misteriosos. Aquilo que é conhecido vulgarmente como paixão.

De qualquer maneira, quando Miguelito Dávila saiu da sala de cirurgia, já com seu rim direito depositado em uma lata de lixo ao lado de luvas de borracha usadas e caixas vazias de seringas, e foi dividir o quarto 236 do Hospital Civil com aquele homem ao lado de quem ficou pelos 13 dias que antecederam sua morte, seu despropósito, sua paixão ou o que fosse já estava provavelmente ancorado no recanto mais profundo do seu cérebro, sem possibilidade de abandoná-lo nunca mais.

Não conversou muito com Ventura Díaz ao longo daqueles 13 dias. Deitados em suas respectivas camas, cada um navegava solitariamente pelo oceano de sua enfermidade. Mas Dávila não deixou de observar como aquele homem, que certamente conhecia seu destino, se aferrava, mais do que aos conselhos e aos incentivos dos médicos, mais do que às risadas e às palavras de sua irmã, mais até do que ao silêncio e aos olhares compridos que o jovem tímido que o visitava diariamente lhe dedicava, a um livro volumoso em cuja capa um gigante com três bocas devorava ao mesmo tempo três homens nus. Era ele que o sustentava verdadeiramente no meio do naufrágio. Era ali que estava a salvação. O que quer que aquele homem encontrasse no hipnotismo das páginas, elas o libertavam da dor e das humilhações que era obrigado a suportar a cada dia.

— Morria e era como se não estivesse morrendo. E eu, durante a noite, tomava-lhe o livro e percebia que a ferida do rim estava ficando curada. Não importava que no princípio não entendesse nada, o fato é que estava ficando curado — disse Dávila a Paco Frontão. O Babirrussa e Avelino Moratalla estavam calados no assento traseiro do Dodge. Paco Frontão, com sua cara de ancião e seus olhos afundados, o observava tão fixa e seriamente como se através das palavras de Dávila já soubesse de tudo o que estava por vir.

Na manhã em que Ventura Díaz morreu atrás de um biombo, com dois homens calados e tristes a seus pés, com sua mão direita entre as mãos do jovem tímido, com sua irmã vertendo lágrimas em silêncio e olhando a brancura do teto, Miguelito Dávila sentiu que ele também queria uma vida e uma morte como aquelas, sem o pranto estrepitoso de suas tias quando da morte de seu pai ou os olhares de ódio cruzado que testemunhara no funeral de seu avô.

O jovem tímido guardava em uma pequena maleta a roupa de Ventura Díaz, recolhia os papéis que amontoara em sua mesinha-de-cabeceira, um desenho de uma paisagem de nuvens muito altas, uns óculos através dos quais nenhum olho voltaria a olhar. Mas quando pegou o livro, o jovem percebeu como o olhar de Miguelito Dávila se prendera nele, no livro, e voltou a soltá-lo e o empurrou com a ponta dos dedos para o lado da mesinha que pertencia a Dávila.

Dante. Aquele homem, leu nas primeiras páginas do livro, quis ser Deus, mudar o tempo, a história. Ouvira seu nome no colégio. Mas aquilo era o passado, tudo que fosse anterior à operação pertencia à pré-história. Às vezes Miguelito sentia que ele mesmo fora jogado na lata metálica de lixo cirúrgico. Haviam atirado sua vida passada num triturador; a drogaria, as tardes de domingo no salão recreativo ulibarri, as tetas flácidas da Gorda da Calha.

Sabia que quando saísse do hospital tudo seria diferente. "Uma palavra é um pássaro no meio de uma página. É o infinito. Você é uma palavra no meio de uma folha em branco e pode voar até onde quiser. Voe. Voe antes que a página seja virada ou o céu escureça. Antes que se faça noite", Ventura Dias lhe dissera uma manhã, pouco antes de morrer. Não sabia com certeza o que ele pretendera dizer.

Nem sequer conseguira entender muito melhor as páginas pares do que as ímpares do livro que herdara daquele homem. Umas escritas em espanhol e outras em um idioma extravagante que depois descobriu que era uma espécie de italiano. Mas também ele, memorizando a duras penas alguns versos numa língua e noutra, como quando aprendia fórmulas de matemática sem saber o que cada símbolo significava, viu-se por cima das misérias cotidianas do hospital. E chegou até mesmo a sentir que estava tudo ao alcance da sua mão. Um bando de pássaros cruzava o horizonte da direita para a esquerda.

— Vou ser poeta — disse a Paco Frontão, com a nuca apoiada no couro sintético cor-de-rosa do carro, os olhos voltados para a frente. O sol aquecia a carroceria do automóvel. Ouviam-se cigarras por todos os lados e eles observavam o horizonte como se circulassem por uma estrada desconhecida e não estivessem ali parados no meio da esplanada do Convento.

— E isso para quê? Você acha que vai foder mais? — perguntou de trás a voz séria do Babirrussa, talvez com ciúmes da poesia.

Ao chegar a sua casa, Miguelito Dávila sentiu que queriam ressuscitar o passado e ao ver sua mãe ali, inclinada, como sempre, na pia da cozinha, iluminada pela luz nublada do pátio contíguo, como sempre cheirando a ensopados que outras pessoas iam comer, seus cabelos grisalhos presos na nuca, o resto da tintura parecendo uma parede abandonada, descascada, teve consciência de como era realmente sua própria vida. Aquela casa, a mancha de umidade ao lado da porta do banheiro, o móvel da cozinha, mais amarelo do que branco, a manta dobrada com a qual cobriam o assento rasgado da poltrona. Um círculo do inferno, pensou. Ele não era mais ele. Despediu-se de si mesmo no espelho rachado que havia sobre a cômoda de seu quarto. "Já nunca voltarei a ver-te", disse ao rosto que ali aparecia, olhando os olhos do espelho.

Foi vários dias ao salão Ulibarri, voltou a sentir o roçar suave do taco de bilhar entre seus dedos. Soube que, para alegria dos gatos da cidade, Rafi Ayala se alistara finalmente como voluntário nos pára-quedistas. Recusou um par de vezes o convite para ir ver a Gorda da Calha e numa manhã foi à drogaria visitar dom Matías Sierra. Ao ver o guarda-pó cinza, quase verde, que usara diariamente durante os últimos anos pendurado em um prego da porta do depósito, pensou que era ele quem estava pendurado ali, sua pele vazia, sem esqueleto. Observou os dentes tortos, parecidos com bêbados ziguezagueantes e cansados voltando para casa à noite, da boca de dom Matías, seus cabelos grisalhos amarelos e brancos como o móvel da cozinha de sua casa, os lábios que se abriam e se fechavam para lhe dizer que não tivesse pressa em voltar, que o importante era a saúde. "Titán Lux, Titán Lux, Titán Lux", repetia a si mesmo Dávila, olhando por cima do ombro de dom Matías para as latas que estavam na estante. "Um dia ele morrerá e essa tinta secará rapidamente dentro das latas. Como seu cérebro dentro da caveira. Como morrem os sonhos", chegou a imaginar Miguelito Dávila.

Naqueles primeiros dias também foi ao cinema, e ver como o Babirrussa atirava garrafas vazias no forno da fundição Cuevas, extasiado com as formas caprichosas que a gelatina de vidro adquiria. E, às vezes, olhando o vidro se derretendo, imaginando como as latas de Titán Lux cairiam sobre a cabeça de dom Matías Sierra até soterrá-lo, observando o deslizar bailarino das bolas de bilhar sobre o pano verde, ouvindo falar de Rafi Ayala ou das tetas de Fina, vendo, sentado no Dodge do pai de Paco Frontão, a paisagem passar, Miguelito se recordava de Luli Gigante e daquele sorriso lento que lhe dirigira quando voltara do hospital, da sua forma de andar e do cheiro que sentiu ao vê-la de longe; talvez fossem os jasmins de dona Úrsula, talvez as macieiras da horta de dom Esteban, talvez o eflúvio de gasolina e de tripas de peixe e de mar aberto que veio do porto e, depois de percorrer esquinas, praças, quilômetros de ruas, alcançou seu nariz e sua boca.

Paco Frontão tinha no topo da testa uma espécie de estopa amarela, pêlos de boneca barata ou de buceta de velha. Chamavam-no de Paco Frontão porque sua testa, além de muito grande, era quadrada como uma parede de pelota basca e muito proeminente. Os olhos eram pequenos e azuis, e o rosto tinha algo de múmia, como se Paco Frontão fosse um velho que, por cima de suas feições gastas, tivesse recebido a máscara do jovem que fora.

A família de Paco Frontão tinha muito dinheiro. Vivia em uma casa da rua Soliva, com uma pequena torre, uma piscina e um piano de cauda que ninguém sabia tocar. A casa era rodeada por uma cerca viva de ciprestes anões que o pai de Paco Frontão se encarregava de podar pessoalmente, embora na verdade o pai de Paco Frontão estivesse quase sempre na prisão. Ali a chamavam de hotel. Era o que dizia a mãe de Paco Frontão quando, protegida por todos aqueles aventais que deixavam seu corpo sem forma, levava a ele e a seus amigos que ficavam no jardim bandejas de frios. "Aproveitem agora, porque quando seu pai sair do hotel a boa vida vai acabar."

Quando o pai de Paco Frontão saía do hotel toda a vida daquela casa mudava. Embora estivéssemos na metade do curso e seu filho tivesse abandonado o Curso de Orientação Universitária pela terceira vez, queria que o Menino começasse imediatamente o curso de direito e a Menina estudasse piano de uma vez por todas. A Menina era a irmã de Paco Frontão, uma morena pálida que não parecia ser sua irmã. Belita. Paco Frontão fazia um gesto com a cabeça e Belita sumia do jardim. Ia chorar no quarto. Paco Frontão enrugava o nariz e Belita trazia mais cerveja. Levantava a palma da mão e ela se ajoelhava.

Ela era a menina dos olhos do pai de Paco Frontão, e Paco se vingava nela dos castigos ou não se sabe de que outras humilhações recebidas do pai. Quando Paco Frontão queria que sua irmã tocasse piano para ele e seus amigos, abria a boca e batia duas vezes os dentes. A Menina se levantava rapidamente, empalidecia mais ainda e diante do olhar gelado do irmão ia martelar cheia de medo as teclas, tentando reproduzir as quatro escalas que os oito ou dez professores que seu pai contratara ao sair do cárcere haviam conseguido a duras penas lhe ensinar.

O pai de Paco Frontão entrava e saía do hotel com tanta alegria e naturalidade como se fosse um hotel qualquer. Era enfiado ali por causa da Rápida, a loteria clandestina, e por assuntos de construções ou coisa assim. Quando saía, a casa de Paco Frontão se enchia de homens de terno e gravata, e carros luxuosos estacionavam pelos arredores da cerca dos ciprestes. Era gente que aparecia nos jornais, alguns nas páginas de política municipal e outros nas de notícias gerais. Nunca tiravam a gravata. Suavam no jardim enquanto o pai de Paco Frontão lia e assinava papéis à sombra de uma araucária ou discutia com eles, coçando sua barriga cheia de pêlos por cima do calção.

O melhor do pai de Paco Frontão era o Dodge, aquele carro desengonçado que mantinha mais reluzente do que quando saíra da fábrica. Pertencera ao chefe do pai de Paco Frontão quando ele trabalhara como pedreiro ou talvez soldador na construção civil. No momento em que começou a prosperar, a primeira coisa que fez foi procurar aquele seu chefe e interrogá-lo sobre o paradeiro do Dodge. O pai foi a Valência, procurou o automóvel e o comprou. Tinha certeza de que tudo mudaria definitivamente com aquele carro. Sabia disso desde a época em que, na obra, trepado em um andaime, virando cimento ou camuflado atrás da máscara de soldador, via o patrão chegar e dizia a si mesmo que, se tivesse aquele carro, a vida seria diferente.

Agora, ao passar ao lado do veículo, o pai de Paco Frontão se inclinava para examinar a careca no retrovisor externo e depois, molhando o dedo com saliva, passava-o na borda metálica do espelho, que também refletia suas feições, embora as ampliasse, esticando-as como o calor esticava as garrafas que o Babirrussa jogava na fundição Cuevas até transformá-las em gelatina. Às vezes o pai de Paco Frontão se ajoelhava para bafejar nas calotas do Dodge. Não importava que na noite anterior uma de suas amantes houvesse se agachado na beira de uma valeta para urinar sobre aquela roda. Talvez o fizesse exatamente por isso.

Uma das diversões do Babirrussa e de Avelino Moratalla consistia em procurar pêlos púbicos entre as dobras do assento cor de morango do Dodge. Metiam os dedos nas ranhuras que havia entre o encosto e o assento e sempre encontravam alguns pêlos eriçados, além de alguma moeda. Havia pêlos de vários comprimentos e de diferentes cores. O Babirrussa não conseguia acreditar que existissem púbis louros. "Não pode ser, uma buceta loura. Devem ser pintadas como os cabelos da minha tia, como daquela vez em que ela colocou tintura na buceta porque lhe disseram que Lana Turner também a tinha amarela", dizia, observando com ar de cientista um dos pêlos.

"O que importa a cor?", perguntava Avelino Moratalla, que continuava revistando todo o carro, só parando durante alguns instantes, quando encontrava um pêlo novo e então murmurava, "Outro", antes de guardá-lo no bolso da camisa, imaginando uma aventura, um encontro sexual, um orgasmo, uma mulher em cada uma das penugens encontradas. Avelino Moratalla não se importava com a cor, só lhe interessava a quantidade. Tinha os livros escolares cheios de pêlos púbicos. "No de química tenho uma buceta inteira", dizia, olhando a capa do livro, cheia de retortas e fórmulas de ácidos e monóxidos. A fórmula da vulva", comentava com o olhar perdido naqueles sinais.

Mas é claro que a cor tinha importância. O Dodge era um arco-íris em movimento quando, em seus dias de liberdade, ao cair da noite, o pai de Paco Frontão descia pelo caminho dos Ingleses com seu automóvel carregado de mulheres enfeitadas com vestidos luminosos. Eram as amantes de dom Alfredo, que era assim que o pai de Paco Frontão se chamava, aquelas mulheres de cabelo liso ou cacheado, louro-cinza, preto-azulado, grisalho ou ruivo que sempre habitavam suas noites fora do hotel. Todo mundo no bairro, e suponho que a cidade inteira, falava das amantes de dom Alfredo. Sentados no bar do pai de González Cortés, víamos passar aquele carro alargado e branco, cor de creme. E ainda hoje, quando fecho os olhos, vejo passar diante de mim aquela esteira de vestidos verde-limão, rosa-fúcsia, amarelo, azul-turquesa, vaporosos ou apertados, lenços de seda ao vento, o batom intenso nas bocas, aquele vôo que ficava gravado em nossas retinas como uma promessa do paraíso ou um tiro do inferno.

Não sei se naquele dia Miguelito, Paco Frontão, Avelino Moratalla e o Babirrussa chegaram à piscina da Cidade Desportiva no Dodge de dom Alfredo. Era o primeiro sábado da temporada. Os quatro amigos chegaram — a camiseta curta e celeste de Miguelito, os sapatos rabiscados, calçados como chinelos, e o boné azul da Carpintaria Metálica Novales do Babirrussa, os óculos escuros e o calção longo e florido de Paco Frontão, recordação de Miami ou de Honolulu trazida por algum dos amigos de seu pai, a camiseta pólo listrada, de marinheiro frustrado, de Avelino Moratalla — e foram situar-se perto do trampolim, ali onde a grama era mais alta. Sem bolsas nem outros apetrechos de banho além dos que vestiam, salvo a toalha de rosto um pouco esfarrapada que o Babirrussa trazia enrolada no pescoço e sobre a qual se sentou como um chefe índio, olhando para todos os lados antes que Miguelito encolhesse os ombros para tirar a camiseta e exibisse à luz do mundo aquela serpente, o traço quase azul do bisturi nas suas costas.

Aquela paisagem. Os olhos verdes-azulados de María José, a Fresca, um piscar lento e a fumaça também azul do tabaco saindo de sua boca, as sobrancelhas dançando um pouco ao ver de longe a cicatriz, cinco pássaros, talvez andorinhões, voando em esquadrilha rente à água sobre as cabeças dos banhistas, sobre o gramado queimado e áspero, a amplificação arranhando a música de piano naquele alto-falante pendurado numa estaca, parecendo um boneco enforcado, a cabeça grande da Gorda da Calha emergindo da água, o verde podre e úmido de seus olhos abrindo-se junto com sua boca de lábios grossos e dentes separados, olhando com doçura as costas de Miguelito, os olhos orgulhosos do Babirrussa, o gesto desafiador de Paco Frontão escondido atrás dos óculos escuros e a barriga redonda e peluda de Avelino Moratalla.

E ali estava González Cortés, espigado e com os olhos juntos, disposto a iniciar sua aventura distante de universitário em Madri, livre do trabalho no bar de seu pai. "Sem lavar pratos, você imagina?". Ali estava Antonio Meliveo com sua cara de gângster tímido, perguntando sempre "Por quê?", por que ia para Madri, por que María José, a Fresca, tinha de ser tão gostosa e tão boba, por que havia tantas formigas naquele gramado e por que íamos viver a vida que outros queriam que vivêssemos, com seus olhos escuros, perguntando-se além do mais que objeto, que livro ou que candelabro de sua casa iria vender ao agiota da rua Carretería para pôr gasolina na moto e passar diante da Fresca e de suas amigas para voltar a convidá-la, outra vez em vão, a sair naquela noite.

E ali estava eu, dissimulando, sorrindo enquanto González Cortés me sugeria que fosse com ele a Madri, sem querer confessar a eles tampouco a mim mesmo que talvez não pudesse estudar mais, que as economias da minha mãe já haviam dado tudo o que poderiam dar e uma vez passado o verão seria eu quem teria de trabalhar em um bar ou talvez, se tivesse sorte, em uma firma de seguros, mas não por uma temporada ou para economizar dinheiro, mas sim para poder subsistir e perder-me lentamente em um túnel no qual pouco a pouco iria me diluindo. E ali, naquele dia, caminhando junto à cerca viva do fundo, "Oh, resplendor veraz do Espírito Santo", estava Luli Gigante, lenta como sempre, com um biquíni que a distância parecia de manchas vermelhas, pétalas de rosas ou talvez joaninhas de asas abertas sobre um fundo pálido, talvez branco. Frágil e um pouco desengonçada em seus movimentos, como uma girafa elegante, foi deitar-se, sozinha, sobre uma toalha, gigante como seu sobrenome, também de tons brancos e vermelhos, e dali, com aquele sorriso que nunca se soube se era irônico ou doce, perverso até a crueldade ou inocente como o vôo de uma mariposa, ficou olhando para Miguelito.

Amadeo Nunni, o Babirrussa, odiava o anão Martínez. "Ele me dá nojo, me dá um arrepio nas costas, sinto que estou fodendo minha mãe em cima de um ninho de baratas, que meu avô está metendo na boca aquele caralho marrom e longo dele, cheio de veias mortas, tenho vontade de morrer e quero que o planeta exploda", dizia o Babirrussa cada vez que via o anão. O anão Martínez era a única pessoa do planeta Terra que o Babirrussa não tinha chamado às pressas para mostrar a cicatriz de seu amigo. Por isso, quando o anão se aproximou do grupo e ficou ali na frente com as mãos apoiadas nas cadeiras, foi o Babirrussa o primeiro a lhe perguntar que merda estava olhando.

— A cicatriz de Miguelito — disse o anão com seu sorriso podre, seu minúsculo calção branco e seus músculos. Cambaio e orgulhoso. — Isso sim é que é uma tatuagem.

— Pois você já viu. Agora vá fingir que é Jesus Cristo — os olhos do Babirrussa estavam atravessados.

— Dizem que você se cagou de medo, não é, Miguelito? — o anão se empenhava em mostrar sua dentadura perfeita e em levantar o queixo para deixar sempre evidente o seu perfil de Apolo, por mais que, acima das sobrancelhas, os deuses tivessem perdido a mão e a cabeça tivesse a forma de um trapézio desenhado por alguém com parkinson.

— Vá pra porra, Branca de Neve — disse Paco Frontão do véu de seus óculos escuros, sem se alterar.

Miguelito, deitado com a boca pra baixo e com o queixo enfiado entre seus braços dobrados, olhava o manto de grama áspera que o separava da cerca viva do fundo, daqueles cabelos desmaiados que se esparramavam pelo campo de pétalas ou morangos da toalha de Luli Gigante.

— A grande piada da Espanha e do mundo, é isso que vocês são. Mais anões do que eu — disse o anão Martínez antes de se virar e, balançando-se como um brinquedo defeituoso, caminhar para a beira da piscina.

— Me dá nojo. Me dá o mesmo nojo que sentiria se comesse merda.

— Porra, Babirrussa. Cale a boca.

Amadeo Nunni se calou diante do protesto de Paco Frontão e do sorriso de Avelino Moratalla. Ficou observando como, à beira da piscina, o anão subia nos ombros do Sandálias. O Sandálias caminhava no fundo da piscina prendendo a respiração, e o anão, em pé em seus ombros, parecia caminhar sobre a superfície da água. O anão Martínez passava os invernos esperando que chegasse aquele momento, levantando pesos na solidão do Ginásio Pompéia, vendo a raquítica equipe de halterofilismo fazer sombra ao boxeador Soto Carratalá e subir pela corda, sem deixar de sonhar com ele próprio ataviado com seu diminuto calção vermelho, caminhando com seu perfil majestoso sobre as águas, como se fosse, verdadeiramente, Jesus Cristo. Em alguns dias de chuva, ia até a Cidade Desportiva para ver como as gotas caíam melancolicamente sobre a água enturvada e cheia de folhas secas da piscina.

"Um dia vou matá-lo. Vou atravessá-lo de ponta a ponta com minha lança e nunca mais ninguém vai vê-lo andar pela água ou se arrastar pelo chão", disse Amadeo Nunni, o Babirrussa, desviando os olhos do anão e olhando o céu desprovido de nuvens. Fiquei olhando para eles de longe, observando-os enquanto o Carne convidava Milagritos Doce para um sorvete no quiosque da entrada e Antonio Meliveo falava de motos com González Cortés e com Luisito Sanjuán, que os escutava com os olhos semicerrados e dando cabeçadas. Avelino Moratalla submergia na água com a lentidão dos elefantes-marinhos ou dos ursos polares, só que a penugem de seu corpo era de um negro quase azul, um musgo suave que subia do ventre até o peito e passava pelos seus ombros a caminho das costas. Como um animal, um anfíbio pesado, dava voltas sobre si mesmo dentro da água, empurrando com seu corpo volumoso as banhistas, sem ouvi-las protestar, sem ver como o novo empregado da Cidade Desportiva pedia as entradas a seus amigos e Miguelito, sem se alterar, sem ouvi-lo, continuava olhando na direção da cerca viva do fundo enquanto Paco Frontão, com seus óculos escuros, encolhia os ombros, e Amadeo Nunni, o Babirrussa, cuspia de lado, recusando-se a pagar qualquer entrada.

Depois vi os quatro descerem, entediados, indolentes, em direção ao arvoredo do frontão. O calor e a brisa levantavam um aroma de infusão rançosa da sombra dos eucaliptos. Sem sair do arvoredo, se entretiveram durante algum tempo olhando como, no meio da pista, banhados por tanto sol que pareciam irreais, quatro jogadores davam pelotaços contra a parede. No alambrado que cercava a parte alta do muro, mal pintado de verde, havia duas pequenas gralhas pousadas, o negro metálico de suas penas emitindo resplendores em código Morse. "Um dia vou comprar uma raquete", disse Paco Frontão a ninguém, e ninguém lhe respondeu. Tampouco ninguém lhe respondeu quando disse, "É melhor não comprá-la. Para quê?".

Ficaram ali em silêncio, ouvindo como as folhas dos eucaliptos tremiam acima de suas cabeças com uma sonoridade de lata. Até que o Babirrussa viu sair do corredor que havia atrás da parede do frontão um aprendiz da Ônibus Oliveros, amarrando os cordões do calção, e perguntou aos demais:

— Vamos?

— Eu não — respondeu Paco Frontão.

Miguelito alçou a vista aos pássaros detidos na tela metálica de arames soltos e apenas negou com a cabeça. "Como pombas sujeitas ao desejo", recordou para si.

— Empreste-me os óculos — o Babirrussa ficou olhando para Paco Frontão. — Nunca fodi de óculos.

Paco Frontão tirou lentamente os óculos. O Babirrussa e Avelino Moratalla se dirigiram ao corredor que havia atrás do muro e logo Miguelito e Paco Frontão começaram a voltar para a piscina, andando entre os troncos de prata pobre dos eucaliptos. "Como pombas sujeitas ao desejo, ao doce ninho com a asa alçada, vão pelo vento do querer levadas." Os versos do poeta passavam pela cabeça de Miguelito. Nem sequer deu importância ao fato de se engasgar com a recordação da página par, *Quali colombe dal disio chiamate, com l'ali alzate.* Ou *Quali colombe chiamate dal disio.* Ou, talvez, *Quali colombe dal disio.* Dentro de Miguel Dávila, talvez vindo do azul da cicatriz, subindo pelos pulmões, crescia uma erva muito terna, uma mão passava suavemente sobre aqueles talos verdes. Poeta, se dizia.

Amadeo Nunni, o Babirrussa, esperava sua vez apoiado na parede traseira do frontão; observava naquela penumbra ampliada pela sombra negra dos óculos como o dorso nu de Avelino Moratalla subia e descia, como suas costas peludas se dobravam e seu corpo inteiro se contraía, lembrando os vermes caminhando sobre o orvalho e os grumos da terra. Avelino estava fodendo o planeta Terra. O planeta gemia, a Gorda da Calha gemia e seus olhos nublados observavam o Babirrussa por cima do ombro de Avelino Moratalla. Aqueles olhos não tinham visão, eram retinas de uma morta. Todo o seu rosto estava sem nenhuma expressão. "Cadavérica", pensava o Babirrussa. Os lábios grossos entreabertos deixavam escapar de vez em quando um queixume, ar capturado em seus pulmões mortos, e seus peitos, grandes, pálidos, derramados, cambaleavam diante das investidas de Avelino. O Babirrussa se excitava com a mortalidade da Gorda da Calha, sua língua que de vez em quando saía da boca, sem vontade, para umedecer os lábios ou recolher, como um estivador das docas na noite, silencioso e solitário, a saliva que Avelino Moratalla deixava ali depositada. Luli Gigante caminhando junto à cerca viva com uma bolsa enorme de cordas cruzada sobre o peito. Seus cabelos castanhos e ondulados presos na nuca deixavam escapar uma mecha perdida sobre o pescoço. Luli Gigante se perdia com seus movimentos pesados na entrada dos VESTIÁRIOS, seguida pelo olhar de Miguelito. Os glúteos de Avelino Moratalla se contraíam até ficarem quadrados durante o orgasmo; bracejava como um pescador submarino sem oxigênio nos tubos nem nos pulmões, dobrava a cabeça e Paco Frontão caía na água, entrava nela como uma ponta de flecha, os braços estendidos, os olhos abertos entre as gotas que pingavam de suas sobrancelhas, levantando ao seu redor uma baforada de cheiro de cloro enquanto o Babirrussa, com os óculos escuros no rosto, as mandíbulas apertadas e o gorro azul com a marca da Carpintaria Metálica Novales enfiado até a metade das temporas, com seus sapatos de feltro cheios de bandeiras calçados como chinelos, se detinha diante da Gorda da Calha, pelada, tombada naquele colchonete que haviam colocado entre as folhas e o pó amarelo dos eucaliptos. Mas os mamilos da Gorda, por causa do frio do calção, estavam enrugados, desiguais, bêbados, sua cor era o roxo escuro. Gorda sorriu com seus dentes separados, e Amadeo Nunni, esperando que Avelino acabasse de sair do corredor formado pela parede do frontão e a cerca da rua, tirou devagar o calção. Na escuridão dos óculos, mal distinguiu a vulva da Gorda entre a penugem revolta do púbis quando ela, de novo com a cara borrada, de novo com as pálpebras entrefechando a vida de seus olhos, abriu os joelhos muito lentamente. Miguelito vestia sua camiseta celeste, curta, gasta. Tirava um pente do bolso traseiro do calção e se penteava cuidadosamente antes de começar a andar para os vestiários. Os peitos da Gorda da Calha estavam frios, o Babirrussa sentia sua umidade nas bochechas, e ali embaixo estava aquele calor de febre que ia se abrindo, que o manietava com uma coceira doce, a respiração dela no ouvido, na nuca de Amadeo Nunni. Eu passava a mão pelo gramado, via como o sol se quebrava na superfície da água. Os bicos gastos dos sapatos do Babirrussa se fincavam na terra, resvalavam entre as folhas caídas dos eucaliptos. A boca imensa da Gorda. "Cadavérica, cadavérica", o Babirrussa mordia o frio dos mamilos sem afastar seus olhos dos olhos ausentes dela, a boca com aquele desenho parecido com o sorriso de um boneco. Ao entrar nos vestiários, sentia-se um frio súbito, um cheiro de umidade que parecia nascer dos miasmas do silêncio. A luz e os ruídos ficavam do outro lado do mundo. O chão era cinza e estava molhado, com poças nas quais se dissolvia lentamente o tabaco das baganas. Podia se ouvir o eco dos pés nus caminhando pelo longo corredor que havia à direita. Avelino Moratalla via os jogadores de frontão como desenhos animados, o golpe seco da pelota rebatendo na parede, os gemidos atrás da cerca e o estremecimento das folhas sobre sua cabeça. Avelino Moratalla olhava suas mãos, limpava-as afastando a terra. Ela saiu detrás de uma daquelas portas de madeira azul. Soltara o cabelo e usava uma camiseta vermelha com a marca úmida do biquíni na altura dos peitos. Miguelito afastou rapidamente a vista daquelas marcas e olhou seu rosto afinado, quase oculto por aquela catarata de cabelos encaracolados. Luli Gigante se aproximava dele, primeiro, séria, depois, com um sorriso, e o Babirrussa se incorporou rapidamente, cambaleando, vendo a Gorda da Calha abrir os olhos, recuperar um sopro de vida enquanto dele, com os últimos espasmos, ainda brotava o sêmen, gotas que iam cair sobre as folhas de prata verde, sobre as pernas e os joelhos da Gorda, sobre a terra e o amarelo do colchonete, o Babirrussa em pé, como um marinheiro no meio do marulho, com um sapato fora do pé e os olhos perdidos atrás do vidro escuro dos óculos, sem respirar, enquanto o anão Martínez fazia posturas de ginasta no trampolim mais alto e havia música no alto-falante estrangulado da piscina.

— Você é amigo do Rafi — sua voz era doce e a luz de uma das janelas altas, aquelas janelas pintadas mil vezes de cinza que ficavam coladas no teto, fazia brilhar seu cabelo, agora louro, e a luz de seus olhos.

— Rafi — Dávila repetiu com um sorriso.

— Eu via vocês caminhando ao lado do muro do Convento. Você é Miguelito — encolheu um ombro, abriu o sorriso. — É assim que o chamam, não é?

— Amigo não — Miguelito se recordava das execuções de Rafi Ayala. Viu como arrancava a pele de um gato ainda vivo, aquela penugem branca e amarelada, quase alaranjada, enrugando-se enquanto o corpo ensangüentado ficava exposto e o gato torcia a cabeça. Miguelito mantinha o sorriso. — Rafi é meu conhecido.

Os dois parados frente a frente, na penumbra úmida dos vestiários. Luli pareceu a Miguelito mais alta do que quando a via a distância, quando meses atrás cruzara com ela no caminho dos Ingleses, ela com seu passo macio e os livros debaixo do braço e ele a caminho da drogaria. Sem cumprimentar-se, ela aparentando que nem sequer o via.

Luli Gigante estendeu imediatamente a mão, e Dávila, tentando fazer com que o desconcerto não perturbasse seu sorriso, apertou-a.

— Eu me chamo Luli.

— Sim — disse Miguelito enquanto pensava, "A terra em que nasci está situada na Marina onde o Pó descende", sem saber a que vinham aqueles versos que lhe cruzaram a mente, sem saber o que era o Pó nem a Marina.

Ela fez um gesto de que ia se virar. Levantou a bolsa, e os olhos de Miguelito foram pousar, desta vez com naturalidade, nas manchas molhadas do biquíni.

— Eu vou algumas vezes à tarde ao Rei Pelé e ao bar dos Álamos — ela lhe disse antes de começar a andar.

Depois vieram o olhar e o movimento do pescoço e dos ombros. E Miguelito, voltando-se muito lentamente, viu Luli Gigante sair dos vestiários, sua silhueta parada por um instante no resplendor da porta e depois devorada pela luz, quase desintegrada. E Miguelito sentiu a relva crescer dentro dele. Quase pôde ver como as raízes brancas daqueles talos desciam, se afundavam em seu corpo e se entrelaçavam em seus órgãos, formando uma rede terna. E só quando Luli Gigante desapareceu entre os banhistas e as pessoas que estavam à beira da piscina, só quando seu cabelo revolto se confundiu com as sombras do quiosque dos sorvetes Camy e as árvores do fundo, Miguelito, o Louco, sentiu as batidas do coração, fortes, redondas, golpeando-o ao lado dos pulmões, como se a vizinha do andar de cima tivesse calçado sapatos de saltos altos e começado a andar dentro de seu peito.

A Gorda e Rafi. O hálito da Gorda da Calha cheirava a gás butano. Houve gente que durante um tempo a chamou de Garrafão, mas o apelido não pegou. Todos a conhecemos quando estudava no colégio da Goleta, com seu uniforme azul e sua saia xadrez cinza, sempre solitária nos recreios, fumando em um canto do pátio. As freiras tiravam o cigarro da sua boca com um tapa e a repreendiam por aquele hábito sujo. Mas as freiras nunca a repreenderam por andar se esfregando em tudo o que se movia em volta dela. Aos 12 ou 13 anos, a Gorda da Calha começou a acumular fileiras de meninos diante de suas pernas. Devia ter alguma doença. Nunca ninguém a saciou. Mascava sem parar chicletes de menta, talvez para combater aquele hálito de gás butano que fazia todos os seus amantes virarem a cara.

Creio que várias gerações de adolescentes perderam a virgindade com ela. Agora permitem que ela saia à tarde de uma clínica psiquiátrica para ir estacionar automóveis perto da Rosaleda. Continua tendo a cabeça gorda e os olhos tristes, embora agora muita gente ande por detrás de suas retinas; com o olhar fixo em outro lugar, ela vai murmurando seus nomes como se tivesse chegado a hora de enumerar todas aquelas pessoas que alguma vez, ao longo de sua existência, se detiveram um instante entre suas pernas para festejar a vida.

Eu ouvira falar dela como uma lenda ou um boato de adolescentes. Antonio Meliveo foi quem pela primeira vez me deu dados concretos sobre sua existência. Meliveo se deitara com a Gorda em uma gruta dos arredores da Calha em um dos primeiros verões de seu furor uterino. Entre os meninos e adolescentes da Calha e seus amigos veranistas, começou a correr o rumor de sua generosidade, e quando a tarde caía iam todos com suas bicicletas ou suas sandálias empoeiradas subir a ladeira que levava àquele refúgio de desconfiados perfurado na argila onde ela, deitada sobre sacos de cimento vazios e mantas velhas, recebia seus amantes. Meninos que esperavam brincando nas matas empoeiradas com seus soldados de plástico, adolescentes solitários que fitavam o chão, grupos de revoltados que forcejavam entre risos para furar a fila ou repetir a trepada e um ou outro empregado jovem da fábrica de cimento, todos reunidos ao cair da tarde para copular com aquela menina que fumava enquanto beijavam seus peitos, introduziam em sua vagina pênis inexperientes e assustados ou simplesmente os esfregavam em seu ventre antes de sair dali, eufóricos e desafiadores, cuspindo para o lado e chamando-a de puta. Donos do mundo.

Às vezes ela perguntava pelo seu nome. Nunca cobrava, nunca quis nenhum presente de ninguém. Creio que realmente desfrutava distribuindo prazer. Quando eu me vi pela primeira vez diante dela, a Gorda abriu as pernas e pela primeira vez em minha vida vi aquela ferida aberta e me pareceu que era uma parte do corpo de outra raça, de outra espécie animal, ali incrustada, não sabia se aquela cratera que a Gorda tinha ali era uma deformação ou a compartilhava com o resto das mulheres. Perguntou-me meu nome e eu, sem saber por quê, lhe respondi: "Me chamo Antonio, como meu pai", o mesmo que dizia na infância ao fruteiro da rua Mármoles, ele sempre me perguntando como me chamava e sempre rindo com minha resposta, "Antonio, como meu pai". Mas a Gorda não riu, só dobrou o pescoço, esticou os braços para mim e disse, "Vem", e eu me aproximei daquele calor febril, daquela umidade de pântano que tinha entre as pernas, olhando sua boca e as veias verdes desenhadas em seus peitos, como os rios do mapa da Europa.

A Gorda foi uma sereia desproporcionada, uma baleia que transtornou com seus cânticos parte da nossa adolescência. Ela levou Paco Frontão, Miguelito e Avelino Moratalla a parar de espionar a Lana Turner na casa do Babirrussa. Foi na época em que iam ao Convento para ver como Rafi Ayala enforcava gatos ou, com sua cara de louco, lidava com sua própria pica como um faquir. Rafi tinha uma navalha com uma âncora dourada gravada em seu punho, olhos tão abertos como se estivesse o tempo todo se inteirando de que sua casa acabara de ser destruída pelo fogo e um tique nervoso que a cada trinta segundos levantava-lhe as sobrancelhas até a metade da testa ao mesmo tempo em que empurrava as orelhas para trás. Quando tirava do saco um dos gatos que caçara, sua expressão de louco se suavizava um pouco e um véu de doçura cobria seu olhar.

Rafi Ayala foi o primeiro amigo que Amadeo Nunni, o Babirrussa, teve quando seu pai desapareceu e ele foi enviado à casa de seu avô. Rafi gostava de uniformes e aparecia freqüentemente no colégio ou no campo de futebol com o paletó cheio de botões dourados e cordames de um vizinho que trabalhava como zelador em um hotel. Seu pai trabalhava nas Oficinas Marítimas. Nas tardes do primeiro verão do Babirrussa no bairro, os dois iam até o porto e ali, enquanto Rafi embarcava no barquinho que dava um passeio pela baía, o Babirrussa ficava perambulando pelas docas, enfiando-se nos armazéns para observar os homens carregando sacos, entrando nas tabernas de pescadores e, às vezes, desesperado, ensaiando seus golpes de caratê contra sacos de trigo.

O Babirrussa nunca subia no barco. Dizia que ficava enjoado, mas não ficava vagando sozinho pelas docas por causa da náusea do mar, e sim porque, no fundo, por mais que olhasse o céu, era assaltado pela suspeita de que seu pai talvez não tivesse desaparecido por ter sido absorvido por uma nuvem, mas sim porque estava trabalhando em um daqueles armazéns ou talvez bebendo, calado e com os olhos vazios, em uma das tabernas do porto. Pensava também que seu pai fora embora em um daqueles barcos que, com uma sirene rouca e muito triste, partiam rumo a Gênova ou Barcelona, e que talvez, um dia, estando ele ali, o veria descer com passo hesitante uma daquelas escadas. O que custaria a um daqueles viajantes ter a cara de seu pai, ser seu pai, a quem pouco a pouco foi imaginando com um sapato de salto alto e uma coxeira semelhante a do homem que haviam encontrado assassinado em um portão. O Babirrussa olhava os barcos cheios de ferrugem e sentia que estava vendo a si mesmo por dentro, como via os ossos esverdeados de seu avô naquelas radiografias que o velho ia amontoando no alto do guarda-roupa e não se cansava de examinar.

O Babirrussa nunca piscou durante as exibições de Rafi Ayala. A primeira vez que Rafi introduziu uma chave de fenda no buraco de sua uretra, o Carne sentiu um enjôo e lágrimas saltaram dos olhos de Avelino Moratalla. Também se levantava com força sobre a pica depois de colocar em cima dela um tijolo e esmagá-la com seu peso. Os outros observavam aquilo fingindo indiferença. A mesma coisa quando tirava do saco um daqueles gatos que se retorciam em suas mãos. O objetivo maior de Rafi era fazer com que os gatos, ao serem enforcados, fizessem um esquadro no instante de morrer. Abriam as patas e deixavam-nas rijas como as de um ginasta pendurado em argolas invisíveis. O riso com que Rafi acompanhava essa acrobacia dos gatos foi interrompido no dia em que Miguelito Dávila, sem levantar a voz, talvez incomodado por tanto exibicionismo ou por tanta crueldade, lhe disse, "Rafi, sabe o que você é? Um veado, um merda." E depois de ficar olhando por uns instantes para Rafi Ayala, seus olhos ainda mais abertos, o gato ainda balançando na corda com as unhas a mostra, acrescentou: "Quanto mais coisas você enfia na pica e mais gatos você mata, mais merda você é".

Miguelito Dávila virou-se e começou a descer pelo caminho empoeirado que separava as fileiras de pinheiros, seguido por Paco Frontão e Avelino Moratalla. Amadeo Nunni, o Babirrussa, apoiado na cerca baixa do fundo, ficou alguns momentos olhando fixamente para a ponta dos sapatos até que, bem devagar, afastou-se da cerca e, sem deixar de olhar para o chão, foi-se caminho abaixo, atrás daquelas três figuras que já se perdiam entre as árvores. Ninguém fazia caso dos gritos que Rafi Ayala soltava, dizendo a Miguelito que não se incomodasse, perguntando o que é que acontecera. "Sou seu amigo, Miguelito. Se você quiser, pode arrancar a pele do gato. Não me foda, volte, porra", e assoviava com os dedos enfiados na boca antes de gritar outra vez, "Miguelito. Sou eu, Rafi. O que há com você? Posso lhe dar minha navalha. A âncora é de ouro".

O vapor da comida desgastava a cor de seu cabelo e o fedor de resignação que as comidas pobres têm invadia a casa. Desde a morte de seu marido, a mãe de Miguelito Dávila se dedicava a fazer ensopados caseiros para o Bar Casa Comidas Fuensanta. Miguelito sempre a via trazendo sacolas de comida do mercado e depois levando as mesmas sacolas com as panelas cheias ao Bar Casa Comidas. Carregada sob o sol ou a chuva, protegendo-se do calor ou da água nos arvoredos e sob as marquises dos edifícios, com as mãos avermelhadas e aqueles sinais amarelados, quase brancos, que o peso marcava em seus dedos. Resignadas as mãos, resignados os dedos, o olhar, o coração e a voz.

Para Miguelito Dávila, aquele cheiro de ensopados era um memorial da dor, de alguma ausência que não sabia bem qual era. Nem mesmo na manhã em que encontrou sua mãe chorando ao pé da escada, com as panelas viradas e os ensopados escorrendo em lentas cascatas pelos últimos degraus, Miguelito Dávila se sentiu tão mal como no dia em que entrou no Bar Casa Comidas Fuensanta e viu sua mãe entre as mesas, levando um prato em cada mão. Ela cumprimentou-o apenas com os olhos, com um simples sorriso, e ele ficou ali na entrada. Olhos de homens, olhares cansados, macacões de operários, a luz passando com dificuldade entre as grades e as persianas meio fechadas, as migalhas de pão e os círculos arroxeados das garrafas de vinho nas toalhas de papel, e aquelas colheres mergulhando nos pratos de caldo amarelo que sua mãe ia deixando nas mesas. Miguelito sentiu que aquelas bocas não engoliam o ensopado de sua mãe, mas ela própria.

"Não haverá nunca mais bocas, não haverá nunca mais olhos que não sejam olhos em vez de pântanos, não haverá mais escadas nem tardes de domingo de luz escassa e esse cheiro afastando o tempo como um usurário que nos rouba às escondidas enquanto o alimentamos", pensou, meses depois, Miguelito Dávila, com o livro de Ventura Díaz nas mãos e a cabeça cheia de versos do inferno. Era a véspera de sua volta ao trabalho na drogaria de dom Matías Sierra.

"Via a Tróia em ruínas e em cinzas; oh, Ílion, quão abatida e desprezível mostrava-te o relevo que se via." Na cozinha, a mãe descascava verduras, de costas para ele. Pela janela aberta de junho entravam as vozes dos televisores e o tremor de uma brisa suave. "Sim, eu sou outro", se dizia Dávila. Passou por sua cabeça um relâmpago no qual estava o riso congelado de seu pai, aquele homem que diariamente os observava comer da foto emoldurada do aparador, sempre prestes a lhes perguntar, "Está chovendo?", como fizera a cada dia no hospital no meio do delírio que durara quase dois meses. "Não, não está chovendo", dizia sua mãe. Mas era mentira. Naquela época, sempre estava chovendo dentro dele. Sempre chovia e havia ruas molhadas dentro do peito de Miguelito Dávila, e cães que caminhavam sem uma casa aonde ir.

Voltou a ver a luz turva do salão recreativo Ulibarri, os olhos afundados de Paco Frontão observando com tédio as carambolas do Babirrussa, viu o guarda-pó pendurado em um prego da drogaria, aquele esqueleto macio no qual enfiaria seu corpo no dia seguinte, "Mas sendo outro. Sou outro", a recordação de seu sangue viajando pelos tubos de uma máquina para logo voltar a seu corpo, a luz iluminando aquilo que fora feito para estar sempre oculto e nunca ser tocado pelas partículas misteriosas da luz. "Como a poesia", chegou a pensar Miguelito. E Luli. Luli Gigante também cruzou sua mente. Não a vira em tarde nenhuma ao passar pelo Rei Pelé, nem no bar dos Álamos, tampouco voltara a cruzar com ela no caminho dos Ingleses. Mas naquela tarde de domingo, depois de se despedir dos amigos, com a noite voltando a cair dentro dele, ao passar diante do Bucán, olhou de relance pela janela do bar e viu-a ali.

Luli Gigante dançava ao compasso de uma música que mal se ouvia da rua, um rumor cujo ritmo ela e dez ou doze garotas acompanhavam seguindo os passos de um jovem que a distância parecia mulato. Luli usava uma camiseta apertada e sem mangas, uma espécie de malha bordô que marcava a curva suave de seus peitos, e uma saia curta que voava em círculos como seus cabelos. Tinha os punhos dobrados, os braços colocados como se estivessem apoiados nos braços de uma poltrona, os dedos apontando para o chão. E embora tivesse o olhar perdido no horizonte de um armário com garrafas, seus pés se moviam e giravam sobre si mesmos muito depressa, os quadris iam e vinham com uma agilidade que parecia nova naquele corpo. Aquela languidez que sempre envolvia seus movimentos desaparecera e só permanecia alojada no fundo de seus olhos.

Miguelito não entrou no Bucán. Ficou parado ali, diante da

janela, vendo como Luli se movia no meio das outras dançarinas. E partiu andando lentamente, com um farol mal iluminando a ruela de seu peito. Mas quando, dias depois, Luli Gigante acudiu ao primeiro encontro com Miguelito, ela tinha os lábios vermelhos, recém-pintados de batom.

O Babirrussa tinha uma lança. Era mais alta do que ele e a fabricara martelando um ferro alongado na fundição Cuevas até que ficasse vermelho. "É uma lança dos batutsi, a tribo de Ruanda", afirmava orgulhoso, com sua franja de franciscano e seus olhos asiáticos. Incrustara, com muito esmero, o ferro de fio duplo no cabo de uma vassoura, usara como contrapeso outra peça metálica colocada no extremo oposto e aplicara três tipos diferentes de verniz. Lançava-a durante as tardes na horta de dom Esteban, aquela esplanada que havia atrás de sua casa. Seu avô o olhava desconfiado enquanto lia jornais velhos em uma poltrona de veludo bordô que todas as manhãs arrastava de sua casa para colocá-la ali, entre as macieiras.

O avô de Amadeo Nunni era um aposentado da fábrica Amoníaco e estava há anos sem trabalhar, embora de vez em quando inventasse negócios que, tinha certeza, o tornariam "mais rico do que aquele filho-da-puta intratável do pai de seu amigo, o do carro, aquele veado cheio de amantes". Sua última façanha empresarial fora a de ir todas as manhãs à rua Compañía com uma bacia e algumas ervas e ficar lavando os pés no meio dos transeuntes. Sentado em uma cadeira de plástico e com os pés enfiados na água, distribuía prospectos que falavam das propriedades curativas de suas ervas. Os folhetos haviam sido um presente de um outro velho da Amoníaco.

Era véspera de Natal, e durante as duas ou três semanas que o negócio durou, a missão do Babirrussa, além de fazer fotocópias dos folhetos, consistiu em levar duas vezes a cada manhã uma garrafa térmica com água quente para que os pés de seu avô não congelassem. Na segunda viagem, ficava um pouco nos arredores da rua Compañía, suficientemente afastado do velho para não vê-lo agitar os cascos na água nem ouvi-lo falar com os curiosos. Dizia-lhes que tinha mais de noventa anos, embora na realidade mal passasse dos setenta, e que nunca tivera um resfriado nem uma colite nem uma bolha na pele, tudo graças àquelas ervas. Quando lhe davam atenção, exibia os dentes e a língua. Chegava a abrir a camisa para mostrar o peito, tão afundado como se tivesse de fato noventa anos. Depois de sua exibição, o Babirrussa o ajudava a recolher as bolsas com a erva, a cadeira e a bacia. Voltavam juntos para casa, o Babirrussa calado e seu avô sem parar de falar como era fácil ganhar dinheiro, com os pés enrugados e amolecidos, sem desanimar nunca diante do pouco interesse que as pessoas manifestavam pelas suas ervas medicinais.

O Babirrussa não se limitava a olhar o avô com os olhos atravessados por aquelas humilhações. Desde o instante em que chegou a sua casa e soube que além da vida teria de compartilhar o dormitório com aquele velho, começou a olhá-lo com desconfiança. Os roncos de seu avô deixavam o rosto de Amadeo Nunni com uma cor cinza embaçada. Ele a atribuía à falta de sono, mas devia ser algo mais. Quando roncava, seu avô emitia tantos e tão diferentes ruídos que parecia que uma pessoa muito nervosa começara a arrastar móveis no meio da noite.

Amadeo se sentava na beira da cama e ficava observando o velho com a boca entreaberta no meio da penumbra, sem conseguir entender como daquele peito afundado e débil, da pele trêmula do pescoço, pudesse brotar tanto ruído. Via a si mesmo levantando-se, colocando seu travesseiro muito suavemente na boca do velho e apertando-o com força quando a falta de oxigênio o despertasse. "Ronque, ronque agora, continue roncando", dizia Amadeo Nunni em voz muito baixa com a boca grudada na orelha do avô. Mas na realidade não fazia nada, só ficava ali sentado, olhando, escutando. Às vezes se recordava do guarda municipal que lhe dera a falsa notícia do assassinato de seu pai. E da cor metálica e branca do avião no qual sua mãe partira para Londres. Então a cor cinza de seu rosto tornava-se um pouco mais escura e permanecia assim vários dias.

E depois havia a história da pica do velho. Sempre aparecendo e desaparecendo, brincando de vaivém pela abertura daqueles calções longos que usava. Longa e marrom, a pica. Da mesma cor e tão enrugada como um salsichão muito curado que alguém tivesse esquecido quatro anos antes no fundo da despensa. O Babirrussa fechava os olhos para não pensar que o micróbio de seu pai saíra dali. "Um caralho é uma seringa que injeta gente", seu avô lhe dissera certa noite. "Vá saber quantas criaturas terão transitado por aqui. Gente que não foi gente. Micróbios", disse, olhando o lúgubre salsichão com uma careta na qual se misturavam o aborrecimento e a melancolia. Essa fora toda a educação sexual que o Babirrussa recebera do seio da família.

Pouco depois daquela sessão didática, uma noite sonhou com seu pai. Viu-o de costas, entrando na pica de seu avô, com uma mala grande na mão. Usava um paletó perfurado por 12 punhaladas. No sonho, Amadeo Nunni não sabia se a pica de seu avô era muito grande ou se seu pai era muito pequeno. Mas percebeu que seu pai mancava; no último instante, antes de se perder naquele túnel, ele se virou e lhe deu adeus com a mão. Naquele momento passou um trem a toda velocidade diante do rosto do Babirrussa e depois viu apenas a entrada daquele túnel no qual seu pai e o trem haviam se perdido. Naquela noite também acreditou sonhar que chovia sêmen misturado com gotas d'água, que ele ia por uma rua vazia protegido por um guarda-chuva muito grande e que seu pai descia do céu no meio daquela chuva. Mas Amadeo Nunni não estava certo disso. Um ruído de tormenta e trovões, talvez fosse o ronco de seu avô, o despertara no meio da noite e, no sono frágil, seus pensamentos e desejos haviam se misturado de maneira confusa com os restos do sonho.

Em vez de asfixiar seu avô com o travesseiro, Amadeo Nunni o torturava com a ordem. Ou torturava a si mesmo. O Babirrussa passava os dias alinhando as camas, medindo os passos que as separavam da parede. Checando se suas pernas estavam colocadas exatamente sobre as mesmas linhas dos ladrilhos, verificando a perpendicularidade correta do armário, o ângulo de 90 graus que a porta do dormitório devia formar com o canto da cômoda e a cômoda com sua cama e com a banqueta na qual em outras épocas seu avô se permitia atirar a roupa. As montanhas de revistas de artes marciais que tinha alinhadas contra a parede deviam ter 30 centímetros exatos de altura. Quarenta e cinco revistas por montanha. Examinava atentamente os números extras na banca do Carne, mas não os comprava para que não desequilibrassem a perfeita simetria do quarto.

Amadeo deu o primeiro golpe de caratê em seu avô no dia em que, ao entrar no dormitório dos dois, o velho ficou muito sério olhando os pôsteres de Bruce Lee, separados cinco centímetros um do outro, e perguntou, "Quem é este chinês, com esse calçãozinho e essa cara mal-intencionada? Parece que be-

beu vinagre". Amadeo continuou organizando suas revistas, embora já começasse a ver a capa de Brandon Kachimuro, o campeão de Kung Fu, embaçada. "E vou ter que dormir com este cara todas as noites? Você está louco. Nem que fôssemos veados. É por isso que eu penduro minhas radiografias por toda a casa." As revistas saíram do foco do Babirrussa, que olhava para o chão, para seus sapatos, mas não via nada. "Você não dizia que não gostava dos meus calções? Pois são iguais aos desse sujeito. Os dele são ainda piores".

Foi um golpe seco com o canto da mão. Uma pancada na carótida que deixou o velho sem respiração, ajoelhado diante do neto que, depois do golpe, com movimentos muito rápidos, se colocou em três ou quatro posições de ataque emitindo uns gritos curtos e secos, como se o velho, que ainda não sabia o que acontecera e agarrava a cabeça tentando voltar a respirar, fosse enfrentá-lo. "Se eu voltar a ver sua pica lhe faço um haraquiri. E o que você tem aí não é um caralho, é um pinto, se diz pinto, fique sabendo. E se voltar a vê-lo, vou cortá-lo. Está entendendo? E a cabeça também". O velho não respondia, olhava pra frente com os olhos muito abertos. "E mais uma coisa. Vinagre não se come, se bebe. Se bebe. Está entendendo?" O avô do Babirrussa nunca teve muita certeza a respeito do que acontecera. Mas, desde aquele dia, ao sair do banheiro sempre usava um alfinete de segurança fechando a abertura do calção.

O Babirrussa atacou seu avô outras vezes, mas ele quase sempre se controlava no último instante e se limitava a ensaiar os golpes, uma cotovelada no estômago, um pontapé no peito. E embora sua tia Fina, com as pernas cruzadas e um cigarro dependurado na boca ao estilo de Hollywood — Babirrussa dizia que na intimidade sua tia era ainda mais Lana Turner do que na loja ou na rua —, se divertisse com aqueles pulos e movimentos manuais de seu sobrinho, *Finalmente, um pouco de diversão*, murmurava com as pálpebras semifechadas, deixando que a cinza do cigarro se equilibrasse com o movimento de seus lábios impregnados de batom, aquelas ameaças não beneficiaram Amadeo no final daquele verão, quando nossa vida mudou e ele acabou sendo levado por aquele carro cinza.

No princípio, o velho foi discreto com a gente do bairro. Dizia a todo mundo que seu neto era muito carinhoso e muito edificante. Mas aos seus amigos íntimos da fábrica Amoníaco ou ao mestre Antúnez, o do salão Ulibarri, contava em voz baixa que era um perturbado e não parava de lhe aplicar golpes de caratê e de ameaçá-lo de decapitar seu membro. "Fez um julgamento sumaríssimo e vai decapitar meu membro." O avô do Babirrussa gostava de falar empolado, decapitar o membro, julgamento sumaríssimo e coisas assim, recordando-se talvez da guerra e de quando havia sido ordenança de um comandante da intendência que falava de uma forma complicada que o pobre velho tentava imitar dentro de suas possibilidades.

Aquela contradição entre o que dizia aos vizinhos e o que confessava aos seus íntimos e ia parar imediatamente nos ouvidos dos primeiros aumentava o efeito dos comentários negativos sobre o Babirrussa. Uma estratégia que sublinhava a crueldade de seu neto e a bondade dele. O Babirrussa tampouco foi beneficiado pelos protestos que levou a cabo na casa do velho. Um deles consistia em ficar em pé na hora de comer ou de ver televisão. Aquilo, sim, deixava sua tia nervosa. Ficou sem se sentar uma única vez durante vários meses para que lhe comprassem uma mobilete com o dinheiro que sua mãe lhe enviava.

Assim que conseguiu uma mobilete de segunda ou terceira mão, dedicou-se durante uma temporada a arrancá-la na sala de jantar da casa — guardava-a ali por conselho de seu avô, apaixonado pela "máquina", para evitar que fosse roubada pelos "malandros do bairro". Colocava-a sobre o cavalete e pisava no acelerador para que o aposento e a casa inteira se enchessem de fumaça. "Olhe, parece Londres", dizia sua tia saindo da sala de jantar com os olhos avermelhados para ir desabar na cama com seu roupão de cetim falso entreaberto e ficar ali lendo pela enésima vez algum trecho da biografia de John Davison Rockefeller enquanto o avô continuava vendo televisão com a boca e o nariz peludo protegidos por um trapo úmido, dissimulando a tosse no meio daquela fumaça que mal deixava ver, não mais o que aparecia na tela da televisão, mas a própria televisão. Com aquelas acelerações, o motor da mobilete se contraía sobre o chassi como um pobre coração de metal que se compadecesse do velho Nunni.

"Os protestos gaseificados", como o avô os chamou, aconteceram aproximadamente um par de anos antes daquele verão e tinham o objetivo de fazer com que lhe permitissem abandonar os estudos para sempre. O Babirrussa não queria ver nunca mais um quadro-negro, ninguém que tivesse relações com a docência, "Todos com aquelas caras de quem está fazendo a digestão, de quem tem leite azedo na garganta", nem voltar a enfiar um livro na cabeça. "Na minha cabeça não cabe nada além da cabeça", dizia. Os três últimos anos repetindo o ano e a tentativa permanente de intoxicar sua família com os vapores da mobilete acabaram permitindo que atingisse seu objetivo. Deixaram-no eleger seu futuro, ou acharam que o faziam.

Guiado talvez pelo espírito empreendedor de seu avô, Amadeo Nunni achou durante algum tempo que era feliz recolhendo vidros, garrafas, latas vazias e metais de toda espécie que ia vender no ferro-velho da Pellejera, procurando passar sempre na frente do colégio, olhando as cabeças alinhadas atrás das janelas. Completava a felicidade organizando os móveis de seu quarto com menos ansiedade, procurando pêlos púbicos no carro de Paco Frontão ou indo ver a Gorda da Calha e fodendo-a sem parar de dizer ao seu ouvido "Cadavérica, cadavérica", uma palavra que o perturbara muito quando a ouviu num telejornal enquanto na tela da televisão aparecia fugazmente uma mulher seminua e com os lábios entreabertos como se estivesse a ponto de dizer seu nome, Amadeo, assassinada.

Amadeo Nunni coroou aquela felicidade lançando a cada tarde — por cima das copas das macieiras em flor, por cima dos galhos mortos do outono ou dos brotos tenros do último inverno, cortando o ar cálido da fogueira dos dias de vento terral ou os delicados fios de névoa que às vezes, nas tardes de verão, brotavam nos descampados que havia atrás de sua casa — aquela lança batutsi de dupla folha cortante, fabricada com o cabo de uma vassoura e arrematada com três vernizes diferentes, e que ao voar entre as árvores com a última luz da tarde parecia uma farpa que tivesse se desprendido de um arco-íris. Um diamante perdido ou um pensamento voando fora da cabeça que o hospedara. A vida. Todos nós desprendidos das estrelas, chovidos como os sapos ou como a imagem do pai do Babirrussa que ele, no meio de uma noite de tormenta, acreditou sonhar, descendo do céu entre finas gotas de orvalho e sêmen.

Luli Gigante apareceu com os lábios pintados de batom vermelho. Ao vê-la dobrar a esquina, Miguelito Dávila soube que ela os pintara para ele. Aquela cor nos lábios era muito mais do que uma palavra, era uma declaração, um desejo, um discurso longo que ia acompanhando aqueles movimentos, ainda mais vagarosos, ainda mais lentos do que era habitual naquela jovem de olhar inocente, verde-escuro, água de açude, e ao mesmo tempo distantemente perverso.

Vestia uma blusa de manga curta, vermelha, combinando com os lábios, embora a blusa fosse de uma tonalidade mais escura. Uma saia branca e a pele das pernas bronzeada. Ao chegar, foi a primeira vez que seus corpos, a não ser naquela ocasião em que se apertaram as mãos nos vestiários, se tocaram. Trocaram dois beijos nas faces, e na encruzilhada de seus rostos suas bocas fizeram um jogo de balé. Miguelito percebeu pela primeira vez aquele cheiro de ervas que iria acompanhá-lo até o final do verão. Algumas vezes, o perfume de ervas amargas e lavanda foi o aroma do paraíso, em outras esteve associado ao cheiro de enxofre e fogo envenenado que devia haver no círculo mais escuro do inferno.

Naquela noite só houve paraíso. "A glória de quem move todo o mundo", pensou Miguelito, e até murmurou isso em voz baixa quando, a uma velocidade de cinqüenta quilômetros por hora, desciam pelo caminho dos Ingleses na mobilete do Babirrussa. Paraíso foi a própria mobilete, apesar de ter assento único. Luli ia sentada na prancha metálica em que o Babirrussa carregava suas tralhas, enquanto Miguelito, elevado no selim triangular do piloto, procurava se esquivar dos buracos e desníveis do asfalto.

Paraíso era a noite caindo atrás das casas ajardinadas da rua Soliva, o torreão presumidamente majestoso da casa de Paco Frontão, o primeiro ar de junho, o véu transparente da brisa atravessando o frescor das folhas dos arbustos de loureiros-rosa e os faróis dos automóveis passando pelas fachadas das casas, ainda iluminadas pelos restos da última luz solar. Por mais que uma nuvem de insegurança descesse sobre ele, foi paraíso a entrada naquele restaurante do qual Miguelito ouvira, na drogaria, a secretária da imobiliária falar, quando um garçom os recebeu quase na porta, cortando-lhes o passo com um sorriso e perguntando se tinham reserva e depois os levando, condescendente, a uma mesa localizada num canto, perto de uma fonte sem água.

Paraíso o nome das comidas. Tudo caro. As sobrancelhas erguidas de Luli Gigante e o batom de seus lábios movendo-se enquanto lia aqueles nomes, seu olhar divertido quando o garçom pôs um pouco de vinho na taça de Miguelito e ele olhou desafiador para aquele homem de paletó verde, apagando por toda a noite seu sorriso do rosto, ordenando-lhe que servisse Luli primeiro. A garrafa enfiada ali, naquele balde com gelo, o peixe amaciado por aquele molho de cor amarela brilhante — todos os molhos que sua mãe fazia tinham cores tristes —, a luz da vela tremeluzindo nos olhos de Luli. O som dos talheres na cerâmica dos pratos das mesas vizinhas, as vozes que falavam como na igreja, e Luli levantando-se com muito cuidado, voltando do banheiro com os lábios pintados de novo.

Paraíso aquela mancha de batom que ficou em um de seus dentes ou na ponta manchada do cigarro. "Agora fumo", a voz de Luli também era paraíso. Assim como dias atrás pertencera ao paraíso o encontro com sua vizinha conhecida como a Corpo, uma amiga inseparável de Luli. Foi carne de paraíso o modo como a Corpo lhe disse que Luli não parava de perguntar por ele, aquele sorriso, e ele sentindo como a vida transcorria em seu telão e lhe mostrava uma paisagem profunda e bela. Com a voz tranqüila, pediu a Corpo que lhe desse o número do telefone de Luli.

Uma voz de mulher no outro lado da linha, o ruído das moedas ao cair na ranhura da cabine impedindo que ouvisse com nitidez suas palavras, obrigando-o a repetir o nome de Luli. Os segundos de espera, um barulho de televisão, ele imaginando o rosto daquela mulher, o aposento pelo qual se movia, a relação dela com Luli, sua mãe, os passos de Luli e depois sua voz perguntando com tédio quem era. "A glória de quem move todo o mundo." A voz, logo cristalina ao saber que era ele, e depois dizendo Sim quando a convidou para jantar. Dizendo Sim, sem hesitar, sem acrescentar palavra, Sim, ele desligando o telefone, aquele fone que Miguelito Dávila afastava de seu ouvido, ainda com o eco vibrante daquela palavra, Sim, pelo qual teriam circulado tantas vozes mortas, tantas palavras sem vida e através do qual nunca ninguém pronunciara a palavra paraíso. "A glória de quem move todo o mundo", disse com um sussurro Miguelito Dávila enquanto já brotava do fone um apito surdo e distante.

Amadeo Nunni, o Babirrussa, e Miguelito olhando a mobilete. "É uma pena que não tenha assento único", murmurava Miguelito, os dois parados diante da bicicleta motorizada, como se até aquele momento nunca a tivessem visto, o Babirrussa encolhendo os ombros, mas ainda impressionado com a notícia, orgulhoso de seu amigo. "Luli, filho-da-puta, a Luli", meneando a cabeça. "Pra jantar", olhando as rodas, os raios de sua mobilete, apertando a borracha com um pé para checar a pressão dos pneus. "O que se faz quando se come com uma garota? Nada além de comer? Ou você vai falar como nos filmes quando já estão fodendo em câmara lenta e com música?" Miguelito afastando-se e ele ainda dizendo: "Luli, filho-da-puta, Miguelito".

Uma música suave flutuava no ar do restaurante. Luli dizia que queria ter sido bailarina, que sua mãe a levara quando era menina ao conservatório e comprara uma roupa de balé, um tutu com o qual haviam feito uma foto sua que ela tinha emoldurada em seu quarto. Uma saia de tule e olhos de sonho, de saber que a vida ia ser maravilhosa, fabricada especialmente para ela. E Miguelito Dávila soube que também para ele a vida ia ser uma promessa cumprida, que já estava sendo e que Luli era a prova evidente de que o paraíso existia. Ela, Beatriz, estava ali para demonstrá-lo. Percorreriam juntos o paraíso, não importava que o tom dela fosse agora mais triste e falasse do desastre econômico que se abatera sobre sua família, da tristeza que sentira quando tivera de abandonar suas aulas de balé. "A dança", dizia ela fingida, teatralmente melancólica, enquanto deixava que a fumaça do cigarro escapasse mansamente entre o batom de seus lábios, Luli Gigante, que mal sabia fumar.

E se agora dançava no Bucán era por causa daquele instrutor que haviam contratado e ensinava de graça. Bastava pedir uma cerveja e você podia ficar ali atrás dele e seguir os passos do samba ou do merengue. Fazia isso para não perder a agilidade nem a harmonia propiciada pela dança em grupo, embora Luli não gostasse dos freqüentadores do Bucán e não conversasse com ninguém, apenas com o instrutor, que era mulato e tinha muitos dentes. Iria ao Bucán até que tivesse dinheiro para dançar em A Estrela Pontifícia, a melhor academia de dança da cidade. Talvez ainda tivesse tempo de ser uma bailarina profissional, pertencer a um balé daqueles que excursionam pelo mundo, com aquela maquilagem e aquelas roupas. O porvir estava aberto e algum dia, em alguma cidade distante, talvez se sentisse viva como só se sente dançando num palco. Foi isso que disse.

E ele, Miguelito Dávila, caminhou a seu lado ouvindo os golpes que as ondas davam na beira do mar, voltou a cruzar a cidade a cinqüenta quilômetros por hora com os lábios de Luli Gigante perto de suas costas, sentiu o cheiro dos jasmins de dona Úrsula entrando em seus pulmões, desceu da mobilete e acompanhou Luli até o portão de sua casa. Ela o levou à sombra da esquina e falou em voz baixa. Perguntou-lhe se voltariam a se ver, seus olhos muito perto dos olhos de Miguelito. O cheiro amargo da lavanda. E ali, na penumbra, com aquele perfume e o dos jasmins, com as vozes que saíam das janelas como um cheiro a mais da noite, Miguelito, o Louco, precisou apenas dobrar o pescoço para roçar seus lábios nos lábios que haviam falado do paraíso durante toda a noite. Sentiu a pasta vermelha em sua boca, aquele sabor de cera ou de peixe doce se misturando com o resto de tabaco, aquela ardência suave que ficava na saliva e na língua de Luli Gigante. Uma língua grande e carnuda na boca de Miguelito Dávila, com uma força e uma insistência que se pareciam com o desespero, e cujo movimento provocava no peito de Luli um aperto sustentado, quase um arquejo.

No meio da sombra, Miguelito mal pôde ver os olhos de Luli, olhos inocentes de menina ou de míope, observando sua boca e seus olhos ao terminar o beijo. Não viu como ela introduzia o lábio superior em sua própria boca e o deixava ali, chupando-o por alguns instantes, antes de tirá-lo já desprovido de batom, para beijar sua face. Deu a volta e desapareceu, cadenciada e lentamente, em seu portão mal iluminado. Luli se movia como se movem as bolhas de sabão.

Com as pernas cruzadas e as pálpebras cobertas por uma maquilagem cor de berinjela, a Senhorita do Capacete Cartaginês observou Miguelito Dávila se aproximar da mobilete e, colocando-se sobre os pedais, requebrar os quadris e mover as pernas para acionar o motor. Sentada naquele banco de pedra, a Senhorita do Capacete Cartaginês fumava com o cigarro entre o dedo médio e o anular — e com um sorriso leve, parecido com um pássaro dissecado, com um guarda-chuva abandonado, algo de que alguém se esqueceu em um cabide há tempos, na boca.

Rubirosa tinha um carro azul brilhante. Começou a aparecer no bairro naquela primavera, quando Miguelito Dávila já estava no hospital. José Rubirosa era vendedor de lingerie e era especialista em envolver todas as pessoas que paravam um instante para falar com ele. Não apenas os seus clientes, os donos das mercearias e das lojas de sutiãs e as funcionárias desses estabelecimentos, mas a população em geral. Sobretudo a feminina. Rubirosa sempre usava gravata, uma gravata fina e elegante que subia por cima do seu ombro e caía pelas suas costas mesmo quando não fazia vento, para que assim a pudesse exibir melhor e levá-la ao peito com um movimento aparentemente descuidado. Tinha gravatas amestradas, como os encantadores de serpentes têm víboras amestradas que se movem ao som de suas flautas.

Remedios Gómez, a proprietária da Mercearia Gómez, apaixonou-se por ele no primeiro dia em que o viu, no primeiro instante, quando Rubirosa, fazendo soar a campainha da porta, entrou com seu meio sorriso e, por cima das cabeças das clientes — Rubirosa era alto — disse o nome dela com um leve tom de interrogação e imediatamente se aproximou do balcão — as clientes se abriram como o Mar Vermelho diante de Moisés, amestradas como gravatas ou víboras rechonchudas — e colocou a mão de Remedios entre as suas, os olhos das clientes pareciam grandes bolas de gude, enquanto dizia seu próprio nome, falava do prazer que sentia em conhecê-la e anunciava que era o substituto de Veloso Espada, o vendedor anterior de Belcor, Monteserán, Mary Claire e Beautillí Satén. "A roupa mais privada, capaz de causar a maior desordem pública", disse Rubirosa. E, olhando para a clientela, acrescentou: "Embora tenha vindo aqui ganhar um troco, vocês só precisariam bater duas vezes com as pestanas para conquistar a Bastilha." As bolas de gude, os globos oculares das senhoras se cobriram de seda, as pálpebras quase se fecharam, houve algum sorriso dissimulado, um retoque do penteado, uma se perguntou que pílula teria de tomar, pensando que o audaz vendedor talvez estivesse se referindo à anticoncepcional. Mas ele, sem perder nunca de vista o pano de fundo mercantil da poesia, já estava observando novamente os olhos da dona do estabelecimento. "Embora, olhando bem, sabemos que um bom adorno nunca é demais, não é mesmo, dona Remedios?"

Dizem que ficou fodendo-a naquela mesma tarde nos fundos da loja, sobre o móvel dos tecidos de verão. Derrubando as peças de fazenda, cambaleando entre as estantes, as caixas de bobinas rolando por todos os lados diante daquelas investidas. Em cima de Remedios caía uma chuva de cintas de falsa seda, caixinhas de colchetes que se abriam esparramando seu conteúdo, zíperes coloridos e botões de todos os tamanhos que rodavam enlouquecidos no meio daquele terremoto discreto e cheio de queixumes. Remedios Gómez, sentada na beira do móvel — suas calcinhas azuis, tamanho 42, Beautillí Satén, com laço simples na parte superior frontal e presilhas apertadas nas laterais, enganchadas no joelho direito —, tinha as pernas levantadas ao redor dele, a cara meio enojada e adormecida, arfando como se estivesse submersa em um pesadelo. Rubirosa, em pé com os braços esticados, sustentava com muita firmeza seus quadris, as calças enroladas nos pés, a camisa abotoada e a gravata submissa e oscilante, consciente de que aquele não era momento de protagonismo para ela. Suando e com o olhar perdido nas gavetas e estantes, como se estivesse fazendo um inventário de mercadorias a repor, preenchendo mentalmente uma imensa folha de pedidos.

Mas o estabelecimento de Remedios Gómez não era o único que Rubirosa visitava. Do bar do pai de González Cortés, o víamos entrar na tipografia de Ruiz Noguera, no Paraíso do Tresillo, na Tinturaria Inglesa e em todos os locais onde houvesse balconistas a quem pudesse exibir suas maletas com mostruários ou machos que pudesse presentear com um daqueles almanaques com mulheres em roupas de baixo. "Vender é uma arte. E eu gosto de praticá-la a fundo", gesticulava muito com as mãos, pedia uma cerveja e devolvia a gravata ao seu lugar, tudo ao mesmo tempo e com ares de prestidigitação.

Correu o boato de que Rubirosa bebia. Diziam que às vezes ficava no balcão do Alho Vermelho até muito tarde, sozinho. Que se apoiava na beira acolchoada de couro negro do bar até que afrouxava o nó da gravata e seu olhar se torcia um pouco para o lado esquerdo. Já sem dizer palavras amáveis, olhando seus próprios olhos no espelho que o barman Camacho tinha às suas costas e censurando-se por algo, falando consigo mesmo de coisas que só pareciam vir à sua mente depois de ter bebido a quarta ou quinta dose.

Depois partia em silêncio, sem se despedir de ninguém, deixando no balcão umas notas sem nem mesmo ter pedido a conta nem responder ao "Boa noite" nem ao "Obrigado, senhor" com que Camacho, profissional cuidadoso, se despedia. Sem dar importância aos olhares que lhe dirigiam aquelas mulheres que sempre estavam no Alho Vermelho. Mulheres que trabalhavam como secretárias, enfermeiras ou até jornalistas e que caminhavam tentando perfurar com seus saltos afiados o carpete do local, ou que se sentavam naquelas cadeiras tão baixas e com o encosto forrado de couro, com seus copos longos apoiados nas mesas anãs, com as pernas cruzadas, e conversando sempre em voz baixa.

Era chamada de Senhorita do Capacete Cartaginês por causa daquele penteado que usava. Todo o cabelo levantado pela parte de trás, fazendo uma curva fofa na nuca, e com um topete alto e rígido na parte dianteira, com a franja formando uma espécie de proa de barco ou de viseira aerodinâmica. O penteado inteiro imóvel, cada fio de cabelo submetido à férrea disciplina do laquê e da escova. E ali, debaixo do penteado, estava ela, a Senhorita do Capacete Cartaginês, com seu rosto de inocência ou de loucura, sempre muito pálida e fumando cigarros mentolados, com olhos grandes e orgulhosos e uma boca antiga, quase arqueológica.

Era professora da Academia Almi, e Avelino Moratalla, ao vê-la pela primeira vez, não teve certeza se em outros tempos teria gostado de tê-la no picadeiro de suas masturbações ou se era a mulher mais repulsiva que vira em toda sua vida. Cruzava as pernas com muito cuidado e ficava ali, fitando os alunos, movendo muito devagar a ponta do sapato, sempre de bico fino, com seu salto aerodinâmico e seu cigarro sustentado entre os dedos médio e anular. Até que, como se fosse embora, levantava o queixo e todos começavam imediatamente a escrever, velozes como um raio, em suas máquinas. Teclavam sem parar e ela fumava, e, ao tragar a fumaça, seus peitos subiam dentro daqueles paletós antigos e rígidos que usava, excitada pelo murmúrio das teclas, pela corrida do carro e o som da campainha ao final de cada linha.

A maquilagem dos olhos, arrematada com um traço negro, curto, mas contundente, era cor de berinjela, tão espesso que era possível pensar que não tinha as pálpebras caídas por efeito de sua anatomia, mas devido àquele peso que suportavam a cada dia, vá saber desde quando. Também pintava os lábios, que pareciam suaves, com uma cor parecida. O capacete era de mogno. Vivia sozinha, em um apartamento muito alto da Torre Vasconia, quase um arranha-céu. Diziam que da sua casa se via a cidade inteira e, nos dias claros, o perfil da África. Às vezes a víamos pendurada em seu terraço, observando o horizonte com indiferença, com seu cigarro e seu capacete.

Também diziam que sua mãe estava internada no Manicômio de São José, que vivera em um país distante, talvez na Nova Zelândia, e que ali tivera um noivo ou um marido que a abandonara por uma indígena. Outros diziam que o noivo, ou o que fosse, se enforcara no galho mais alto de uma árvore, num amanhecer carregado de cores violentas, desses que aparecem nos quadros baratos das lojas de móveis. Avelino Moratalla via um homem enforcado olhando-o fixamente toda vez que a Senhorita do Capacete Cartaginês se aproximava dele e, por cima de seu ombro, impregnando-o com o bafo mentolado do tabaco e com o cheiro doce da maquilagem, olhava seus exercícios de datilografia. Era uma excitação de duplo sentido, na qual cabiam na mesma medida o medo da morte e o desejo.

Um dia, enquanto ela, com a face quase grudada na sua, observava a página que Avelino completara a uma velocidade de 145 toques por minuto, ele sofreu uma ejaculação espontânea. Olhando de relance o perfil da professora, vendo o esvoaçar lento daquelas pálpebras untadas de maquilagem, o aveludado imperceptível das faces e as estrias dos lábios, aquele cheiro, Avelino sentiu que seus ossos se enchiam de água e seu corpo inteiro se derramava pela virilha. A árvore ao amanhecer, os olhos abertos de um enforcado, o bico dos sapatos daquela mulher balançando, a palidez das pernas e o esmalte escuro das unhas apareceram em doce tumulto no quadro-negro, na classe inteira, enquanto Avelino, com um lamento, dobrava o pescoço e abria a boca, aproximando-a do batom púrpura daqueles lábios, agonizando ou subindo ao céu, místico, libidinoso.

A Senhorita do Capacete Cartaginês não se alterou; sem mudar de postura, deixou que Avelino parasse de tremer, nem ele mesmo sabia de que tipo eram os espasmos, se completamente dissimulados ou delatores daquilo que estava acontecendo com ele, as duas bocas quase se roçando, e quando as duas pálpebras se viraram para ele e Avelino recuperou o domínio de suas feições, com um esgar de sorriso a Senhorita do Capacete Cartaginês comunicou-lhe a sua pontuação no exercício, um nove e meio, e depois de incentivá-lo a aumentar a velocidade de seus toques sussurrou que se quisesse poderia ir ao banheiro.

Nas manhãs de domingo, o pai de Avelino Moratalla colocava para tocar para ele a zarzuela "La Verbena de la Paloma". A família de Avelino era exemplar. Dom Ernesto tinha um bigode invejável, as unhas cortadas em uma curva perfeita e uma calva de homem descente. Todos, até o irmão menor de Avelino, tinham a pele coberta por uma pelugem sedosa e negra. Os corpos de todos haviam sido semeados com um trigo escuro que crescia manso e, como os campos, estremecia com o vento e brilhava timidamente com a chuva e o suor.

O irmão menor era o que tivera a safra mais abundante. A pelugem descia-lhe em forma de ponta de flecha pelo pescoço até o meio das costas, unia-se acima das sobrancelhas em forma de arco isabelino e, desde os cinco ou seis anos, formava duas espirais nas costeletas e sombreava a pele pálida de seu bigode. A palidez da pele era da mãe; a pelugem, do pai de Avelino. Mas eram felizes. E o ponto alto da felicidade se manifestava nas manhãs de domingo, quando o pai colocava no toca-discos "La Verbena de la Paloma", a mãe com seu camisão cor-de-rosa trazia torradas e café fumegante para a mesa, e os dois filhos, com as cerdas recém-penteadas e cheirando a colônia, se sentavam ouvindo aqueles acordes que desde o berço, a cada domingo, os perseguiam de modo implacável, deixando-os atarantados, quase narcotizados, pelo resto do dia.

Avelino Moratalla, além de um pai calvo que trabalhava num banco e sempre usava gravata, uma gravata séria e imóvel, não com o laço atrevido de Rubirosa, e uma mãe que estudara para exercer o magistério, tinha um quarto preparado para os estudos. Nas paredes, flâmulas esportivas, diplomas de bom comportamento e estantes com livros e miniaturas metálicas de carros. Tinha uma bola de futebol não usada, uma luminária de mesa que ficava em três posições e um globo terrestre com as montanhas do mundo em relevo.

Esteve durante um tempo obcecado por sua pelugem. Roubava dinheiro da mãe. Comprou depiladores. Aos 12 anos, foi a um salão de beleza pedir que depilassem suas pernas e acharam que era um homossexual precoce. O dono do local aconselhou-o a se entregar às orações e a ler um livro de Martín Vigil. Quando Avelino conseguiu se reconciliar com sua pelugem, passou a se dedicar exclusivamente ao seu vício. Imaginava todas as mulheres do mundo sentadas no estrado de um circo. Ia chamando-as de uma cama instalada no centro da pista. Ursula Andress, Betty Misiego ou a dona do braseiro de frangos da rua Eugenio Gross acudiam solícitas ao seu chamado sempre que Fina Nunni, rainha da pista, permitia.

No dia em que se desmanchou de prazer ao lado da Senhorita do Capacete Cartaginês, Avelino Moratalla saiu da Academia segurando a mão de seu irmão, que, apesar de sua pouca idade e para orgulho de seu pai, também já se revelara um perfeito e veloz datilógrafo. Não se sabe se Avelino estreitou os dedos de seu irmão para vencer o próprio medo ou com o objetivo de afastar o caçula da família dos territórios demoníacos. Avelino dizia que nunca chegara a se masturbar com a Senhorita do Capacete Cartaginês apesar de ela aparecer com freqüência em suas fantasias, e aparecia sentada nas escadas do circo, diante de todos os seus alunos com as pernas cruzadas e balançando o pé, a ponta do sapato apontada para ele. Às vezes sua imagem conseguia nublar outras fantasias de Avelino, mas ele nunca culminava suas masturbações com ela. Cortava no último momento, descansava por alguns instantes e retomava seus trabalhos manuais já com a mente livre daquela aparição viscosa, e antes que ela voltasse a aparecer se esvaziava pensando na Lana Turner da mercearia, saudável, com seus olhos redondos, seus cigarros limpos e sem o cheiro pastoso de menta, com seu riso e seus peitos alegres. No entanto, Avelino chegava a desejar que voltasse a se repetir aquele evento da ejaculação espontânea.

A Senhorita do Capacete Cartaginês era solitária e quase

misteriosa. De idade incerta, talvez apenas quatro ou cinco anos mais velha do que nós ou dobrando-nos a idade, sempre com aqueles paletós curtos e rígidos, não se sabe se muito antigos ou demasiadamente modernos, e aquelas blusas que em algumas ocasiões deixavam ver o começo de seus peitos envenenados, tão pálidos que às vezes tinham uma tonalidade cinza, parecida com o rosto do Babirrussa quando não dormia e no meio da noite ficava pensando em sua mãe.

No inverno, antes de tudo acontecer, eu a vi mais de uma vez parada diante dos jardins e da fonte que cercavam sua casa. Sentava-se em um banco, com o paletó depositado sobre as pernas, relaxada como se já houvesse chegado em casa e tivesse fechado atrás de si a porta do apartamento, exibindo uma daquelas blusas que se derramavam lânguidas por seu corpo, outorgando-lhe uma sensação de nudez e delineando em sua queda as partes do torso onde o tecido se grudava na pele. Ausente sob a rigidez daquele penteado que parecia uma brincadeira, uma piscadela irônica daquela mulher inteligente ou completamente néscia que ficava ali, no meio do frio, olhando a água que caía monotonamente da fonte. A fumaça de seus cigarros saindo mansamente de seu nariz, como um cano de escape em câmara lenta ou como se ali, dentro de sua cabeça, alguma coisa estivesse sendo queimada.

Eu, ao vê-la com o olhar perdido, com aquela espécie de sorriso triste que sempre tinha estampado no rosto, supunha que estivesse recordando o país remoto no qual vivera não se sabia que história de amor. E quando algumas vezes nos dias claros, passeando com González Cortés, a vi em seu terraço, com os cotovelos apoiados no parapeito e o queixo levantado como se estivesse a ponto de ordenar a seus alunos que começassem a enlouquecida corrida sobre as máquinas de escrever, não a imaginava vendo o perfil enevoado da África, senão as costas distantes, a paisagem e os bosques da Nova Zelândia. Ali, no alto da Torre Vasconia, aquele edifício de 14 ou 15 andares que, assim como nossas vidas, ainda completamente indefinidas, nos parecia incompreensível, capaz de ir muito além das nuvens e de rivalizar com os arranha-céus mais altos do mundo.

As costas de Luli Gigante eram estreitas e enfeitadas por um suave mapa de ossos. Ilhas e penínsulas respirando sob o mar liso e bronzeado da pele. Ao abraçá-la, Miguelito tinha a impressão de que aquelas costas de brinquedo eram pequenas, muito diferentes das mulheres que abraçara até então. Inmaculada Berruezo, Virgínia, a Francesa, ou Susanita, a loura de olhos negros que vivia no apartamento em cima da drogaria e a quem durante algum tempo encontrou às escondidas de seu noivo, antes que se casasse e fosse viver em Barcelona. No dia seguinte ao casamento, quando Dávila chegou à drogaria e pisou nos grãos de arroz que haviam jogado na noiva quando ela estava saindo de casa, sentiu um peso no espírito e nos ombros; ele só foi se diluindo com o passar dos dias, enquanto observava Paco Frontão e Avelino Moratalla jogar bilhar e ouvia o Babirrussa falar de artes marciais, até que o último grão de arroz, levado pela chuva ou pelas vassouras dos garis, desapareceu das escadas e das fendas da calçada. Não. Querer Luli era querer o sonho, tocar aquilo que sempre estivera escondido dentro dele e agora se revelava.

"Se não a tiver um dia, será como se me jogassem inteiro na lata de dejetos onde atiraram meu rim, com as cascas de batatas e a sujeira do chão, como se me metessem na própria caldeira onde ele foi metido", disse Miguelito a Paco Frontão. Mas este, naquele instante, não estava muito atento às palavras de seu amigo. Seus olhinhos perseguiam a figura da Corpo.

Estavam na casa de Paco Frontão, e a Corpo, com seu biquíni amarelo, ria caminhando pela borda da piscina, os peitos pesados, os quadris redondos, cochichando com Luli Gigante, ajudando-a a sair da piscina. A água escorria pela pele de Luli, ela sorria e olhava para o outro extremo do jardim, onde estavam Miguelito e seu amigo Frontão, para logo depois voltar-se para a Corpo e sussurrar-lhe alguma coisa ao ouvido. As duas riam, quase abraçadas. Miguelito observava seu amigo, aquela expressão grave no rosto, todas as rugas do velho que tinha dentro dele transparecendo sob sua pele. Paco Frontão alçou a vista para o quarto de sua irmã, viu as cortinas estremecerem um pouco e sussurrou "Filha-da-puta", e depois, despertando daquela fantasia, perguntou a Miguelito por aquilo que lhe acabara de contar sobre seu rim e a lata de dejetos:

— O quê?

Dávila balançou negativamente a cabeça e se deitou na grama fresca, perto da sombra das araucárias onde vira algumas vezes o pai de Paco Frontão deitado em sua rede. Virou os olhos e deixou que o céu desabasse sobre ele. Viu o cume impreciso de uma nuvem antes de fechar os olhos e recordou a primeira vez em que vira Luli nua. Talvez as costas e a nuca de Beatriz fossem semelhantes. O corpo de uma adolescente. Os peitos pequenos e as pernas de coxas delgadas, quase de criança. Abraçados na penumbra de seu quarto, aproveitando que sua mãe estava no Bar Casa Comidas Fuensanta. Luli montada nele, arranhando seu peito, rindo. E depois seu cheiro nos lençóis no meio da noite. Miguelito perseguindo seu rastro com a ponta dos dedos, consumindo os restos de cheiro, aspirando-os com força.

Aos ouvidos de Miguelito chegavam risadas, ruído de água; parecia que a risada e a água eram de cristal. O sol acariciava-o. Sentiu uma sombra se interpor entre a luz e suas pálpebras, a aproximação de um corpo molhado. Gotas de água caíram sobre seu ventre. Abriu os olhos e sentiu os cabelos de Luli caindo em seu rosto, aquela franja empapada roçando como se fosse cristal seu pescoço, seu rosto, os lábios da menina se abrindo para capturar os seus. Miguelito viu um reflexo verde, talvez amarelo, nas pupilas de Luli antes de voltar a virar as pálpebras e sentir a boca dela na sua, o cloro e a saliva, aquela língua larga entrando suave e pesadamente entre seus lábios. Ouvia a voz de Paco Frontão a distância, misturada com a respiração de Luli e o ranger da grama sob sua cabeça, ao lado de seu ouvido.

— Este sim que é um bom gramado. Não o da Cidade Desportiva.

Miguelito abriu os olhos e Luli já estava sentada ao seu lado, passando os dedos na grama.

— Suave, suave — ela continuava, enquanto olhava para Paco Frontão e a Corpo enfiados na água, abraçados. — A casa inteira é uma maravilha. E você viu o piano? Eu vou ter um igual. Ou mais comprido.

Luli Gigante passeou a vista pelo corpo de Miguelito. Reparou na ereção que avultava seu calção e olhou os seus olhos e outra vez a virilha. Seu sorriso se deformou, transformou-se numa careta estranha que deu ao seu rosto uma expressão de sonho, de languidez, a boca entreaberta. Ouviu-se um grito, uma gargalhada da Corpo vindo da piscina, e Luli, depois de uma piscadela, recuperou a intensidade do olhar.

— Faz muito tempo que não fumo.

Miguelito ficou olhando sem responder. Passou um dedo pela alça de seu biquíni, pela borda do tecido molhado e a curva do peito.

— Talvez seja porque ainda não estou acostumada, mas não sinto vontade de fumar. Não sei como as pessoas fazem. Eu me esqueço.

Luli Gigante se levantou e caminhou até a piscina. Ali, perto da borda, se agachou sobre sua bolsa. Ao se levantar, exibia um pente grande de plástico vermelho. Penteou os cabelos para trás, levantando os braços, expondo o branco luminoso de suas axilas, aquela testa ampla que logo modificou seu rosto. Agachou-se de novo e ao se levantar tinha um cigarro na boca. Uma nuvem branca escapou depressa de sua boca. Disse alguma coisa à Corpo, talvez a Paco Frontão, que continuavam dentro d'água, brincando.

Ao vê-la na beira da piscina, com aquele biquíni negro, os raios de sol atravessando os galhos da araucária e as copas dos ciprestes, Miguelito Dávila teve uma premonição fugaz, um sentimento obscuro e contraditório. "Oh, louca Aracne, assim pude olhar-te já meio aranha, triste entre os restos da obra que por teu mal fizeste." Não soube se foram estes os versos que despertaram aquele sentimento ou se a poesia foi invocada por seu estado de espírito, mas as palavras lhe pareceram animais, aranhas caminhando por seu cérebro. Luli Gigante nunca seria purgatório. Inferno ou paraíso, sem um milímetro a separá-los. Viu aquela máquina pela qual seu sangue viajava, aqueles coágulos mais uma vez ressuscitados.

Parou de observar o céu e Luli e o espelho estremecido da água. Foi passando a vista por objetos conhecidos, os óculos de sol de Paco Frontão ali atirados, um isqueiro, chaves. Os sapatos também lhe deram medo, aquela camisa que sua mãe lavava. As mãos de sua mãe, um esqueleto, uma cabeça de galinha cortada na cozinha do Bar Fuensanta. Tentou levar seu pensamento ao Dodge que estava atrás da porta da garagem, às amantes de dom Alfredo, aos pêlos púbicos perdidos entre os assentos. O Babirrussa e Avelino Moratalla. Recordou a primeira vez em que entrou na casa em que estava, a amabilidade da mãe de Paco Frontão, o olhar desconfiado de sua irmã. Música de piano, risadas de dom Alfredo e daqueles homens que lhe faziam coro. As aranhas saíam de seu corpo, caminhavam pelo gramado "Suave, suave". A voz de Luli. Olhou-a de relance, o verde-escuro dos ciprestes. Haviam enfiado o pai de Paco Frontão de novo no hotel. Sua mãe devia estar fazendo uma visita. Ao cárcere ou à casa de uma daquelas suas irmãs, as tias de Paco Frontão, todas carregadas de jóias e colares de pérolas. Também chamavam a família de Frontão de os Cebolas. Ao pai porque estava forrado de dinheiro e à mãe por toda aquela roupa que sempre usava. Camisas abertas, camisetas, jaquetas e muitos aventais, colocados uns sobre os outros, contribuindo para lhe dar aquela forma arredondada e suave. Raramente chamavam Paco Frontão de Cebolinha, por ser filho dos Cebolas e por aquele topete rebelde e descolorido que tinha no alto da testa. Ninguém usava outro nome para Belita, a irmã de Paco Frontão, além de Nina, salvo aqueles que seu irmão lhe dedicava. Naquele dia chamou-a de filha-da-puta umas quantas vezes. E mais do que a ela, que permaneceu invisível todo o tempo, Paco Frontão dirigiu a imprecação à janela de seu quarto, às cortinas que todas as tardes se moviam atrás dos vidros e ao ruído de passos que só ele ouvia.

Um sorriso surgiu nos lábios de Miguelito. "A glória de quem move todo o mundo." Levantou-se e foi visto correndo pela grama, seus pés nus levantando relva fresca, e pulando ao sol, por cima dos arcos de alumínio da escadinha da piscina, por cima da roupa, da bolsa e da toalha de Luli Gigante, para cair na água estrepitosamente e submergir naquele ruído, naquele redemoinho que o devolvia à vida. As aranhas eram borbulhas brancas de oxigênio. Ao voltar à superfície, Luli Gigante estava ali, e o observava com o sorriso da inocência.

Paco Frontão também xingou de filha-da-puta a porta do quarto de sua irmã quando, depois de comer, passaram diante dele. Golpeou a madeira com o punho, contendo a raiva e voltando a dizer entre os dentes, "filha-da-puta, eu sei que você está aí. Um dia você me paga." E substituindo as rugas do velho que carregava dentro de si por uma expressão alegre, abraçou-se à Corpo e, sem parar de caminhar, falou-lhe ao ouvido, tropeçando naqueles tapetes macios que seu pai espalhara por toda a casa.

— Não é o vinho. É o puto do tapete — se virou para dizer a Miguelito e a Luli, que caminhavam atrás deles no corredor. — As manias do meu pai. Tapetes. Moratalla podia fazer um com os pêlos que encontra no carro.

— Que pêlos? — a Corpo abraçava a cintura de Paco Frontão. Voltou a olhar para Miguelito, fingindo mais curiosidade do que na verdade sentia. — Que pêlos? Em que carro?

— Pêlos — Paco Frontão beijou sua boca sem parar de andar. Voltou a rir, a olhar para trás.

E Miguelito viu a luz nos olhos de seu amigo, aquele sorriso. "Os senhores do mundo", disse em voz baixa, e sentiu o perfume do cabelo de Luli Gigante, que cheirava a lavanda e a pele e a cloro de piscina, um cheiro que se mesclava com o aroma desprendido por aqueles móveis antigos e aqueles quadros que haviam sido colocados nos dois lados do corredor. "Tenho a vida. Romperemos o céu", ia pensando ou sentindo Miguelito Dávila. "Romperemos o chão e o teto do mundo."

Haviam comido na cozinha, descalços. Luli Gigante em pé, apoiada na geladeira, as pernas nuas e uma camiseta que mal cobria a parte de baixo de seu biquíni. Paco Frontão se movimentava pela cozinha, alongada como um vagão de trem. Enchia as taças de vinho antes que ficassem vazias. Ele bebia de outra garrafa, diretamente do gargalo. Sentava, andava pela cozinha, tirava comida da despensa, mais garrafas de vinho, e se sentava em um daqueles móveis de madeira clara, com os pés apoiados no assento de uma cadeira. Os ossos de seu rosto se suavizavam, e, ao falar, sua voz ficava mais aguda. Contava coisas de seu pai, da carreira de direito que ele nunca iria seguir e das partidas de pôquer que o velho organizava na casa, as montanhas de cédulas que vira sobre a mesa. "Meu pai", dizia ao final de cada frase, depois de cada gole na garrafa, "Meu pai".

A Corpo observava Paco Frontão com um sorriso brando, uma sobrancelha levantada, comendo com lentidão, bebendo o vinho em goles longos. Sentada na beira da mesa com as pernas nuas, as coxas achatadas sobre a superfície de madeira polida. Vestia uma camiseta branca de alça muito folgada, e os peitos, livres do biquíni que despira pela cabeça ao entrar na cozinha e que agora, molhado, estava sobre uma outra mesa, ao lado do pão e de uma lata de conservas aberta, se moviam com uma lentidão de sinos quando se inclinava para pegar o vinho. Quando se erguia, os mamilos ficavam marcados no algodão ligeiramente úmido e permaneciam ali, vigilantes, até que a Corpo voltasse a se inclinar ou se levantava e ia agachar-se ao lado de Miguelito para pegar alguma coisa na outra ponta da mesa, e então, através da enorme abertura da camiseta, eram vistos os mamilos, escuros, violentos, calados, oscilando na ponta dos peitos antes de voltar a se esconder atrás do algodão e ficar ali escondidos, contradizendo a expressão de ingenuidade com que a Corpo ouvia os comentários de Paco Frontão.

— Quero ter grana pra comprar um terreno no campo, plantar coisas e viver ali. É isso que eu vou fazer. Com uma lareira na casa, daquelas que são mais altas do que você. E viagens. A Katmandu ou a um lugar qualquer. Vou mandar tudo tomar no cu. Você verá. Irei a Katmandu algumas vezes e outras a Nova York — Levantava a vista para o teto, gritava: — Você está entendendo, Belita? E você aqui, limpando o cu do papaizinho, de babá, que é isso que você vai ser, chupadora, filhinha de papai — Paco Frontão soltava gargalhadas idiotas, quase chorava de tanto rir.

As cores da pele da Corpo, entrevistas sob a axila e as costas, eram alviverdes, marrons, rosa queimado. Miguelito, sentado em um tamborete, bebia com calma, mas continuamente, aquele vinho frio. O sol batia na parte direita de seu corpo, aquecia o calção, ainda molhado; percebia a umidade morna do tecido em suas coxas. Miguelito passava a vista pelas pernas de Luli, por aquele sorriso que ia se tornando turvo. Ela o observava enquanto bebia, apoiando na geladeira suas costas de menina. A voz cada vez mais metálica e trêmula de Paco Frontão se misturava aos sons que chegavam do jardim, um borbotão de água entrando na piscina, uma voz distante saindo de alguma casa vizinha, um piado surdo que não sabia se era provocado pelos postes elétricos ou alguma cigarra. Ao mudar de posição ou ao respirar, a sombra da grade se movia pelo corpo da Corpo, e parecia que eram a janela e a casa inteira que estavam se movendo.

Quando subiram para o andar de cima e Paco Frontão bateu na porta de sua irmã, Miguelito ainda tinha aquele zumbido e aquela luz resplandecente da janela enfiados nos ouvidos e nas retinas, com tanta força que disse a Luli que mal ouvia os ruídos nem as vozes e via tudo com manchas de sombra, quase deslumbrado. "Mas por dentro da cabeça estou iluminado, como se o vinho que bebi brilhasse lá dentro", disse. Entraram em uma espécie de escritório meio abandonado. Havia mais tapetes, estantes com alguns livros e porcelanas mal colocadas e um sofá muito grande coberto com lençóis. Um arco levava do aposento a outro menor, mergulhado na penumbra.

— Olhe — Paco Frontão apontou para Miguelito um retângulo de feltro verde emoldurado com madeira escura, pendurado na parte mais alta de uma parede.

Atravessado sobre o feltro, havia um fuzil antigo, com a culatra e a parte inferior do cano recobertas com um metal cinzelado.

— É prata — Paco Frontão o observava com as pálpebras semicerradas. — Todos os enfeites são de prata.

Miguelito Dávila observava o fuzil. Luli e a Corpo levantavam o lençol do sofá, passavam a mão por uma tapeçaria florida. Paco Frontão apontou uma escrivaninha que estava encostada na parede do fundo.

— E ali tinha antes a arma. Agora está guardada no cofre forte. É uma Astra automática.

Miguelito levantou outra vez a vista para o fuzil. "Pegue-o, se quiser", disse Paco Frontão enquanto começava a caminhar em direção ao sofá, "você vai ver como é pesado." Miguelito não respondeu, mudou o pé direito de lugar rapidamente para evitar uma queda, tentou manter-se imóvel por um instante. Ao se virar, Luli estava ao seu lado. Passou a palma das mãos pelo seu peito, pelo pescoço e a nuca. Beijou-a lentamente. O sabor azedo do vinho, o calor úmido do biquíni em suas coxas, em seu sexo. Miguelito Dávila se asfixiava, quase arfava, não sabia se de desejo ou de cansaço. Luli se afastou um pouco. Miguelito viu que o aposento estava vazio. Seu amigo fora embora com a Corpo.

Luli o levou até o sofá. Sentaram-se de costas, um diante do outro, Luli com um joelho dobrado no assento e um cotovelo apoiado no encosto, os dedos da mão afundados nos cachos de seus cabelos quase louros.

— É verdade que você vai ser um poeta importante?

Miguelito Dávila conversara com Luli sobre poesia na primeira tarde em que foram para a cama. Contou-lhe o que acontecera no hospital, quem era Ventura Díaz, aquele homem que morreu cheio de dignidade, e Dante, o poeta. Ele iria ser como Dante, e ela seria sua Beatriz. Ia comprar livros, embora já tivesse o melhor, como aquele homem lhe dissera no hospital. "Você tem em suas mãos o maior tesouro da humanidade. E não se esqueça, você carrega outro tesouro em você. Precisa descobri-lo, pois só pertence a você. A poesia está dentro de cada um. Não a procure em outro lugar, leia outros livros, mas não para saber como eram aqueles que os escreveram, mas para saber quem é você. A poesia não é para os fracos. O poeta é aquele que conquista territórios nunca alcançados por outros homens, o aventureiro que sabe ir mais longe, mais além do que ninguém."

— É verdade que você vai ser poeta?

Do aposento ao lado, o que estava na penumbra, chegaram alguns ruídos. Miguelito observou as sombras através do arco e olhou para Luli. Ela sorriu fazendo um leve gesto afirmativo:

— Eles estão ali — e repetiu sua pergunta.

— Sim — Miguelito talvez percebesse como as luzes que o vinho traçara em sua cabeça começavam a se apagar. Falou sem o entusiasmo da outra vez, em um tom que parecia de resignação. — Já não posso mais ser outra coisa.

O som de dois corpos se estreitando, vozes sussurrando. Miguelito voltou a olhar para lá. Viu um reflexo de luz, um espelho grande na penumbra.

— Você poderá ser o que quiser. Eu já lhe disse — Luli Gigante acariciou-lhe a palma da mão.

No dia em que se deitaram pela primeira vez, Luli lera sua mão. Divertia-se com aquelas premonições. Filhos, viagens, e um lago escuro no final da linha da vida, mas havia uma barca para atravessar o lago e uma mulher para ir com ele na travessia, uma mulher que se chamava Luli. Também passou um tempo adivinhando seu futuro na cicatriz das costas, desenhando com a ponta do dedo uma meia-lua paralela a que os médicos haviam deixado no corpo de Miguelito. "Adivinho que você foi operado, que perdeu um pedaço do corpo. Mas vejo que terá uma vida longa. Vejo versos", ria Luli, e traçava um percurso de beijos nas costas e nos ombros de Miguelito.

— Olhe — era Luli quem dirigia agora a vista para o aposento do lado.

Na penumbra do espelho apareciam as silhuetas de Paco Frontão e a Corpo, o contorno de uma coisa que podia ser uma cama ou talvez outro sofá. A Corpo, com a camiseta ainda vestida, se erguia, desaparecia do espelho, voltava a se refletir nele, se apoiava na beirada de um móvel para tirar a parte inferior do biquíni e deixá-lo cair no chão.

Miguelito pegou a mão de Luli, tentou atraí-la para ele. Ela permaneceu em seu lado do sofá, olhando o espelho. Havia mãos, braços acariciando a Corpo; ela era abraçada por trás, mãos entravam pelas fendas da camiseta, palmas percorriam seus seios, uma mão surgia sob a camiseta e se perdia no meio das pernas da Corpo, ela encolhia o ventre, jogava a cabeça para trás, colava-a na fronte de Paco Frontão, beijava ou lambia suas faces, o pescoço; a Corpo se apoiava num móvel, os dois braços estendidos.

Miguelito puxou levemente a mão de Luli. "Vão nos ver", sussurrou Miguelito, mas ela continuava olhando para as sombras.

Luli Gigante entreabriu a boca, como se fosse falar. O sorriso sumiu de seus lábios, fez um gesto que era quase de dor, e então, já com aquela expressão turva de cansaço ou de sono, olhou para Miguelito, a voz lhe saiu meio rouca, "Teriam ido para outro lugar se não quisessem ser vistos", e voltou os olhos para o espelho, "Olhe". Miguelito percebeu que o vinho corria pelas suas artérias corpo abaixo, suas pernas ficavam mais moles. Observou por instantes o perfil de Luli, os lábios entreabertos, as pálpebras derrubadas. Adivinhou no espelho que a Corpo tinha a mesma postura. Paco Frontão apareceu nu, o membro ereto. Os olhos de Luli. Paco Frontão acariciava lentamente o pênis, masturbando-se em câmara lenta. Dizia alguma coisa e a Corpo dobrava o pescoço, afastava o cabelo para um lado, uma cortina negra e lisa na penumbra, o rosto devorado pela escuridão. Luli pegava a mão de Miguelito, mexia a cintura, se acomodava no sofá sem tirar os olhos das sombras do quarto vizinho. Miguelito fez um gesto de retirar-se, agora o vinho corria para se acumular na curva do coração, não o deixava falar com aquela batida única e prolongada, e ela, Luli, abria as coxas e com a mão livre afastava do sexo o tecido esponjoso do biquíni, e as batidas de seu coração podiam ser vistas nas veias do pescoço. Lentamente, fingindo que ainda estava puxando o tecido do biquíni, Luli introduzia o dedo mindinho em seu sexo e o tirava mais lentamente ainda, olhando para a escuridão, e o dedo saía brilhante, separava com ele seus lábios borbulhantes, uma espécie de bolha de sabão brotava de seu sexo, cômica, inocente. Apertou as pálpebras, deixou-as fechadas por alguns instantes, enquanto Paco Frontão introduzia seu membro na Corpo e, agarrando suas ancas e suas coxas, começava a mover-se, a investir com força enquanto ela continuava agarrada àquele móvel. Seu rosto ia de um lado a outro e os braços se flexionavam e voltavam a se estirar diante das investidas de Frontão, ouvia-se o rangido do móvel ao ser empurrado, uma queixa da Corpo que parecia vir de um lugar diferente do espelho e Luli voltava a abrir seu sexo, agora introduzia o dedo mindinho e o anular, e os deixava lá dentro, a figura de Paco Frontão desaparecia do espelho, ouvia-se sua voz, Luli abriu um pouco mais os olhos, houve um ruído novo, um murmúrio perto da porta, e de novo passos e a voz de Paco Frontão, sem se saber o que dizia, sua figura outra vez no espelho, de perfil, o traço do pênis excitado artificialmente, grande, quase vertical. Luli voltou a virar os olhos, tirava seus dedos da vagina, Paco Frontão tirava a camiseta da Corpo, outra vez atrás dela, e Luli colocou sua mão entre as pernas de Miguelito, sem olhá-lo, ele a afastou, e sentiu em seus dedos a umidade, a baba e o cheiro de Luli. A Corpo se queixava, Paco Frontão agarrava seu sexo, tentava introduzi-lo nela, voltava a tentar, ela se queixava outra vez, mexia as pernas, e Paco Frontão, agora sim, começava a se mexer dentro dela, talvez no ânus, a Corpo se arqueava, e Luli acariciava as virilhas de Miguelito, ele agarrava sua mão sem convicção, via como a Corpo acariciava os próprio peitos, Luli descia seu calção, se inclinava sobre ele, aquele cabelo revolto, os cachos quase dourados, e metia a pica na boca, o calor da saliva, o vinho era uma onda lenta e escura, Miguelito fechava as pálpebras e via uma mulher a distância, uma adolescente, Beatrice, a boca de Luli, sua língua, Beatriz, os corredores do hospital, as linhas negras dos versos no papel, formigas caminhando pelo livro, palavras, o ruído da boca, abriu os olhos, a mão de Luli jogava o cabelo para trás, sua língua, esponjosa, grande, viu os olhos de Luli no restaurante, as aranhas, uma enfermeira surgindo na porta de seu quarto no hospital e submergindo na água, o ruído das borbulhas, o ruído das cigarras ou da eletricidade, a Corpo na cozinha, seus mamilos oscilando, a velocidade e o odor das flores na noite de verão. Miguelito abriu os olhos e achou que via os olhos da Corpo no espelho, viu as costas de Luli Gigante como as de uma estranha, aquelas costas de menina derrubadas sobre ele, e ali, enquanto observava a borda do biquíni em sua cintura, a fronteira do tecido negro e a pele, o véu dourado, sentiu como o vinho e o sangue, a eletricidade das cigarras, o mundo inteiro fugia de seu corpo e enchiam a boca, o rosto de Luli.

Muitos anos depois, quando sua mulher já morrera, Paco Frontão, também olhando para a escuridão do mar no meio de uma noite de verão, me contou que no final daquela tarde os quatro foram ao Despenhadeiro do Corvo no Dodge de seu pai. Disse-me que, daquele dia, sempre recordava aquele momento, os quatro na estrada, e de como a brisa estremecia os cabelos curtos da Corpo no assento ao lado, e como aquele vento esbofeteava em um suave remoinho os rostos de Miguelito e de Luli Gigante no banco traseiro.

Contou-me que ele dirigia sem tirar os olhos do asfalto, com o sabor ácido do vinho na garganta e a boca cheia de pequenas agulhas, o início da ressaca, e que enquanto Luli e a Corpo falavam, o ar levando suas palavras, o que mais se ouvia no carro era o silêncio de Miguelito. Olhou-o pelo retrovisor quando chegaram à praia do Despenhadeiro do Corvo. Tinha os olhos perdidos. E Paco Frontão também me disse que quando estavam ali, estacionados diante do mar, as ondas quebrando a alguns metros do Dodge e o ar salgado da noite entrando pelas janelas, ouviu, enquanto ele beijava a Corpo, entre o ruído das ondas, Luli falando com Miguelito aos sussurros.

Haviam passado 23 anos desde tudo aquilo. Paco Frontão era um advogado calvo, viúvo e melancólico; aquele velho que sempre carregara debaixo da pele começara a conquistar prematura e definitivamente a maior parte de seu rosto. Acontecia agora o contrário daquela época. Às vezes, surgia na cara do velho a máscara de um jovem misterioso. E com um sorriso leve que por um instante recordou a sombra daquele Paco Frontão de outros tempos, ele me disse que aquela tarde em que Luli Gigante, a Corpo, Miguelito e ele passaram em sua casa foi a do último domingo de junho. E que depois, ao longo da vida, sempre achou que jamais voltou a viver domingos como os daquele verão. "Houve outra coisa. Mas não houve mais domingos. Nem mesmo verões."

Rafi Ayala passeou durante sete dias pelo bairro com seu uniforme de pára-quedista e sua boina negra caída sobre o olho direito. Fez exercícios castrenses com os tacos de bilhar do salão recreativo Ulibarri. Não exibiu suas proezas de faquir urológico. Desta vez, diante da clientela adolescente do salão Ulibarri, desfilou entre as mesas de pingue-pongue sapateando ou ficando em posição de sentido com o queixo apontando para os tubos fosforescentes do teto e apresentando armas com o taco. Os outros o olhavam tão boquiabertos e desconfiados como na época em que esfolava gatos.

Falava muito de tenentes, sargentos e comandantes. Citava seus nomes como se todos no bairro os conhecêssemos desde sempre. O tenente Martínez Vidal, que falava seis idiomas e em seus tempos de mercenário estivera em Angola e Beirute, o sargento Requena, que era um filho-da-puta e os deixara seis dias sem comer durante as manobras, mas tinha dois colhões porque fizera 156 saltos noturnos e quebrara 14 ossos. Eu o vi tentando explicar a dona Úrsula o funcionamento de uma granada depois de marchar na calçada com uma vassoura apoiada no ombro.

Pareceu-me que tinha de fato um aspecto de soldado, a nuca raspada e aquele tique, dissimulado pela boina, que levantava suas sobrancelhas duas vezes por minuto.

Quando encontrava algum conhecido, cumprimentava-o com um movimento de queixo e uma batida com o salto do sapato meio disfarçada. Aos amigos, dava abraços tensos e secos, batendo uma ou duas vezes com os punhos fechados nas omoplatas do adversário. Com o anão Martínez era diferente: davam-se as mãos, cada um agarrando o polegar do outro. Tudo o que contava era fora de propósito. Parece que os paracas — nunca ninguém no bairro voltou a pronunciar a palavra pára-quedista — não gostaram muito das habilidades de Rafi Ayala com sua pica, nem do truque da chave de fenda nem de como fazia força para erguer o corpo em cima de seu desgraçado pênis.

Um sargento, talvez Requena, aquele dos saltos noturnos, o surpreendera certa vez no corpo de guardas quando demonstrava a companheiros sonolentos como era capaz de retorcer os órgãos genitais, e assim que viu aquilo lhe deu uma bofetada na orelha que quase arrebentou seu tímpano. Colocou-o em posição de sentido, e, enquanto espremia seus ovos, gritava na boca do ouvido que sangrava que aquele nabo e aqueles ovos pertenciam ao exército espanhol, eram material de guerra, e que aquele que estropiava a propriedade do exército era um mau espanhol, um mau soldado e um traidor. "E você, além de traidor e de sabotador, é imbecil, rapaz." Deixou-o três noites inteiras guardando uma latrina, escoltando uma privada que seus companheiros, por ordem do sargento, usaram ao longo daqueles dias sem puxar a descarga. Também o obrigaram a segurar uma submetralhadora acima da cabeça, sem a descer, até que seus braços ficassem petrificados; quando isso acontecia, a arma caía no chão e o sargento Requena, ou outro qualquer, partia seu lábio com um novo golpe. Foi obrigado, ainda, a cavar valas às quatro da manhã. Rafi Ayala tinha, finalmente, alcançado a felicidade.

"Rafi é feliz. A vida se porta com ele como ele antes se portava com seus gatos, com seu pinto e com o mundo inteiro", dizia González Cortés vendo-o passar diante do bar, sempre marcando o passo e sussurrando o estribilho de um hino. "Aí está um personagem que você deve entrevistar quando estiver trabalhando no rádio", dizia ao Garganta, que passou a maior parte das tardes daquele verão no bar do pai de González Cortés, com suas camisas elegantes e seu cabelo sempre recém-cortado, disposto a saltar para o estrelato a qualquer momento. Enquanto isso não acontecia, se entretinha irradiando a todo o mundo os filmes que assistira na noite anterior no cinema ao ar livre ou na televisão, com tantos detalhes que a narração sempre durava mais do que o próprio filme.

Naqueles dias, o nome da sombra de Rafi Ayala era Amadeo Nunni. O Babirrussa memorizava todos os movimentos que o outro fazia com as vassouras e os tacos de bilhar. Sabia o número de botões do uniforme de paraca e o número de voltas dos cadarços das botas. Conhecia melhor do que o próprio Rafi Ayala os apelidos de todos os comandantes da companhia do esfolador de gatos, assim como o nome de batismo do tenente Martínez Vidal, Enrique, o segundo sobrenome do sargento Requena, Benitez, e o número de vezes que os outros dois sargentos, Veloso e Virtudes, e os cinco cabos e os primeiros cabos haviam pulado de pára-quedas.

Quando Rafi se encontrou pela primeira vez com Miguelito Dávila, o Babirrussa estava presente. Foi no cruzamento do posto de gasolina. Miguelito voltava da drogaria e Paco Frontão e Avelino Moratalla estavam com ele.

— Miguelito. Incrível. Miguelito.

Miguelito se deixou abraçar e depois ter seus ombros acariciados com um sorriso que não era um sorriso.

— Muito bem, Rafi. Muito bem. Paraca — beliscou seu queixo, afagou-o lentamente, duas vezes. — Muito bem.

Os dois ficaram sorrindo ou fazendo algo parecido. O Babirrussa olhava-os com seus olhos de chinês, muito próximos um do outro. Rafi bateu de novo no braço de Miguelito. E Miguelito passou o polegar pela comissura da boca, como se a limpasse, com o pescoço um pouco de lado. Ouviam-se os ruídos dos carros ao passar três ruas mais abaixo. E então Avelino Moratalla se aproximou e Rafi voltou a recuperar algo da euforia, deu-lhe um de seus abraços, e enquanto Avelino perguntava quando o promoveriam a general, Rafi saudou de longe Paco Frontão, que respondeu com uma careta, sem dizer nenhuma palavra nem se aproximar.

— Você viu? — perguntou o Babirrussa a Miguelito Dávila, apontando a corrente de bandeiras metálicas e as chapas que Rafi trazia no peito.

— E você, o que está fazendo, Miguelito?

— Bem, bem, Rafi — Dávila agora sorria de fato, mas não era o começo de um sorriso e sim o final. — Bem. Estou aqui.

— Não deve ser verdade o que me disseram — as sobrancelhas de Rafi subiram, olhou para os demais, alegre. — Disseram que você começou a fazer poesias. Isso não é verdade, Miguelito. Porra! Isso não é verdade.

Dávila fez um gesto de cansaço, parecia que ia retomar a caminhada.

— Você não está virando veado, não é mesmo Miguelito?

— Não. Não se preocupe. Nunca se preocupe comigo, Rafi.

— Miguelito, porra. Era brincadeira — Rafi Ayala olhou os demais procurando cumplicidade. — Brincadeira, porra. Mas sei da história de Luli. Isso é que é ter colhão. Luli Gigante.

Viu-se que Rafi ia voltar a dar palmadas no braço ou no ombro de Miguelito, mas não se atreveu. A sua hesitação ficou clara.

— A gente tem que se ver com tranqüilidade. Vou lhe contar umas histórias de umas vadias. Daquelas que estou fodendo em Murcia. Aquelas sim são vadias, Miguelito. Estou querendo encontrar minha prima — também deu pra perceber que teve a intenção de virar o pescoço e olhar para o lugar onde estava Paco Frontão. — Eu já lhes falei do corpo que a Corpo tem e vocês não acreditaram. Uma noite eu a chamo e saímos os quatro. Você com a Luli e eu com ela. Depois, seja o que tiver de ser.

— Claro.

— Estou falando sério, Miguelito. Estou falando sério com você.

— Então os paracas ensinaram você a falar sério? Eu achava que ali ensinavam outras coisas.

Dávila começou a andar de novo. O maxilar de Rafi Ayala se desencaixou um pouco.

— Você não me inveja, não é, Miguelito?

Miguelito Dávila se deteve. Só virou a cabeça. Agora sim parecia sorrir de verdade.

— Não. Na verdade, não. Adeus, Rafi.

Miguelito retomou o caminho. Paco Frontão e Avelino Moratalla seguiram com ele. Apenas Moratalla, ao passar ao seu lado, bateu com a mão na de Rafi Ayala. E Rafi, sem lhe dar atenção, nem a ele nem ao Babirrussa, que falava do rim de Miguelito, do tempo tão difícil que passara no hospital, ajustou a boina, puxou-a ainda mais sobre o olho direito e ficou ali com seu uniforme e sua nuca raspada, perto das bombas de gasolina, com suas bandeiras de metal no peito, vendo como a distância, bailando no vapor que a gasolina espargia pelo ar, se perdiam as figuras de Miguelito Dávila, Avelino Moratalla e Paco Frontão, enquanto o ruído dos carros se enfiava em sua cabeça.

"E eu, que não sabia por que lugar, me voltei ao redor e me abracei às fieis espáduas, todo gelado." Miguelito Dávila escrevia esses três versos da *Divina Comédia* em seus cadernos escolares. E também escrevera ao pé do desenho de uma coruja: "Sem saber, sabendo, sem saber, sabendo." Passava as horas na drogaria tentando recordar versos, e nos momentos em que a loja ficava vazia, tirava o livro que herdara de Ventura Díaz no hospital e ficava ali, lendo, entre as caixas de ácido clorídrico e de soda cáustica, sob as estantes carregadas de latas de tinta e garrafas de lixívia, com seu guarda-pó cinza-esverdeado e uma palidez que nem mesmo o fulgor do verão nem os sábados na piscina da Cidade Desportiva conseguiam apagar.

O olhar atento e compassivo de dom Matías Sierra, o dono da drogaria, acompanhava sua leitura "Eu, quando era jovem, também lia Alexandre Dumas e livros russos, anteriores ao comunismo." Dom Matías hesitava, antes de continuar: "Mas lia para me divertir, não assim." "Assim como?", perguntava Miguelito, sem levantar a vista. "Assim, gastando o livro, lendo a metade das coisas em estrangeiro, sem saber idiomas." "Isto não é um livro, é uma religião", comentava Miguelito Dávila, e continuava lendo, tentando ver o mundo que havia atrás daquelas palavras, sombras que mal conseguia vislumbrar. Escavava o túnel de sua fuga. Um caminho que talvez já soubesse que estava fechado.

"Beatriz, Beatriz, Beatriz. Eu. Contar a Luli", escrevia em folhas em branco que ia deixando dentro de suas cadernetas. "Hoje dois. Amanhã tudo." "Levantar-me à noite, olhar pela janela e pensar que era a janela do hospital e que o hospital inteiro estava atrás de mim." "ENXOFRE." "Pó de enxofre no leite e o sol também dentro. A cor do enxofre no leite entrando na minha boca." "Vi minha mãe descer as escadas de costas com um suéter de homem que talvez tenha sido de meu pai e ela o usava para aproveitá-lo com os punhos dobrados e o cabelo branco e fiquei pensando que ia descendo as escadas para a morte e que eu não podia fazer nada além de olhá-la sem saber fazer outra coisa como se fosse culpado e também pensei se gostaria que morresse e meu pensamento queria me dizer que sim." "Quatrocentos e cinqüenta e seis pesetas por tudo." "Comprar guarda-pó novo. Deixar o outro pendurado. Para vê-lo. Para pensar que fui embora."

Luli Gigante pintava os lábios com batom vermelho para beijar a cicatriz da operação. Olhava-o com olhos de menina perversa, açoitava suavemente seu rosto com os cabelos. Ao cair da tarde, passeavam ao longo das cercas da Cidade Desportiva e Luli passava as mãos pelos loureiros-rosa. "São venenosos. Se um dia você me abandonar, me envenenarei como Julieta", ria, e andava de costas diante dele. Luli Gigante fumava por obrigação e carregava quase sempre alguns livros debaixo do braço, com seu corpo de adolescente e aqueles dois mapas da África, as omoplatas, confrontando-se no meio das costas, dois continentes submersos sob a maré dourada da pele. Dançava no Bucán, sonhava de olhos abertos e quando a mãe de Miguelito saía de casa, se despia lentamente diante dele, e em cada peça que caía no chão partia um pedaço daquela menina adolescente e aflorava uma mulher misteriosa que depois do amor fazia desenhos com o dedo na parede. Desenhava mapas e nomes de países remotos, impudica, sonolenta, e, às vezes, naquele aposento ou num daqueles bancos que havia diante de sua casa, com o olhar triste ou cheio de luz, perguntava a Miguelito se ia fazer uma poesia para ela. "Deseje-me um arco-íris, deseje-me uma estrela", dizia ela brincando com uma velha canção, e ele sempre respondia, "Sim, um arco-íris, uma estrela".

Ninguém sabia por que Luli Gigante carregava quase sempre livros de um lado a outro. Eram forrados com papel acetinado vermelho e turquesa, e às vezes também levava uma pasta com fotos de atores. E quando Miguelito lhe perguntou aonde ia durante as manhãs, quando ele a via naquele inverno cheia de livros, ela lhe respondeu que a nenhum lugar, mas que gostava de imaginar que era estudante e que ia à universidade, e que por isso comprara aquele impermeável cor de ameixa, porque lhe pareceu que era de estudante, e queria que todo mundo a visse com seus livros. Dava uma volta muito longa, e sempre parecia que ia subir num ônibus ou que estava prestes a ser recolhida pelo carro de uma colega. Sabia o nome da companheira imaginária, Marta, e até o número da placa do automóvel, um R-5 branco que não era de Marta, mas de seu pai. E ficava pelas ruas até que o movimento da cidade mudasse, até que os estudantes não fossem mais vistos circulando pelas ruas, e aí ela voltava para casa e caía na cama. "Você perceberá que no verão quase nunca carrego livros, só quando imagino que estou indo estudar na casa de uma amiga", Luli Gigante levantava uma sobrancelha e soltava uma baforada de fumaça, alongando os lábios, levantando o queixo para que a fumaça subisse até o teto.

Luli Gigante não foi nunca a nenhuma universidade, nem mesmo chegou a dançar em nenhum corpo de baile. Deixou o instituto pouco antes de completar 15 anos. Dedicou-se a não fazer nada, apenas a brigar com seu pai, que tinha a voz rouca e uma careca mal dissimulada e tingia os cabelos que lhe restavam, assim como as sobrancelhas e o bigode, com uma cor demasiadamente escura. Seu pai sempre a olhava de esguelha. A ela e a sua mãe. E sempre havia uma palavra amarga quando falava com uma delas. "Quisera que me desse a metade do carinho que dedica aos pássaros", dizia às vezes a mãe de Luli, não ao pai, mas ao vazio. "Conquiste o direito", respondia ele, e continuava olhando a gaiola com dois pintassilgos, as três dos canários ou aquela outra onde tinha enfiado uma perdiz que mal podia se mover.

"Isso diz minha mãe, mas eu nunca quis nada dele, e muito menos seu carinho. Meu pai me dá nojo", dizia Luli Gigante a Miguelito, que sempre imaginava a casa inteira de Luli como o hall de entrada que vira da escada numa noite em que subira para acompanhá-la. Escura, com um corredor com papel pintado com galhos da cor do tabaco e alguns quadros pequenos com molduras de plástico dourado. "Se meu pai me desse um beijo, eu morreria", sorria Luli, beijando Miguelito. "Teve mais amantes do que o pai de Paco Frontão, só que ele não as carregou em nenhum carro nem lhes comprou nenhum vestido muito caro, sobretudo depois de ter perdido, ninguém sabe como, o dinheiro que herdou de um irmão. Perdeu o dinheiro e morreu. Só está esperando que o enterrem", ria Luli. "Eu já sei que roupa vou vestir no enterro dele. Eu a visto e passeio pela casa para que ele me veja."

"Sempre protesta contra tudo o que uso. Sempre uso saias curtas e decotes grandes. Diz que me visto como uma puta", Luli desenhava o mesmo círculo na parede, várias vezes seguidas. Talvez imaginasse que cada círculo que desenhava era de uma cor diferente. "E uma vez, quando lhe disse que ele entendia muito de putas, me deu uma bofetada que me atirou no chão e me deixou esta cicatriz." Luli Gigante apontava a marca quase invisível de um corte antigo que tinha na testa. "Até que fui vê-lo na casa daquela vadia, e então nunca mais me bateu ou voltou a gritar comigo. Só me olha e faz barulho com a garganta. Grunhe."

Numa manhã de inverno, quando ainda não passeava com os livros pelas ruas do bairro, Luli Gigante desceu lentamente a ladeira íngreme de sua casa, deixou para trás o rumor dos eucaliptos da Cidade Desportiva e entrou no portão de número 16 de uma rua estreita do Carranque. Subiu as escadas até o segundo andar, procurou a letra D e bateu na porta. Quando aquela mulher morena, um pouco mais velha do que sua mãe, despenteada e abotoando um roupão sob o qual se via que estava pelada, abriu, ela não respondeu a sua pergunta, "O que você quer?", até a terceira vez. Luli olhava calada para o interior da casa, pequena, cheia de enfeites. Lembrava-se de uma gôndola de plástico, com lâmpadas coloridas. "O que é que você quer?" "Vim ver meu pai", respondeu Luli. E assim que pronunciou aquela frase, seu pai saiu detrás do móvel onde estava a gôndola, abotoando as calças, com os cabelos da careca mal-arrumados. Ficaram se olhando, a mulher voltada para o pai de Luli, fechando agora o roupão com as duas mãos. Os três em silêncio, até que Luli virou-se e começou a descer a escada e, depois de fechar a porta, voltou a ouvir a voz da mulher, fazendo perguntas.

Luli Gigante esteve trabalhando em uma sapataria do mesmo dono daquela em que trabalhava sua amiga Corpo. Conhecera-a um pouco antes. A Corpo simpatizara desde o princípio com Luli. Chamava-a de extravagante, passeavam sozinhas. Luli nunca falava com os amigos da Corpo, via-os a distância, sentados nos bancos diante de sua casa, fumando maconha e rindo em voz alta. Às vezes Rafi Ayala estava com eles, ia ver sua prima a Corpo e contar suas habilidades de faquir genital. Rafi dissera a algumas daquelas pessoas que se casaria com a Corpo quando completassem 25 anos. Rafi chegou a se sentar algumas noites com as duas no Rei Pelé ou no A Medusa. Ficava calado, mexendo os pés debaixo da mesa, tentando disfarçar seu tique nervoso.

Luli aceitou o trabalho na sapataria. O gerente olhava muito pra ela e um dia a beijou nos fundos da loja, passando a mão em seu corpo. Voltou a pegar seus livros e comprou o impermeável ameixa. Conheceu um estudante de medicina que dizia ser filho de um médico muito importante. Luli contava à amiga Corpo como os dedos do estudante tremiam quando tocavam seus peitos. Falou do nojo e da vontade de rir que teve na primeira vez em que ficou com os dedos cheios de esperma. E de como acariciou seus cabelos, como se fosse uma moribunda de filme, depois de se deitar com ela pela primeira vez, roubando-lhe a virgindade. As duas riam sentadas nos bancos e nos degraus do portão quando chovia. Deixou o estudante porque se aborrecia muito com ele, que só falava de seu pai, o médico. "Quase gostei mais dos beijos do gerente da sapataria do que dos dele. Pelo menos o cara da sapataria não tremia e me apertava como se eu fosse uma mulher." Ele passou um tempo enviando-lhe cartas. Ela as mostrava à Corpo para que risse. Divertia-se com as risadas da Corpo.

E assim o tempo foi passando, até que chegou aquele verão e Luli Gigante conversou com Miguelito Dávila nos vestiários da Cidade Desportiva. As semanas do verão foram transcorrendo com os passeios e as mãos passando pelas folhas venenosas dos loureiros-rosa, os beijos nas esquinas e o amor furtivo na casa de Miguelito, com a promessa de versos e sonhos impossíveis. Adiando sempre a conquista do mundo para amanhã.

E assim ou de um modo parecido transcorreu toda a história de Luli Gigante, que nunca chegou a viver em nenhuma daquelas paisagens que desenhava no ar ou na parede. Os limites de seu reino sempre foram os daquele bairro no qual se foi nossa adolescência e a primeira juventude. Ao cabo, sua vida secou como as rosas de dona Úrsula, nas fronteiras daquelas ruas. E as pétalas caídas de sua juventude enfeitaram para sempre o tapete de paralelepípedos antigos e o asfalto retalhado daquele bairro. Mas isso foi muito tempo depois, quando aquele verão de nossas vidas ficou perdido para sempre e nós não éramos mais do que um eco de nomes aos quais era difícil dar um rosto.

Os primeiros dias de julho foram talvez os mais quentes daquele verão. Recordo o mestre Antúnez na penumbra do salão Ulibarri com uma camiseta branca de fio, movendo-se com a lerdeza dos insetos dos documentários. O esterno médio ressaltado e os ossos desordenados que a camiseta permitia ver contribuíam para lhe dar aquele aspecto de animal com couraça, não importa que a tivesse amassada por todos os lados. As moedas para o troco que trazia naquela espécie de avental curto cheio de bolsos mal tilintavam. Ouviam-se as moedas deslizando umas sobre as outras enquanto ele, arrastando os pés com seus chinelos quadrados, explicava que a velocidade era calor, a maior fonte de calor do universo. Mestre Antúnez tinha muitos conhecimentos de física e de química. Por isso, no meio daquelas tarde de vento terral, tomava quatro ou cinco cafés fervendo. "As calorias se transformam em *frigorias*. Coisas da combustão", dizia com as rugas do rosto marcadas a fogo, movendo em câmara lenta os lábios meio despelados pelo café fervente.

Na rua, dona Úrsula regava as crianças do bairro com sua mangueira verde. "Como em Nova York, na cena daquele filme em que ele é um vagabundo que vem fugindo da Polônia e ela é Susan Hayward", começava a contar o Garganta com tom impostado de locutor e olhos de fantasia. Foi, também, naqueles dias que Antonio Meliveo conseguiu por fim levar María José, a Fresca, para passear em sua moto. Levou-a ao bar de González Cortés, talvez para atestar o início da conquista. Mas a Fresca ficou quase na porta. Olhou com atenção para o teto do local, as estantes com as garrafas de conhaque barato e o avental de González Cortés. E quando Meliveo apresentou-a a Milagritos Doce, se antecipou ao beijo que a outra ia lhe dar e estendeu-lhe a mão com muita firmeza. Saiu do lugar balançando aqueles cabelos refulgentes e aquela bunda que, como seus peitos, era perfeitamente redonda, traçada com compasso duplo, enquanto, caminhando a seu lado, Meliveo nos dirigia dissimuladamente gestos triunfais.

— Não é uma bunda de Fresca. Ela tem corpo proletário — riu González Cortés.

Quando os vimos passar diante da vidraça do bar, Meliveo acelerando aquela motocicleta desengonçada, feita de retalhos de outras motos e talvez até de bicicletas, a Fresca fortemente abraçada a sua cintura com os olhos fechados e o fulgor de seus cabelos ao vento, González Cortés nos disse:

— Olhe, agora Meliveo não pergunta mais por quê. Só acelera.

E o Garganta, com a voz nada impostada e o olhar um pouco perdido, murmurou, dirigindo-se a González Cortés:

— Você pode dizer o que quiser, Rafa, mas até nos cabelos se vê que tem dinheiro. Que madeixas! Parece que são feitas de cédulas.

— Isso é o condicionador — respondeu Milagritos.

— E as cédulas — sentenciou o Garganta.

Mas a moto que revolucionou mesmo o bairro naquele verão foi aquela Sanglas, a Sanglas 400 de dois cilindros na qual mais de uma vez vimos passar a nossa Lana Turner do armazém sentada de lado. Usava um lenço azul cobrindo seus cabelos recém-platinados e óculos de sol tão antigos que pareciam modernos. O dono da moto era um jornalista do diário *Sur* que era chamado por todo mundo de o Gravata porque sempre estava mexendo o pescoço como se o incomodasse uma gravata que nunca usava.

O Gravata devia ser famoso, porque uma vez o vimos na televisão com o mago Rafael Pérez Estrada, que o fez desaparecer dentro de uma caixa, e aparecia muito na rádio falando de crimes, embora na rádio não o chamassem de Gravata e sim de Agustín Rivera. Havíamos o visto algumas vezes no salão recreativo Ulibarri, jogando na mesa do fundo, aquela que o mestre Antúnez mantinha coberta com uma lona e às escuras. Tirava a lona e a iluminava para ele, com muita cerimônia, e nem sequer punha o contador para funcionar. O outro, ao acabar, dava uma palmada no ombro de Antúnez, perguntava por seu filho, pelo tempo que faria no dia seguinte e enfiava uma nota no bolso de sua camisa.

"Eu conheci seu pai. Fomos companheiros no Saladero, e agora olhem pra ele", dizia mestre Antúnez, falando como nas igrejas, não apenas pelo calor, mas pelo respeito que despertava aquele tipo com a cabeça quase tão redonda como as bolas de bilhar que golpeava, com um cabelo espetado que parecia ter sido mal cortado por uma máquina de cortar grama avariada que tivesse arrancado mais grama de um lado do que do outro e um olhar reconcentrado na mesa que trocava por outro vivo e alegre assim que soltava o taco. Usava sempre, mesmo naqueles dias de tanto calor, um paletó de espiguilha verde que às vezes, como no dia da televisão ou na primeira tarde em que o vimos passar com a tia do Babirrussa em sua moto, trocava por outro também de espiguilha, mas de tom mais claro e com arremates de veludo nos cotovelos.

Contaram que o vendedor da Cola Cao, em uma daquelas viagens eternas que fazia, despencara de um barranco com seu carro e que, achando que estava às portas da morte, a primeira coisa que fizera — a última, pensava ele —, fora escrever numa folha o nome completo da tia do Babirrussa. Desenhara o nome com letras de forma muito grandes, e depois, antes de desmaiar, fizera um rabisco estranho que despertou a curiosidade da Guarda Civil. O vendedor não morreu, mas o Gravata, sempre ao pé da notícia, passou pelo O Sol Nasce Para Todos para verificar se o acontecimento era interessante.

Ao ver nossa Lana Turner particular, o Gravata fez três movimentos com o pescoço e concentrou o olhar na comerciante como se estivesse estudando as carambolas possíveis em sua mesa de bilhar. Fina Nunni ficou olhando para aquele sujeito estranho que, situado no fundo da loja, foi deixando que as quatro ou cinco mulheres que estavam ali fizessem seus pedidos, sem falar até que ficaram a sós. Ao saber o que o vendedor da Cola Cao fizera, Fina riu divertida:

— Que gracioso, nem escalavrado se esquece de mim.

— Nem escalavrado nem defunto. O pobre homem pensava que já estava a ponto de entregar os talheres — sorriu com tanta seriedade o Gravata, estudando tão seriamente a possível carambola, que Fina desatou a rir, e, repentinamente cheia de pudores, cobriu com uma mão o decote e deixou-a ali cravada na metade do esterno, com os dedos abertos, não importava que o Gravata só a estivesse olhando nos olhos. — E se entende. Entende-se que nem morto se esquecerá de você.

A tia do Babirrussa ficou gratamente surpreendida pela seriedade do jornalista. "Assim que o vi soube que você não era um vendedor", disse-lhe. Mas ficou de fato surpresa ao ver o Gravata virar com o dedo indicador as páginas da manuseada biografia de Rockefeller e comentar: "O velho Rocky. Foi, sem dúvida, o melhor personagem da saga. Melhor do que seu irmão William e muito melhor do que aquele desastre do Nelson Aldrich, que, no final das contas, não foi nada mais do que um leva-e-traz. Não sei o que você acha, mas essa é a minha opinião." Fina ficara tão boquiaberta como podia ficar uma pupila de Lana Turner, com os olhos um milímetro mais abertos do que o conveniente e um cigarro apagado entre os dedos, quase sem reagir diante da chama do isqueiro que o Gravata, como se fosse um hipnotizador, colocara diante de seus olhos. Naquela tarde do início de julho, Augustín Rivera, o Gravata, saiu de O Sol Nasce Para Todos seguido pela nuvem de fumaça que brotou dos lábios de Fina Nunni. Tinha os dedos cruzados em torcida pela carambola, pelo desenho de balé que as bolas haviam acabado de traçar sobre o pano verde da mesa.

Nos dias seguintes, ele sempre foi visto andando pelo bairro, com seus poucos cabelos espetados e seus paletós de espiguilha. "Não é o velho Rocky, mas tem classe. Além do mais, Rocky morreu há mais de quarenta anos", disse Fina — que sempre, até que o Gravata desaparecesse rumo a um posto de correspondente no Japão, chamou Rockefeller de O Velho Rocky — a Milagritos Doce, e Milagritos para o Carne e o Carne para todo o bairro. A todos, menos a Rafi Ayala, que havia recém-chegado para sua primeira licença e não ouvia nada que não tivesse a ver com narrativas quarteleiras e exibições de destreza militar.

Na verdade, Rafi Ayala devia achar que o uniforme o tornava irresistível para as mulheres, porque quando o Babirrussa lhe propôs que fossem ver a Gorda da Calha, Rafi ficou observando-o com ar de incredulidade e desprezo.

— A Gorda? Que Gorda? A Gorda da Calha? — perguntou cheio de surpresa.

O Babirrussa encolheu os ombros.

— Você está falando sério? Com um paraca? Com essa vadia, me esfregar com a Gorda? Você não viu as garotas com as quais tenho andado pra lá e pra cá em Murcia.

O Babirrussa o olhou muito sério, esperando o tique das sobrancelhas, que parecia estar atrasado.

— Pagando — disse o Babirrussa depois do tique.

— E com a Corpo? Também pagando?

O Babirrussa ficou olhando para ele muito sério. Repassou com seus olhos de chinês as bandeiras do peito.

— Você fode com a Corpo? Você a fodeu alguma vez, Rafi?

Rafi Ayala suspirou profundamente, mexeu a boca como se mastigasse chiclete:

— Você sabe quem eu vou ver hoje?

Amadeo esperou outro tique:

— Não.

— Lana Turner. Sua tia. Sempre tive tesão por ela. Vou meter nela.

E foi assim que naquela tarde Rafi Ayala, enfiado naquele uniforme verde que já começava a exibir uma sombra escura no colarinho da camisa e algumas manchas mal dissimuladas no peito, se dirigiu à mercearia de Fina Nunni querendo fazer uma conquista que deixasse o bairro inteiro boquiaberto. Mas Rafi Ayala não sabia nada de nenhum Rockefeller, nem tinha seriedade nem charme nem paletó de espiguilha com cotoveleiras. E nem parecia saber que a vida é cheia de carambolas rebuscadas. Assim, para a Lana Turner de nossos sonhos adolescentes, sua presença foi pior do que se tivessem colocado na sua frente um daqueles vendedores que torciam o pescoço, não para afrouxar o nó de uma gravata imaginária, mas para tentar ver um milímetro a mais de decote ou de perna.

Fina tratou-o com extremo sarcasmo. Ofereceu-lhe biscoitos de coco, perguntou-lhe se tinha parado de esfolar gatos e se não sentia calor com a roupa que usava, ou se era aprendiz de guarda. Abria a boca para expulsar a fumaça de seus cigarros e ficava olhando Rafi com o queixo levantado, medindo em silêncio seu nervosismo e sua raiva. E talvez não tivesse acontecido nada, talvez aquele verão tivesse acabado sendo como tantos outros, se Rafi Ayala não houvesse ficado alguns instantes parado no umbral da loja, tentando conter o tique que levantava suas sobrancelhas e o rosto inteiro como um calhambeque ao mesmo tempo em que procurava uma palavra, uma frase com a qual pudesse demonstrar a Fina sua hombridade e seu desprezo. Mas ficou ali, dando tempo para que Augustín Rivera, o Gravata, cruzasse o último semáforo do caminho dos Ingleses, dobrasse um par de esquinas e acelerasse rua adiante, se detivesse na porta de O Sol Nasce Para Todos, entrasse no estabelecimento e avaliasse com um olhar o que estava acontecendo.

"Homem, o Bonaparte", disse a Rafi ao passar por ele, antes de perguntar a Fina se estava pronta e ajudá-la a descer a persiana metálica. E como a outra lhe dissesse que sim com um sorriso, o Gravata lhe perguntou com muita naturalidade se deixariam o soldadinho de chumbo dentro ou fora da loja. Rafi Ayala ficou com todos os castigos que tinha recebido no exército, com todas as arengas e instruções para o combate engasgadas no meio do peito. Mas a única coisa que fez com toda aquela bola de sensações foi cravar seu dedo indicador nas costas do Gravata, que se virou e ficou olhando-o nos olhos, muito próximos um do outro.

O Gravata acompanhou com o olhar a viagem das sobrancelhas, como se aquilo tivesse sido um sinal, e se dirigiu para a porta tilintando as chaves e os cadeados. Rafi Ayala viu-os partir na moto sem ter pronunciado palavra nem feito nenhum outro gesto além daquele do dedo nas costas do jornalista. Assim que a moto se perdeu atrás da esquina, as palavras, a ira e a violência voltaram repentinamente à boca e à mente de Rafi Ayala.

Com o passar dos anos, às vezes fico pensando que aquele pequeno acontecimento, que não parecia ter nenhuma relação com nossa história, talvez tenha sido o que, depois de muitas curvas, depois de as bolas terem traçado caminhos complexos e rebatido suavemente em todas as tabelas possíveis, determinou que, no final daquele verão, muitas coisas tivessem acontecido como aconteceram. E, no final das contas, pensando com um pouco mais de atenção, as sortes de Miguelito Dávila, da Senhorita do Capacete Cartaginês e inclusive de Amadeo Nunni, o Babirrussa, e tudo o que marcou o final de uma época de nossas vidas, podem ter sido traçadas por um golpe brusco e descuidado ao volante, pelo sonho ou a besteira que levaram o vendedor da Cola Cao a despencar de um barranco empoeirado e a escrever o nome de Fina Nunni em uma folha de pedidos.

Mas naquele momento ninguém reparou nisso, talvez porque a primeira folga de Rafi Ayala ficou marcada por suas conversas quarteleiras e pelo que aconteceu na praia na última noite de sua licença. E ninguém pareceu se dar conta de que se o sujeito da Cola Cao não tivesse se estatelado com seu carro, o Gravata não teria chegado naquela tarde à loja de nossa Lana Turner e Rafi Ayala não teria conhecido José Rubirosa naquela noite. De fato, o que aconteceu naquela tarde foi que Rafi, decidido a se vingar das ofensas que ele e seu uniforme haviam recebido, assim que perdeu o Gravata de vista iniciou sua perseguição.

Dedicou-se a procurá-lo por todos os bares, postos policiais e restaurantes que, segundo haviam lhe contado, o jornalista freqüentava. Perguntou por ele ao Carne, ao Garganta, ao anão Martínez e até à dona Úrsula.

E foi assim que naquela noite Rafi Ayala, com seu uniforme mais piorado por conta do suor e com o tique das sobrancelhas quase entalado no alto da testa, acabou entrando no Alho Vermelho em companhia do anão Martínez. Nem mesmo o olhar perplexo de algumas das mulheres que estavam ali sentadas melhorou seu ânimo. O carpete amolecia a marcialidade e a determinação de seus passos, e ao chegar ao balcão parecia mais um náufrago do que um paraca.

Pediu rum com Pepsi para o anão e para ele, e depois de perguntar ao barman Camacho se conhecia um cara que chamavam de Gravata e se o vira naquela noite e o outro ter lhe dito que "Sim" e que "Não", voltou-se lenta e provocativamente para o homem que estava ao seu lado e desde o momento de sua chegada não afastara os olhos dele. Era Rubirosa, que o cumprimentou e ao anão levando um dedo ao lado direito de seu topete em uma espécie de saudação militar. Rafi sorriu-lhe com tédio, conversaram.

Foram amanhecer nas praias da Misericórdia, talvez depois de ter ido a algum bordel ou fechado o último tugúrio do Bairro das Latas. Rubirosa levou Rafi e o anão em seu carro azul reluzente até a porta de sua casa e ali, depois de Rubirosa ter escrito pela terceira vez em seu cartão o número de seu telefone, se despediram com abraços de bêbados e saudações militares. González Cortés viu-os quando estava colocando as mesas na rua. O anão com sua bolsa ginasial nas costas e Rafi com seu uniforme. Rafi só saiu de casa 12 ou 13 horas depois, quando as primeiras luzes elétricas tingiam de amarelo o azul do asfalto.

Aquela foi uma das noites mais quentes do verão. Rafi Ayala não procurou mais o Gravata, evaporado de sua cabeça com os eflúvios do álcool, tampouco viu Rubirosa naquele dia. Vimos Rafi Ayala descer a rua com o uniforme limpo e a camisa que sua mãe havia finalmente conseguido lavar. González Cortés e eu estávamos no bar de seu pai com Milagritos Doce, o Carne e Luisito Sanjuán, que recolhera no veterinário um de seus animais enfermos e desde as primeiras horas da tarde o levava de um lado a outro em uma gaiola, perseguindo alguma mulher mais velha com saia curta ou decote generoso enquanto murmurava, "Que desastre, que desastre". As mariposas noturnas revoavam ao redor da lâmpada que iluminava as nossas cervejas, e pelas janelas abertas se ouvia o ruído das casas mesclado com a música dos aparelhos de televisão. Pouco depois vimos Paco Frontão passar com a Corpo no Dodge de seu pai.

No dia seguinte, soubemos que Rafi Ayala se encontrara com o Babirrussa perto de sua casa. E que haviam ido na mobilete até a praia da Misericórdia, onde o Babirrussa ia se encontrar com Dávila e Avelino Moratalla. Estavam ao redor de uma fogueira, com Luli Gigante e amigos da Corpo. Disseram que havia música e garrafas de genebra e de vodca, que alguém tocava bongô e uma das garotas dançava, com as pernas nuas, uma espécie de dança árabe.

Não trataram Rafi mal. Miguelito, sem se levantar da toalha na qual estava sentado com Luli Gigante, lhe deu a mão e Rafi se ajoelhou para beijar as faces de Luli. Segurou com força a mão de Moratalla e lhe deram um copo de plástico para que bebesse. Miguelito não perguntou ao Babirrussa por que o levara, apenas o olhou fixamente, e o Babirrussa sorriu, encolhendo os ombros. Quando Paco Frontão e a Corpo chegaram, quase todos já estavam bêbados. A primeira coisa que os faróis do Dodge iluminaram foi o Babirrussa correndo pela margem e com uma coisa na mão, uma madeira, que atirou longe e se perdeu na escuridão. Estava usando a boina de Rafi Ayala. Alguns rostos se voltaram para os faróis do Dodge. Antes de apagá-los, Paco Frontão entreviu a figura de Rafi, em pé, perto da fogueira e com os botões do uniforme abertos. Também viu Miguelito, deitado na toalha com a barriga para cima. Havia alguém se banhando na beira da água. Quando os faróis foram apagados, toda aquela gente, inclusive suas vozes e seus ruídos, desapareceu por um instante do mundo. Na porta do bar de González Cortés, nós bebíamos cervejas geladas e, entre as cornijas dos edifícios e a copa daquela árvore meio murcha que González Cortés sempre regava com cubinhos de gelo e água suja, víamos as mesmas estrelas nas quais naquele momento os olhos de Miguelito Dávila se perdiam.

Disseram que a Corpo desceu um pouco antes do carro e ficou ali, encostada na sua porta, até que Paco Frontão saiu e fechou a dele. Avançaram até a fogueira, cada um por um lado do Dodge. Pararam ao lado de Miguelito, que continuava deitado. Paco Frontão olhou para ele e assim que viu seus olhos abertos soube que não bebera, que dessa vez seguira os conselhos dos médicos ou talvez os que sua própria razão lhe ditara quando vira o Babirrussa chegar com Rafi Ayala. "Por aí há de tudo", Miguelito apontou alguns vultos, sem se levantar.

Paco Frontão mexeu em umas bolsas de plástico. Rafi Ayala havia primeiramente se acocorado e depois acabou se sentando na areia. A Corpo acendeu um cigarro, e o pequeno resplendor da chama permitiu que seus olhos fossem vistos. Luli Gigante saía da água com seu biquíni negro, e a distância parecia que lhe faltavam algumas partes do corpo, que o tecido do biquíni não era tecido, mas sim um pedaço, três pedaços de noite atravessando seu corpo. Caminhava para a fogueira com a lentidão de seus passos acentuada pela areia, com o movimento de menina que não sabe andar direito. Um sujeito de calção, com quase todo o corpo coberto de areia úmida, começou a marcar o passo de Luli com o bongô e ouviram-se risadas, um grito alegre do Babirrussa a distância e o protesto de Avelino Moratalla, que estava deitado um pouco afastado da fogueira, cochilando na areia.

Houve música, a passagem de uma estrela cadente que Miguelito viu sem comentar com ninguém, e mais bebida. Alguns amigos da Corpo tomavam banho pelados, saíam da água com o calção na cabeça e corriam despidos até a margem. Amadeo Nunni, o Babirrussa, dava golpes imaginários de caratê ao vento, com a boina de paraca de Rafi Ayala caída sobre o olho direito. Uma garota que era chamada de Levita por ser filha da Leyva, uma puta de Pomelo, perdeu o biquíni na água e, depois de ficar dançando nua exatamente onde as ondas quebravam, desabou na areia. Ficou adormecida ao lado de Rafi Ayala, perto da fogueira. Alguém a cobriu com uma toalha, com os gestos usados para cobrir cadáveres. Rafi alimentava o fogo com troncos compridos, bebia pouco. Não falava. Às vezes se ouviam as risadas da Corpo e de Luli acima do barulho do mar. Paco Frontão olhava para o lugar onde supunha que ficava o horizonte e às vezes trocava algum monossílabo com Dávila.

E dizem que foi depois que amigos da Corpo levaram Levita, aquela, exatamente depois que Paco Frontão e a Corpo se despediram de Miguelito e de Luli e estavam se dirigindo ao Dodge, que Rafi Ayala se levantou com muita calma e, arrastando um dos paus da fogueira, avançou em sua direção, pelas costas, acelerando cada vez mais o passo. Miguelito foi o primeiro a perceber o que ia acontecer. Gritou o nome de Paco e, ao mesmo tempo, ainda no chão, deu um golpe com a mão no calcanhar de Rafi Ayala. Conseguiu desequilibrá-lo e dar a Paco

Frontão tempo de virar a cabeça e ver a cara de louco de Rafi. Mas ninguém pôde evitar o golpe. Rafi já erguera sobre a cabeça o tronco que tirara da fogueira. A sorte, o grito de Dávila ou o fato de ter desequilibrado o pé do paraca fizeram com que, em vez da cabeça de Paco Frontão, Rafi golpeasse seu ombro. O golpe foi seco e houve uma revoada de chispas azuis, laranja e amarelas crepitando ao redor da cabeça de Paco Frontão.

A Corpo se jogou sobre Rafi, sem se importar que já tivesse erguido novamente o caibro, novamente pronto para desferir outro golpe. Foi Avelino Moratalla quem o evitou. Sem que ninguém soubesse de onde viera nem quando despertara, Avelino pulou sobre Rafi e rodou com ele pela areia. O tronco desaparecia no meio deles, voltava a surgir, mas só desprendia fagulhas isoladas, fragmentos de cor laranja que pareciam sair do corpo dos dois e não do pedaço de lenha. Lutaram. Miguelito Dávila agarrou Rafi, tentando imobilizá-lo. O Babirrussa veio correndo da margem, com sua lança de madeira e a boina de paraca. Rafi e Dávila lutaram, e também Moratalla. Trocaram alguns socos, o Babirrussa e um amigo da Corpo agarraram Miguelito e Rafi pedindo calma, todos se insultaram e acabaram se separando. Moratalla mancava em volta da fogueira, e Rafi tocava o nariz e o olho direito, olhava os dedos à procura de sangue. Tentava encontrar alguma imperfeição no uniforme, examinava as mangas e outra vez os dedos. Miguelito, cuspindo, estava quieto, arfava. A Corpo ajudava Paco Frontão a se sentar; ele parecia estar tonto, com seu topete revolto. Um resplendor da fogueira iluminou o rosto de Luli Gigante, e Miguelito acreditou avistar um sorriso em sua boca. "Eu e você logo nos veremos", disse Rafi Ayala, não se sabe se a Paco Frontão, Miguelito ou à Corpo. Arrebatou com uma mãozada a boina da cabeça do Babirrussa e começou a andar até a estrada. "Venha comer a minha pica, Rafi", gritou o Babirrussa, andando atrás dele com o olhar atravessado. E depois, já parado, "Devia ter deixado que o matassem. Chupador, paraca de plástico."

Mas Rafi já se afastava pela cerca das fábricas abandonadas e voltava a se ouvir o ruído do mar. Era o verão. O calor corria pelo meio da noite como o bafo de um lança-chamas e todos estávamos pelados sob a mesma abóbada de estrelas. Espigas dobradas pelo próprio vento. Talvez Antonio Meliveo estivesse escondido com María José, a Fresca, em um daqueles buracos que ele conhecia nas rochas do Passeio Marítimo, medindo com a ponta de seus dedos o diâmetro perfeito de seus peitos, assim como em outros tempos medira os da Gorda da Calha, que naquela hora talvez estivesse deitada perto da cerca do cemitério da Calha, deixando que seu corpo fosse penetrado por adolescentes que descobriam o sexo ou jovens mecânicos da Ônibus Oliveros entregues a uma noite de álcool e vagabundagem.

Por cima de todos corria um ar tão salgado que parecia emergir do próprio sexo da Gorda da Calha ou do sexo de todas as mulheres do mundo; era o vento ressecado do terral que envolvia o anão Martínez onde estivesse, o vento que, misturado a cheiros de remédios e desinfetantes, guardava o sono débil do vendedor da Cola Cao no hospital ou se infiltrava por trás do olhar de Rubirosa, circulando ébrio em seu carro azul ou talvez amarrando Remedios Gómez às madeiras de sua cama enquanto ela lhe pedia amor e ele lhe explicava as qualidades do nó de cetim com que estava amarrando seus punhos. E lá, no alto da Torre Vasconia, aquela brisa quente talvez acariciasse a pele pálida da Senhorita do Capacete Cartaginês, postada em seu terraço, seu rosto iluminado pela brasa mínima de um cigarro. A Senhorita do Capacete Cartaginês com o olhar perdido, já não na escuridão do mar nem na recordação ou na fábula daqueles países remotos nos quais talvez tivesse verdadeiramente amado, mas sim no tremor do horizonte, no véu que os dias estavam prestes a levantar para nos mostrar a primeira camada do futuro.

E mais alto ainda, bem acima do terraço da Senhorita do Capacete Cartaginês, a dez mil metros de altura, no fundo escuro de uma sacola dos correios, acomodada no porão de um avião a uma velocidade de oitocentos quilômetros por hora, se aproximava uma carta com o nome e o endereço de Amadeo Nunni escritos no envelope e com um beijo de batom a modo de assinatura escondido em seu interior. E nós ali, envolvidos por aquela onda de calor, enquanto a sombra de Rafi Ayala acabava de se perder entre os edifícios de vidros quebrados da praia da Misericórdia, caminhando com González Cortés rua abaixo depois de fechar as persianas metálicas do bar de seu pai, víamos passar a Sanglas 400 do Gravata com nossa Lana Turner grudada nas suas costas. E eu senti que era a vida e não a combustão da motocicleta que partia em dois o cheiro dos jasmins e das damas-da-noite de dona Úrsula. Era a vida que nos deixava aquele perfume ácido de fumaça branca e gasolina queimada.

A carta chegou na manhã de uma segunda-feira. E, como sempre, foi Fina Nunni, a tia do Babirrussa, quem a leu primeiro. Não importava que fosse dirigida a seu sobrinho ou a seu pai, ela sempre abria o envelope, olhava de relance aquela letra fina, à procura de alguma coisa que lhe permitisse insultar sua cunhada, e voltava a enfiar o papel no envelope rasgado. Ao acabar de ler a carta, nossa Lana Turner deixou-a sobre o braço do sofá. Foi ao banheiro e se olhou de frente e de perfil no espelho. Retocou o cacho platinado que caía sobre sua testa. Depois, acendeu um cigarro e voltou a ler a carta. Quando estava chegando de novo aos beijos de despedida e à mancha de batom destinada a Amadeo, *Kiss you, baby*, o avô do Babirrussa entrou no salão. "Carta da Inglaterra", disse alegremente a Lana Turner do armazém, e lançou uma baforada lenta e espessa de fumaça sobre o papel, "Névoa de Londres", antes de voltar a abandoná-la no sofá.

— Alguma novidade? — o velho juntava pedaços de papelão, algum novo negócio, e os colocava ao lado do televisor.

Fina Nunni não respondeu. Havia se enfiado em seu quarto e ali, diante da cortina de onde tantas vezes a haviam espiado anos atrás, depois de deixar em cima da cama seu roupão com gola redonda e franjas, fechou tranqüilamente o sutiã, vestiu uma blusa branca e, enquanto a abotoava, foi até o corredor e disse em voz alta, falando às paredes ou ao móvel que havia no fundo:

— Não, nada — jogou a cabeça para trás, sacudindo os cabelos curtos: — Sua nora vai se casar com um sujeito chamado Michael.

Barulho de papelão caindo. Passos. E depois o rosto decomposto do avô do Babirrussa surgindo no corredor:

— Pobre menino — foi a primeira coisa que disse.

— Que menino? — Fina olhou-o, surpresa. — Ele é um homem.

— Amadeo. Pobre Amadeo e pobres de nós. Quando ficar sabendo, nos matará.

A tia do Babirrussa deu uma gargalhada e depois, vendo a cara do pai, a onda de expressões que corria pelo rosto do velho arrancando-lhe caretas de inocência, de preocupação, de súplica, talvez procurando justificativas, preparando desculpas, perguntou-lhe, sem abandonar de todo seu sorriso:

— Você acredita? Acha que ele vai achar ruim? Muito ruim?

— Quando ficar sabendo vai matar todos nós.

— Papai! — gritou Fina. — Não me deixe nervosa.

— Ele nunca bateu em você com os golpes de caratê. Está louco e agora vai ficar mais louco ainda. Já estou vendo.

— Exagerado — Fina Nunni recuperou o sorriso, mas era um sorriso turvo, como os que a verdadeira Lana Turner exibia quando falava com os bandidos que lhe apontavam um revólver ou depois de planejar com seu amante o melhor modo de matar seu marido.

— Você é quem vai lhe contar. E se não for você, o seu amigo da moto. Eu não — decidiu o avô do Babirrussa, que já abandonava o corredor e começava a se entregar conscienciosamente aos preparativos que pudessem atenuar o impacto da notícia, a afastar qualquer detalhe que pudesse aumentar a ira de seu neto.

O velho tirou todos os pacotes que enfiara na caixa. Levou rua abaixo todos os que descarregara do triciclo motorizado de Chacón na porta. "Outro negócio arruinado. Por culpa dessa puta. Casar..." Foi até a mobilete colocada sobre o cavalete no saguão da casa, com seus papéis velhos recortados por Babirrussa em retângulos de trinta por vinte centímetros colocados sob o motor para recolher as gotas de óleo perdidas. Tirou a vela e uniu os pólos para evitar que a motocicleta pudesse ser acionada. "Vai nos intoxicar com o gás, vai nos intoxicar", murmurava o avô enquanto tossia, asfixiado pela mera idéia de ver a casa submetida a um novo ataque de monóxido de carbono. "Este menino é pior do que os alemães. E meus pulmões não agüentam mais." Repassou a ordem milimétrica das revistas de artes marciais. Percebeu, cheio de pânico, que as pernas da cama não repousavam na mesma linha dos ladrilhos. Empurrou a cama, sufocado, trêmulo. Teve vontade de se ajoelhar e rezar um Padre Nosso ao Bruce Lee dos cartazes.

Diante do olhar inquieto da filha, que, sem parar de fumar e sem ter consciência do que lia, virava as páginas de uma revista fingindo que nada acontecia, o velho ficou andando de um lado para o outro da casa. Parou. "A lança". Olhou para Fina. "Deveríamos escondê-la", disse a si mesmo. Mudou a direção de seus passos. "Mas não. Não. Será pior se perceber que a escondemos. Pior. Tudo é pior com este menino", e continuava mexendo a boca, já sem falar.

O avô de Amadeo não comeu nada naquela noite. Tinha o esôfago fechado e o tremor de suas mãos aumentara. Olhava de soslaio. No outro lado da mesa, sua filha fingia uma indiferença teatral, e Amadeo os observava com curiosidade, sorridente. "A calma e o canto suave dos pássaros antes do furacão", confessou no dia seguinte o avô do Babirrussa a seu amigo, o mestre Antúnez do salão Ulibarri. "Eu esperava um furacão americano, daqueles que levam os telhados das casas e põem as vacas para voar. Foi isso o eu que vi nos olhos do menino quando sua tia lhe disse que chegara uma carta de Londres e que era melhor que ele a lesse, porque era uma carta especial. 'Especial por quê?', perguntou o menino, e eu tive vontade de puxar a cadeira e ajoelhar-me como um cativo."

Mas quando o Babirrussa acabou de ler a carta não houve nenhum furacão nem nenhum trovão. Nem mesmo gotas de chuva. Amadeo ergueu muito lentamente os olhos das letras, dos lábios de batom que estavam desenhados ali, e ficou olhando com uma grande tristeza para a frente. Nem para sua tia nem seu avô, que o observavam esperando e com palavras de consolo já preparadas nos lábios, mas para o horizonte do móvel que servia de bar, os vasinhos de porcelana e as falsas figuras chinesas. "E meu pai?", perguntou sussurrando. "E meu pai?", voltou a dizer em voz baixa enquanto dobrava cuidadosamente o papel e o enfiava no envelope. "É como se o matassem de verdade", disse enquanto se levantava e, com passos de morto vivo, se dirigia ao seu quarto.

Sua tia e seu avô ficaram na sala esperando o furacão. Mas Amadeo não foi buscar sua lança nem tentou acionar a mobilete. Só houve silêncio. "Uma coisa muito desagradável", diria o avô a seu amigo. E quando, uma hora depois, andando nas pontas dos pés, o velho se dirigiu ao quarto que dividia com o Babirrussa, constatou com dificuldade através da penumbra que seu neto estava ali jogado na cama, acordado e com a carta suavemente repousada em seu peito. Amadeo virou lentamente a cabeça no travesseiro, observou seu avô por uns instantes e olhou de novo para as sombras do teto, com seus olhos de chinês cheios de calma.

O velho ficou tentado a se aproximar e sussurrar-lhe, "Amadeo, não se preocupe, nem chore nem pense, porque sempre terá a gente, sua tia e eu, e também a sua mãe, não importa que esteja casada com um homem que se chama Michael. Ela, a seu modo, também ama você", mas não quis arriscar a sorte, entre outras coisas, porque estava convencido de que sua voz soaria falsa e que quando Amadeo voltasse a perguntar pela morte de seu pai ele não saberia o que responder.

Tampouco teria coragem de lhe dizer que seu pai nunca mais voltaria, que teria de apagar da sua cabeça aquela idéia infantil de que fora levado pelas nuvens e um dia voltaria de um país muito distante a bordo de um barco, ou chovido por uma tormenta que lhes devolveria a vida tal como era antes do desaparecimento de seu pai. "Os homens desaparecem como lufadas de vento e se evaporam como gotas de chuva, mas nem o vento nem a chuva trazem de volta aqueles que levaram. Os homens partem para sempre", poderia ter-lhe dito o velho, e também que a vida, embora pareça, nunca é igual de um dia para o dia seguinte, sempre muda. "A vida é mutante", teria sussurrado. Mas não teve ânimo para dizer nada disso, tampouco para ficar calado junto a seu neto, enervando-o com o ruído de seus brônquios.

Não importava que Amadeo parecesse absolutamente calmo. Naquela noite, antes de sair do banheiro, seu avô fechou a braguilha do calção com alfinetes de segurança e ficou acordado durante toda a noite, enfrentando o sono com beliscões e pensamentos de catástrofes nucleares, para evitar os roncos que, segundo ele, poderiam lhe custar a vida.

Nos dias seguintes o Babirrussa recolheu poucas garrafas. Todos o vimos vagar cabisbaixo de um lado a outro. Ficava em pé no descampado que havia atrás de sua casa, apoiado em sua lança batutsi, sem lançá-la a nenhum lugar, sem lhe aplicar nenhuma camada nova de verniz. Ia de um lugar a outro caminhando, com a mobilete abandonada, e no meio da manhã chegava à drogaria de dom Matías Sierra e ficava ali, vendo como Miguelito despachava suas garrafas de lixívia e ácido clorídrico ou voltando a escutar seu amigo lhe dizer que nada ia mudar em sua vida, por mais que sua mãe se cassasse, que se seu pai tivesse de voltar voltaria e que, além do mais, ao ir ao casamento de sua mãe conheceria Londres e andaria de avião. E que o tal do Michael talvez fosse um cara magnífico que podia saber caratê ou ter um carro de corrida.

"E agora, qual vai ser o meu nome?", perguntava sempre o Babirrussa. "Você continuará se chamando Nunni até a morte", respondia Paco Frontão, com o braço em uma tipóia feita com um vistoso lenço de seda estampado com flores roxas por causa da pancada de Rafi Ayala. "Seu nome será Nunni e o chamarão de Babirrussa até bater as botas", ria Avelino Moratalla. "Se meu pai não está morto, como minha mãe pode se casar, como obteve permissão?", era outra das perguntas que fazia a Miguelito depois de um longo silêncio na drogaria. "Deve ser coisa dos ingleses. Eles são mais modernos", respondia dom Matías Sierra. E ele o olhava meio vesgo, desafiador, antes de dirigir a mesma pergunta a Miguelito. E aí Miguelito erguia os olhos de seu livro manuseado para lhe responder: "É como diz dom Matías. Coisa de inglês."

Estavam sempre juntos. O Babirrussa não se afastava de Miguelito Dávila. À noite o víamos com Miguelito e Luli Gigante, naqueles passeios longos que davam ao fim do dia. Miguelito e Luli conversando e Amadeo em silêncio, um pouco mais atrás. Às vezes González Cortés o via em um dos bancos que havia diante do bar, sentado entre os casais formados por Miguelito e Luli e Paco Frontão e a Corpo. "Como é voar de avião, Paco?", perguntava. E depois que Paco Frontão voltava a explicar qual era a velocidade do avião ao decolar, a comida que serviam e como a terra era vista do céu, perguntava: "E não dá medo, Paco?" "Não." "Eu nunca teria medo de voar, de ir longe", dizia Luli Gigante. "Eu subi uma vez num avião. Fui às Canárias, mas não lembro mais, era muito pequena, acho que estava com uma tia minha", dizia a Corpo. Mas Babirrussa não as escutava. "As aeromoças são lindas, Paco?", e Paco Frontão encolhia os ombros, cansado de responder às mesmas perguntas.

"Me disseram que Londres é muito grande", parecia sonhar às vezes o Babirrussa. "Se você quer ver lanças, lá há um museu inteiro de lanças", comentava Avelino. E diante de seu olhar incrédulo, Avelino Moratalla acrescentava, "De lanças e de caveiras e também de múmias." "A Lana Turner de verdade é da Inglaterra, não é?" "Sim, e Marilyn Monroe também", respondia-lhe Paco Frontão. "Se tiver sorte, eu a encontro na rua, a Lana Turner, tiro uma foto com ela mesmo que esteja velha e depois a mostro para a minha tia." "Claro", diziam alternadamente seus amigos.

Na noite em que encontraram a Senhorita do Capacete Cartaginês, tinham acabado de deixar Paco Frontão na entrada da rua Soliva, enfastiado com as perguntas do Babirrussa. A Senhorita estava sentada no terraço do Rei Pelé e os observava atentamente, com seu cigarro na mão e uma fumaça perigosa saindo mansamente de seu nariz. Foi com um movimento lento das pálpebras pintadas de berinjela que ordenou a Avelino Moratalla que se aproximasse com seus dois amigos, Amadeo Nunni e Miguelito Dávila. "Essa fulana me assusta", o Babirrussa ficou alguns passos afastado, meio camuflado na penumbra formada pelas palmeiras.

— Olá, senhorita — Avelino ficou em pé diante da mesa, roçando sua virilha na borda de metal frio. Miguelito atrás dele.

— Fora da academia você não tem que me chamar de senhorita — sorria a Senhorita do Capacete Cartaginês, olhando fixamente para Avelino, desfrutando o nervosismo que causava, fazendo com que Moratalla deixasse lenta e dissimuladamente de roçar seu corpo contra a mesa.

Avelino encolheu os ombros, olhou de relance as pernas cruzadas de sua professora, a saia levantada acima dos joelhos. Voltou a olhar seu rosto, a maquilagem espessa dos olhos e dos lábios, sem saber o que dizer. Já ia se despedir quando a Senhorita do Capacete Cartaginês voltou a falar.

— Você não me apresenta seus amigos?

— Amadeo e Miguelito. Amadeo é aquele.

— Muito prazer — olhou para o vulto do Babirrussa nas sombras e outra vez para Avelino.

A carne de Miguelito parecia invisível para a Senhorita do Capacete Cartaginês, que voltava a desfrutar mantendo o olhar nos olhos de Moratalla, controlando se desciam até suas coxas ou conseguiam se manter fixos na garrafa de Coca-Cola que havia sobre a mesa enquanto ela aspirava uma nova baforada de fumaça que desta vez era devolvida ao exterior de seu corpo pela boca, mais rapidamente do que o habitual.

— Vocês não querem beber nada?

— Avelino — ouviu-se lá detrás a voz do Babirrussa. — Vamos embora.

— Não. Já estamos indo — Avelino olhou rapidamente as coxas da Senhorita.

— Vocês acabaram de deixar suas namoradas?

A Senhorita do Capacete Cartaginês fez a pergunta muito séria, como se fosse uma pergunta daquelas que fazia na Academia Almi. E Avelino, que ia responder encolhendo os ombros, com um sorriso, ao perceber o olhar da professora, respondeu, "Não", enquanto Miguelito dizia, não se sabe se para ele ou para ela, "Estamos indo", e virava-se.

— Me disseram que você escreve poemas — a Senhorita do Capacete Cartaginês esmagava o cigarro no cinzeiro e olhava para Miguelito. Sua voz e seu tom eram novos, falava de uma maneira diferente da que empregara até então, de uma forma diferente também da que empregava na Almi.

Miguelito se deteve, Moratalla também. A mulher que havia dentro da Senhorita do Capacete Cartaginês, atrás daquela maquilagem, atrás daquele penteado e daquela roupa antiga, era quem falava, recitando:

— "O nome da flor que sempre invoco de manhã e à noite me empurrou de todo à contemplação do fogo maior."

Avelino Moratalla olhou surpreso para a Senhorita, para Miguelito, e de novo para ela. Agora era ele, Avelino, quem não parecia existir. Compreendeu que desde que a Senhorita do Capacete Cartaginês os vira naquela noite ele não existira em nenhum momento.

— Miguelito — o Babirrussa voltou a chamar com impaciência.

— Você sabe que há outros livros, que há outros poetas além de Dante, não é verdade? Sabe que para que ele existisse foi necessário que tivessem existido Virgilio e Cavalcanti e que depois existiram outros poetas, não é verdade que você sabe? — a voz da mulher que havia dentro da Senhorita do Capacete Cartaginês era um sussurro melodioso. — O mundo fez um longo caminho até chegar a você.

Miguelito a olhava fixamente, suas mãos agarrando o encosto da cadeira que havia diante dele. Moratalla não poderia nunca dizer se Miguelito estava prestes a levantar a cadeira e espatifá-la contra a mesa ou a inclinar a cabeça para um lado, como o vira fazer na cozinha de sua casa, sentado sob o móvel de fórmica no funeral de seu pai, e chorar em silêncio.

— Mas não importa se existiram outros poetas nem que livros escreveram. O que você sabe, e é isso que na verdade importa, é que há outros mundos.

A Senhorita do Capacete Cartaginês arrastou com seus dedos longos, com sua mão pálida, o maço de cigarros pela superfície metálica da mesa, baixou as pálpebras para ver a meia-lua que ela mesma traçava com sua mão e voltou a olhar os olhos de Miguelito.

— Gostei muito de conhecê-lo, Miguel — os dois mantiveram por mais alguns instantes o olhar, ao mesmo tempo em que ela o descia para contemplar como seus dedos extraíam um novo cigarro do maço. Miguelito se virou e, seguido por Avelino Moratalla, se dirigiu até a sombra onde o Babirrussa os esperava.

"Todas as árvores são marrons quando alguém morreu", disse uma vez González Cortés. "Árvores sob a água. Árvores que não são mais árvores, o mundo sem ser mais mundo, acordado e vivo para os outros, mas não para você. Os mortos vendo tudo a distância", comentou ali, sentado no batente da porta do bar de seu pai numa tarde de melancolia. E eu, pouco a pouco, notava que diante de mim ia se abrindo um enorme e longo bosque escuro, e que o mundo era uma decoração que haviam fabricado para os demais, um cenário que tinha um centro onde eu, condenado a viver nas fronteiras, não conseguiria chegar nunca.

Não importava que a vida viesse inteira e com força nem que em alguns momentos percebesse que tudo tinha sentido. Via Antonio Meliveo aparecer com seu olhar de pirata de coração branco e Luisito Sanjuán com seus gatos, via os olhos de minha mãe fixos na tela da televisão, emocionados com aqueles filmes antigos que não sei a que sonho perdido levavam, sua mão de mulher pobre apertando sem parar o forro de uma almofada enquanto na tela uma jovem beijava em branco e preto o dono de um castelo. Então sentia um golpe de brisa em minha pele, e os galhos das árvores eram frondosos, mas logo voltava a ver meu destino como um bosque coalhado daquelas árvores sem cor que González Cortés mencionava.

Às vezes, talvez pela aparição naqueles meses de Rubirosa com seu mostruário de roupa íntima, pelo acidente escandaloso do vendedor da Coca Cao, enfim, por aquela proliferação de caixeiros-viajantes, eu pensava que aquele poderia ser o destino mais alto a que poderia aspirar. Vendedor de lingerie, de Cola Cao ou do que fosse. Um trabalho triste e cinzento que tornaria minha vida inteira tão triste e cinzenta como a daquele vendedor que chegava ao bar de González Cortés e chamávamos de Pancho Villa. Tinha olheiras e bigode e seu hálito ácido dava a impressão de que bebera todas as garrafas de conhaque que transportava em seu furgão.

Um bosque de folhas mortas pouco antes de brotar. No dia em que González Cortés recebeu seus documentos da escola superior que começaria a freqüentar, eu me senti no coração daquele bosque. Não importava que ele estivesse ali na minha frente, com seu avental úmido e os dedos enrugados pela água cheia de sabão da pia da cozinha, não importava que Meliveo andasse de um lado para o outro com aquela moto feita com retalhos e pedaços de outras motos desmontadas. Para eles, o avental, o bar, o verão e a motocicleta desengonçada pertenceriam dentro em pouco ao terreno da anedota. A vida começava a situar cada um de nós em um lado distinto de uma fronteira irremediável; não importava que, para alguns, essa fronteira ainda fosse invisível.

A paisagem do mundo começava a ser meu próprio retrato, e eu me sentia mais próximo do Babirrussa, de Miguelito Dávila e de seus amigos sem destino do que daqueles outros que até então haviam constituído meu próprio mundo. Percebi isso no dia em que González Cortés estava examinando os documentos da escola superior, Madri, a vida, seu passaporte para o futuro, e o entendi nitidamente num daqueles sábados em que íamos à piscina da Cidade Desportiva. Estava do outro lado do vidro dos vestiários e através dele vi o trampolim com suas marcas de tinta azul descascada, as toalhas espalhadas e as figuras que estavam sobre elas como se tudo pertencesse a um postal antigo. Desci os olhos e no hiato em que demorei a levantá-los do chão outra vez haviam transcorrido mais de trinta ou quarenta anos. González Cortés, o Carne e Milagritos Doce riam do outro lado do vidro, banhados de sol, mas eu não ouvia nenhum dos ruídos que produziam, nenhuma voz nem nenhuma de suas risadas. Eles realmente não estavam mais ali, fazia muito tempo que aquele dia acontecera e o que eu via não era mais do que uma recordação do passado. Pensei que Antonio Meliveo chegava da cerca viva que havia no fundo suspenso no ar, irreal. O biquíni vermelho de María José, a Fresca, submergia silenciosamente na água, o anão Martínez passeava pelo trampolim mais alto, falava com o Sandálias, que, picado pela varíola e com os dentes tortos, sorria na água, o anão se atirava no vazio, a água salpicava, as risadas voltavam, caretas, gente que se chamava de um lado a outro da piscina, mas eu só ouvia a água nas tubulações, um som de água arrastada que não nascia no interior daquelas paredes úmidas que me cercavam, mas sim em minha cabeça. Tudo estava tão distante como as recordações, tudo fora parar no outro lado do mundo.

Ao sair dos vestiários, tive a sensação de despertar no meio de um sonho. A luz chegava a mim descomposta, pedaços de sol corriam pelo gramado como animais ágeis e velozes. O cheiro do cloro, as vozes também eram mariposas voando de um lado a outro, e, no entanto, no fundo de mim tinha a sensação de que permanecia do outro lado de um vidro. Ouvia Meliveo falar da conversa que tivera com o grupo de Miguelito, mas mais do que naquilo que relatava, eu prestava atenção ao próprio som das palavras, à expressão de Meliveo, a sua barba, ainda rala, malfeita, ao brilho da saliva em seus dentes.

Paco Frontão contara que Avelino e ele tinham acompanhado o Babirrussa ao aeroporto. Dizia que seu avô e Lana Turner também estavam lá, embora o Babirrussa não falasse com o velho nem com sua tia, só com Avelino e com Paco Frontão, como sempre acontecia. Estava concentrado em seus sapatos, novos e envernizados. Carregava uma mala muito grande que chegava quase à sua cintura e mal conseguia tirar do lugar. De vez em quando erguia os olhos do chão e olhava tudo como se fosse um condenado à morte. "E Miguelito?", perguntava, olhando o vazio. "Na drogaria", "Hoje é dia de inventário", Moratalla e Frontão se alternavam sem parar nas respostas, contava Meliveo.

— Vai ficar muito tempo? — perguntei, mais para confirmar que continuaria em conexão com o mundo, que poderia ser visto e ouvido, do que por estar interessado na viagem do Babirrussa.

"Acho que uma semana", Meliveo mal se virou para me responder e isso me fez sentir que tudo transcorria dentro da normalidade. Meliveo continuou contando o que haviam acabado de lhe contar, sem perceber nada estranho em mim. Quem estava mais nervosa era a Lana Turner de O Sol Nasce Para Todos. Andava de um lado a outro sem parar de fumar, olhava e voltava a olhar as passagens de Amadeo, perguntava ao avô se dera ao menino o papel onde estavam anotados o endereço e o número do telefone de sua mãe, ficava completamente imóvel, prestando atenção aos alto-falantes até que anunciassem um destino diferente do de seu sobrinho e aí reprimia o movimento e sorria para Paco Frontão e Avelino.

— Como os aeroportos me deixam nervosa! Os aeroportos e as estações de trem. Fico achando que todo mundo vai partir para sempre — dizia, e acendia mais um cigarro. E Avelino, recordando a época em que a observava tirando a roupa e vendo tão de perto e durante tanto tempo nossa Lana Turner, a pele ligeiramente bronzeada, cheirando a fragrância que deixava para trás em suas caminhadas, sem poder afastar a vista de sua blusa negra, dos encaixes do sutiã que vislumbrava cada vez que Fina se inclinava para falar com seu pai, foi se masturbar nos lavabos exatamente alguns momentos antes de os alto-falantes chamarem os passageiros do vôo para Londres.

González Cortés, Milagritos Doce e Meliveo riam, o Carne baixava os olhos para o gramado meneando a cabeça e todos olhávamos a distância Avelino Moratalla passeando perto da cerca viva do fundo, explicando alguma coisa a Dávila e a Paco Frontão, que o observavam com pouco interesse. Avelino com sua barriga peluda e seu calção grande de homem mais velho, um calção de listrinhas cinzentas, de empregado da banca, que seu pai comprara em três tamanhos diferentes, um para ele mesmo, outro para Avelino e outro para seu irmão pequeno. Miguelito com o gorro azul da Carpintaria Metálica Novales que o Babirrussa deixara no depósito e Paco Frontão com seus óculos escuros e seu braço, ainda na tipóia, pendendo de um lenço de seda.

Quando Avelino, alertado pelo chamado do alto-falante, saiu dos lavabos sem acabar de se masturbar, deixando a Lana Turner de suas fantasias abandonada sobre uma cama forrada com pele de tigre, com um chapeuzinho de aeromoça e o sutiã recém-aberto deslizando por seus peitos a caminho do umbigo enquanto o chamava, sussurrando, "Avelino, venha, me foda. Foda-me assim, assim, como você sabe, Avelino"; o Babirrussa tentava arrastar sua mala e sua tia olhava para todos os lados, tentando dissimular a emoção. "Não se atreve a olhar para mim, sabe o que eu estava fazendo e gosta disso", pensava Moratalla sem afastar os olhos do decote de Fina.

Soou uma nova chamada. Chegara a hora das despedidas. O Babirrussa largou a mala sem saber o que fazer, olhou para sua tia, para seu sorriso nervoso, aproximou-se e lhe deu um beijo fugaz, olhou fixamente nos olhos de seu avô, o avô hesitou, o Babirrussa também, se aproximaram, chocaram seus peitos e aproximaram suas cabeças uma da outra, mas não se abraçaram nem se beijaram. O Babirrussa voltou-se para Paco Frontão e Avelino, levantou o queixo a modo de despedida, e então o avô, com a voz muito baixa, tocou seu ombro e lhe disse: "Tome." Pegou uma das mãos do Babirrussa e pôs dissimuladamente nela umas cédulas enroladas. "Libras. É o que se usa lá." Lana Turner riu, fez um gesto de que ia aplaudir, emocionada, e beijou outra vez seu sobrinho, o avô, deu a volta e se viu diante de Avelino, e este, que continuava vendo-a na cama forrada com pele de tigre, se aproximou ainda mais, e ela, naquele redemoinho de emoções, ao vê-lo tão próximo foi beijar sua face, mas ele virou o rosto, procurou o batom dos lábios e, embora ela tentasse se esquivar, os beijou, quase com a língua. Lana Turner se afastou surpresa, mas a voz do alto-falante chamava de novo e seu sobrinho já estava novamente arrastando a mala rumo ao seu destino.

O avô o olhava quase em posição de sentido e a Lana Turner dos nossos sonhos, enquanto enxugava as lágrimas com um lenço, observava de esguelha Avelino Moratalla, que não afastava a vista dela e tinha uma mão dentro do bolso da calça. Suas pálpebras tremiam como as de um moribundo ou as de um santo a ponto de levitar.

— E veja-o ali, tão normal — ria o Carne olhando para

Avelino, que agora se sentara sobre suas pernas cruzadas, como um chefe índio, e continuava falando.

— Paco Frontão disse que teve que lhe dar duas ou três cotoveladas para que deixasse de se apalpar no meio do aeroporto — Meliveo cortou umas folhas de relva e vi a terra molhada debaixo da grama, escura, misteriosa. — Mas isso não é tudo.

Meliveo se calou. Esperou que os outros parassem de rir e seu silêncio os levasse a voltar os olhos para ele.

— Há mais coisas — disse Meliveo, apontando com o queixo o grupo de Miguelito Dávila e também o anão Martínez, que passeava pelo gramado do fundo, perto daquelas pistas de tênis que tinham o solo cheio de depressões. Olhei para o anão, e vi que os anos também tinham passado por cima dele. Voltei a encontrá-lo depois de não sei quanto tempo, acabado e já sem poder se exibir em nenhuma piscina. Vendendo seus bilhetes de loteria pelos bares durante intermináveis tardes tristes. Um habitante de outro bosque morto.

Ouvi Meliveo dizer que alguns minutos antes o anão Martínez tinha lhe contado que na noite anterior Rubirosa e ele haviam cruzado com Luli Gigante, e que Rubirosa ficara louco por ela. "Miguelito já pode ir se despedindo da sua menina. Tiraram-lhe o rim e agora vão arrancar seus ovos. Você não conhece José Rubirosa", dissera o anão a Meliveo, enquanto, simulando caminhar pela superfície da água, se afastava da borda da piscina nos ombros do Sandálias. E Antonio Meliveo também contou que o anão aconselhara naquela mesma manhã a Miguelito que perguntasse a Luli por Rubirosa, para saber o que tinha achado dele. "Você não sabe que se conheceram, ela não lhe contou?", perguntou o anão Martínez a Dávila. O anão rira e Miguelito o olhara com um sorriso muito suave, sem mudar de expressão e sem responder nada.

Olhei para o lugar onde o anão Martínez estava antes, mas não o vi mais. Paco Frontão e Avelino Moratalla também não estavam ali. Só vi Miguelito Dávila, deitado de boca para cima no gramado e com o gorro de seu amigo Babirrussa cobrindo-lhe a cara. De repente, visto de longe, o trampolim me pareceu o altar de uma igreja ou um monumento fúnebre. E isso, sem que eu soubesse por quê, me encheu de consolo.

O anão Martínez gostava de passear no carro azul brilhante do vendedor Rubirosa. Gostava de ouvir José Rubirosa falando com as mulheres de um modo dúbio sobre roupa íntima. Nunca se sabia se as estava seduzindo ou se só fazia publicidade de seu catálogo de lingerie. Também gostava de ouvir Rubirosa comentando depois com ele aquelas mulheres. "Sei o que elas usam debaixo da roupa, sei quem são", costumava dizer Rubirosa, alisando a gravata na camisa sempre recém-passada.

O anão gostava da voz e das gravatas de Rubirosa, mas Martínez gostava, acima de tudo, de ser visto ao lado dele. "Ri comigo, ri das coisas que lhe conto", comentava o anão. "E disse que eu sou o maior sujeito que já conheceu."

Gostava de entrar com ele no Café Cruz e passar diante daqueles homens de negócios que vendiam terras ou compravam caminhões, ou de abrir as portas do Alho Vermelho e avançar pelo carpete macio escoltando Rubirosa diante do olhar daquelas mulheres de tailleur e anéis caros até chegar ao balcão e subir num daqueles tamboretes altos. Pedia uma bebida ao barman Camacho e comentava com displicência fingida algum assunto com o vendedor de calcinhas e sutiãs, embora o que na realidade fizesse fosse olhar de relance, confirmando no espelho que Camacho tinha às suas costas se estava sendo mesmo observado.

O anão Martínez talvez fosse veado. Ou talvez, simplesmente, além do corpo, tivesse alma de anão, e o fato de andar com aquele sujeito supostamente atraente, vitorioso na venda de espartilhos e no manejo da língua, lhe desse dois ou três centímetros a mais de altura. Desde a noite em que haviam se conhecido, aquela em que Rafi Ayala e ele entraram no Alho Vermelho procurando o Gravata para acertar as contas com ele, Martínez estava sempre ao alcance de Rubirosa. A cada ano a chegada da primavera trazia ao bairro o cheiro das flores de dona Úrsula, uma luz limpa e a figura do anão Martínez se exibindo no balcão de sua casa. Assim que o primeiro sol de março começava a esquentar, o anão já estava no balcão do segundo andar à esquerda, trepado numa cadeira, sempre com o peito nu e os cotovelos apoiados no parapeito de ferro mal trabalhado. Sempre ficava ali algum tempo, sussurrando para as jovens que passavam na rua e ameaçando cuspir nos amigos que passavam sob sua casa, mas desde que conhecera Rubirosa se exibia no balcão todo o tempo em que não estava na piscina ou vendendo bilhetes de loteria.

O anão desaparecia do balcão assim que via o carro azul aparecer na esquina. E em poucos segundos estava diante do portão de sua casa, abotoando uma camisa e olhando com seus olhos de anjo depravado de um lado para o outro da rua. Se Rubirosa estacionava perto, ele se aproximava com seus passos de saltimbanco e o saudava fingindo surpresa. Se o carro passava ao largo, o anão Martínez entrava no portão e rapidamente voltava a surgir no balcão, de novo com o tronco nu e seus braços de anão musculoso apoiados no parapeito.

No salão recreativo Ulibarri, era freqüente vê-lo trepado em uma banqueta ao lado do telefone, fingindo que falava com Rubirosa. Falava durante um longo tempo ao vazio e ria, e às vezes guardava um silêncio muito interessado. Mas na realidade não falava com ninguém. As poucas vezes em que de fato ligava para Rubirosa, quase sempre em horas em que sabia que o vendedor não estaria em casa, procurava alguém que estivesse jogando bilhar e, estendendo um papelzinho com o número do vendedor, lhe dizia, "Vou ligar para o José. Disque para mim, que não alcanço", e ficava ali, olhando para cima enquanto discavam o número para ele. "Não se engane", e já com o fone na mão perguntava a Rubirosa se naquela tarde iria ao bairro ou, quando o outro não desligava, ficava escutando os ruídos do telefone até que se tornassem intermitentes, fingindo que brincava com seu amigo José. Sim, talvez o anão Martínez fosse veado.

Na noite sobre a qual o anão falara com Meliveo, ele voltava com Rubirosa depois de tomar alguns drinques nos bares da praia. Estavam no carro e chegavam à casa do anão quando o vendedor viu Luli e a Corpo caminhando pela calçada. "Aquela garota é um espetáculo", disse Rubirosa olhando pelo retrovisor. Soprava o vento de verão, o cinzeiro do carro estava empestado de baganas, e o anão tinha a boca amarga de álcool. "Você quer conhecê-la?", perguntou a Rubirosa, que o olhou incrédulo. "Estacione", ordenou Martínez ao mesmo tempo em que palmeava a coxa de Rubirosa. "Estacione, porra." "Vá pra puta que o pariu. Anão, você a conhece?" E o anão, que já estava descendo do carro, mostrou-lhe meia língua e piscou um olho.

O anão e Rubirosa ficaram ao lado do automóvel, esperando que as jovens chegassem a eles. "Eu conheço a Corpo desde que tinha 11 anos." "Veja." Rubirosa, olhando para a frente, alisava a gravata. O anão fez um movimento brusco de pescoço, de halterofilista ou algo parecido, antes de se afastar do carro e avançar até a Corpo e Luli Gigante. As duas se abaixaram para beijá-lo e sentiram o cheiro do álcool. Rubirosa ouviu algumas palavras desconexas, "amigo", "claro" ou talvez "carro", "cansada", "Rubirosa" e talvez "amanhã", antes que as duas jovens e o anão se aproximassem dele.

O anão apresentou a Corpo e Luli e pelo olhar de Rubirosa entendeu rapidamente que era Luli e não a Corpo o espetáculo ao qual seu amigo se referira. Rubirosa lhes falou no plural, mas só olhava para Luli. Fitava-a nos olhos e descia a vista até seus lábios, meio incrédulo, meio bêbado. Propôs-lhes tomar um drinque.

— Já dissemos a Martí que é tarde. Outra noite — a Corpo olhava para Rubirosa com algo parecido com curiosidade.

— Estamos de carro. Vocês já o viram? Aonde querem ir? — o anão apontava para o automóvel, para Rubirosa. — Não é verdade, José? Podemos levá-las aonde vocês quiserem.

Rubirosa assentiu, sustentando o olhar de Luli.

— Por que você está usando gravata com esse calor? — nos lábios da Corpo se avultava um sorriso contido.

O vislumbre de um sorriso contagiou Luli, que abraçou ainda mais os livros que carregava apertados contra o peito.

— Vocês não gostam de gravatas? — a voz de Rubirosa ficara mais fina, brincava.

— É por causa do trabalho. Vocês não sabem qual é o trabalho de José? — o anão voltara a encolher e a esticar o pescoço como um pássaro enfermo. — Quando vocês quiserem meias e calcinhas de luxo, só precisarão dizer, não é mesmo José?

Mas ninguém ligou para o anão.

— Se vocês quiserem, posso tirá-la. Se quiserem, posso tirar a gravata. Embora me pareça que o que vocês querem de verdade é que eu me enforque com ela — Rubirosa olhava agora para as duas, sorridente. — Mas isso será noutro dia.

Luli fez um gesto para a Corpo com o queixo.

— Sim — assentiu a Corpo. — É tarde. Estamos indo.

— Então vocês vão com a gente? — o anão fingia entusiasmo. — Restam nove séculos de noite até que o amanhecer surja por cima dos telhados das casas.

Tinha ouvido Rubirosa dizer alguma coisa parecida uma noite no Alho Vermelho, quando uma mulher algo embebedada tentava se despedir deles e Rubirosa conseguiu detê-la dizendo-lhe coisas de amanheceres, séculos e telhados. Mas ninguém reparava no anão.

— Estou certo de que sua amiga tem uma voz muito bonita e não quer gastá-la — disse Rubirosa à Corpo.

Luli continuava olhando para o outro lado.

— Então nos veremos outro dia, outra noite — Rubirosa bateu palmas para concluir.

— Sim. Um dia em que você estiver usando uma gravata mais florida — riu a Corpo.

E Rubirosa mudou de tom, parecia que estava falando seriamente com uma de suas clientes das mercearias:

— Bem, fora as gravatas e tudo isso... Se vocês quiserem, podemos levá-las de carro até perto de suas casas ou do lugar aonde estão indo.

A Corpo olhou para Luli, que recusou, descansando as pálpebras.

— Não. Estamos passeando.

— Claro — Rubirosa se afastou para um lado da calçada.

E quando as duas jovens já haviam passado diante deles e estavam a oito ou dez metros, voltou-se a ouvir a voz firme de Rubirosa:

— Luli, você vai mesmo embora sem me dar o número do seu telefone?

O anão Martínez me contou tempos depois que Luli Gigante deteve aquele passo lento habitual e naquela noite era especialmente pesado, ondulante. Disse-me que ela virou meio corpo e, ainda abraçando aqueles livros que nunca abrira em sua vida, disse ao vendedor Rubirosa:

— Tenho namorado.

E que Rubirosa lhe respondeu, com um sorriso estranho que se enfiava dentro de sua boca:

— É mesmo? Vendo você, logo se imagina um. Mas nos veremos outro dia, não é verdade, Luli?

— Sim, quando você se enforcar.

Luli e a Corpo seguiram pela calçada, deixando a sua direita a cerca do Saladero, com os galhos das acácias se infiltrando entre as grades e suas vozes deixando no ar um eco cansado, quase inventado pelos ouvidos de Rubirosa e do anão Martínez. Dizem que eram risos o que se ouvia e que a Corpo ainda virou a cabeça um par de vezes antes de desaparecer na esquina.

O anão me contou que Rubirosa se enfiou no carro em silêncio, e que, apesar de já estarem muito perto da casa de Martínez, insistiu para que o anão voltasse a subir no carro com ele. Rubirosa dirigiu muito lentamente durante os cem metros que os separavam do portão do anão. Parecia que a bebedeira que experimentava antes de ver Luli e a Corpo havia voltado. Quando parou o automóvel, disse ao anão que não fosse embora, que iam fumar.

E embora o anão não fumasse, ficou ali sentado, vendo como Rubirosa olhava para a frente, para a cerca descascada e o latão de lixo, como se estivesse observando um horizonte misterioso, um precipício enevoado ou algo assim. Até que o vendedor das marcas Mary Claire, Belcor e Beautillí Satén disse repentinamente: "Quem é o namorado?" E o anão Martínez que, com os vapores do álcool e o silêncio quase adormecera, despertou, "O quê? O namorado? É um cara que trabalha", começou a dizer. Mas Rubirosa interrompeu-o com um gesto de mão. "Outro dia, você me conta outro dia", disse enquanto girava a chave no contato e o carro estremecia.

Amadeo Nunni, o Babirrussa, trouxe de Londres um chaveiro de plástico em forma de caveira e uma melancolia que provavelmente não o abandonaria pelo resto da vida. Ficou sem falar com sua tia e seu avô durante vários dias. Haviam notado seu olhar perdido desde que saíra pela porta de passageiros do aeroporto, arrastando sua mala gigante. O avô nem sequer se atrevera a se aproximar, e o rapaz só respondeu às perguntas de sua tia com monossílabos. Encolhia os ombros quando lhe perguntava como havia passado, se conhecera pessoas no casamento de sua mãe. Assentia com a cabeça quando sua tia lhe perguntava se sua mãe estava bem, e negava da mesma maneira, com um pequeno ruído da garganta, quando a Lana Turner do armazém tentava saber se sua mãe fora carinhosa ou se o marido dela era simpático.

Só por consideração ao Gravata, ou melhor, a sua Sanglas 400 de dois cilindros, o Babirrussa chegou a alinhavar algumas palavras quando o jornalista lhe perguntou se gostara de Londres.

— É muito grande, é tudo muito malfeito e você nunca fica sabendo de nada.

E se tivera medo de voar.

— Não. É como estar no trem de Córdoba, só que com gente mais fina, aqueles caras que falam em voz baixa. E lhe dão forragem.

— O quê?

— Rango. No avião lhe dão de comer.

— Ah!

Mas ao ouvir a voz do Babirrussa, expandia-se pelo ar uma sensação tão sombria que Fina dirigia ao Gravata um leve gesto de recriminação para que não continuasse interrogando-o, e o Gravata, aliviado, parava de fazer perguntas ao garoto, sem nem se atrever a propor-lhe um passeio com ele na sua moto. Estava certo de que teriam se esborrachado contra um caminhão na primeira curva.

Deixavam o Babirrussa tranqüilo. "Já vai passar. Deve ser a sensação de ver a mãe depois de tanto tempo, ou por não ter entendido o que os ingleses falavam. Eu tive a mesma sensação na guerra com os alemães. Davam-me ordens e eu não sabia se devia jogar meu corpo na terra ou começar a desfilar, marcial que eu era. O idioma impressiona muito, mas vai embora muito depressa", dizia o avô, querendo convencer a si mesmo de que o transtorno de seu neto passaria logo e ele poderia voltar a dormir de olhos fechados.

Mas o Babirrussa não sofria da "nostalgia dos prados ingleses", que é como seu avô denominava aquele ensimesmamento que o garoto impunha a si mesmo. Deixou de recolher garrafas e passava horas no descampado que havia atrás de sua casa, dando pequenos golpes com a caveira de plástico na palma da mão e observando como se desfiavam ou adensavam no céu as franjas de alguma nuvem. Também passava horas atirando sua lança sem parar, obsessivamente. Mas já não a lançava no vazio, para ver até onde chegava. Agora atirava o dardo contra o tronco de uma palmeira que havia no meio do terreno e ficava muito sério vendo como aquele instrumento fabricado com sobras de ferro e o cabo de uma vassoura ficava vibrando ao fincar-se no tronco, escutando aquela espécie de diapasão surdo que parecia lhe trazer alguma mensagem distante e estourava os nervos de seu avô.

O velho arrastava sua poltrona para o lugar mais distante possível da palmeira, indignado com as feridas que seu neto fazia na árvore. "Vai arrancar seu coração", dizia a si mesmo, tentando se concentrar na leitura de seus jornais atrasados. Mas cada lançamento de seu neto era um sobressalto. "Sinto que cada golpe é a folha da guilhotina cortando a cabeça de Maria Antonieta ou de alguma daquelas putas com bobes no cabelo. E se sinto assim é porque ele atira o pau com essa intenção, a de um verdugo que quer cortar a testa do mundo inteiro", dizia o velho a seu amigo Antúnez.

Amadeo Nunni organizava milimetricamente a perpendicularidade e o perfeito paralelismo dos móveis de seu quarto e calibrava a altura de suas montanhas de revistas, embora já não comprasse nenhum exemplar novo. Não ia ao quiosque do Carne nem ao salão recreativo Ulibarri. Passou mais de quatro ou cinco dias depois de sua chegada sem ver nenhum de seus amigos até que uma tarde, talvez cansado de golpear a palma da mão com sua caveira e de lançar a arma batutsi contra a palmeira, Amadeo Nunni desceu lentamente pela rua que levava ao Rei Pelé, onde encontrou Avelino Moratalla e Paco Frontão, que talvez ainda tivesse seu braço apoiado em um vistoso lenço de seda.

O Babirrussa ficou igualmente calado. Repetiu quase as mesmas frases que dias antes dirigira ao Gravata, só que com seus amigos o tom era menos lúgubre e até chegou a esboçar uma espécie de sorriso que comprimiu ainda mais um de seus olhos de malaio quando, ao dizer que os aviões quase não davam medo, murmurou, dirigindo-se a Paco Frontão: "As aeromoças não são bonitas. Havia uma que era quase mais gorda do que a Gorda da Calha. E com tetas menores."

Também exibiu o chaveiro com a caveira de plástico. E enquanto Avelino Moratalla não parava de se espantar com a beleza daquele utensílio, da maravilha que eram aqueles olhos com veias vermelhas que pareciam prestes a saltar do pequeno crânio, o Babirrussa se atreveu a dizer: "Custou três libras. Na Inglaterra usam libras e *pence*", mas disse isso com muito esforço, como se desse uma notícia terrível, e então ficou calado até que um tempo depois Miguel Dávila se juntou a eles e, ao vê-lo, os olhos do Babirrussa se abriram um pouco mais.

— "Oh, irmãos, que depois de cem mil perigos ao Ocidente haveis chegado" — Miguelito acariciou seu ombro.

— Sim — assentiu o Babirrussa, e ficou olhando Dávila ir ao balcão para pedir alguma coisa e, ao voltar, se sentar na cadeira diante dele, cansado.

— Você está muito branco, Miguelito — conseguiu lhe dizer.

— O sol não entra nas drogarias — Miguelito Dávila passou as duas mãos pelo rosto. — E você? E Londres?

— Olhe — Avelino Moratalla estendeu-lhe o chaveiro que ainda estava manuseando, ao mesmo tempo em que Paco Frontão apontava dissimuladamente para o Babirrussa e fazia um gesto negativo com a cabeça para Dávila.

— Tudo bem, então, não é? — perguntou Miguelito, dando o assunto por encerrado. — Outro dia vi a Gorda da Calha. Ela me perguntou por você.

"As mulheres são umas putas", pôde-se entender o Babirrussa dizer, e ele não falou mais até que um tempo depois, quando estavam sentados nos bancos que havia do outro lado do tapume do frontão, planejando vagamente se no sábado seguinte iriam à piscina ou à praia, ouviu-se a voz de Amadeo Nunni, débil, mesclada com o sussurro que as folhas dos eucaliptos produziam sobre suas cabeças. "Minha mãe se casou com um negro", disse, com o olhar perdido na cerca da frente. Ninguém lhe respondeu. Miguelito, Avelino e Paco Frontão se entreolharam sem ter certeza do que haviam ouvido, até que o Babirrussa virou a cabeça para olhá-los e aí todos tiveram certeza de que o que haviam ouvido era aquilo mesmo.

— Como com um negro? — o tom de Dávila pretendia minimizar o assunto.

— Você nos disse que ela ia se casar com alguém que se chamava Michael — disse, incrédulo, Moratalla.

— Na Inglaterra há negros com nomes de brancos. Não se chamam todos Bembo nem Ongunga como nos filmes do Tarzan, e usam ternos e até gravatas — o Babirrussa voltava a bater na mão com a caveira.

— E por que você se importa que seja negro? Bruce Lee era chinês — Miguelito Dávila tentou o caminho do humor. — Por isso você me achou pálido? Porque não pára de pensar na história do chocolate?

— No casamento me disseram que é meu padrasto. Estefada,[2] me diziam, com aquela cara de porco cozido que quase todos que não são negros têm lá. Estefada, estefada, e apontavam para ele, com a gravata-borboleta, a cara repleta de dentes brancos.

— *Estofado*?[3] — Dávila insistia no riso, fazendo mesuras de malabarista com a expressão e a voz, para que o respeito envolvesse suas palavras.

---

[2] É um jogo de palavras. "Estefada" reproduz em espanhol o som de "stepfather", "padrasto", em inglês. (*N. da T.*)
[3] É uma continuação do mesmo jogo de palavras: "estofado" em espanhol é um guisado de carne, a palavra mais parecida com "estefada". (*N. da T.*)

— Como quiser — o Babirrussa olhava para o chão. — Eu falei da sua palidez porque você estava assim quando ficou mal daquela vez. E Bruce Lee não era chinês, era meio branco. Era branco, só que tinha os olhos puxados.

— E sua mãe, o que dizia? — perguntou-lhe interessado Paco Frontão, muito sério.

O Babirrussa encolheu os ombros.

— Minha mãe não é mais minha mãe. Eu a via ali e sentia que não era mais minha mãe. Era uma mulher — o Babirrussa continuava olhando para o chão, dobrava um pouco o pescoço — com um vestido florido. Cantou em inglês, como os demais. Me dizia *darling* e me beijava cada vez que passava por mim. Muito feliz, não sei por quê. Com aquele cheiro novo que tem, que se sente de longe, como o perfume dos cinemas, e que é para que não se saiba quem é.

O Babirrussa ficou calado. Era possível ouvir o roçar suave das folhas dos eucaliptos e também o rangido das madeiras do banco, quando Avelino Moratalla se mexia. E a distância também se podia ouvir o ruído de uma moto ou talvez o eco de algumas vozes. Miguelito Dávila tentava se lembrar do rosto da mãe de Amadeo Nunni, a vira uma vez pela janela, no pátio do colégio, muitos anos atrás. Miguelito observava o Babirrussa, tentando dar uma cara àquela mulher, e não sabia se naquela noite chegaria a conhecer o verdadeiro motivo de sua tristeza. Seu amigo falou de novo, com a voz um pouco cansada.

— Ficou bêbada. Você viu alguma vez sua mãe de porre? — olhou para Avelino, que não pôde reprimir um sorriso ao imaginar sua própria mãe bêbada, para Paco Frontão, que sustentou seu olhar com rosto de pedra, e só de relance passou a vista pela figura de Miguelito Dávila. — Eu não sabia o que eu estava fazendo ali, mas tampouco sabia em que lugar poderia estar. Parecia que alguém começara a mastigar minhas pernas. Que estavam mastigando-me as pernas e afogando-me, asfixiando-me para que não percebesse que estavam me mastigando.

O Babirrussa voltou a ficar calado. Os outros também. Avelino Moratalla não tinha certeza do que o Babirrussa pretendera dizer. Mexeu nervosamente os pés, arrastou-os pelo cascalho para ver se o ruído diminuía a tensão.

— Vamos, então? — chegou a perguntar.

Mas ninguém respondeu. Sua voz foi como o ruído de seus pés no chão ou das folhas dos eucaliptos se roçando, um pequeno estorvo para que o silêncio continuasse coalhando-se.

— Lembrei-me do meu pai e imediatamente compreendi por que havia partido. Por que as pessoas partem dos lugares e nunca mais voltam.

Todos nós imaginamos o pai do Babirrussa subindo aos céus como um sapo. Mas o Babirrussa não falou do céu nem de nenhuma chuva de sapos.

— Agora talvez não consiga e não saiba como dizer. Mas naquela época me dei conta. O que não sei é por que não partiu antes. Foi a primeira vez que o entendi e soube que não vai voltar nunca mais — calou-se. Custava-lhe engolir a saliva —, pois se voltar é porque é um veado, mais merda do que quando partiu.

Todos continuavam olhando para Amadeo Nunni tão fixamente como Amadeo Nunni olhava os bicos de seus sapatos empoeirados. Sem mexer a cabeça, ergueu as pálpebras, encarou seus amigos.

— Assim, por que eu vou ligar para o que minha mãe e o tal do negro me digam? Se me amam, se vão dar um quarto para mim em sua casinha ou se vão me abandonar?

— Você vai se acostumar — respondeu-lhe Paco Frontão.

O Babirrussa olhou-o ofendido, piscando. Paco Frontão sustentou seu olhar. Miguelito Dávila levantou a voz.

— É melhor a gente ir. As coisas serão como tiverem de ser — olhou para o Babirrussa. — Quando eu estava no hospital, havia noites em que acreditava que não ia amanhecer, acreditava de verdade, por causa da febre ou do que fosse. E você está vendo. O relógio soa e aí você vê que o dia já chegou e tem que xingar a mãe daquele que o inventou porque tem que ir à drogaria ou recolher garrafas e não se lembra mais de quando estava pra morrer. Se tinha um rim ou três ou se sua mãe cheira a perfume ou a xampu.

O Babirrussa demorou a se levantar, como se além de seu corpo tivesse que erguer alguém que estava dentro dele e estava morto ou, pelo menos, desmaiado. Voltaram a percorrer o caminho dos Ingleses e antes de chegar à rua Soliva, Miguelito Dávila e o Babirrussa se separaram dos outros amigos.

— O pai de Paco está agora no hotel? — perguntou o Babirrussa.

— Não. Está fora.

Continuaram andando. E alguns passos mais adiante o Babirrussa voltou a falar.

— Michael, o cara com quem minha mãe se casou não é negro. É mulato. Mas é pior.

— Pior?

— Sim. Pior.

O Babirrussa engoliu um pouco de saliva.

— Quer saber? Um dia me levaram ao centro de Londres. Eles vivem num lugar afastado, em umas casas de tijolos aparentes. Eu estava quase acostumado com a história do Michael, com o fato de minha mãe ter se casado com ele. Não é tão negro, conhece luta greco-romana e não quer bancar o valente comigo nem me adotar. E, além do mais, minha mãe, na noite anterior, havia entrado no meu quarto e me falado da época em que foi embora daqui, de como as coisas haviam sido difíceis. E não me falava como antes de partir, como as mães falam com você, me falava de verdade. Preocupada com o que eu pudesse pensar. Até que me passou pela cabeça que eu não poderia viver ali — Babirrussa sorriu —, como um babaca.

Miguelito Dávila apontou com o queixo as escadas de dona Úrsula e os dois se dirigiram para a escadaria que havia diante da casa. Dávila temeu que o cheiro dos jasmins e da dama-da-noite trouxessem ao Babirrussa a recordação do perfume de sua mãe e lhe azedasse ainda mais a memória. Mas o Babirrussa já tinha se sentado e continuava falando.

— E até já estava ligando menos para a cor dos cabelos que minha mãe estava usando. Eles estão ruivos, têm uma cor que parece laranja — olhou para Miguelito tentando ver o impacto dessa confissão que a ele parecia vergonhosa, mas Miguelito não se alterou, continuava esperando. — Não conte para eles — apontou com a cabeça o caminho que Moratalla e Paco Frontão haviam seguido — essa coisa dos cabelos.

Miguelito encolheu levemente os ombros.

— Fui ao centro com uma irmã do mulato, uma que falava um pouco de espanhol. Eu queria ir a uma loja que me haviam indicado, toda de coisas do Bruce Lee, e ela ia comprar alguma coisa para o casamento. Deixou-me em uma rua do bairro chinês para que eu procurasse a loja e comprasse o que quisesse e me disse que ia me pegar ali mesmo duas horas depois. Você se cagaria se visse aquilo, Miguelito. Tudo cheio de cartazes chineses e de telhados como aqueles que aparecem nos filmes. Então eu ia pensando naquilo, que eu poderia viver ali com minha mãe e com Michael, não agora, mas dentro de um ano ou dois, e achava engraçadas as pessoas que andavam por ali e pensei que poderia aprender a falar inglês e a trabalhar dirigindo um carrinho de lixo como um sujeito que havia no bairro de minha mãe, com um capacete e um blusão com enfeites amarelos, um cara que recolhia folhas e papelões com uma máquina e os lançava em lixeiras imensas que logo eram levadas por um caminhão. Eu ia pensando. Vi esse chaveiro em uma vitrine e o comprei e pensei nas chaves que ia colocar aqui, talvez uma chave de uma casa de Londres ou da de uma garota que iria conhecer quando vivesse ali, uma loura dessas com a qual ia foder todas as noites e talvez até me casasse, com ela ou com outra, uma amiga dela, e compraria um carro, você vai achar que eu fiquei louco, mas era como se estivesse em outro planeta e isto aqui, a minha casa daqui, o meu avô, tivessem se apagado. Você acha que eu fiquei louco?

Miguelito olhava para a frente, pensativo. Mal virou a cabeça para falar com o Babirrussa, talvez sentisse inveja dele.

— Comigo aconteceu a mesma coisa quando estive no hospital. Uma coisa parecida. A distância você vê tudo mais fácil. É o que acontece.

— Eu acreditava que estava flutuando, como se tivesse me enfiado num filme e logo pudesse me chamar Johnny ou fazer o que tivesse vontade. Ia assim pela rua, sem pressa de encontrar a loja do Bruce Lee e de repente uma loura, uma puta, enfiada em saltos muito altos, me disse alguma coisa, não sei se me chamando ou me dizendo para ir embora, porque eu ficara ao lado dela, olhando cartazes de vadias peladas, porque aquilo, a porta onde ela estava, era um lugar de striptease. E como a loura não me entendia e continuava falando comigo, lhe disse muito lentamente que comesse minha pica, rindo. Coma minha pica, malandra. Havia mais lugares como aquele, letreiros com mulheres exibindo a pele, e eu me meti em um sex shop todo cheio de nabos de plástico e de correias pretas, Miguelito — o Babirrussa quase sorriu, moveu a cabeça amargamente. — Peguei um baralho com cartas de mulheres com as tetas assim, como balões, para trazê-lo pro Moratalla e estava ali, esperando para pagar, quando desviei os olhos da mão em que tinha o dinheiro, as libras, e pela porta vi na calçada da frente aquele ponto alaranjado como a chama de um palito de fósforo, e foi como se tivessem desligado a máquina do filme em que eu me metera e Londres e todo o estrangeiro houvessem sido tragados pela terra e eu estivesse de repente sozinho no mundo, sem saber onde estava. Podia ter olhado para outro lugar, mas olhei para lá, parecia que alguém me dissera dentro da orelha. Amadeo, levante os olhos e olhe para lá.

Miguelito Dávila agora observava o Babirrussa, e o fazia com calma, sem espanto, escutando suas palavras como o fluir inevitável de um rio subterrâneo.

— Larguei o baralho e saí da loja, apenas olhando aquela manchinha laranja da vitrina da frente, no meio de umas fotos escuras, e que ainda não se via o que era, embora no fundo eu soubesse sim, uma voz me dizia, Miguelito, estava me dizendo, e eu dizia por dentro à voz que se calasse, cale-se, puta, cale-se, não me diga isso, e continuava andando e podia ver as fotos cada vez melhor.

O Babirrussa virou o rosto. Encarou Miguelito.

— Era minha mãe.

O Babirrussa e Dávila se olharam fixamente. O Babirrussa esperava alguma reação e repetiu, mais indignado com Dávila do que com sua mãe.

— Era minha mãe, Miguelito.
— Como sua mãe?
— Numa foto.

Naqueles dias soprava uma brisa suave que ali, na rua da dona Úrsula, arrastava àquela hora da noite um perfume doce e morno com o cheiro distante do mar e o sabor amargo que a fumaça dos carros deixava nos dias de calor.

— Era minha mãe, Miguelito, que estava ali retratada — o Babirrussa baixou a vista, levantou-a de novo para continuar falando, os olhos atravessados e uma espécie de sorriso na boca —, fotografada sem roupa, usando uma calcinha brilhante daquelas que não escondem nada, e o mulato, com quem ia se casar no dia seguinte, o Michael, atrás dela, vestindo um calção de couro. E ao lado havia uma vitrine com outras fotos, menores. Minha mãe fode diante das pessoas, é nisso que minha mãe trabalha em Londres, Miguelito. Você entende o que estou dizendo?

— Sim.

— Sabe o que estou dizendo, Miguelito?

— Sim.

— Eles fodem ali.

— Sim.

Às vezes fico pensando que, se de fato aquele verão foi uma paisagem que haveria de se converter, finalmente, em nosso retrato, naqueles dias começaram a pintar seriamente as sombras do bosque. Davam algumas pinceladas preparando o fundo da tela com delicados matizes que iam do castanho queimado aos verdes e azuis mais escuros. Mas ao seu lado, como nos bosques verdadeiros, estavam a luz e a água, e as flores iluminadas pelo sol continuavam brilhando. E éramos, acima de todos os temores e precariedades, não sei se impulsionados pela inocência ou a biologia, os donos do futuro.

Miguelito Dávila esperou que Luli fosse a primeira a falar de José Rubirosa. Não comentou com Luli nada do que o anão lhe dissera na piscina, não mudou seu tom de voz nem parou de falar quando, uma tarde, atravessaram um semáforo e passaram roçando na dianteira azul brilhante do carro de Rubirosa, tampouco Miguelito quis pensar coisa alguma em relação ao vendedor de lingerie quando, naquela mesma tarde, sentados no terraço do Rei Pelé, e sem motivo aparente, Luli foi tomada por uma tristeza profunda e depois de reclamar da vida que lhe tocara viver manifestou suas dúvidas em relação ao futuro que os aguardava. "A poesia é uma coisa muito difícil, Miguelito", disse, com o olhar perdido enquanto movimentava pela mesa uma bolacha de chope úmida de cerveja. "Sim, mas não estou sozinho nem sou o primeiro que passa por este caminho. Para que um poeta exista, foram necessários muitos outros poetas. Você sabe de uma coisa? O mundo fez um longo caminho até chegar a mim", respondeu Miguelito, recordando as palavras que ouvira dias atrás da boca cor de berinjela da Senhorita do Capacete Cartaginês e tantas vezes voltara a repetir a si mesmo em sua cabeça e em seus blocos de anotações. Mas, na verdade, naquele momento, sentado diante de Luli, pensava na dianteira brilhante do carro azul e no sorriso do anão Martínez ao falar do vendedor José Rubirosa.

A noite caía na mão e nas veias azuis de Luli Gigante, em suas unhas roídas, que continuavam acariciando o papelão molhado da bolacha de chope. A noite caía ali como antes, ao entardecer, e começara a cair no verde-escuro de seus olhos. E caiu no sorriso triste que dirigiu a Miguelito quando ele repetiu aquilo que a Senhorita do Capacete Cartaginês lhe dissera sobre os poetas.

— Eu ouvi meu pai dizer que só dão importância aos artistas e aos poetas muito tempo depois de sua morte.

— E desde quando você liga para o que o seu pai diz? Você já não começou a usar a roupa que vai vestir no enterro dele?
— Miguelito conseguiu manter o sorriso enquanto lhe fazia as perguntas.

E enquanto ela encolhia os ombros e afastava a mão da bolacha de chope e da mesa, Miguelito teve a tentação de lhe perguntar se um vendedor de calcinhas era mais útil do que um poeta, mas se conteve e conseguiu manter o sorriso, a expressão, apesar de ter se lembrado dos olhos de Luli, ou talvez os tivesse imaginado, ao atravessar no semáforo, olhando de relance para o carro azul.

— Eu gostaria de passar a noite com você. Fugir para longe — Luli estendeu a mão de novo sobre a mesa, procurando a de Miguelito, lânguida ao lado de seu copo.

- Você tem certeza?

— Não quero que me deixe sozinha. Não quero ficar sozinha esta noite — a mão de Luli Gigante continuava sobre a mesa, esperando que Miguelito a segurasse com a sua.

Mas, então, ao ouvir as últimas palavras de Luli, seu sorriso se apagou, afastou sua mão da mesa e pediu um conhaque ao garçom.

— Não beba mais... Eu amo você, Miguelito. O que está acontecendo?

Mas Miguelito não lhe disse nada. E então acreditou ver os olhos de Luli ao atravessar o semáforo, fixos, não mais na dianteira do carro azul, e sim no olhar de Rubirosa. Mas não disse nada sobre o vendedor nem sobre o anão Martínez. Ficou olhando para sua própria figura, apagada, deformada, refletida no cálice de conhaque que o garçom acabara de deixar diante dele e viu como a mão de Luli retrocedia lentamente no meio da noite e se afastava dele, e ele pensava que se afastava para sempre e que aquela mão nunca mais voltaria a se enlaçar com a sua. Seria outra mão. Pensou isso e o escreveu naquela noite depois de ficar ainda um pouco mais na varanda do Rei Pelé, já em silêncio, depois de beber aquele e outro conhaque, Luli Gigante olhando para o chão e ele para um lado e outro da escuridão, vendo passar carros que não iam a lugar nenhum, luzes que não iluminavam nada a não ser um pedaço de labirinto. Escreveu depois de acompanhar Luli a sua casa e de se despedirem com um beijo frio, depois de subir as escadas da própria casa, sentir o cheiro dos ensopados de sua mãe e trancar-se em seu quarto com aqueles móveis que eram ataúdes.

Mas a mão de Luli voltou a se entrelaçar com a sua, e no dia seguinte sua voz chegou cristalina através do telefone da drogaria como se nada tivesse acontecido e não tivessem atravessado nenhum semáforo nem os olhos de Luli tivessem olhado para os olhos turvos do vendedor de lingerie. Luli falou a respeito de Rubirosa alguns dias depois, numa noite em que foi buscá-la no Bucán depois dos exercícios de dança. Miguelito a viu com a camiseta justa, cor de cereja, rindo com o instrutor dos dentes grandes, aquele que fingia ser cubano. Viu como ela se virava e, agarrando um buquê de flores, de rosas que eram quase da mesma cor de sua camisa, se inclinava sobre o balcão do bar e as deixava ali, em alguma estante interior. Algumas pétalas soltas caíram aos pés de Luli. Só viu Miguelito quando se ergueu e deu a volta, e, como em outras vezes, fez um gesto para que a esperasse enquanto ia trocar de roupa. As pétalas ficaram no chão como uma marca delatora, gotas de sangue de não se sabia que crime.

Caminhavam de mãos dadas quando ela falou, finalmente, de Rubirosa. "Aquele buquê de flores que você me viu guardando foi enviado por um louco que vi uma noite com Martí, o anão", Luli sorria, seus olhos não se fixavam em nenhum lugar. "Deixei-o ali para que o Mario o leve para a mãe ou o jogue fora. É possível que você tenha visto o cara das flores, é um sujeito que vem ao bairro porque é vendedor de roupa ou de outra coisa qualquer."

Miguelito Dávila continuava caminhando, procurava fazer com que nem a ira nem o desejo de andar mais depressa, de deixar Luli para trás, fossem notados no contato de sua mão com a mão dela. Só lhe perguntou se ficara muito tempo com o vendedor na noite em que o conhecera, e ela sorriu abertamente. "Naquela noite, a única coisa que lhe disse foi que se enforcasse, e depois nunca mais voltei a vê-lo, a não ser uma vez, a distância, quando esteve me seguindo lentamente com seu carro. Manda-me as flores ao Bucán, Martí deve ter lhe dito que freqüento o lugar, mas nem aparece. Logo se cansará."

Miguelito a olhou fixamente. Ela sorriu, surpresa. Abraçou-o, beijou suas faces, seus lábios. Miguelito aproveitou para soltar a mão. Continuaram caminhando. "Caia das estrelas juízo justo sobre teu sangue", repetia para si mesmo ao compasso de cada passo, e a própria repetição daquelas palavras, a visão de si mesmo lendo na drogaria sempre o mesmo livro, aumentavam sua ira e talvez pela primeira vez lhe viesse a tentação de destruir o livro, de chegar em casa e arrancar todas as suas folhas, rasgar os cadernos e jogar tudo, sua vida inteira, no lixo.

Mas Miguelito Dávila continuava repetindo para si mesmo aquela frase: "Caia das estrelas juízo justo sobre teu sangue." No entanto, quando moveu a língua e abriu a boca, as palavras que vieram a seus lábios foram outras:

— Por que você não queria ficar sozinha na outra noite, quando me disse aquilo no Rei Pelé?

Luli olhou para ele, surpresa, o cenho de menina franzido. Rugas de menina, um indício de sorriso que logo, vendo a expressão de Miguelito, se transformou em uma careta amarga.

— O que isso tem a ver? O que tem a ver com aquilo de que estávamos falando?

— Por que você não queria ficar sozinha?

— Porque eu te amo.

Miguelito Dávila fez um gesto afirmativo e pensou em seu amigo Babirrussa. "Eu não sabia o que estava fazendo ali, mas tampouco sabia em que lugar poderia estar." Recordou-se daquela noite, do cheiro das flores de dona Úrsula e do olhar torto do Babirrussa.

— Eu não fui à loja do Bruce Lee. Pensei em entrar para os paracas, como o Rafi. E ainda estou pensando nisso, Miguelito. Fiquei por ali, vendo os letreiros em letra chinesa e aquelas putas. E não sabia se minha mãe era como elas, ou pior, ou melhor. Tive vontade de entrar e comprar uma espada samurai, uma *katana*, e começar a esquartejá-las, as putas, já as via com a cabeça aberta e um braço rolando pelo chão, até sentia o sangue escorregando sob a sola dos meus sapatos. E quando já pensara em ir embora, não sei para onde, pegar um ônibus e voltar para cá ou para outro lugar, sumir como meu pai, apareceu a irmã do mulato, dei de cara com ela numa rua que não era onde a gente tinha marcado, e ela começou a me falar como se nada tivesse acontecido, dizendo que era tarde e que era melhor a gente pegar o metrô. Se apresse, se apresse, dizia, e eu tive vontade de perguntar se ela sabia em que seu irmão trabalhava. Mas era claro que ela sabia, todo mundo sabe de tudo. E então tive vontade de lhe perguntar se tinha ido ver como seu irmão fodia minha mãe diante das pessoas e se aplaudira muito com suas mãos de negra.

A voz de Luli Gigante vinha de longe. "Vocês não têm direito, os homens, meu pai e todos os homens, porque, embora você queira ser diferente, não é, fui eu quem se enganou", Miguelito ouvia de forma entrecortada. "Parecia que alguém estava me mastigando as pernas", voltava a lhe dizer o Babirrussa. Miguelito também anotara em seu bloco que algumas vezes, quando pensava no futuro, seus dentes se transformavam em areia e o mar entrava por sua boca, os pulmões eram o porão de um barco velho.

— Você agora sabe por que entendi o **meu** pai naquele dia,

Miguelito, por que já sei que as pessoas um dia desaparecem sem olhar para trás? O metrô, que antes me agradava, parecia que tinha sido fabricado para me fazer sofrer; pensei, pensei que o cara que inventou o metrô o fez para que um dia eu subisse nele depois de ter visto a foto da minha mãe nua e minhas tripas fossem remexidas por aquele ruído e aquele movimento. E os olhos da mulata olhando para as janelas que davam para a parede negra dos túneis como se visse uma paisagem daquelas que aparecem nos filmes de Walt Disney, com bosques e lagoas coloridas. E a única coisa que ocorreu à chupadora quando seu espanto passou foi tirar de uma sacola uma gravata que me comprara para o casamento. Quis que a provasse ali mesmo no metrô. Uma gravata daquelas de elástico, de criança. Olhei pra cara dela e fiquei mais tranqüilo, porque ela, embora fosse negra e quase não soubesse falar espanhol, percebeu que ia ter de engolir a porra da gravata se me dissesse outra vez para enfiar o elástico no pescoço.

— Ela comprou uma gravata de elástico pra você?
— Sim.
— Filha-da-puta.
— Você já imaginou?
— Sim, filha-da-puta — Miguelito repetiu, mexendo a cabeça, sem acreditar no que ouvia, como se aquela notícia fosse a mais insólita entre todas que Amadeo Nunni lhe dera da sua visita à Inglaterra.

O Babirrussa olhou para seu amigo com um meio sorriso, e Miguelito entendeu que o pior havia passado. E quando lhe contou como chegara à casa de sua mãe e do mulato, a voz do Babirrussa já soava menos amarga, não importava o que estivesse dizendo, a história da gravata e os comentários depreciativos de Miguelito a respeito da irmã do tal Michael suavizavam tudo. Ficou observando sua mãe, sempre aproveitando o momento em que ela estava olhando para outro lugar; quando a tinha diante de si, sempre a via nua, como na vitrine, com a calcinha de plástico. Olhava para a boca sorridente de Michael e os olhos daquela gente da casa, amigos e parentes do mulato que alguma noite teriam ido ver como fodiam sua mãe no meio de uma passarela, com as luzes azuis que vira nas fotos e uma música que imaginava ser de acordeão.

"Além de ter de suportar um chato que me manda flores, ainda tenho de agüentar isto; em vez de me ajudar, você se comporta como um egoísta", Miguelito ouviu Luli Gigante dizer em um murmúrio. E depois veio o silêncio, o ruído dos passos. Ao se lembrar do seu amigo Babirrussa, a ira de Miguelito foi se atenuando. É possível que Miguelito Dávila, o poeta, o herói dos hospitais e das drogarias, tivesse ficado inseguro; talvez até pensasse que se comportara mal com Luli Gigante.

Amadeo Nunni ficou mirando-o com seus olhos semicerrados, tão atravessados como quando via o anão Martínez. Mas tinha um sorriso na boca.

— Pensei de verdade em entrar para os paracas. E, pode acreditar, ainda penso nisso — o Babirrussa franziu um pouco o cenho. — Você, com essa história do rim, seria aceito?

O Babirrussa olhou para ele esperando. Miguelito Dávila sorriu com tristeza.

— Nós dois podíamos nos alistar, não é mesmo, Miguelito? — a voz do Babirrussa tinha um tom que não se sabia se era de brincadeira ou de súplica.

— Sim. Com o Rafi — Miguelito tentava sorrir, a noite também era uma abóbada e um abismo para ele. — Você imagina passar dois anos inteiros em companhia do Rafi, dormindo ao seu lado? Na caserna não deixariam você organizar os móveis como quisesse.

Levantaram-se da escadaria de dona Úrsula. O ar da noite suave corria como um sussurro, uma voz que se enreda em todo seu corpo, avalia-o e diz quem você é.

— Não sei o que é pior: Rafi ou o mulato, aquela gente. Não irei mais lá, nunca mais. Os ingleses sempre fedem pelas ruas como se estivessem cozinhando couve-flor.

Miguelito Dávila já não sabia onde estavam as sombras, qual era o lado do mundo por onde caminhava. Recordava como naquela noite o Babirrussa olhou para cima, para o céu. "Caia das estrelas juízo justo sobre teu sangue." Examinou o perfil de Luli e sentiu vontade de abraçá-la, o seu rosto de menina. Caminhavam sozinhos pelo mundo, andando pela aridez de um planeta vazio. As pessoas com as quais cruzavam estavam do outro lado do universo. Sós. Soube disso na noite em que se perdeu pelas ruas com o Babirrussa e voltou a confirmá-lo nesta outra noite, ao lado de Luli, só que ela parecia não perceber. Por isso dançava sonhando em cima de um palco, por isso cheirava o coração das rosas quando chegavam ao Bucán e por isso continuava carregando de um lado a outro aqueles livros apertados contra o peito, para enganar o mundo, pensando sempre em certas pessoas, em máscaras que nem sequer a percebiam quando cruzavam com ela.

Naquela noite Luli entrou em seu portão abaixando a cabeça e olhando para o chão como se estivesse se despedindo. Miguelito Dávila caminhou até sua casa. Estava aprendendo que os primeiros círculos do inferno começam neste mundo e que, longe das monstruosidades que apareciam em seu manuseado livro de versos, os tormentos do inferno estão escondidos na miséria dos dias, nas sombras das escadarias gastas pelas quais havia muitos anos ninguém subia alimentando ilusões ou na respiração de uma mulher, sua mãe, adormecida na penumbra de um quarto onde nunca, desde que ele tinha memória, ninguém dera uma risada. Naquela noite, Miguelito Dávila, pálido, se deteve diante do espelho e olhou atentamente para a cicatriz em forma de meia-lua que sua operação lhe deixara. Se tivesse olhado os relógios de sua casa, teria temido que todos parassem ao mesmo tempo.

Derramado o verde luminoso de seu vestido sobre o verde-escuro do gramado como um lótus desmaiado e sem vida. Uma nuvem algodoada e quase transparente. Foi assim que viram de cima a mulher que estava esticada no jardim da casa de Paco Frontão e, iluminada pelas primeiras luzes do dia, parecia verdadeiramente, pela palidez de seu corpo e o pólen louro de seu cabelo, um lótus flutuando na lagoa verde da grama, à beira da piscina.

Usava um vestido de gaze verde-limão que revelava seus ombros e metade de suas costas. Era uma das amantes de dom Alfredo, e a princípio todo mundo pensou que estava morta. O primeiro a vê-la foi um dos pedreiros que trabalhava no edifício que estavam construindo no outro lado da rua. E depois que ele gritou do andaime e o mestre-de-obras esmurrou a porta da casa, quase todos os moradores do bairro viram aquela mulher, começando pelo próprio Paco Frontão; quando apareceu no balcão de seu quarto, teve seu bocejo interrompido e ficou petrificado, de cuecas, tremendo apesar do calor, agarrando o parapeito e sem poder se mexer até que as pessoas subiram na obra vizinha e aquelas que tinham aparecido na porta da garagem onde parara uma ambulância passaram a olhar mais para ele do que para a amante de seu pai.

Dizem que Paco Frontão ficou com cara de menino, que todas as marcas da velhice prematura que tinha estampadas no rosto se apagaram, e que os olhos, com o azul de sempre ainda mais pálido, pareciam que iam se liquefazer a qualquer momento. Antonio Meliveo contou para a gente que, despertado pelo alvoroço, ficou acompanhando tudo o que acontecia de um dos terraços de sua casa, com os binóculos que seu pai usava quando ia à ópera de Barcelona. "Ele deve ter parecido um veado", disse o Garganta a Meliveo, com as costas apoiadas no balcão do bar de González Cortés.

Muitos anos depois, Paco Frontão também me falou daquele dia que, curiosamente, ele recordava de um modo mais confuso do que muitos de nós que nem conseguimos ver a ambulância saindo da rua e só ouvimos o estrépito de sua sirene irrompendo na manhã de verão, como aconteceu comigo, ou de quem, como era o caso de González Cortés, só viu a silhueta da mulher sob o lençol da maca e um pé aparecendo na parte inferior, os dedos completamente brancos e arrematados pelo vermelho-sangue das unhas pintadas. "Creio que aquele pé nunca se apagará da minha cabeça. Imagino o que sentiu Paco Frontão porque eu, só de ver os dedos e as unhas pintadas, percebi que ficava vazio, e senti ao mesmo tempo um extremo desejo, como se tivesse visto a mulher inteiramente nua, e também muito medo, como se fosse eu quem estivesse prestes a morrer", disse González Cortés. "É que o erotismo dos pés é muito complicado", comentou, didático, o Garganta.

Depois que González Cortés teve a visão do pé, ele e eu nos misturamos ao pequeno tumulto de vizinhos e pedreiros que se formara nos arredores da rua Soliva. Escutávamos as versões mais díspares a respeito do que acontecera na casa, e de quebra, quando a porta da garagem estava sendo fechada, vimos o pai de Paco Frontão com um pijama de listras azuis e a crista dos cabelos despenteada, afastando as pessoas do umbral da garagem com muita amabilidade para poder fechar a porta.

Contavam ao nosso lado que a mulher estava morta, que se afogara na piscina ou estava apenas bêbada e tivera um coma alcoólico. Também diziam que era diabética. Mas quando, instantes depois, chegou a rádio-patrulha e alguns policiais entraram na casa, todo mundo concordou que tinha sido assassinada. Uns afirmavam que com veneno e outros chegavam a garantir que haviam visto o orifício da bala que partira em dois o coração da bela loura.

Um pouco mais tarde, quando a maioria dos grupos se dispersara e dom Alfredo saiu de sua casa escoltado por dois policiais que o enfiaram na rádio-patrulha, alguém acrescentou ao assassinato o delito de violação, embora a responsabilidade pelos crimes fosse atribuída aos amigos do pai de Paco Frontão e não ao próprio dom Alfredo que, já penteado e vestindo um elegante terno azul-marinho, foi saudado cortesmente pela vizinhança no curto trajeto que percorreu da porta de sua casa ao carro da polícia.

Só no final da tarde, quando Antonio Meliveo chegou ao bar de González Cortés acompanhado por María José, a Fresca, soubemos parte do que de fato acontecera. Meliveo aproveitara a chegada da mãe de Paco Frontão para entrar na casa de seu vizinho. "Antoninho, que desgosto, quanta desgraça", lhe dissera a mulher, chorosa, apoiando-se em seu ombro para subir os degraus que davam acesso à porta principal. A mãe dos Cebola estava um tanto desarvorada, com suas diversas camadas de roupa todas revoltas e muito mais abatida do que ficava quando seu marido saía de casa a caminho do hotel, coisa que era habitual. "Suas tripas ficaram revoltas ao pensar que qualquer dia ela também seria envenenada ou talvez tivesse horror do vazio, medo do desconhecido", acrescentou o Garganta, que ao longo da narração de Meliveo foi complementando os acontecimentos com observações de comentarista radiofônico, de tal maneira que era ele, o Garganta, e não Meliveo, quem parecia ter estado na casa de Paco Frontão.

Ouvindo o que uns e outros diziam, ficamos sabendo naquela tarde que dom Alfredo aproveitara que sua mulher estava passando a noite na casa de uma irmã enferma e levara a sua casa, no meio da madrugada, duas ou três de suas amigas habituais e algumas das mulheres com que freqüentemente o víamos cruzar as ruas da cidade em seu automóvel desengonçado. Ninguém soube muito bem o que ocorrera, mas, segundo todos os indícios, depois de ingerir muitas taças de champanhe, a mulher do vestido verde se sentiu desprezada por dom Alfredo. Ao que parece, trancou-se no banheiro e depois de algum tempo saiu cambaleando e ficou perambulando sozinha pela casa, recolhendo nos armários dos outros três banheiros todas as pílulas que ia encontrando. Pílulas para asma, enjôo, insônia, alergia ou gripe.

Engoliu-as à beira da piscina com a última garrafa de champanhe, enquanto no interior da casa se ouviam as risadas e as vozes apagadas dos amigos de dom Alfredo. Os amigos sonâmbulos do pai de Paco Frontão e as outras mulheres, todas, menos uma chamada Adoración España, foram embora antes do amanhecer, sem que ninguém desse pela falta da jovem que, a essa altura, já inconsciente, jazia sobre a grama. Segundo diziam, dom Alfredo ofendera não se sabe como a loura do vestido verde, e ela, ao que parece apaixonada por dom Alfredo, havia respondido com uma bofetada e insultos que não fizeram mais do que aumentar as gargalhadas das suas naturalmente alegres companheiras de excursão noturna.

Meliveo viu na casa de Paco Frontão a tal Adoración, a morena que ficara para passar o resto da noite com dom Alfredo e a quem a notícia da desgraça de sua amiga chegara quando estava na cama matrimonial dos pais de Paco Frontão. Pensava que estava no meio de um sonho quando viu dom Alfredo aparecer no balcão gritando: "Morta, está morta, a Fonseca se matou." Chegou inclusive a rir quando dom Alfredo tropeçou em uma cômoda ao vestir apressadamente a calça do pijama, e só quando ouviu vozes desconhecidas no jardim, falando como falam os médicos, teve consciência de que algo grave estava acontecendo.

Mas Adoración España não conseguiu mais sair da casa, porque, apesar de ter se apressado como podia para recolher sua roupa, espalhada por todo o aposento e pelas escadas, dom Alfredo, a caminho da concorrida porta da rua, ordenou-lhe com o olhar que voltasse ao quarto. Vestida apenas com sua calcinha minúscula e abraçando o resto da roupa, tropeçou no final da escada com os olhos de Belita, a irmã de Paco Frontão. Deram-se bom dia sem nem se olhar. Adoración entrou às pressas no quarto e Belita ficou parada na escada, sem se atrever a ir a lugar algum.

A mãe de Paco Frontão encontrou Adoración no quarto, já vestida, com a cama feita e uma choradeira desconsolada que aumentou de ritmo e volume quando viu a dona da casa. A matriarca dos Cebola compreendeu a situação sem que fossem necessárias palavras, e assim, só com gestos, apenas murmurando "Quanta desgraça" um par de vezes, pegou Adoración pelo braço e levou-a à cozinha, que foi onde Meliveo a viu, sentada em um tamborete e bebendo uma tigela de caldo recém-aquecido pela mãe de Paco Frontão. Adoración España repetia insistentemente entre um gole e outro que tudo lhe pareceu um sonho, que abriu os olhos, ouviu a história da Fonseca, e tudo lhe pareceu um sonho, um sonho cômico, e enquanto Adoración dizia aquilo, a dona da casa, entregue aos preparativos de novos ensopados, tentava consolá-la. "Não chore, senhorita España, não chore. Você não tem culpa de nada e Deus é misericordioso e conserta tudo, até o que não tem conserto."

"E conte a história da piscina e a de Paco Frontão. Conte o que você viu", Meliveo era incentivado pela Fresca, que naquele dia revelou sua paixão pelos fatos fúnebres e chegou a deixar de lado por uma vez seu olhar altivo para, em dueto com o Garganta, fazer coro e acrescentar com muita ênfase muletas verbais a tudo o que Antonio Meliveo contava. E assim, incentivado pela Fresca, Meliveo foi contando que, no meio da desordem reinante na casa, ele se entreteve andando de um lado a outro, como o visitante de um museu que estivesse sendo desalojado. Encontrou ao lado da piscina uma garrafa de champanhe e uma taça quebrada com as bordas pintadas de batom ou sangue, uma caixa de pílulas vazia e um pedaço de papel no qual alguém escrevera apenas um nome, Alfredo. Vira, também, ao lado do bilhete uma mancha escura de sangue empapando a grama. Meliveo tirou com muito cuidado um papel dobrado do bolso de sua camisa. Exibia, efetivamente, a palavra Alfredo, e um de seus cantos tinha uma mancha parda que podia ser de sangue.

Enquanto examinávamos o papel que passava lentamente de mão em mão, Meliveo foi contando que subiu do jardim ao primeiro andar e ali, atrás de uma porta, ouviu a voz de Paco Frontão. Falava contendo a ira, evitando levantar a voz. "Você vai acabar assim, como essa mulher, envenenada ainda mais jovem do que ela." Meliveo ouviu os gemidos, também afogados, da irmã de Paco Frontão, e depois alguns golpes, gavetas sendo fechadas com violência e alguns passos. Paco saiu do aposento em que estava, o quarto de Belita, e ficou olhando pra ele. A expressão de menino que Meliveo vira do terraço de sua casa já tinha se apagado. As rugas do velho que havia dentro de Paco Frontão haviam voltado a tomar conta de seu rosto.

"Vim ver como você está", disse-lhe Meliveo, sustentando seu olhar. O outro ainda ficou por um momento diante dele, imóvel e sem dizer nada, até que do interior do quarto chegou o pranto, agora claro, de sua irmã, e ele se virou, deu uma pancada na porta e, depois de gritar "Cale-se", seguiu seu caminho, sem olhar para Meliveo. Segundo este, o pranto de Belita lembrava o som que é atribuído nos filmes aos animais da selva durante a noite, gemidos que pareciam contra-senhas indígenas, ameaça de perigo.

"Por que ele atormenta tanto essa menina, que é um primor? Eu a vejo quase todos os domingos no Clube dos Botes e é tão doce! É muito amiga de Seoane e de Constancita Aguilera, o que posso mais dizer a vocês?", indagava a Fresca, que começava a reconhecer as pessoas que até aquele momento pareciam ter ficado fora do alcance de sua vista e até tocava nossas mãos e apertava nossos antebraços para enfatizar suas palavras. "Isso tudo são complexos e ciúmes infantis mal resolvidos", sentenciava o Garganta, olhando-a com olhos que ele supunha penetrantes, embora em momentos como aqueles o Garganta, ao mesmo tempo em que tentava exibir seus encantos, planejava uma maneira de tirar vantagens do que estava sabendo pela boca de Meliveo. Segundo soubemos mais tarde, naquela mesma noite, depois de passar em casa e datilografar apressadamente duas ou três páginas, vestiu sua roupa preta e foi à emissora de rádio da alameda, onde se ofereceu para apresentar no último noticiário local uma crônica sobre "O caso — suicídio ou assassinato? — da rua Soliva".

Mas, para desconsolo do Garganta e da audiência em geral, os responsáveis pela rádio não lhe permitiram ler sua crônica com sua voz sussurrante, os olhos semicerrados e os lábios grudados no microfone, acariciando-o suavemente, tal como ensaiara um milhão de vezes no bar de González Cortés segurando uma garrafa de sifão. Talvez não tivessem permitido por causa de sua voz demasiadamente empolada, pela vontade de engolir o futuro, o microfone e a rádio inteira, pelo terno preto que vestia ou pelo colarinho da camisa usado altivamente sobre a lapela, ou, simplesmente, porque a mulher do vestido verde, ao contrário do que todos afirmavam naquela hora no bairro, não tinha morrido. "Nem suicídio nem assassinato. A única coisa que você tem é o fato de ter sido na rua Soliva", limitou-se a comunicar ao Garganta um locutor descamisado e com a voz aguardentosa de quem passou em claro mais madrugadas do que as necessárias.

Durante vários dias, circularam pelo bairro rumores contraditórios. Mas quando ficou, definitivamente, confirmado que a mulher, a Fonseca, não tinha morrido, o interesse pelo que acontecera se evaporou rapidamente. A Fresca voltou a esquecer imediatamente não apenas nossos nomes, mas também nossa existência. O Garganta retornou às suas fantasias e a contar a história de filmes intermináveis, e no bar de González Cortés deixamos de repassar os detalhes mais escabrosos do acontecimento. Só oito ou nove dias depois, numa noite, distraidamente, Meliveo nos contou que, segundo o Gravata relatara no Alho Vermelho, a briga entre Fonseca e dom Alfredo começara porque ele, bastante bêbado e recriminando a loura por qualquer detalhe, a tinha oferecido a um de seus amigos como presente ou pagamento de alguma dívida. O resto, o trancamento no banheiro e o coquetel de pílulas, se ajustava ao que se sabia.

Mas havia algo que não se sabia até aquele instante: a mulher estava grávida, e a intoxicação ou talvez alguma queda ocorrida ao longo daquela noite ou a própria lavagem estomacal haviam-na feito abortar. Fazia dois dias que a mulher saíra do hospital, mas, segundo todas as informações do Gravata, ninguém conseguia encontrá-la. Na gaveta de sua mesinha-de-cabeceira da clínica ficou intacto um envelope com um cheque enviado por dom Alfredo. Ficaram ali abandonados buquês de flores e dois pacotes, também sem serem abertos, talvez vestidos caros, que haviam sido entregues por ordem de dom Alfredo. A Fonseca, Natividad Fonseca Olmedo, também conhecida como A Batedora, teria deixado a cidade, não se sabia se com destino a sua Pontevedra natal ou talvez a algum tugúrio remoto de Madri ou Barcelona.

Um destino que não importava a mais ninguém. Apenas o pai de Paco Frontão estava interessado em conhecê-lo. Voltou a ser visto pelo bairro pouco tempo depois de ter sido levado pela polícia. Talvez tivesse saído do cárcere no mesmo dia em que a Fonseca teve alta, mas parecia que dom Alfredo passara trinta anos na prisão ou que o tivessem livrado da prisão perpétua por causa de uma enfermidade. O corpo e o espírito de dom Alfredo estavam quinze ou vinte anos mais velhos. Caminhava lentamente e com o queixo trêmulo enfiado no peito; sua cabeça, sempre altiva, de repente parecia uma cabeça feita de algodão, de ancião, com uma nuvem de cabelo totalmente branco e etéreo querendo subir aos céus, desprendido da gravidade terrena e de um crânio ao qual já nada parecia uni-lo.

Flores que murcharam no meio do verão. Nunca mais voltamos a ver o Dodge de dom Alfredo carregado de belas mulheres; nunca mais aqueles vestidos tirados de sonhos holywoodianos passaram diante da gente como a encarnação do impossível. Uma vitrina ambulante do inalcançável. E nas poucas ocasiões em que voltamos a ver dom Alfredo ao volante de seu automóvel, a todos nos pareceu que se tratava de um carro fantasma, por mais que imediatamente sentíssemos uma obscura satisfação de vê-lo assim, desprovido de seu reino terreno, e não sentíssemos falta daqueles desfiles carregados de cores e luxúria. A nostalgia estava começando a fazer suas escavações. Ainda levaria muito tempo até que nos abrisse as portas de seu pequeno museu saqueado.

Quando, anos depois, conversei durante muitas horas com Paco Frontão sobre aquela época, ele me disse que não apenas a loura do vestido verde estivera apaixonada por dom Alfredo, mas que aquela mulher devia ter sido o grande amor da vida de seu pai. Talvez dom Alfredo só tivesse entendido isso no próprio instante em que a perdeu. Mas essa era uma suspeita a que Paco Frontão chegara através de palavras soltas que seu pai lhe dissera na época, quando ele, Paco, andava com o pai no Dodge. Enquanto estavam ali, dom Alfredo encolhido no banco traseiro e Paco Frontão dirigindo docilmente, à velocidade com que os choferes anciões conduzem seus velhos patrões, seu pai lhe fez algumas confidências, contou-lhe coisas de sua juventude, de como iniciou seus negócios, dos tempos difíceis. Deu-lhe, ainda, notícias de alguns acontecimentos recentes nos quais às vezes aparecia o nome da Fonseca, ou Natividad, como a chamava então. Antes de morrer, dom Alfredo também confessou a Paco Frontão que o filho perdido pela mulher naquela noite triste era dele.

— Um irmão seu e de Belita, um meio-irmão, me disse. E as lágrimas rolaram pelo seu rosto, com aquela sensibilidade exacerbada que o invadiu antes da morte, a ele, depois de tudo o que fora — Paco Frontão, maduro e viúvo, sorriu afrouxando o nó da gravata enquanto dava um gole no seu copo de uísque. E enquanto se entretinha agitando os cubos de gelo, me olhou com o sorriso renovado. — Nunca contei para Belita. Nem a história daquela mulher, a paixão do meu pai, nem a história do irmão que nunca tivemos. Apesar de seus negócios, minha irmã tinha uma idéia muito romântica, muito inocente de meu pai, e talvez lhe tivesse causado um dano desnecessário se houvesse contado. Não sei se minha mãe chegou a saber do filho. Tenho certeza de que ela o teria adotado. Teria cuidado dele melhor do que de Belita e de mim.

— E por que você se relacionava tão mal com sua irmã naquela época? Por que vivia ameaçando-a com disparates? — perguntei abertamente a Paco Frontão.

Ficou me olhando, no princípio pensando naquilo que acabara de me dizer, com imagens do passado flutuando em sua retina, depois estranhando, sem entender minha pergunta.

— Minha irmã? A gente se dava mal?

— Discutiam muito. Você discutia, gritava com ela, a mantinha assustada.

Paco Frontão sorriu, deixou os olhos fixos em um ponto, parecia que só se recordava de coisas agradáveis.

— Não sei. Não me lembro. Devia ser coisa de crianças, de adolescentes. Você sabe que ela agora vive em Washington? Casou-se com um astronauta — fez um gesto afirmativo com a cabeça, a testa quadrada e pálida, sem pêlos —, John Berry. Nunca entrou num foguete de verdade, mas foi treinado para isso e continua dizendo que é astronauta. Casaram-se e agora vivem em Georgetown, na Prospect Street, ao lado da casa onde filmaram O *exorcista*, aquele filme que o Moratalla adorava.

— Devia tocar punheta pensando na mãe da menina.
— Ou na menina, enquanto imaginava. O Moratalla.

Paco Frontão deu outro gole curto no uísque e pouco a pouco seu sorriso foi se diluindo. E assim, alternando silêncios e recordações, com aquela memória precisa e nítida que só deixara fora de seu alcance a tormentosa relação com a irmã, foi falando sobre aqueles dias de agosto, quando seu pai voltou do hotel. Eram poucos os amigos de dom Alfredo que iam a sua casa, os jogos de cartas foram suspensos, e dom Alfredo começou a resolver a maior parte de seus negócios por telefone. Uma tarde, sentou-se com Paco Frontão na cadeira de balanço do jardim e pediu-lhe que estudasse direito e procurasse fazer novas amizades, que se quisesse poderia conservar aquelas que já tinha, mas que lidasse com outro tipo de gente e depois decidisse. Mas não o disse como noutras vezes, não tentou ordenar-lhe nada. Falava com seu filho como se o fizesse com sua própria consciência.

Como uma antecipação do que o outono traria, tudo mudou naquela segunda metade do verão na casa de Paco Frontão. A mãe, talvez para expiar as culpas do marido, se entregou com mais devoção às causas beneficentes e às missas diárias. Dom Alfredo ainda teve de passar algumas vezes pela delegacia e talvez ficar preso mais um par de vezes. Mas não dava muita importância àqueles encarceramentos que lhe permitiam encontrar velhos conhecidos, pois passava a maior parte dos períodos de liberdade sem sair de casa. Dom Alfredo estava preso para sempre.

Visitava freqüentemente a central dos correios, abria uma caixa-postal que sempre estava vazia e enviava telegramas que não chegavam a lugar nenhum e depois de um par de dias retornavam a sua casa, como se fossem cadáveres de pombos-correios. Seu rosto foi ficando pálido, quase verde, como se o vestido de gaze de Natividad Fonseca, A Batedora, se interpusesse entre os raios do sol e sua pele. E numa tarde qualquer, enquanto a luz fugia por detrás dos pinheiros e das palmeiras do Convento, quando Paco Frontão subiu da piscina ou da rua para seu quarto, viu, pela porta entreaberta do escritório, a figura do pai sentada diante da escrivaninha, com a cabeça baixa e a pistola automática nas mãos.

No dia em que Remedios Gómez amanheceu com o nariz quebrado e levantou a persiana de sua mercearia fazendo menos barulho do que habitualmente, a história da amante de dom Alfredo ainda circulava pelo bairro. Diante de uma fratura nasal e de uma possível tentativa de suicídio ou de assassinato, todo mundo optou pelo segundo caso, e só quando se soube que a tal Fonseca nem morrera nem fora violentada, nos grupinhos que se reuniam nas lojas e nos bares começou a se dar um pouco de atenção ao acidente de Remedios. Entre outras coisas porque, com o passar dos dias, a ferida da dona da mercearia parecia aumentar, e onde antes só havia um curativo asséptico e uma leve inflamação, depois de uma semana florescia uma espécie de campo de batalha, cada vez mais cheio de trincheiras e acidentes.

Ao redor do olhar tímido e do esparadrapo que cobria o nariz de Remédios, se formaram bolsas de tonalidades mutantes, uma espécie de arco-íris onde a cada dia debutava uma nova cor que pouco a pouco ia adquirindo tons nunca vistos. O amarelo-ovo virava laranja e depois verde, e do verde ia a tons variados do azul, incluindo o turquesa, e depois ficava roxo-escuro e mais tarde preto. Sua voz soava cada vez mais rachada, e os dedos, quando cortava dois metros de faixa ou embrulhava uma dúzia de botões, tremiam cada dia mais. E assim, com aquela espécie de anúncio em néon no rosto e a deterioração de sua voz e de seus nervos, Remedios Gómez conseguiu, lamentando muito, que no bairro se falasse mais de sua história do que da amante de dom Alfredo.

Remedios dissera às clientes do primeiro dia que sofrera um acidente. Uma estante desabara, atingindo seu rosto. Mas todo mundo sabia que aquela explosão de cores que ia surgindo pelas suas olheiras estava relacionada com o vendedor Rubirosa e Luli Gigante. Rubirosa já não passava à tarde para pegá-la com seu carro azul, nem ficava com ela dentro da mercearia com a persiana da porta semicerrada, deixando escapar pela fresta inferior arquejos e gritos afogados que, no meio dos risos dos homens da taberna da frente e dos protestos de dona Úrsula, reuniam na porta da mercearia os meninos e a maior parte dos vira-latas do bairro, atraídos por algum ultra-som que as investidas do vendedor de lingerie fina faziam escapar dos pulmões de Remedios. Agora, Rubirosa só aparecia na loja no horário comercial e ficava sempre do outro lado do balcão, com sua simpatia habitual e suas brincadeiras com a gravata e as clientes. Mas nessas ocasiões Remedios apenas sustentava seu olhar e ditava os pedidos com a cabeça baixa e o tremor congelado dos dedos.

Além disso, o anão Martínez ia dando notícias a todos que quisessem ouvi-las — e a quem não quisesse também — a respeito dos avanços de seu amigo José Rubirosa "com aquela menina, a Luli Gigante, que não vale nem a metade de uma trepada com a Corpo, mas que se enfiou em sua cabeça". Martí, o anão, foi encarregado de fazer uma espionagem completa a respeito dos movimentos diários de Luli. Era ele quem tinha a responsabilidade de levar os buquês de rosas vermelhas ao Bucán e de anotar em uma caderneta pequena todas as informações que ia levantando sobre a humilde Beatriz de Miguelito Dávila.

Durante aquelas primeiras jornadas de espionagem, o anão esperava todas as noites por Rubirosa no balcão do Alho Vermelho, e ali ia relatando tudo o que sabia. No entanto, rapidamente, assim que os encontros do anão com o vendedor se reduziram a uma repetição de informações e suposições de Martínez, Rubirosa deixou de aparecer no bar. E enquanto o anão ficava ali trepado em seu tamborete, olhando dissimuladamente o relógio que o barman Camacho tinha às suas costas e bebendo amargamente os coquetéis em que o vendedor o viciara, Rubirosa circulava em seu carro azul pelos arredores da casa de Luli Gigante e parava nas esquinas para vê-la passar.

Disseram-me que naqueles primeiros momentos ele só se aproximou de Luli uma vez, numa tarde em que ela ia com sua enorme bolsa vermelha dependurada no ombro a caminho do Bucán, ainda com os cabelos molhados do chuveiro, com um cheiro de lavanda flutuando ao seu redor e aqueles movimentos cadenciados de seu corpo que pareciam anunciar em câmara lenta o rebolado rítmico, acelerado, que logo se apoderaria daquele corpo na pista de dança. Rubirosa a esperava um pouco afastado da porta do bar. Estava sem gravata, com uma camisa branca resplandecente e o cabelo sem aquele topete rígido que o tornava mais alto.

Embora Luli tivesse fingido não vê-lo e seguisse seu caminho sem parar nem virar a cabeça para atender às suas chamadas, quando Rubirosa parou, finalmente, alguns passos atrás dela e disse: "Por favor, só quero falar com você um minuto. Nunca voltarei a molestá-la e se quiser nunca voltará a me ver. Nunca.

Um minuto e desaparecerei, Luli. Estou pedindo um minuto de sua vida, só um minuto", Luli Gigante parou com sua mão direita agarrando com força as alças da bolsa e olhando para a frente, sem se virar. Foi Rubirosa quem pouco a pouco, andando lentamente, colocou-se diante dela.

— Luli, eu tenho visto você andando de um lado a outro com seus livros, sei que gosta de dançar e estive algumas vezes olhando pela janela para ver como você faz — Rubirosa começou a dizer a Luli Gigante. — Sei que você gostaria de freqüentar A Estrela Pontifícia, de aprender a dançar de verdade e talvez também de ir à universidade ou concluir o bacharelato, não sei bem. — Luli levantou uma pálpebra, olhava para o chão. — Não se ofenda. Eu não peço nada, nada. Mas preciso que você saiba que, se quisesse, não teria nenhum problema em freqüentar a academia de balé, a universidade, o que quiser. Você tem essa possibilidade. Sem fazer nem dizer nada em troca. É simples. Você um dia irá ao lugar que quiser, abrirá uma porta, fará tudo o que desejar e pronto. Nada terá mudado. Não verá dinheiro, ninguém saberá de nada.

Luli Gigante ia falar, mas só mexeu os lábios, as pálpebras. Passou os olhos, aquele açude de água verde, por Rubirosa e logo os devolveu ao chão, a um lado da rua. O vendedor José Rubirosa sorriu, falou com um tom um pouco mais quente. De fato, naquele dia, quando passou diante do bar de González Cortés, parecia mais jovem.

— Se você preferir, eu solucionarei tudo isso que mencionei e desaparecerei de sua vista. Preferiria que não fosse assim, mas se é o que você deseja, assim será.

— Tenho namorado — a voz e o olhar de Luli, sua expressão, eram desafiadores.

Rubirosa respondeu abrindo ainda mais o sorriso, como se ela tivesse lhe dado uma resposta afirmativa:

— Você continuará com seu namorado, se casará com ele ou o deixará. Fará o que quiser — voltou a alterar o tom de voz.

— Eu acho que vai deixá-lo, mas...

— Já passou o minuto — Luli olhava para a entrada do Bucán.

— Fiquei sabendo que você não o vê há um par de dias. Você sabe que não irá a lugar nenhum com o moço da drogaria e que acabará tendo que deixá-lo. Mas isso não tem nada a ver com o que estou lhe dizendo. A vida é sua. Fará com ela o que quiser. Só estou, precisamente, pedindo para ajudá-la a escolher. E não me pergunte por que faço isso. Embora no fundo já saiba. Você é mulher. Mas o que tive, o que perdi, tudo o que fiz em minha vida adquiriria um pouco de sentido se pudesse ajudá-la agora, acredite. Nada mais, Luli, é isso o que eu queria lhe dizer.

Ela fez um movimento com o pescoço, ajeitou a bolsa no ombro. Começou a andar em direção à porta do Bucán.

— Apenas me diga que vai pensar sobre isso — Rubirosa ainda estava no caminho de Luli.

Ela, ainda olhando para o chão, fez um gesto suave, talvez afirmativo. Levantou os olhos e encarou Rubirosa. Ele se afastou, e Luli continuou andando com aquela ondulação suave de seus quadris, sempre caminhando como se fosse noite e andasse entre pessoas de sono leve.

Quando os lábios vermelhos de Luli voltaram a pousar na cicatriz de 54 pontos que Miguelito Dávila tinha no lado direito de suas costas, quando o batom deixou seu desenho borrado, parecido com uma pétala, sobre aquela linha curva e rosada, Remedios Gómez, ainda com seu nariz intacto, devia estar em sua mercearia, procurando, impacientemente, ver por cima das cabeças das últimas clientes se a figura de José Rubirosa aparecia no fundo da praça. Naquela época, Remedios já devia ter ouvido rumores sobre a perseguição de Rubirosa a Luli Gigante.

Naquela tarde, Rubirosa chegou um pouco mais tarde do que habitualmente, quando Remedios já descera a persiana da entrada e examinara várias vezes, no espelho que ficava no depósito, seu penteado, perfil, olhos. O vendedor beijou-a sem vontade. E quando ela, insinuante, levou-o para os fundos da loja, para o lugar onde, semanas antes, haviam desorganizado as peças de tecidos e as linhas que ficavam nas estantes com a força de sua paixão repentina, José Rubirosa ficou olhando-a com desprezo. Com uma expressão em que ela talvez tivesse vislumbrado um desejo obscuro e que, longe de intimidá-la, levou-a a tirar o vestido com uma calma ainda maior. Olhou para si mesma de relance no espelho e, com orgulho, viu como as rendas e as presilhas da lingerie verde-esmeralda marca Beautillí Satén realçavam sua silhueta de uma maneira quase tão categórica como fazia com o manequim da propaganda que forrava o depósito.

Remedios Gómez tinha as mãos nas costas, colocadas no fecho de seu sutiã, quando Rubirosa avançou e quebrou seu nariz com um soco. A estante que estava atrás dela efetivamente desabou e as bobinas e as caixas de zíperes e cintas que no primeiro encontro haviam caído por causa da explosão do desejo se espalharam desta vez sobre o corpo caído de Remedios Gómez com um repenicar triste e algo humilhante. Mas a humilhação não era o que mais preocupava Remedios Gómez naquele momento. Mais importante era tentar recuperar a lucidez, entender o que acontecera e conter aquele incipiente gotejar de sangue que, ao levar as mãos ao nariz, se transformou em um rio caudaloso. Tempos depois, ela confessaria que não sentiu medo nem mesmo dor. Só estava confusa, ainda com o desejo percorrendo seu corpo e sentindo, ao respirar, um ruído de tubulações que parecia encher toda a sua cabeça e nem permitiu que ouvisse o som da persiana metálica correndo. Quando, instantes depois, recuperou totalmente a consciência, achou que Rubirosa tinha se evaporado ou que tudo aquilo fora uma alucinação e o vendedor nem sequer entrara na loja.

Mas Rubirosa não se evaporara. Ficou ali em pé, alisando a gravata e vendo como o sangue escorria pelos peitos e pelo ventre de Remedios Gómez, que tinha o sutiã verde-esmeralda desmaiado à altura do umbigo e sofria de espasmos sem ritmo que contraíam sua barriga. Rubirosa talvez tivesse preferido ter se evaporado uma hora antes, quando, enfiado em seu carro, viu Luli Gigante sair de casa e, depois de beijar Miguelito Dávila, caminhar com ele rua abaixo de mãos dadas.

Rubirosa seguiu o casal recém-reconciliado e de uma esquina próxima viu Dávila voltar a beijá-la e se separar dela para atravessar o portão de sua casa. Luli ficou ali ao lado da porta, até que um par de minutos depois Miguelito Dávila apareceu numa das janelas do segundo andar e fez um sinal, indicando que não havia ninguém em casa. Ela se moveu com sua calma habitual, como dias antes se movera diante de Rubirosa depois de ter ouvido sua proposta na porta do Bucán. Ficou diante do portão e, depois de procurar alguma coisa na bolsa, agachou-se um pouco para ver seu rosto refletido no vidro da porta e passou pelos lábios o bastão de batom vermelho, o mesmo vermelho das pétalas de uma rosa, o mesmo vermelho da camiseta apertada que Luli usava e o mesmo vermelho que devia estar passando pelo olhar de Rubirosa naquela tarde, quando chegou à mercearia de Remedios Gómez. O mesmo vermelho do sangue que brotava do nariz de Remedios e continuaria perseguindo Rubirosa até o final daquela madrugada, quando, num daqueles tugúrios da costa em que às vezes se perdia, caiu derrotado pelo álcool, desmaiado nos braços de uma prostituta, murmurando o nome de Luli.

A segunda quinzena de agosto começara e o verão voltava a ser um barco com as velas despregadas. Faltava apenas um mês para que González Cortés partisse definitivamente para Madri, para que cada um penetrasse naquela rede de caminhos divergentes que se abria diante de nós. Faltava apenas um mês para que o outono começasse a se anunciar de um modo que a mim também parecia definitivo, e apesar disso recordo que naqueles dias sentia como o verão se renovava girando sobre si mesmo em uma espiral cada vez mais lenta.

Aquelas auroras boreais que invadiam a cara de Remedios Gómez começaram a diminuir. Seu nariz quebrado, já livre das bandagens e dos esparadrapos, começava a ficar curado e a revelar em seu rosto os primeiros sinais daquela expressão de boxeador com demência que a acompanharia pelo resto da vida. Alguns dias depois do ataque de Rubirosa, o anão Martínez deixou sobre o balcão da mercearia um buquê de flores brancas, margaridas, disseram uns, rosas, disseram outros. Mas todos concordaram que Martí olhou para Remedios com um olhar desafiador e saiu da loja com uma expressão de orgulho no rosto depois de lançar um longo olhar às estantes e aos cartazes publicitários das marcas representadas por Rubirosa.

E assim, sem saber se aquelas flores representavam um obscuro pedido de desculpas ou uma ameaça simbólica, dessas que Remedios Gómez estava acostumada a ver nos filmes de gângsteres de que tanto gostava, ficou estabelecida sua nova relação com o vendedor Rubirosa. Ela consistia em fazer pedidos comerciais, em olhar para o outro lado quando ele falava e em recuperar parte do tremor dos dedos a cada vez que ele saía da loja e ela podia permitir que suas pernas fraquejassem e sentir uma sensação vaga que nunca soube se estava mais perto da náusea ou do desejo.

Depois da reconciliação de Luli com Miguelito Dávila, Rubirosa suspendeu o envio de flores ao Bucán por alguns dias. Mas logo voltamos a ver o anão Martínez descendo todas as tardes a caminho da floricultura, com seu ar de valentão desocupado. Primeiro o vimos andando com as mãos nos bolsos e depois, um pouco mais incomodado e com a autoridade algo diminuída, meio escondido atrás de um buquê de rosas, a caminho do Bucán. Disseram-me que no primeiro dia um bilhete de Rubirosa acompanhava o buquê. "Tudo continua de pé. Até o último sopro de minha vida, tudo continuará sempre de pé." E também me contaram que, depois de ler aquelas linhas, Luli Gigante ficou com um sorriso fantasioso no rosto, e que naquela tarde perdeu o ritmo da dança mais vezes do que habitualmente.

Mas o certo é que naqueles dias voltamos a ver Luli Gigante e Miguelito Dávila passeando como nos primeiros dias do verão. Ela no meio da manhã com seus livros, a caminho da casa imaginária de uma amiga que poderia se chamar Teresa, Mandy ou Aurora, e Miguelito caminhando altivo para a drogaria, com sua cabeça posta nos círculos do inferno e na glória de Dante ou no tédio de seu trabalho e no cheiro de ensopados frios que sempre flutuava em sua casa. "Escreva, escreva poemas. Deseje-me um arco-íris, deseje-me uma estrela", lhe disse numa daquelas noites Luli Gigante, abraçando-o com força. Com uma tristeza de amantes que se despedem sabendo que nunca mais voltarão a se encontrar, olhou-o nos olhos e disse: "Escreva, não podemos renunciar aos nossos sonhos, porque nossos sonhos somos nós, somos apenas isso." E Miguelito beijou o vermelho de seus lábios, embora o que na verdade quisesse beijar fossem aquelas palavras nas quais ele intuía um perigo estranho e lembravam aquelas que uma noite a professora da Academia Almi, a Senhorita do Capacete Cartaginês, lhe dissera.

Mas o verão parecia ter concedido uma trégua não apenas para mim. Todos parecíamos nos esforçar para prolongar a normalidade por mais alguns dias, e Miguelito quis esquecer o medo das palavras, esquecê-lo ou pelo menos abandoná-lo na penumbra da memória. Era a trégua, cada qual lutando para que o singelo pentagrama dos dias não se partisse, o casal improvável formado por Meliveo e a Fresca percorrendo a estrada da praia em sua motocicleta destrambelhada, Paco Frontão, mais velho do que habitualmente, sempre de mãos dadas com a Corpo, falando-lhe ao ouvido, olhando-a como quem olha entardeceres no trópico, enquanto esperava ouvir a qualquer instante a detonação de um tiro nos aposentos de seu pai ou encontrar no meio da noite uma ambulância diante da porta de sua casa.

E como uma bandeira ao vento dessa trégua, vimos pela primeira vez em nossas vidas a Lana Turner do armazém chegar à piscina da Cidade Desportiva, com um maiô branco e um lenço na cabeça que deixava à mostra mechas platinadas, os olhos camuflados atrás de óculos de sol de lentes escuras e escoltada por Agustín Rivera, o Gravata. Sem cair na piscina durante toda a manhã, Fina Nunni ficou sentada sobre uma toalha incrivelmente grande, também branca, observando de relance as acrobacias do Gravata no trampolim; sem ostentação alguma e com muita naturalidade, ele dava saltos do anjo, fazia giros e piruetas variadas. Fina se afastava momentaneamente dos óculos e refazia a maquilagem diante de um espelhinho de mão, orgulhosa daquele Rockefeller acrobata e meio careca.

Ao fundo da piscina estava seu taciturno sobrinho com seus amigos. Luli Gigante e a Corpo sentadas nos tamboretes do quiosque de refrescos. "Escreva, escreva, nossos sonhos somos nós", Miguelito Dávila deitado no gramado, cortando com os dedos fibras de grama e com as palavras de Luli e as palavras da Senhorita do Capacete Cartaginês e as palavras de Dante, "Tua alma dorme se não está sabendo por que estranha razão se eleva tanto, e tanto se dilata por seu cimo", girando na roda-gigante pobre de sua cabeça. Paco Frontão e Avelino Moratalla em pé na borda da piscina observavam com muita atenção os saltos do jornalista Rivera. A fumaça quase invisível dos cigarros escapava da boca de nossa Lana Turner, e os olhos de seu sobrinho, alheio a cambalhotas e mergulhos, estavam fixos na cerca viva tosquiada do fundo, vendo naquele arbusto frondoso a vitrine do bairro chinês de Londres, aquela chama laranja na qual ardia a cabeça de sua mãe, aquelas fotografias que ainda o mantinham paralisado, como se ele também fosse cúmplice do verão e quisesse prolongar aquele tempo de calma que só parecia inquietar Avelino.

— Eu gostaria que tivesse acontecido comigo a mesma coisa que aconteceu com o Babirrussa, aquela história do casamento da mãe com um negro em Londres, ou o que aconteceu com Paco Frontão, a história da mulher envenenada com pílulas no jardim de sua casa, a polícia e toda aquela gente, o pai indo para o cárcere. Eu não vi nada além de policiais usando um boné que parece um prato ou aqueles que aparecem nos filmes, e nem sei direito como é um inspetor, sempre os imagino com os pés em cima de uma mesa — disse Avelino Moratalla a Miguelito Dávila na penumbra do salão Ulibarri num daqueles dias.

Era a hora morta em que fechavam a drogaria para ir comer e o bar de González Cortés ficava vazio. Naquela penumbra, duplamente refrescada pela umidade do local e pela rotação lenta dos ventiladores que pendiam do teto, Dávila e Avelino jogavam uma partida de bilhar na mesa contígua à nossa. A voz de Moratalla se erguia acima do rumor surdo dos ventiladores e do ressonar pesado do mestre Antunes no meio de seu torpor; o mestre estava adormecido em sua cadeira de equilibrista, com as duas pernas para o ar, o encosto apoiado contra uma parede e o balanceio contínuo de sua cabeça desmaiando violentamente de um lado a outro do seu peito afundado.

— Mas você logo vê. A única vez em que meu pai foi infiel em sua vida foi há três anos, quando se levantou num domingo com o corpo mudado e em vez de pôr pra tocar na hora do desjejum "La Verbena da Paloma", enfiou no toca-discos o hino da legião. Um presente de um cliente, nos disse. Deixou o pijama aberto até a metade do peito e ficou olhando para minha mãe meio que piscando, com o rosto muito estranho. Meu irmão, que na época tinha seis ou sete anos, começou a chorar. Foi a única vez em que meu irmão chorou. E minha mãe não vai se casar com um negro nem vai para Londres.

Avelino errava quase todos os lances, protestava batendo com a borracha do seu taco no chão e murmurando blasfêmias cada vez que Miguelito conseguia uma carambola.

— Eu queria que meu pai limpasse o cofre do banco ou tivesse duas amantes, uma para mim, que me emprestasse uma, hein, Miguelito?, para que eu examinasse suas partes baixas. Eu gostaria que me acontecesse alguma coisa. Que me acontecesse alguma coisa e que depois tudo voltasse a ser como agora. Não queria que minha mãe ficasse pra sempre em Londres com um negro nem que meu pai estivesse sempre preso. Mas é que eu não tenho nada além das minhas punhetas. Logo vou enfiar alguma morta no meio. De verdade, uma morta de calcinhas negras que vou despindo lentamente.

Avelino Moratalla olhava de esguelha para González Cortés e para mim e continuava falando em voz alta, batendo no chão com seu taco. "Porra, três tabelas! Não abuse, Miguelito! Mate a cobra, mas mostre o pau!" Estava cansado de sua vida ordeira e daquela tranqüilidade aparente que parecia ter tomado posse do pequeno mundo que o cercava.

— E você viu o Babirrussa? A única coisa que faz é ficar calado. Levam-no a Londres, conhece gente diferente e engole tudo, como se fosse peixe. É assim que agradece. Você esteve com ele?

E Miguelito Dávila, calado, respondia Sim, Dávila pálido, estudando as carambolas, passando giz no taco, sem dizer a Moratalla nem a Luli Gigante nem a ninguém o que a mãe do Babirrussa fazia em Londres, sem contar que o negro Michael era apenas um mulato e estava retratado usando um calçãozinho de couro em uma vitrine do bairro chinês. Sem nem mesmo mencionar que a mãe do Babirrussa tinha o cabelo pintado de laranja. "Sim", dizia Miguelito Dávila, o rapaz da drogaria, com o redemoinho do inferno e a aspiração distante da glória rondando sua cabeça, com o cheiro de Luli Gigante grudado à sua pele e ao paladar da memória, e os movimentos de seu corpo percorrendo sua anatomia como uma ondulação lenta; abraçava Luli e se sentia dentro do mar, e depois, ao se afastar dela, continuava sentindo a pressão das ondas contra seu corpo.

Era assim que sentia Dávila enquanto acariciava seu taco com a vista perdida na mesa e Avelino Moratalla, trepado em um tamborete, enfiava a ponta de um saca-rolha no relógio do bilhar e atrasava os ponteiros. Miguelito cochichava apontando-lhe com a testa o nosso relógio e Moratalla mudava o tamborete de lugar e também fazia nossos ponteiros voltar; assim como o verão, assim como o tempo real que se desdobrava sobre si mesmo. "Valeu, Dávila", dizia González Cortés. E Dávila respondia com uma careta leve, sem nos olhar, já inclinado sobre uma carambola enquanto Moratalla colocava o tamborete em seu lugar e ao passar diante do mestre Antúnez fazia um gesto obsceno e dava uma sapatada no chão. "Cuidado, chefe, não vá cair", dizia ao velho surpreso que, com os olhos espantados, olhava de um lado a outro, os cabelos do cocuruto levantados, a boca torta, e, depois de tossir, voltava a se recostar contra a parede e fechar as pálpebras, hiptonizado pelo giro trabalhoso dos ventiladores e pelo som das bolas que rodavam suavemente pelo feltro verde.

— De que merda o Babirrussa pode se queixar se tem a Lana Turner todos os dias ao lado dele? Você imagina, tendo-a todos os dias em sua casa, que é como se a tivesse só para ele. Minha casa seria uma peneira, orifícios no banheiro, orifícios no armário, e não passaria a vida enfiado na despensa. Ia ficar entediado. Você a viu outro dia na piscina, as nádegas que têm? Para que porra quer sua mãe e seu pai? — Moratalla olhava Miguelito golpear a bola branca do ponto, jogar os ombros para trás, querendo desviar com o movimento de seu corpo a trajetória da bola.
— Merda, merda, merda. Vá se foder, já era hora, você cagou por meio fiapo de cabelo. Com essa vadia em casa pra que porra quer a mãe e o pai?

Miguelito passava giz azul na ponta de seu taco e pela primeira vez levantou a vista da mesa e a deixou cravada nos olhos de Moratalla.

— Para se dar ao luxo de querer que lhe aconteçam coisas. Para poder ser como os outros, como você, e não um animal encurralado.

— Vá se foder, Miguelito, como você é poético! Você leu isso num livro ou inventou sozinho?

Miguelito ficou olhando-o seriamente, e Avelino Moratalla pressionou o taco com força contra a base de borracha e riu diante da carambola que acabara de conseguir. Os dedos de González Cortés sobre o pano me recordaram aquelas árvores desfolhadas das quais ele falara dias atrás. Nossa silhueta girava deformada nas hélices dos ventiladores, e mestre Antúnez, despertado pelo riso de Avelino, olhava fixamente, ainda adormecido, os relógios do bilhar; o tempo, mera aparência, retrocedia.

Avelino Moratalla foi testemunha de que o tempo seguia seu curso, não importava em que sentido os ponteiros dos relógios girassem ou até que ponto cada um fosse presa daquela ilusão que por uns dias, talvez algumas semanas, nos fez crer que a vida era uma paisagem fechada. Sob a casca dos troncos daquele bosque, a seiva continuava gotejando, e no meio da erva caminhavam caravanas de insetos capazes de perfurar a terra e derrubar montanhas.

Amadeo Nunni, o Babirrussa, não voltou a falar com Miguelito nem com ninguém sobre o que acontecera em Londres. Saiu de novo em busca de garrafas e voltou a ir com os amigos ao Rei Pelé, aos bilhares do Ulibarri e à piscina da Cidade Desportiva. Às vezes fazia piadas e chegava a rir, mas seus olhos se enviesavam mais do que o necessário e tinha dificuldade de sair daqueles subterrâneos em que andava metido. Deixou de ir ao quiosque do Carne. Não voltara a comprar revistas de artes marciais. E um dia Miguelito Dávila o viu entrar na fundição Cuevas carregado de papéis.

O Babirrussa, auxiliado por um esquadro de plástico verde e uma esferográfica, traçava uma linha exatamente no meio de cada uma das revistas que tinha empilhadas em seu quarto e depois, com muita paciência, cortava-as em duas partes exatamente iguais que ia amontoando ao lado da porta. Depois amarrava com uma corda aquelas metades de revistas e, diante do olhar inquieto de seu avô, colocava-as cuidadosamente no bagageiro da sua mobilete e se dirigia à fundição Cuevas. Subia na montanha de carvão e ia atirando, uma a uma, as revistas cortadas no forno.

Babirrussa não cumprimentou Miguelito Dávila quando entrou na fundição. Nem sequer olhou para ele. E também não disse nada quando Miguelito escalou a montanha de carvão e ficou ao seu lado. Atirou delicadamente o pedaço de revista que tinha na mão e, sem deixar de olhar para baixo, esticou o braço para pegar outra metade de revista na pilha que estava ali perto dele. Lançou-a, com o mesmo movimento cadenciado. Os caratecas e lutadores de tae-kwon-do, de quimonos brancos ou troncos nus, viravam cinzas antes de tocar a massa incandescente.

Miguelito sentou-se ao seu lado. "Você parou de atirar garrafas?", perguntou. O Babirrussa encolheu os ombros e pegou uma nova revista. Um chinês com cara furiosa, cortado abaixo do pescoço com o traço exato de Amadeo Nunni, ficou olhando para Miguelito por alguns instantes antes de ser lançado no inferno. "Você não gosta das revistas", disse Dávila ao Babirrussa sem tom de pergunta. O Babirrussa ficou calado, vendo como num instante o chinês de cara furiosa se transformava em uma baforada de fumaça, em brasas que mal podiam se manter no ar por um segundo antes de desaparecer para sempre da face da Terra. E só quando aquele chinês e os caratecas da revista seguinte se evaporaram, o Babirrussa olhou para Miguelito e respondeu:

— Para que servem o caratê e o judô? Você acredita que vou chegar a usá-los, que vou lutar em algum filme ou contra algum valentão?

Dessa vez foi Miguelito Dávila quem não respondeu, observando uma nova revista voar para o forno, até que o Babirrussa virou o rosto pra ele e voltou a falar:

— Você sabe o que estou dizendo? — Amadeo Nunni esperou que Dávila afastasse a vista do fogo e a dirigisse a ele. — Estou dizendo que um dia você virá aqui lançar suas poesias, essas que dizem que está escrevendo, e também aquele livro que está sempre lendo. Algum dia você terá de fazer isso. Mais cedo ou mais tarde. Você consegue se enxergar? É o que nos cabe. As pedras sempre acabam afundando na água. Não importa se você vier para acabar com tudo de uma vez ou se deixar que as coisas se desfaçam lentamente, esquecendo-se pouco a pouco do que queria, para que assim a dor seja menor. Mas eu e você somos daqueles que acabam vindo aqui.

O Babirrussa afastou os olhos de Dávila. Atirou mais um pedaço de revista no fogo, as folhas voaram, esvoaçaram por um instante como asas de um pássaro ferido antes de serem consumidas, e Miguelito ficou com a vista presa naquela matéria incandescente. "Você sabe que há outros livros, outros poetas", dissera a Senhorita do Capacete Cartaginês. "O mundo fez um longo caminho até chegar a você. Há outros mundos." A partir da noite em que foram pronunciadas, as palavras daquela mulher ficaram ressoando na cabeça de Miguelito Dávila, não importava que ainda não as tivesse repetido ao Babirrussa ou a Paco Frontão.

Depois soubemos que naquele instante ele teve medo, medo da verdade, do que o Babirrussa acabara de lhe confessar, e que naquele momento, enquanto o Babirrussa continuava lançando no fogo toda a coleção de suas revistas de artes marciais, as palavras daquela mulher estranha eram sua única esperança. Miguelito se aferrara àquelas palavras e via nelas sua salvação. E ao recordá-las, ao ouvi-las como se estivessem sendo sussurradas novamente pelos lábios daquela mulher, não apenas pensou nas palavras, mas no corpo e na voz da mulher, nos lábios murmurando aquilo que estava escrito dentro de seu peito, aquele fogo devorando os sonhos, a Senhorita do Capacete Cartaginês lançada ao fogo e suas roupas, seus paletós estrambóticos, aquelas blusas de cetim ou de seda antiga evaporando-se como o papel das revistas, o corpo nu estendido sobre aquela matéria de um vermelho vivo, abrindo os lábios, quase sorrindo. Aquelas baforadas candentes que o ar levava até eles, o mistério da voz.

E os dois amigos ficaram ali, sentados no cume da montanha de carvão. Amadeo Nunni, o Babirrussa, com os olhos doces, lançando no forno da fundição Cuevas suas revistas de artes marciais milimetricamente divididas em duas partes iguais, e Miguelito Dávila com a imagem daquela mulher gravada no fundo das retinas. E o tempo, abaixo ou acima deles, envolvendo tudo, deixou de simular brincadeiras e pôs definitivamente em marcha todos os seus mecanismos. Aquela paisagem começou a mudar para converter-se nesta que agora vejo, com a vegetação mudada, as montanhas com outra cor e os caminhos que se viam ao fundo convertidos em serpentinas de alcatrão.

Avelino Moratalla esteve ali para ser a primeira testemunha daquela mudança na rotação dos planetas ou simplesmente na velocidade com que se movia o pêndulo de nossas vidas. Era uma tarde quente. O vento que vinha da terra fazia com que os quadros, ressecados por causa de toda a umidade evaporada, se curvassem em suas molduras. Naqueles três dias de ar tórrido, vimos como algumas pessoas do bairro caminhavam com suas cadeiras desdobráveis até a praia para só regressar, ruidosas e ébrias, no final da madrugada. E no meio da tarde, quando todo mundo ficava em casa refugiado na penumbra, com as janelas fechadas para impedir a entrada do calor, alguém viu Avelino Moratalla e o Babirrussa descer a rua na mobilete.

Foram pelas ruas meio desertas e margeando as praias até a Calha, onde procuraram a casa abandonada dos arredores, o lugar em que, entre galhos empoeirados e gritos de cigarras, a Gorda então recebia seus amantes. "O riso que trazíamos desapareceu do rosto do Babirrussa assim que desligou o motor da mobilete. Eu a princípio acreditei que era porque a Gorda estava com aqueles dois mecânicos da Oliveros que havíamos visto entrar quando chegamos e teríamos que esperar na porta, debaixo do sol. Mas era por outra razão, pelo mesmo motivo que o tinha silenciado desde que voltara da Inglaterra. O que não era normal era o riso que exibira antes, que, na verdade, eu também não sabia a que vinha", contou Avelino Moratalla. "Riu ao ver as pessoas na praia. Vão se afogar todos, parece que disse. Eu quase não o entendi devido ao ruído do vento e à velocidade. Só o ouvi rindo como fazia antes, e eu, pela alegria de estar indo ver a Gorda e por ver que ele ria, também tive muita vontade de rir."

O Babirrussa e Avelino Moratalla ficaram sob o sol no meio daquele descampado de poeira e mato sujo. Avelino encostou-se na parede, escondendo-se do sol naquela sombra escassa, enquanto o Babirrussa se agachava ao lado de sua mobilete e, olhando-se no espelho do guidão, tirou um pente do bolso da camisa e ficou passando-o pela cabeça calmamente, esmerando-se em ajeitar aquele penteado de frade que sempre usava, com a franja e as ondulações do cabelo voltadas para a frente.

"Eu lhe disse aquela coisa da praia para ver se ria outra vez. Você viu toda aquela gente? Todos se afogarão e aparecerão amanhã flutuando como se fossem bonecas infláveis, as velhas, todos, eu lhe disse. Mas ele não me ouviu. Ficou olhando para a porta da casa. Ouviram-se as vozes dos dois mecânicos. Pelas vozes dava pra saber que um estava com a Gorda e o outro sentado perto da porta. Parecia que os dois já haviam terminado de foder. Riam. O Babirrussa me perguntou se eu os conhecia. Eu disse que não, que vira um deles uma vez com o Fichi, mas que não sabia como se chamava. E antes que acabasse de explicar, ele já estava me dizendo que eram dois veados, dois filhos-da-puta."

Avelino Moratalla ficou ali sentado, meio sorrindo para o Babirrussa, sem vontade de perguntar por que dizia aquilo, pensando que a Gorda estava do outro lado da parede, com sua boca de ogro e aqueles olhos turvos que pareciam olhar para dentro. "Mas perguntei. Disse, se você não os conhece, por que diz que são veados? Perguntei porque me parecia estranho, ali, sem se mexer, girando as chaves da mobilete, batendo com a caveira de borracha na mão. Lá dentro se ouviram mais risos, de um deles, ou da Gorda, que talvez estivesse gozando ou ria imitando como o outro gozara. Me levantei da pedra na qual estava sentado e me aproximei do Babirrussa, mas ele começara a caminhar para a entrada." Avelino acelerou o passo e entrou na casa atrás do Babirrussa. Aquele cheiro de umidade, de lixívia e de verão. O contraste da luz cegou-os por alguns instantes e só viram sombras, silhuetas em movimento. Numa velha cadeira, estava sentado um jovem de camisa aberta, fumando, e no meio do salão viram a Gorda da Calha, nua.

A Gorda estava deitada num colchão de praia, mal coberto com uma tolha amarfanhada. Tinha as pernas e o sexo abertos, os peitos derramados como dois olhos tristes, com aquelas pupilas cor-de-rosa escuro. Um rapaz louro estava em pé ao lado dela, talvez olhando por uma janela. "Estava nu, era o Picardi. Ao vê-lo me lembrei de seu nome, e ele nos disse que porra estávamos fazendo ali. Assim, com olhar de cafetão. O outro não falou nada, continuava sentado na cadeira, movendo-se muito lentamente. Nada, acreditávamos que vocês já haviam terminado, Picardi, você se lembra? Vi você outro dia com o Fichi, eu lhe disse. Eu nunca vi você na minha vida. Não está vendo que ainda não acabamos? Porra, caiam fora! O que vocês querem? Ver minha pica? A Gorda riu, estirou a língua para o Babirrussa, mexendo-a sem parar. Vou ordenhar você, Nunni, lhe disse, e eu o peguei por um braço e o levei para fora. Parecia um sonâmbulo."

Ficaram debaixo do sol diante da porta da casa. Avelino em pé contra a parede e o Babirrussa olhando para o interior. Da praia vinha um sabor salgado, uma ou outra lufada de ar fresco cortando em dois aquele ardor estancado. "Eu lhe perguntei por que não íamos embora, mas não me dizia nada. Perguntei-lhe outras duas vezes e finalmente respondeu que tínhamos ido foder. Viemos foder, não é? Pois vamos foder. Se você quer ir embora, pode ir andando. E como a Gorda, ali deitada, me aquecera, olhando para a gente como havia olhado, e, por esse lado, eu também queria ficar não quis mais continuar falando, tampouco ir embora sozinho. Além do mais, lá de dentro chegavam novamente as risadas daqueles dois. Já tinham se esquecido da gente, do que acontecera. E quando, meia hora depois, apareceram na porta, nos olharam com os olhos meio fechados pela luz e continuaram rindo a sua maneira. Como iam passar ao nosso lado para pegar sua moto, me aproximei para lhes dar a mão e dizer outra vez que conhecia Fichi. Mas quando eu estava ao lado deles, foi como se tudo tivesse sido planejado. Eu estava perguntando a eles se a Gorda estava carinhosa naquele dia, quando notei que o Babirrussa me tocava por trás. Ainda não sabia muito bem que parte das minhas costas tocara quando o ouvi dizer 'Olhe, Picardi'. Virei o rosto para olhá-lo e ele já tinha golpeado o Picardi. Vi aquele sorriso louco do Babirrussa e imediatamente o sangue surgir no rosto do outro, que deu dois passos pra trás e depois dobrou as pernas, como se fosse sentar em uma cadeira que não existia, e caiu de costas em câmera lenta, e então vi o saca-rolha na mão de Babirrussa e percebi que tocara as minhas costas para pegar o saca-rolha no meu bolso traseiro."

"Vou arrancar o ovo duro dos seus olhos, veado", sussurrou Amadeo Nunni, o Babirrussa, entre dentes antes de voltar a se jogar sobre o mecânico da Oliveros com a mão apertando o saca-rolha que Avelino Moratalla usava para atrasar os relógios do bilhar. Moratalla contou tudo isso no bar dos Álamos naquela mesma noite, quando o terral já desaparecera e uma brisa suave parecia ter devolvido a calma à cidade inteira. Avelino não queria voltar para casa naquela noite. Ainda se notava em sua cara o calor do dia, uma pátina brilhante e sufocada. Bebia uma cerveja atrás da outra, convidado por quem queria escutar todos os detalhes da história. Tinha uma mancha de sangue seco na camisa. Contou que tentara segurar o Babirrussa, mas como ele era pequeno e estava nervoso, escapou entre seus braços, disse ainda que o companheiro de Picardi ficara quieto e que foi o próprio Picardi quem deteve a mão do Babirrussa quando ia cravar novamente o saca-rolha na sua cara.

Tiraram Amadeo Nunni de cima de Picardi. O outro mecânico e Avelino Moratalla conseguiram tomar-lhe o saca-rolha, talvez mais por vontade do Babirrussa do que pela destreza do mecânico e de Moratalla. O mecânico quis que amarrassem o Babirrussa com a corrente da moto, mas este os freou com um simples olhar. A Gorda da Calha, seminua, parada na porta, se inclinou sobre Picardi e o ajeitou em seu colo, representando no meio daquele descampado a imagem extravagante da piedosa.* (Picardi tinha o olho esquerdo semicerrado e olhava para outro lugar, a ferida do saca-rolha ali no pômulo, pequena e negra. Babirrussa ficara quieto, sentado em sua mobilete. Passou um carro. O outro mecânico pediu que parasse e foi atendido. Estavam tentando enfiar Picardi nele quando passou uma moto da polícia.

Deixaram Picardi no hospital. O saca-rolha de atrasar relógios quebrara seu osso e estivera prestes a invadir a cavidade do olho. Passamos várias semanas vendo-o com uma venda negra naquele lado do rosto, metido a valentão e exibindo a ferida nos ônibus da Oliveros. O Babirrussa foi levado à delegacia e ainda estava lá, talvez em um calabouço, talvez em um corredor mal iluminado, enquanto seu amigo Avelino Moratalla, com sua mancha de sangue na camisa e o rosto congestionado, contava no bar dos Álamos como tudo acontecera. As folhas das palmeiras se mexiam com a brisa suave da noite.

Logo ficamos sabendo o que acontecera no dia seguinte, quando já estava tudo preparado para que Amadeo Nunni, o Babirrussa, fosse encarcerado. Depois de ter sido enfiado no furgão da polícia em companhia de um alemão surdo-mudo e de uma jovem que jogara ácido na cara do noivo, foi levado, graças à influência do Gravata, ao tribunal. Nossa Lana Turner ficou caminhando pelos corredores com passos curtos e nervosos, acompanhada pelo olhar meio incrédulo, meio aborrecido, do avô de Babirrussa.

Fina Nunni, a diva do armazém, chegara ao tribunal vestindo o único tailleur escuro que devia haver em seu armário e com aqueles óculos de sol que a tínhamos visto usar na piscina, como se realmente fosse a autêntica Lana Turner disposta

---
*Referência à obra *La Pietá*. (N. do E.)

a enfrentar a imprensa no julgamento por assassinato de seu marido, e não uma comerciante com um sobrinho um pouco perturbado. Fumava em silêncio, perguntava ao Gravata como as coisas estavam indo quando ele aparecia em alguma porta para falar com policiais, oficiais de justiça e juízes, e, ao ficar sozinha, olhava para o pai e depois para todos os lados do corredor, temendo, talvez, ser surpreendida por algum fotógrafo em busca de notícias exclusivas.

Deixaram Amadeo Nunni em liberdade. Saiu do tribunal no final daquela manhã escoltado por sua tia, de óculos e lenço negro na cabeça, e Agustín Rivera, o Gravata. O avô caminhava alguns passos atrás deles, fazendo cálculos sobre novos negócios ou talvez sobre os novos temores que lhe inspiravam seu neto e o uso do saca-rolha. Naquela mesma tarde, González Cortés e eu vimos passar o Dodge de dom Alfredo rua abaixo. Paco Frontão dirigia e ao seu lado estava Miguelito Dávila. No assento traseiro podia-se ver a silhueta de Avelino Moratalla e a cabeça pequena do Babirrussa olhando para a frente.

E eu senti inveja. Uma inveja verdadeira, não aquele desejo difuso que me assaltara tempos atrás ao ver nos assentos cor de morango daquele mesmo carro aquelas mulheres de sonho. As Amantes de dom Alfredo. Não. Senti inveja ao ver aquelas quatro figuras viajando juntas atrás dos vidros. Os conflitos e os ruídos do mundo ficavam fora dali. Eles estavam unidos por uma trama invisível, como aqueles ferros e cabos que existem sob a pele dos edifícios, no interior dos blocos de concreto, e que são, verdadeiramente, o que os mantêm em pé, sustentando-os contra todos os ventos, terremotos e temporais. Aquele sacramento.

Foi-lhe dito no final de uma tarde de domingo, quando a luz mal iluminava o quarto e as sombras iam comendo os móveis. Estavam nus, deitados na cama de Miguelito. Luli com os olhos baixos e ele com o olhar perdido no teto. Luli se levantou para acender um cigarro e começou a falar enquanto estava em pé. A fumaça voava lentamente de sua boca até as frestas da janela semi-aberta.

— Vou lhe dizer que sim — a figura de Luli recordou a Miguelito uma foto de Rita Hayworth que vira na casa de Paco Frontão. Luli nem se parecia com a atriz americana, mas aquela postura, o braço dobrado, o cigarro afastado da cabeça à altura da fronte e a espiral de fumaça trouxeram à sua mente aquela foto, a pose desafiadora.

Olhou seu púbis, aquele silêncio. Fechou os olhos e sentiu o peso de Luli ao voltar para a cama, seu cheiro. Dias atrás Luli lhe falara entre risadas da proposta do vendedor Rubirosa, "Aquele sujeito extravagante que me dá flores de presente". Miguelito sempre soubera que aquelas risadas eram falsas. Luli estava falando de seus sonhos. "Se você escreve versos, eu quero escrever os meus. Para mim, dançar é escrever meus versos."

Pensou na imagem da Senhorita do Capacete Cartaginês, sua roupa ardendo no fogo, e também pensou em qual seria a imagem obscura do vendedor Rubirosa que Luli teria guardada em seu cérebro, acariciando-a. O Paraíso nunca existira.

Abriu os olhos. Luli parara ao pé da cama. Estava encostada na parede, os peitos de adolescente e uma sombra de ruga no supercílio. "Não é nada mau. Não terei de vê-lo nem agradecer nem nada. Farei o que sempre quis fazer. Por que você me olha assim?" Luli apagou o cigarro no cinzeiro que havia na mesa ao lado e Miguelito viu a si mesmo recolhendo a bagana, ventilando o quarto antes que sua mãe chegasse. "Eu não censuro que você escreva, pelo contrário." Dávila viu o sutiã verde-garrafa sobre a cadeira, recordou o momento em que Luli o desabotoara, ele abraçando-a, sua mão nas costas dela, aquelas costas de menina, aqueles dois mapas da África flutuando sob a pele, e depois os lábios descendo pela região que sua mão acariciara. Sentiu uma onda de desejo. Cobriu o sexo com o lençol.

— O que é mau então? Por que você está nervosa e demorou tantos dias para me dizer que ia lhe dizer sim se sabia disso desde o começo, desde o momento em que ele sugeriu?

Luli ficou de pé, encaminhou-se para a cadeira e começou a recolher suas roupas.

— Faça o favor de não me olhar.

— Não é mau que mande flores todos os dias do mundo, não é mau que pague A Estrela Pontifícia para você.

— Pague você — Luli Gigante se virou para olhar Miguelito nos olhos. — Pague você e não deixarei que ninguém o faça.

Luli balbuciou, sua cara se contraiu e cobriu-a com a roupa que tinha na mão, o sutiã e a camisa. O pranto veio em seu auxílio. Miguelito a via ali em pé, os ombros estremecidos, o cabelo ondulado. "Nunca existiu nenhum paraíso, só os que os homens fabricaram em suas cabeças. As invenções", escreveu, talvez naquele mesmo dia. Miguelito também pensou que aquilo lhe dava todo o direito de ver a Senhorita do Capacete Cartaginês. Passaria a cada noite, como já fizera outras vezes, pelo Rei Pelé na mesma hora em que, naquela noite, a tinham encontrado ali, iria buscar Avelino na Academia Almi, perambularia pelos arredores da Torre Vasconia até encontrá-la.

Luli abria as portas desse caminho. Ele se levantou da cama e abraçou-a. Superou a primeira recusa, o primeiro olhar de raiva. Voltou a abraçá-la e, sem sentir, disse algumas palavras; "Oh, Beatriz, minha guia doce e cara!", o cabelo dela em sua boca, o coração era uma calçada vazia no meio da noite. "E você sabe o que estou dizendo?" Os lábios de Luli estavam quentes, com uma febre alta e úmida, roçavam o pescoço e o ombro de Miguelito, os lábios voltavam a falar, a fumaça da voz. "Você sabe o que estou dizendo? Que também estou fazendo isso por você, por nós dois, pelo nosso bem, e sei o que digo. Porque é o melhor, não só para mim", e Miguelito apertava seu sexo rijo contra ela, cobria com os seus os lábios dela, impedia-a de continuar falando, davam alguns passos para trás e se deixavam cair na cama, o quarto já quase sem luz, os dois arfando e o ruído da rua como um pássaro na janela entreaberta, o coração do mundo renascendo, ruídos de carros e vozes, e ali aquelas batidas, aquela saliva passando de uma boca a outra, árvores, larvas, infernos e deuses, todos trabalhando ao mesmo tempo naquele verão que já começava a definhar, e entre aqueles beijos corriam as imagens dos últimos dias, pétalas de rosas vermelhas derramadas na porta do Bucán, Luli Gigante abrindo o vidro de sua janela no carro azul estacionado na rua, a figura borrada dele ali dentro, esperando no meio da noite, Luli virando a cabeça instintivamente ao passar pela porta do Alho Vermelho e descobrindo Rubirosa dentro do bar, como se fosse Luli quem o perseguisse, um sorriso dela e ele aparecendo rapidamente na porta e Luli continuando seu caminho lento, abraçada a seus livros, os dedos dobrando e voltando a dobrar a beirada da capa de um daqueles livros que nunca abria, Rubirosa chamando-a e ele acelerando imperceptivelmente o passo, abrindo, também imperceptivelmente, o sorriso, um envelope acompanhando um dos buquês de rosas e uma palavra com tinta azul dentro do envelope, VOCÊ, Luli olhando-se no espelho de seu quarto quase às escuras, olhando seus olhos, olhando o corpo tão atentamente como quem olha um mapa de viagem muito comprido, contemplando sua boca e o perfil do rosto e a duna das clavículas e aquele carro ali abaixo com o ponto vermelho de um cigarro brilhando à tarde em seu interior.

Miguelito conversou com Paco Frontão a respeito de seus temores. Estavam no Dodge estacionado diante do Despenhadeiro do Corvo.

— Não gosto desse Rubirosa. E acho que ela está me enganando. Não que vá para a cama com ele, mas está me enganando, sim, não me diz tudo o que sente, ainda não me disse tudo.

— Você não pode pedir isso a ninguém. Você pediu que o enganassem porque pediu que lhe contassem tudo. Quando você age assim, está obrigando a pessoa a mentir — respondeu Paco Frontão.

E com o olhar perdido no horizonte, da mesma maneira como, no princípio do verão, haviam estado com Luli e a Corpo naquele mesmo lugar, Miguelito continuou falando a Paco Frontão sobre aqueles dias, do dia em que cruzou com José Rubirosa na porta do bar dos Álamos, quando ele ficou quieto e o outro passou roçando seu ombro, como Rubirosa o olhou sorrindo enquanto abria a porta do carro azul e se enfiava dentro dele, observando-o e a Avelino Moratalla, que lhe dizia, "Miguelito, não dê importância, vamos embora Miguelito".

Contou-lhe também como foi o encontro com Luli depois da primeira vez que foi à Estrela Pontifícia. "Eu percebi que estava cheia de energia, alegre, mascarando tudo o que sentia, fingindo um pouco de cansaço. E aquela energia e aquela vida me envenenaram. Sentia que ela estava sendo roubada do meu corpo, como quando me tiraram o rim e o jogaram na lata de dejetos, e embora eu também quisesse dissimular e procurasse não ficar demasiadamente triste tampouco demasiadamente alegre, pensava que ela notava que eu dissimulava pela forma como segurava o copo de cerveja, como o soltava rapidamente e voltava a segurá-lo, ou pelo tempo que demorava a piscar e pelo lugar para onde olhava. Ela me perguntava pela drogaria e se escrevera algum verso, e estava mais doce e mais carinhosa do que nunca, e também estava mais distante."

Mas naquele dia Miguelito não disse nada a Paco Frontão sobre a Senhorita do Capacete Cartaginês, não disse como sua pulsação parava quando se aproximava à noite do Rei Pelé depois de deixar Luli em casa, e de como sentia algo parecido com o desprezo por aquela mulher absurda e o ódio contra si mesmo quando se afastava dali sem tê-la visto. Não disse nada das vezes em que, ao fechar a porta da drogaria, apertara o passo a caminho da Academia Almi e, para surpresa de Avelino, ficava ali na porta esperando-o, fingindo indiferença ao mesmo tempo em que olhava para além do portão e só via alunos, silhuetas que desapareciam nas sombras dos corredores que aquela mulher cruzava dezenas de vezes ao dia. Tampouco mencionou a tarde em que ia com o Babirrussa em sua mobilete e a viram caminhando sob as acácias de Pedregalejo, perto do mar.

Levado pelo vento, ouviu os insultos do Babirrussa dirigidos à Senhorita, "A bobalhona, a gansa vomitiva", disse Amadeo Nunni, e ele, Miguelito, ficou olhando-a, agarrado à cintura de seu amigo, enquanto a mulher ia se perdendo na distância, como uma daquelas malhas de verão que ela usava agitada pela brisa e o cabelo com aquele penteado que a distância parecia mesmo um capacete antigo e ostentoso.

Foi naquele dia de chuva, já no hospital, que Miguelito falou a Paco Frontão sobre a Senhorita do Capacete Cartaginês. Com a luz do quarto acesa no meio da tarde, às vezes sorrindo, às vezes deixando o olhar perdido na parede, Miguelito foi contando ao amigo como a vertigem estranha que aquela mulher desconhecida produzia nele, ou aquilo que pensava a seu respeito, foi-se apoderando dele. "Pensava que me daria a minha parte que eu não conhecia, aquilo que nunca poderia saber, aquilo de que necessitava para andar com segurança pelo mundo."

Contou-lhe de suas andanças pelo Rei Pelé, pela Almi e a Torre Vasconia, e que algumas noites ficava um pouco ali embaixo, olhando a luz acesa da casa da Senhorita, de onde diziam que, nos dias claros, podia-se ver a costa da África e onde talvez ela estivesse naquele momento refugiada na penumbra. Disse a Paco Frontão que foi ali, ao pé daquele edifício que nós achávamos então que era um arranha-céu, que voltou a se encontrar com a Senhorita.

"Virei-me e quase tropecei nela. Estava me olhando assim, com a cabeça um pouco inclinada e ao vê-la percebi que me equivocara, que não podia estar procurando aquela mulher, com aquele penteado e aquela pintura nos olhos. Mas ela falou comigo e perdi a certeza. Disse que descera para comprar alguma coisa, e depois ficou calada e me perguntou se eu a estava procurando. E eu lhe respondi que sim. Eu lhe disse sim sem pensar. E fiquei olhando para ela." Miguelito Dávila sorriu com tristeza e acrescentou: "Você está vendo. Teria sido melhor se ela não tivesse descido do seu terraço, melhor se nunca tivesse voltado a vê-la e se houvesse ficado lá em cima olhando as luzes da África, da Nova Zelândia ou do fim do mundo."

O vendedor da Cola Cao nunca mais se atreveu a pedir a nossa antiga Lana Turner que se casasse com ele. Ao que parece, se sentia muito diminuído sem sua fileira de dentes superiores. "Ficaram lá embaixo no barranco", dizia, e olhava para o chão com tristeza, apontando os ladrilhos com o queixo como se estivesse à beira do barranco no qual caíra com seu carro barulhento. O silêncio se apoderara da vida daquele homem. Não fazia barulho com nenhum carro e mal falava, para que não vissem que estava banguela. E quando o fazia, as palavras se transformavam em uma espécie de sopro aflautado, todo o ar escapando por aquela abertura que ia de um canino ao outro.

"O senhor deve comprar uma dentadura dessas que vendem agora. Elas têm até um encardimento dissimulado para que os dentes pareçam de verdade. Isso lhe daria muita autoridade e a elegância devida", lhe dizia o avô do Babirrussa. Mas o homem recusava a sugestão com um pesaroso movimento de cabeça. "Eu sou galego", era a explicação máxima a que conseguia chegar, "eu sou galego. E a filha do senhor é o sol que nunca tive e que nunca mais vou ter, dá para me entender?" Aquele bigodinho que antes parecia desenhado com tira-linha era agora um rabisco meio infantil, impossível de se manter reto sobre a superfície tão pouco sólida na qual crescia.

Nem era mais vendedor da Cola Cao. Ninguém queria um caixeiro-viajante que não tivesse carro. Tratava dos assuntos de um grupo de condôminos, levava recados para o dono do posto de gasolina. No primeiro dia de sua volta ao bairro, foi ao O Sol Nasce Para Todos, mais para manifestar seus respeitos a Fina Nunni do que por qualquer outra coisa. "Para que você não pense mal de mim nem ache que sou um covarde, embora tenha minhas limitações", disse, sem a alegria de antes. Complexado pela ausência dos dentes e também pela existência de Agustín Rivera, o Gravata, que para ele era uma espécie de John Davison Rockefeller ressuscitado, com menos dinheiro do que o milionário americano, mas com duas fileiras de dentes completas e uma profissão do mundo.

O ex-vendedor se tornou amigo do avô do Babirrussa. "Eu prefiro você como genro ao da moto. Sem falar que esse sujeito é uma mosca de padaria. Além do mais, se não tivesse sido pelo seu percalço, Fina não teria conhecido o jornalista. Você é seu benfeitor!, dizia-lhe o velho, "mas você já sabe como é a menina, pior do que Napoleão, que não era nada além de um bandido maior." Foi o vendedor da Cola Cao quem meteu o avô de Amadeo no negócio dos descascadores de batatas, ferramentas com cabo de ferro e com uma folha curva e cambiável que descascava e fazia filigranas nas batatas e em qualquer tubérculo que passasse na sua frente. O velho viu realizado o sonho de sua vida. "Um negócio tecnológico", ele o chamava.

Pelas manhãs ia à rua Compañia, à rua Nueva e à praça Félix Sáenz para exibir aquele humilde artefato. Ia de um lado a outro com sua bacia, suas batatas e seus descascadores. Também com a gravata-borboleta de bolinhas que comprara para "avalizar o negócio". O pouco dinheiro que ganhava com aquele traste despertou seu ânimo. Talvez fosse o primeiro dinheiro regular que ganhava depois de ter se aposentado da fábrica Amoníaco, e talvez visse a si mesmo como um tardio, mas promissor Rockefeller. Ficou tão cheio de si que até chegou a perder um pouco do medo que tinha de seu neto. Em mais de uma ocasião caminhou do banheiro até a cama com a braguilha entreaberta e a sombra do pênis balançando obscuramente na abertura.

É provável que também tivesse contribuído para esse excesso de confiança o desmantelamento definitivo da coleção de revistas de artes marciais de Amadeo e o fato do Babirrussa ter retirado os cartazes de Bruce Lee do quarto, onde, talvez como um testemunho, só deixou pregada uma foto de tamanho médio com o lutador colocado mais em posição de reza do que de combate. A falta de ordem que ia se apoderando da vida do Babirrussa, que não calibrava mais o paralelismo ou a perpendicularidade dos móveis, também pode ter sido terreno fértil para o otimismo ingênuo de seu avô.

A vida do Babirrussa mudara um pouco desde o ataque a Picardi e sua passagem pelos tribunais. É possível dizer que durante algumas semanas foi visto menos taciturno, às vezes chegava a rir e a beber com seus amigos, mas a desordem de seu quarto parecia se apoderar de sua vida inteira e de sua própria anatomia. Andava descuidado, às vezes até um pouco sujo, sem se barbear e com uma sombra de bigode e um cavanhaque ou algo parecido começando a crescer. Mas, além disso, seu corpo também parecia ter sido dominado por algum tipo de desordem. Às vezes movimentava as mandíbulas em um tique estranho, desalinhando-as, ou torcia o pescoço no meio de uma palavra e dava uma mordida no ar à semelhança de alguns chimpanzés.

"O menino parece um comedor de atmosfera", dizia, irônico e auto-suficiente, o avô a Fina.

Sua lança de batutsi continuava fincando-se com insistência na casca da palmeira que havia atrás de sua casa, mas sem a força de antes. O Babirrussa parecia impulsionado mais pela rotina do que por uma vontade de melhorar sua pontaria e destreza no manejo daquele pau de vassoura transformado em arma. E enquanto fazia seus lançamentos, seu avô lia seus jornais sem se alterar. Estirado naquela velha poltrona de veludo vermelho que a cada tarde levava à horta de dom Esteban, os lábios do avô estavam sempre sussurrando uma cantiga. Às vezes era a repetição da soma de dinheiro que estava ganhando com os descascadores mágicos de batatas, noutras era uma canção propriamente dita. "Perfídia" era a sua preferida.

Até que um dia, um dia em que o velho talvez tivesse vendido 15 ou 20 descascadores e já se sentia próximo do paraíso das finanças, o canto foi escapando de sua boca, foi subindo de tom enquanto o Babirrussa lançava sua vara contra a palmeira e, depois de ter falhado três vezes seguidas em sua tentativa de fincá-la na casca devastada e de, em uma quarta tentativa, nem sequer ter conseguido roçar o tronco com a lança, que escorregara pelo chão como uma enguia atrofiada e cega, Amadeo se aproximou calmamente de seu avô e, sem aviso prévio, enquanto o velho levantava os olhos do jornal com uma estrofe de "Perfídia" pendurada no sorriso, assestou-lhe um de seus mais duros golpes de caratê. No meio da cara.

"Como se minha cabeça fosse um melão, um melão, e ele quisesse ver imediatamente meus miolos, a polpa e meus segredos. Arrancar-me do mundo", contou o avô a seu amigo Antúnez e também ao vendedor da Cola Cao. "Não cante mais. Nunca mais cante enquanto eu estiver vivo", contaram que Amadeo disse a seu avô enquanto o velho, caído na poltrona, mareado, tentava em vão ficar de pé.

Também contaram que depois daquele incidente o Gravata conversou com o Babirrussa e lhe ofereceu um emprego de entregador de jornais no *Sur*. E que o Babirrussa ouviu tudo com um meio sorriso, lhe respondendo com perguntas, "Você acha que é meu pai? O meu pai foi assassinado há muitos anos, você não sabia, você que sabe de tudo? Foi assassinado pelas costas e lhe deram outro rosto, ou foi isso que disseram, porque eu não o vi morto, e talvez por isso, porque não o vi presunto, fiquei achando que tinha sido levado pelas nuvens e que um dia as nuvens iam chovê-lo em algum lugar, ou ia descer de um barco usando um gorro de lã e carregando um saco nas costas. Além do mais, meu pai podia ter qualquer cara, podia ser qualquer um. Talvez por isso o mataram e por isso eu posso fazer o que tiver vontade, o que me dê na veneta. E o que você vai fazer comigo se eu não for um cara bom? Vai me levar de novo pra delegacia? Vai me levar pros teus amigos policiais para que eu me deite com suas esposas e me digam que não se deve bater nos velhos e que os saca-rolhas devem ser enfiados nas garrafas e não na cara de um Picardi? Ou vai me levar para Londres para trabalhar com minha mãe? Você sabe em que minha mãe trabalha? Em um museu? É mesmo?"

E o Babirrussa continuou recolhendo garrafas, continuou indo à fundição Cuevas olhar os ferros derretidos e continuou atirando sua lança entre as macieiras da horta de dom Esteban, aquele descampado que havia atrás de sua casa, até que num daqueles dias a lança ficou presa lá em cima, entre as folhas da palmeira, e a partir de então a única coisa que atirou naquela horta triste foram algumas pedras contra o topo da palmeira para ver se conseguia recuperar sua lança de batutsi fabricada com ferros da fundição Cuevas e um cabo de vassoura. E vendo-o ali, pequeno e despenteado, com seus olhos oblíquos de asiático ou de louco fingido, tinha-se a impressão de que lançava pedras contra o céu, querendo alcançar a cabeça de seu pai, que, apesar de tudo, na mente do Babirrussa talvez ainda estivesse suspenso em uma nuvem.

Mas era possível que aquele homem que ele conheceu e ao qual sempre considerara seu pai não fosse exatamente seu pai e por isso desapareceu numa noite, partiu em um barco ou foi levado por uma nuvem ou o apunhalaram diante de um portão e com a morte sua cara mudou, como muda a de tanta gente ao morrer, e sua perna encolheu e ficou morto e coxo e todos sabiam disso, todos sabiam que seu pai não era seu pai e fingiam não saber, seu avô, sua mãe, sua tia Fina e aquele jornalista que falava com ele pondo uma das mãos no seu ombro, calando-se como se estivesse preocupado e olhando pro chão, dissimulando como dissimulavam todos. E chegou setembro.

E eu. Eu também era uma lança, uma lança de batutsi que cruzava o ar das palmeiras, o ar de cobre dos últimos entardeceres do verão, o calor do ar acariciando o ferro da minha pele, o metal do meu pensamento, voando, o ferro abrindo a seda, cortinas de ar. Eu também era uma lança que não sabia seu caminho e que voava baixo, lançada por uma mão com pouca força, uma lança sem rumo nem alvo em que cravar sua ponta banguela, uma lança com o coração mal batendo na escuridão da madeira, sem palpites nem sangue nem futuro, uma lança no meio de um descampado, no arrabalde de uma cidade sem nome, uma cidade qualquer em um tempo qualquer, um metal fundido e fabricado para outro destino que o da lança, âncora, parafuso, barco ou corrente, uma arma que nunca poderia ser uma arma voando perdida no céu cor de leite escuro de setembro. Sim, o céu começava a três metros da terra. Eu também. Eu também era uma lança. Na porta dos bares mal iluminados, nas esquinas onde ninguém me esperava ou à beira de precipícios que não eram precipícios, calçadas por onde nunca passava a fortuna. Os degraus de uma escada curta e escura. Os calendários eram um museu de dias cinzentos e fechados aonde pouco a pouco iria desembocando meu destino, o que eu seria, aquela paisagem, água mansa preenchendo um recipiente de minha vida. Uma lança dobrada na água. As árvores dizendo Não com a cabeça e o último cheiro do verão se desprendendo das folhas dos eucaliptos, quando todos éramos lançados pela mão que até então nos sustentara e comprovávamos a vertigem quase imperceptível do vôo, o ar entre o chão do mundo e o nosso corpo, ligeiros e débeis, os corpos e o ar. Voando, sem saber então que éramos só isso, uma lança iniciando uma viagem curta, uma viagem que ali, perdidos no tempo, ainda sonhávamos que pudesse ser esplendorosa, única, longa.

Na primeira noite, Miguelito Dávila não avistou nenhum continente do terraço da Senhorita do Capacete Cartaginês. Nunca nos disse seu nome. Tampouco ninguém recordava que Moratalla a tivesse chamado jamais de algum outro modo. Para abreviar, às vezes se referiam a ela como a Senhorita e outras como o Capacete. "Ontem vi a Senhorita" ou "Essa noite cruzei com o Capacete", diziam, mas nunca a chamaram por nenhum outro nome. Na primeira noite em que Miguelito subiu a sua casa e se aproximou daquele mirante em que tantas vezes a havíamos visto com os braços apoiados no parapeito, a cabeça um pouco inclinada e o capacete prestes a cair no vazio daquela altura surpreendente, não teve certeza, no princípio, de que vira luzes de cidades distantes, porque aqueles pontos diminutos que reluziam na distância imprecisa da noite podiam ser tanto lanternas de barcos pequenos como estrelas flutuando na abóbada redonda do céu.

Haviam se encontrado no Alho Vermelho, e Miguelito entrou ali avaliando os olhares que o acompanhavam das mesas, caminhando tão decidido como se o recinto estivesse vazio. Mulheres com as pernas cruzadas, ecos abafados de risos, garçons com paletós curtos e gravatas-borboletas, carpete. Ela esperava-o no balcão e ele voltou a ter a mesma sensação que na noite em que a encontrara ao pé da Torre Vasconia. Estava enganado. Nada poderia retê-lo ao lado daquela mulher. Aquela maquilagem cor de berinjela esmagando suas pálpebras, aquele paletó quadrado e curto que parecia roubado de um manequim antigo da rua Mármoles. Luli e seu sorriso, o movimento lento de seu corpo, tornavam mais ridículos aquele penteado, aqueles lábios orgulhosos, as unhas longas e as mãos muito pálidas.

Não há Paraíso, Miguelito Dávila. Pensou que tomaria um drinque e iria embora. Pediu um coquetel sem saber de que era feito. Pediu pela sonoridade de seu nome, e lhe pareceu que o garçom manteve um sorriso nos lábios um segundo a mais do que o necessário. Talvez o estivessem olhando das mesas aquelas outras mulheres com penteado de cabeleireiro e sapatos caros. A voz da Senhorita do Capacete Cartaginês era profunda e um pouco abafada, mas soou suave ao lhe dizer "Se você está incomodado, pode ir embora sem ter de engolir essa beberagem. Ninguém vai se ofender, nunca me sentirei ofendida por nada do que você faça seguindo seus impulsos. Há muito lixo no mundo para que você se deixe contaminar por ele."

Miguelito olhou-a seriamente, e ela acrescentou, "Podemos nos ver outro dia, em outro lugar, ou nunca mais. Eu gostaria de vê-lo de novo, gostaria de conhecê-lo, mas será como você quiser", sorriu a Senhorita. Os insultos do Babirrussa soavam a distância na cabeça de Miguelito, "a imbecil, a gansa vomitiva". Não eram dirigidos exatamente a ela, apenas a seu disfarce. Sob a capa da maquilagem e aquela roupa antiga, Miguelito adivinhava uma mulher atraente, talvez mais jovem do que todos imaginavam. Seus olhos eram doces, apesar das pestanas enegrecidas e das pálpebras camufladas pela pintura.

Miguelito Dávila não foi embora depois de tomar o primeiro drinque. Beberam genebra. Passearam sob o arvoredo do Convento, cheiraram a distância o aroma que a brisa trazia do jardim de dona Úrsula e chegaram aos arredores da Torre Vasconia. Miguelito sempre recordaria as paredes de mármore da entrada da Torre. "Era como a entrada dos arranha-céus que aparecem nos filmes, três elevadores com um relógio que marcava o andar em que estavam e toda iluminada com mais luz do que o dia" disse a Paco Frontão.

A casa era cheia de máscaras de tribos selvagens. Rostos ovalados e compridos pintados com listras de zebras, cuias de madeira escura e palmeiras anãs que na luz oblíqua do salão pareciam uma selva em miniatura. Miguelito perguntou se era verdade que vivera na Nova Zelândia, e ela respondeu com um monossílabo. Um sim evasivo, arqueando as sobrancelhas para que não houvesse mais perguntas sobre aquela época de sua vida. Uma parede inteira do salão estava coberta de livros encadernados em couro. "Você não está sozinho no mundo", disse a Senhorita enquanto ele olhava de longe as lombadas de cores apagadas.

— Você leu todos?

— Não — a Senhorita do Capacete Cartaginês olhava-se de relance em um espelho, talvez veneziano. — Pode olhar e levar o que quiser.

Havia quadros de paisagens sombreadas e com molduras douradas, daqueles que Miguelito achava que só havia nos museus. Em um canto, um buquê de rosas brancas colocadas em um jarro de barro vermelho. Miguelito nunca vira em nenhuma casa, nem mesmo na de Paco Frontão, onde às vezes havia flores tropicais de cor laranja, um buquê de rosas. As rosas de Luli no Bucán. Também havia um cheiro de perfume envelhecido e poltronas de veludo. Miguelito se aproximou da estante de livros. Nomes que nunca ouvira, títulos estranhos, alguns em inglês. Poeta. Que vida teriam levado as pessoas que haviam escrito aqueles livros? Ninguém trabalhara em uma drogaria. Miguelito Dávila sentia que haviam lhe roubado alguma coisa ao nascer.

— Um garçom me disse que o conhece. Disseram que você queria ser poeta e eu o vi numa noite, sentado em um bar do caminho dos Ingleses, e soube que era. Não quis ouvir nem saber mais, soube quem você era assim que o vi, sabia o que buscava e o que queria, talvez melhor do que você. Outra noite voltei a vê-lo, estava beijando aquela menina — dissera a Senhorita um pouco antes, enquanto caminhavam pelas ruas ao sair do Alho Vermelho. "Você terá sorte ou não, pisará em cidades que esta gente que nos rodeia nem sequer sabe que existem ou ficará aqui sem sair da loja em que trabalha até que o dono morra e depois continuará trabalhando para seus filhos, mas tem de saber, estar certo, de que é diferente e que o mundo lhe pertence. O mundo sempre pertence àqueles que são capazes de romper o círculo que o destino ou os demais prepararam para eles. Você não deve se importar que não o reconheçam, que se apertem uns contra os outros para que não saia da sua fronteira pequena e estreita. Sentem que cada vez que alguém sai desse círculo é como um pássaro que escapou das suas mãos. É alguém capaz de voar", contou Miguelito a Paco Frontão.

Contaram-lhe naquela tarde de chuva no hospital, as luzes acesas como almas de mortos flutuando no ar. "No princípio, pensei que estava mesmo louca e que aquilo que me dizia poderia dizer a qualquer um, que me colocava no meio de sua loucura, porque não me conhecia nem um pouco. Mas quis pensar que sim, que tinha razão, que sabia de mim mais coisas do que eu mesmo, e naquela noite, ao chegar ao edifício, àquele portal de mármore, eu já percebia que começara a romper o círculo do qual ela tinha falado. E, pela primeira vez em minha vida, senti de verdade que o mundo também era feito para que eu o pisasse e que eu tinha um lugar na vida, um lugar fora da drogaria de um bairro, de uma casa triste. Talvez pela primeira vez em toda minha vida senti que não estava só. Talvez não tenha acontecido nada além disso, apenas o fato de não ter me sentido sozinho. E que alguém me incentivava de um lugar que ficava mais além de onde eu podia ir buscá-lo", disse Miguelito a Paco Frontão, e, enquanto falava, machucado e com a cabeça desabada no travesseiro, perdeu aquele meio-sorriso, aquele olhar meio fantasioso, meio irônico, com o qual contemplava, da cama do hospital, sua própria vida.

Miguelito parou de olhar aquele labirinto de nomes na biblioteca e foi para o terraço. A Senhorita do Capacete Cartaginês fora buscar uma bebida. Ali estava a cidade inteira, aquelas luzes, as pessoas pareciam formigas. Dali dava pra ver não apenas a África, mas todos os continentes do mundo, através daquele ar sutil em que flutuavam os sons da cidade, agitados de um lado a outro como fagulhas insignificantes. A voz dela soou às suas costas: "E sob os nossos pés está a lua: do tempo concedido resta pouco, e ainda nos falta ver o que não foi visto", e, ao se virar, Miguelito a viu apoiada no umbral da entrada, quase nua.

A Senhorita do Capacete Cartaginês tinha cheiro de farmácia, e sua boca, um sabor de frutas amargas. Um sabor que pouco a pouco ia se adocicando, como o cheiro de seu corpo, que à medida que ia perdendo o rastro do perfume que Miguelito já percebera ao sair do Alho Vermelho, aquele fedor de almoxarifado de farmácia, ficava mais fresco, quase doce. Enquanto o conduzia por um corredor mergulhado na penumbra, a Senhorita sussurrava palavras ao seu ouvido e, ao se deitar na cama, continuou falando, misturando a voz com gemidos, e Miguelito, ao sentir as mãos dela em suas costas, ficou imaginando os desenhos que as unhas, longas e pintadas, iam traçando em sua pele, e às vezes sentia que as unhas desenhavam palavras, a palavra Amor, que ela repetia com a voz, e a palavra Poeta e a palavra Você, que dizia apenas com a boca.

"Foi diferente. Foi foder com uma morta, com uma doente ou com uma menina, de repente sentia asco ou medo, parecia que ela ir morrer enquanto continuava falando, já sem respirar, asfixiada, com aquela luz e aquele cheiro no quarto, e de repente estava fodendo com uma louca que queria escapar debaixo de mim e se agarrava no meu pescoço e me dobrava a cabeça e quase gritava comigo, dizia meu nome e me olhava como se eu fosse alguém que conhecesse, seu pai ou sei lá o que, que estivesse fazendo aquilo e não me fosse perdoar nunca, e me dizia, 'Dê-me, dê-me a morte, meta', e eu notava que estava sendo levado por um redemoinho e que me afogava e tinha mais força do que em toda minha vida e pensava que quando acabasse de foder iria embora dali e nunca mais voltaria a ver aquela mulher nem voltaria a me deitar com ela, e continuava metendo e ela me dizendo coisas, me olhava, e eu logo sentia que não estava com uma morta nem com uma louca nem com uma menina, que era uma mulher, uma mulher de verdade, e que sabia coisas que nem sequer chegariam a suspeitar as garotas com as quais eu me deitara, sentia que era ela quem estava me fodendo, como se eu também fosse uma mulher, e me pareceu que eu nunca havia fodido antes."

Paco Frontão me disse, quando conversamos anos depois, que Miguelito também lhe contou o que sentiu naquela noite por Luli Gigante. "Pensei nela. Claro que pensei nela. Quando acabei fechei os olhos e vi os de Luli e aquelas pétalas de rosas que caíram aos seus pés no Bucán. Vi seus sapatos e tive vontade de chorar, chorar de alegria. Pensava mais em Luli do que na Senhorita ou em mim mesmo. Eu estava ali, naquele aposento com quadros escuros, com aquele cheiro, e me parecia que estava sentado ao lado de Luli quando passávamos de noite por baixo dos eucaliptos da Cidade Desportiva e ficávamos ali, calados depois de nos beijarmos, apalpando-nos por debaixo da roupa, ou que estávamos na praia, deitados ao sol na beira do mar, ouvindo o ruído da água. Olhei as costas da Senhorita se levantando, acendendo um cigarro, com o capacete do seu nome amassado pela luta ou o que quer que tivéssemos feito, e pensei que amava Luli mais do que nunca. E quis pensar que o que eu estava fazendo era bom para os dois. A Senhorita expelia uma fumaça espessa, quase sem empurrá-la da boca, e me olhou sorrindo, a fumaça se mexeu e os seus olhos ficaram atrás daquele véu, os lábios sem pintura, e voltei a pensar que era outra mulher, diferente daquela que vira no começo da noite no Alho Vermelho, daquela que falara de mim e também da que ficara se revirando na cama comigo até alguns momentos atrás. Era todas e nenhuma, e isso, o sorriso, a boca nova, um mamilo de uma cor que na escuridão também me pareceu semelhante à da berinjela, fez com que voltasse a desejá-la e ao mesmo tempo me lembrasse de Luli ainda com mais força. Se eu iria ser poeta, precisava dar esse passo, saber o que havia atrás daquela mulher, saber de verdade como era e o que ocultava tudo o que me dizia. Se estava louca ou se era um mistério. Eu sei que eram desculpas ou loucura minha. Além do mais, já sabia que nunca seria poeta. Havia me dado conta de que tudo era um disparate. Não tive de parar diante daquela estante cheia de livros que nunca iria ler para saber que me afogaria em meu próprio sonho. Já tinha sentido um medo igual ao ficar diante dos meus cadernos e escrever as coisas que escrevia. Recordava-me das palavras que aquele homem, Ventura Díaz, me dissera aqui no hospital, quando me tiraram o rim, e me agarrava a elas como se estivesse me afogando e as palavras flutuassem. Talvez aquela mulher, a Senhorita, fosse minha última oportunidade antes de me render e deixar que a água me tragasse para me levar até o fundo que tanto me assustava, aquele lugar cheio de mortos, derrotados que comiam os ensopados de minha mãe no Bar Casa Comidas Fuensanta, aquelas mulheres que chegavam à drogaria com suas vidas de merda, os vizinhos com quem cruzava nas escadas, aquela vida que nós teríamos tanto medo de viver e que, pouco a pouco, iria me arrastando. Eu não tinha outro destino além desse, sequer tinha um pai cheio de amantes que era levado a cada dois dias ao cárcere, sequer tinha um pai como o de Moratalla, com o futuro de seu filho planejado desde antes do nascimento em um daqueles livros de contabilidade onde sempre encaixam os balanços. Eu, quando estive aqui no hospital naquela outra vez, fabriquei meu próprio sonho, e elegi um sonho grande, o maior que me ocorreu, o de ser poeta."

Paco Frontão me disse que Miguelito Dávila saiu da casa da Senhorita do Capacete Cartaginês um pouco depois do amanhecer. A primeira claridade do dia e os focos da luz elétrica brilhavam misturados e tênues no portal da Torre Vasconia. Antes de deixar a casa da Senhorita, Dávila foi até o terraço de onde, na noite anterior, achara possível abarcar todos os confins da terra. Ali ao fundo estava o mar, uma franja pálida, e acreditou reconhecer no meio da bruma uma linha borrada, quase azul. As costas da África, quis sonhar.

A Senhorita foi se despedir dele à porta do apartamento. Mais jovem do que jamais Miguelito voltaria a vê-la e envolta em um quimono celeste. Beijou-lhe os lábios. Todo o vestígio de seu perfume se perdera e só emanava um cheiro de fruta fresca. Dávila sentia que pisara em um lugar que o destino proibira, e sonhou que começara a quebrar a ordem dos deuses. Lamentou que o porteiro do edifício ainda não houvesse chegado, que as duas vizinhas que estavam ao lado do portão não reparassem nele, imaginou que o Babirrussa, Avelino e Paco Frontão o estavam vendo abandonar o edifício. Ao sair à rua não levava pensamentos na cabeça, só ar nos pulmões. Não sabia se voltaria àquela casa mil vezes ou nunca mais, ele era só uma pulsação, uma pulsação abrindo aquela manhã de calçadas molhadas e brisa do último verão. Acariciava a pele da vida, a casca do mundo era sua própria pele.

Paco também me disse que naquela manhã, ao chegar em casa, Miguelito Dávila voltou a urinar, pela primeira vez depois que lhe extirparam o rim, um líquido escuro, parecido com chocolate, desprendendo um cheiro ácido que recordou ao longe sua enfermidade passada.

Amadeo Nunni, o Babirrussa, queria descobrir quem era seu verdadeiro pai. Aquele homem que desaparecera numa noite, levado por uma nuvem ou apunhalado na escuridão de um portão, não era mais do que um desertor que fugia de seu infortúnio. Um homem que, como o próprio Babirrussa, se viu traído e não quis continuar amarrado a uma mulher e a uma vida que era a própria encarnação de sua desdita. "Não devia ter me deixado para trás. Tinha que ter me levado com ele às nuvens ou à morte, ter se comportado comigo como um pai, mesmo que não fosse", sussurrou Babirrussa a Miguelito no dia em que lhe confessou todas as suas suspeitas, o pressentimento convertido em certeza de que ele era filho de um desconhecido e que a deserção daquele que não era seu pai fora motivada por esse mesmo fato.

"É possível que eu não tenha sabido de nada até aquela noite. Ou tivesse sabido muito tempo antes e ficado engasgado até aquele dia. É possível que o morto do portão fosse meu verdadeiro pai e o outro, o que eu achava que era meu pai, o tenha matado a punhaladas. Embora meu pai, o que não era meu pai, digo, aquele que me criou, nunca o teria matado pelas costas, teria lhe dado todas as punhaladas pela frente, olhando-o no rosto. Meu avô certamente sabe a verdade."

Mas Amadeo Nunni não foi perguntar ao seu avô por nenhuma verdade. Pelo menos não o fez diretamente. Limitava-se a fazer insinuações.

— Se você soubesse alguma coisa me diria, não é verdade, vovô?
— Alguma coisa?
— Sim. Uma coisa importante.

O velho olhava ao seu redor. Ficava desconcertado e temia encarar o neto.

— Alguma coisa que tivesse a ver com meu pai. Com meu pai e com o homem que foi morto a punhaladas no portão. Se você soubesse de alguma coisa me diria, não é verdade?

E o avô dizia que sim com a cabeça. A boca semifechada e os olhos demasiadamente abertos para um velho.

"A pele dele se mexe quando me diz Sim, buana", Amadeo ria, ou quase, ao explicar a Miguelito como pressionava seu avô. "Outras vezes fico apenas olhando para ele. Olho para ele e para a fotografia do meu pai, daquele que fingia que era meu pai, a foto que fica na estante. Olho para um e para outro e sorrio como se fôssemos cúmplices. Ele abre e fecha a boca e treme, fingindo que não sabe o que quero dizer, ou talvez sem saber mesmo de verdade, e se levanta e vai reclamar com minha tia, falar com ela do meu caráter."

Mas o avô do Babirrussa não demorou a ficar sabendo do significado das insinuações e das atitudes do neto, porque Amadeo não concentrou apenas nele as investigações a respeito de sua origem. Vez ou outra também perguntava ao Gravata sobre o acontecimento do portão e as punhaladas.

— Você não apurou nada? Você se conformou com o que os guardas disseram? Sim, mas mesmo que você não tivesse escrito sobre esse crime, mesmo que isso tenha sido feito, como você diz, pelo seu companheiro Antonio Roche, não encontrou nada que fosse suspeito? Você sabe se é possível apagar o rosto de uma pessoa, trocá-lo por outro? Não? Mas eu acredito que sim. Você precisaria ir à fundição para ver como os ferros são derretidos. Um rosto deve ser mais fácil."

Também fazia perguntas a sua tia. Na realidade, foi ela a primeira a lhe indicar o caminho das perguntas. Uma tarde, depois de ter lhe perguntado várias vezes qual era, segundo ela, o motivo que levara seu pai a ter ido embora e onde achava que ele estava, Amadeo, cansado de ouvir frases vagas e evasivas, lhe disse:

— Eu estou certo de que ele, aquele que fingia que era meu pai, vive em uma ilha. Talvez nas Filipinas.

— Como? — a tia ficou com o cigarro levantado e a boca aberta sem expelir a fumaça que aspirara e devia estar presa no fundo de seus pulmões.

— Nas ilhas Filipinas.

— O que você disse? Aquele que fingia ser seu pai? — deixou escapar uma baforada de fumaça amarelada que parecia uma névoa envenenada saindo entre o batom dos lábios e continuou falando. — Ele era seu pai. Seu pai era seu pai.

— Era meu pai? — a voz do Babirrussa era neutra, como se tivesse acabado de saber de uma notícia insignificante. Seus olhos estavam atravessados.

Sua tia ficou assombrada, olhando-o com as pálpebras levantadas e uma expressão inocente. "Parecia mais Doris Day do que Lana Turner", disse o Babirrussa a Miguelito.

— O que você está pensando, Amadeo? Claro que ele era seu pai — Fina recuperou seus traços de Lana Turner ao levantar-se da poltrona e começar a andar inquietamente pela sala de jantar.

— E se era meu pai, por que foi embora? — perguntou Amadeo Nunni.

Fina voltou a se sentar. Amassou o cigarro no cinzeiro e passou as mãos pela nuca, ajeitando o cabelo nervosamente. Negou com a cabeça:

— Não sabemos. Já dissemos isso pra você mil vezes. Não soubemos o que aconteceu e o mais certo é que nunca chegaremos a saber. Nem seu avô nem sua mãe nem eu. Mas era seu pai, isso, sim, a gente sabe. Todo mundo sabia.

— Vocês sabem muitas coisas. O que eu não sei é se são dissimulados ou tontos — os olhos do Babirrussa já estavam mais asiáticos do que europeus.

— Quem está enfiando essas coisas na sua cabeça?

— Por que vocês odeiam minha mãe? Diga!

— Eu não a odeio. Nós nos dávamos bem. Desde que nos conhecemos.

O Babirrussa a interrompeu:

— Você também não sabe em que minha mãe trabalha, não é verdade?

A Lana Turner do armazém hesitou, seus olhos piscaram com o exagero de uma atriz do cinema mudo:

— No museu.

O Babirrussa fez um esforço para não pular do sofá e dar um golpe de caratê em sua tia ou em qualquer um daqueles móveis velhos que havia na sala de jantar. Conteve-se e engoliu o ar como mestre Choi Hong Hi dizia que era necessário fazer quando a pessoa levava uma pancada no meio do peito.

— E o que ela fazia aqui, em que trabalhava antes de ir embora para a Inglaterra?

— Em nada. Em casa. Não fazia nada.

— A quem ela via, com quem falava, aonde ia?

As lágrimas da nossa Lana Turner saltaram, suas mãos tremiam quase mais do que as de seu avô.

— Amadeo, eu lhe imploro em nome de Deus. Você, com essas suas coisas, vai enlouquecer todos nós. Seu pai é seu pai e eu não sei se está vivo ou morto. Era meu irmão, você acha que eu não me lembro dele nem tenho vontade de chorar todas as noites sem saber onde está nem o que foi feito dele?

E Amadeo Nunni, o Babirrussa, ia até a mobilete, dava a partida ali, na entrada da casa, e depois de ficar acelerando em cima do cavalete, a roda traseira rodando enlouquecida no ar e a casa enchendo-se de fumaça, abria a porta e se perdia nas ruas, saía do bairro, com a cesta de garrafas balançando às suas costas, sem deixar nunca de acelerar nas curvas, nos buracos nem nos desníveis, procurando um pai no meio daquele tumulto de rostos e figuras que ia deixando para trás, a uma velocidade de sessenta quilômetros por hora que para ele era a velocidade do som, a velocidade da luz, a do universo inteiro.

— Talvez seu pai fosse seu pai — lhe disse um par de vezes Miguelito Dávila.

Mas o Babirrussa não respondia. Ficava olhando para os ferros derretidos no forno da fundição ou para o bico de seus sapatos rabiscados com cruzes gamadas e bandeiras sulistas e continuava questionando. Ia ao bairro onde vivera com sua mãe e com aquele que não sabia se era seu pai. Olhava para os lojistas daquela época que ainda mantinham seus negócios, observava os antigos vizinhos em busca de algum traço que os identificassem com ele. E mais de uma vez ficou não se sabe quantos minutos confuso diante do espelho, olhando seu próprio rosto e o de seu suposto pai. Colocava a foto daquele homem ao lado de seu rosto e examinava atentamente pelo espelho, até que os traços de um e do outro o confundiam e Amadeo ficava sem saber mais onde começava sua cara nem quem era ele nem quem era seu pai. Não é que naqueles transes encontrasse alguma semelhança entre ele e os traços suaves daquele homem sorridente que parecia mexer os lábios diante do espelho, mas sentia que sua mente se esvaziava, que ele era aquele rosto e que, depois de habitar aquelas feições durante alguns instantes imprecisos, sua alma abandonava também aquele refúgio para vagar por não sabia que espaços até que, por meio de um ato de vontade tola, semelhante ao dos moribundos ou das pessoas durante o sonho, afastava a vista do espelho e, pouco a pouco, voltava a ser ele, alguém que sabia vagamente que se chamava Amadeo Nunni e que mal reconhecia naquele sujeito de olhos achinesados, franja de monge antigo e uma espécie de bigodinho incipiente crescendo debaixo de seu nariz.

"De repente parece que estou alugado em meu corpo, que não estou certo de quem sou, embora saiba como me chamo, como quando você estava no colégio e não sabia escrever seu nome", disse o Babirrussa a Miguelito. Depois de passar um tempo calado, acrescentou: "Eu gostaria de ter tido um irmão." Um irmão? "Sim. Para ver com quem se parecia." E quando em sua casa já se conhecia o objetivo de todas aquelas perguntas, seu avô tentava sempre evitar o Babirrussa. Levantava-se do sofá quando o ouvia chegar, se refugiava no banheiro esperando que Amadeo entrasse em seu quarto para dirigir-se à rua e fugir. Quando estava na horta de dom Esteban lendo seus jornais atrasados à sombra da palmeira, afundava-se no assento da poltrona e encolhia os pés, procurando que seu neto não visse nenhuma parte de seu corpo aparecendo em algum canto da poltrona e continuasse seu caminho.

E quando, vítima de algum cochilo ou de um descuido, Amadeo chegava a se sentar diante dele, o velho, ainda com a vista nublada pelo sono ou tremendo de nervosismo por ter sido flagrado, tentava escapar alegando uma reunião iminente com o vendedor da Cola Cao ou algum de seus contatos relacionados com o negócio dos descascadores de batatas. "Ele me faz interrogatórios indochineses", contava o avô a seu amigo Antúnez e ao vendedor da Cola Cao. Também dizia a dona Úrsula e até mesmo a algum de seus clientes espontâneos da rua Nueva ou da rua Compañía que seu neto tinha "a voracidade do saber, só que desfocada. Antes achava que seu pai tinha sido levado por uma nuvem que qualquer dia o devolveria no meio de alguma tormenta e agora quer saber o que havia no bulbo raquidiano e no coração de seu pai. E como não consegue adivinhar, recorre ao mais fácil: afirma que não é seu pai. E como não temos as células de seu pai para mandar fazer uma análise e confirmar que é de fato seu pai, nos atormenta e aos demais, você não sabe como, sobretudo a mim, com seus interrogatórios indochineses. Não parece que está olhando para você, mas está; pergunta se a comida está boa e o que quer dizer é que talvez um dia o envenene, ou diz, diretamente, que você é cúmplice daquele que botou chifres em seu filho, o pai dele, por não delatá-lo, por não lhe dizer quem é. E não há nada a dizer. Nada além de que meu filho é o pai dele, é essa a sentença, o provérbio e o corno. Eu digo a você: se não fosse por meu negócio, um dia eu tirava minha vida. Ia, comprava um uniforme e me enforcava em uma ponte ou me eletrocutava em minha casa, qualquer coisa menos me meter em uma banheira e cortar minhas veias, que isso na minha opinião é coisa de Nero e dos veados".

E Amadeo, com o corpo ou a cabeça de aluguel, com suas perguntas e sua angústia, seguia com sua vida e suas interrogações, avaliando sua semelhança com estranhos, reconhecendo-se no modo de andar de seu antigo padeiro, na risada do dono do Bar Capital Vinte ou nos olhos puxados de um desconhecido.

Naquela altura, talvez interropendo o que se avizinhava, ou talvez levado exclusivamente por sua ambição profissional, Agustín Rivera, o Gravata, o conquistador da Lana Turner do armazém, o ladrão tardio de nossos sonhos adolescentes, comunicou que aceitara um posto de correspondente no Japão e dentro de alguns dias deixaria a cidade a caminho do Oriente.

— Assim são as coisas no jornalismo — disse lacônico, ajeitando os poucos cabelos eretos que restavam no alto de sua cabeça e observando como as lágrimas se equilibravam sobre a linha da maquilagem nos olhos de Fina Nunni.

Depois de seu último passeio na Sanglas 400, sob a luz piscante da luminária que os Nunni tinham em sua porta, o Gravata entregou a Fina um cartão com um número de telefone muito longo e o nome de um hotel, Sunrise, onde se hospedaria até encontrar um apartamento em Tóquio. Beijaram-se quase como se fossem dois desconhecidos e o Gravata montou em sua motocicleta e saiu do bairro rumo ao Japão, deixando atrás de si uma esteira de fumaça leve, quase invisível, e o piscar anárquico e vermelho de suas luzes de freio cintilando nas pupilas de Fina.

Nossa Lana Turner voltou à biografia de John Davison Rockefeller, que, coberta de farinha e esquecimento, passara a maior parte do verão em uma gaveta da loja. Fina virava as páginas do livro praticamente sem lê-las. Pensava em outra coisa. Recebeu alguns cartões-postais do jornalista com a vaga promessa de um reencontro. Foi naquela época que Fina descobriu sua primeira ruga profunda no rosto, e sua expressão começou a tornar-se anódina e um pouco triste, como se não tivesse mais consciência da sua semelhança com Lana Turner e não lhe interessasse manter essa semelhança além da tintura platinum e de uma certa altivez na forma de se movimentar. Como se tivesse chegado ao fundo de sua alma, definitivamente, a notícia de que era uma lojista de armazém. O Sol Nasce Para Todos. E aquela ruga no rosto de Fina, aquele sulco arranhando suavemente sua pele que a maquilagem, um pouco mais descuidada, havia deixado exposto, foi a primeira folha caída daquele outono que ia ser duro e por uma longa temporada deixaria despidas as árvores de nossa vida.

Miguelito Dávila não voltou a ter nenhum sinal de sua doença nos dias seguintes ao encontro com a Senhorita. "Suave cor de oriental safira", murmurava, como se rezasse à beira da privada antes mesmo de abrir o zíper da calça. "Pura até a primeira esfera, reapareceu à minha vista. Do ar até onde o céu primeiro gira", continuava recitando ao ver, aliviado, o líquido incolor que saía de seu corpo. Não disse nada a sua mãe tampouco ao Babirrussa nem a Paco Frontão sobre o escuro aviso que recebera depois de passar a primeira noite com a Senhorita do Capacete Cartaginês. Também não comentou nada com Luli Gigante.

Luli era como uma daquelas rosas que o vendedor de lingerie lhe dava de presente tempos atrás. Umas pétalas enredando-se em outras, construindo uma espiral, sem que se soubesse qual delas formava a flor. Não se sabia que parte dela era sua pele e qual era seu coração. "Talvez ambas fossem a mesma coisa", disse Dávila a Paco Frontão quando tudo já passara. "Fui eu quem se equivocou, quem confundiu o fácil com o obscuro."

Luli Gigante não ocultava mais sua alegria, e muitas vezes se esquecia de pegar seus livros gastos ao sair de manhã de casa.

Passeava pelo bairro e ia até o centro para encontrar a amiga Corpo na sapataria onde trabalhava e contar-lhe seus progressos em A Estrela Pontifícia. Falava do instrutor Zaldívar, que dançara em Nova York e na Rússia, dos chuveiros e dos espelhos de aumento que havia nos vestiários, das vezes em que Rubirosa a chamava pelo telefone.

— Miguelito não sabe de nada — respondia com um sorriso ao olhar cheio de expectativas da Corpo. — Mas ele só me pergunta pela dança, se estou contente e se é tudo como eu imaginava. Quer saber se pode fazer mais alguma coisa. Só diz isso — insistia, diante do olhar cada vez mais incrédulo da Corpo. — Se falasse de outra coisa sabe que eu o cortaria, que deixaria de ir à Estrela e não voltaria a me ver.

— Você se encontrou com ele? — perguntou-lhe a Corpo, desejando a confirmação.

— Uma vez — Luli brincava de fingir um sorriso inocente.

— Eu sabia — a Corpo olhava para o interior da sapataria, fazia um sinal a sua companheira indicando-lhe que estava prestes a voltar ao trabalho. — Eu sabia.

Luli negava:

— Foi só uma vez. Ele queria me dar uma bolsa nova. De uma das marcas que ele promove. Toda inteiriça, sem costuras. Estivemos juntos dez minutos.

A Corpo ria e Luli fingia indiferença:

— Eu lhe disse que não quero ganhar outros presentes. Nem me manda mais flores. Fui eu quem lhe disse que não me mandasse nem mais um ramo. Que Miguelito não gosta e continua sendo meu namorado, que nunca se esquecesse disso.

— E o que ele respondeu?

— Nada. Só disse que sim, olhando-me. Foi isso, com o cabelo que está usando agora, meio despenteado e os olhos também sorridentes. Tomou sol e está mais moreno, e usava um terno azul-marinho mas moderno. Estava para lhe fazer alguma coisa, para que desse duas sem tirar de dentro — o riso de Luli deu de repente lugar a uma expressão séria, quase triste. — Mas o que eu lhe disse do Miguelito é verdade, é ele.

À tarde, víamos Luli Gigante atravessar o bairro — exibindo cheia de orgulho sua bolsa de tecido com o anagrama e o nome de A Estrela Pontifícia — a caminho do ponto de ônibus e depois se perder atrás do reflexo das janelas a caminho da academia de dança. Miguelito ia apanhá-la depois do trabalho. Dom Matías Sierra o deixava sair alguns minutos antes e ele ficava em uma esquina, algumas ruas mais abaixo, para não ver Luli saindo da academia, para não ser observado por aqueles sujeitos que apareciam de cabelo molhado, todos com suas bolsas ao ombro, dando-se palmadas, beijando displicentemente as meninas ao se despedir e dizendo-lhes simplesmente *Ciao* enquanto ainda ensaiavam, dando risadas, passos de balé na calçada.

Às vezes, para que Luli pudesse se exibir, para que visse seus antigos conhecidos, iam ao Bucán. E ali, enquanto Luli conversava sobre A Estrela Pontifícia e o bailarino Zaldívar com o instrutor dos dentes grandes, aquele que fingia ser cubano, ou enquanto dançava com ele na pista, comentando que não estava mais habituada àquelas madeiras tão ásperas, Miguelito bebia tranqüilamente um par de cervejas e tentava evitar que o sorriso se mumificasse em sua boca e em vez de sorriso parecesse um pássaro morto.

Miguelito aplaudia no final da dança de Luli com o falso cubano ou quando às vezes dançava com alguma antiga companheira maravilhada com os avanços de Luli, com o ritmo que agora percorria até o último milímetro de seu corpo. E Miguelito brindava com eles, não importava que por suas retinas, em vez da dança de Luli Gigante e daquelas palavras de elogio, passasse o rosto da Senhorita do Capacete Cartaginês, o movimento de seus lábios ao lhe dizer, "Desejo você, desejo você, nunca soube o que era o verdadeiro desejo até o dia em que o vi". Via a casa da Senhorita, a franja do mar ao cair da tarde na segunda vez em que foi vê-la. Aquela bebida amarga de cor avermelhada que sorveu com ela no terraço enquanto a tarde, já quase à velocidade do outono, se evaporava no horizonte, ali onde começava outro continente, outro mundo.

Luli também dançava para ele. Nas tardes de sábado ou de domingo, quando a mãe de Dávila ia visitar uma de suas irmãs, Luli Gigante dançava descalça no quarto de Miguelito, e o som suave de seus pés nos ladrilhos era uma percussão excitante, mal abafada pela música do velho toca-discos que chegava do salão, passando pelo corredor como se fosse um vento turvo e arenoso. Luli dançava com um sorriso nos lábios, e embora fosse um sorriso estático, imóvel, não tinha nada a ver com aquela careta congelada em que às vezes Miguelito sentia que desembocava seu próprio sorriso no Bucán. O sorriso de Luli era a espuma daquela maré que percorria seu corpo, aquele ritmo lento que ia e vinha como as ondas do mar do interior de sua pele. Dobrava os pulsos, os dedos mortos apontando para o chão, e avançava até Miguelito, cadenciada, quase nua, as cadeiras girando estranhamente em movimentos quase quebrados, e os braços indo de trás pra frente. Luli Gigante ia por cima ou por debaixo da música, seguindo um compasso diferente, harmonizando com aquele contraste os seus movimentos. E, dançando, se inclinava sobre Miguelito e o beijava, a cortina morna de seu cabelo se derramando sobre seu rosto e os seios de adolescente roçando sua pele.

E a dança continuava, o ritmo aumentava depois do beijo, Luli não ria mais, os olhos turvos não olhavam, tudo era dança, uma dança que ia além da música, deixando-se levar por aquela onda que percorria seu corpo. E Miguelito sentia que a amava, que ela era Beatriz. Também estava além da poesia, era sua Beatriz, ela era as costas da África e de todos os continentes, ela era seu melhor sonho. Amava-a, e naqueles momentos era assaltado pela tentação de lhe contar sobre a Senhorita, dizer que fora várias vezes à sua casa, que se deitara com ela. Estava certo de que Luli o entenderia, que nem se importaria e talvez continuasse dançando com o sorriso só um pouco mais triste, porque tudo era um jogo. Ia perdoá-lo imediatamente, se é que já não o havia perdoado, porque às vezes Miguelito pensava que Luli sabia de tudo, como não iria saber, olhando-o daquele jeito enquanto dançava, quando se despediam à noite ou se beijavam sob os eucaliptos da Cidade Desportiva. Tudo, cada gesto, era uma palavra de piedade e de compreensão.

Mas Miguelito se calava, se calava porque sabia que quando Luli desaparecia de sua vista o mundo se transformava e ele também se convertia em outro, algo mudava dentro dele, como se Luli levasse parte de seus sentimentos e o deixasse no meio de um campo aberto do qual, pouco a pouco, a Senhorita do Capacete Cartaginês ia se apoderando, primeiro como uma sombra e depois como uma tentação, um veneno que o perturbava e tornava-se cada vez mais evidente e doce ao seu paladar, atraindo-o para a Torre Vasconia. — Ontem vi o Capacete. A filha-da-puta estava usando um tailleur preto todo enfeitado com cerejas, parecia uma fruteira ambulante — comentava o Babirrussa com um meio sorriso, e Miguelito dava um trago curto em sua cerveja, lembrando-se daquele vestido, como deslizou até os pés da Senhorita enquanto o cheiro da roupa de baixo, ou talvez de sua pele, o cheiro de gavetas fechadas, de perfume antigo, subia até seu nariz e penetrava como uma droga em seu corpo.

Miguelito se calava e deixava que o Babirrussa continuasse falando do Capacete, "A gansa vomitiva, o anjo da morte, a imbecil", enquanto Avelino Moratalla comentava que ele não a achava tão ruim, que, prestando atenção, era até gostosa. E diante da cara de repugnância do Babirrussa, os olhos de Miguelito encontravam os olhos azuis de Paco Frontão, observando-o, a máscara de adolescente colocada sob aquele rosto de ancião. "Você é um coração puro, tem um espírito indomável e deve protegê-lo. É seu dever não se corromper, você está obrigado a viver e falar e não renunciar nunca, nunca, a ser como é. Você é a poesia, ela está em você, tem de lhe dar forma, procurar o caminho para que flua, mas ela está em você." Miguelito via os últimos pássaros do verão através da janela da Senhorita enquanto ela, estirada na cama, falava com ele. Não sabia que aqueles pássaros tão frágeis pudessem voar tão alto.

"Eu a acho interessante. É interessante e atraente", a Corpo dava sua opinião de especialista, e Luli, talvez dando uns passos de dança imaginários, saudando o público em algum teatro com palcos enfeitados com guirlandas e ofuscada por focos de luz, perguntava, distraída, "De quem você está falando?" "Da imbecil", respondia o Babirrussa, "De uma professora da Almi", respondia a Corpo, "Ela está em forma", Avelino aproveitava a circunstância, e Miguelito se recordava daqueles cachos de cereja atirados no chão e daquelas palavras que saíam de sua memória como dias atrás haviam saído dos lábios da Senhorita, "Beatriz não existe. Você tem de saber que você também é Beatriz. Beatriz será a vasilha em que você vai depositar sua energia, o melhor que há em você. E não pense que eu digo isso para confundi-lo nem muito menos por ciúme de alguém. Ela nunca saberá quem você é. Eu quero você para você, não para mim. Eu não estou dizendo que sou seu guia, sua Beatriz. O que digo é que Beatriz não existe, nem nunca existirá fora de você."

González Cortés tinha uma mala cor de caramelo debaixo de um balcão do bar de seu pai. Fora levada por seu tio, o dono de Portes Nevada, e González Cortés, quando a clientela o deixava livre, fazia cálculos para saber tudo o que caberia dentro dela quando, dez ou quinze dias depois, partisse para Madri. Reescrevia a cada tarde com letra miúda o rol de sua bagagem.

Contava-me que já estava separando em casa a roupa que ia levar. As esferográficas, seis cadernos de capa dura da papelaria Ibérica de que tanto gostava, os dois livros de botânica que seu avô lhe dera de presente antes de morrer, uma bússola que tinha sempre ao seu lado quando estudava. Uma foto na qual estávamos Milagritos Doce, ele e eu no começo do verão, sentados à sombra da árvore que havia diante do bar. Os três lançados para fora do tempo, os rostos manchados pela sombra dos galhos que havia entre a gente, Milagritos e eu com um sorriso ameno e González Cortés olhando com preocupação para a câmera, vendo possivelmente algo inquietante ou confuso que Milagritos e eu não chegamos a perceber.

Nunca falávamos do futuro. E quando fazíamos alguma referência concreta a sua viagem, sempre me parecia que ele tinha a sensação de que eu estaria lá em Madri, compartilhando suas descobertas, a universidade e suas novas amizades, e que ele continuaria ligado a tudo o que fosse acontecendo no bar, no bairro e na cidade. Só quando me disse que Lola Anasagasti, aquela meio namorada que tivera no verão anterior e estava vivendo havia um ano em Madri, lhe escrevera perguntando pela data de sua chegada, pareceu perceber que a viagem que estava a ponto de empreender o afastaria de tudo o que até aquele momento fora para ele o centro de sua existência. "Talvez não volte nunca mais. Só nos verões e no Natal, até que vir para cá seja como ir a lugar nenhum ou abrir um álbum de fotografias antigas", e ficou olhando para aquele buraco onde tinha enfiado a mala cor de caramelo de seu tio, aquele animal que podia devorar seu passado.

Só aquela vez González Cortés pareceu ver realmente aquela mala, só então pareceu vislumbrar que talvez aquela Lola Anasagasti ou alguma outra mulher, um trabalho ou o transcorrer lógico dos acontecimentos poderiam afastá-lo para sempre de seu mundo. Nem mesmo sei se apesar disso chegou a sentir naquele dia a vertigem que eu, sem futuro nem planos de mudança alguma, sentia. Talvez embargado por essa falta de perspectiva, acompanhado apenas por pensamentos confusos, tudo em mim era vertigem e por todas as partes via malas e mudanças.

Sentado na porta do bar, vi, numa daquelas tardes, o Babirrussa na calçada da frente. Estava agachado, inclinado sobre alguma coisa que encontrara no chão. Devia estar seguindo para a fundição Cuevas e parara no caminho para pegar uma das primeiras folhas caídas das árvores, umas falsas bananeiras meio enfermas que se espalhavam pela rua. Observava a folha com atenção, lendo suas nervuras como um indivíduo interpreta a palma de uma mão. Soltou a folha e procurou outra, removeu o pequeno montículo que o vento havia formado naquela esquina em busca não se sabe de que sinal.

Aquelas folhas, que haviam caído antes de ficar amarelas, ainda estavam verdes, embora pálidas, e não tinham mais força para se sustentar em seus galhos, com a seiva interrompida prematuramente e formando em sua extremidade um coágulo branco como aquele que eu às vezes sentia crescer no meio do meu peito, também me transmitiram, como o próprio Babirrussa ali ajoelhado, uma certa sensação de mudança e de abandono. Nada mais podia evitar que tudo acontecesse da maneira como fora anunciada tempos atrás.

Tudo estava repleto de sinais. Só era necessário ter paciência suficiente para agrupá-los e ver como revelavam com todos os detalhes aquilo que estava prestes a acontecer. Meliveo voltava a dar cavalos-de-pau solitários com sua moto feita de restos de outras motos e fragmentos de bicicletas antigas. María José, a Fresca, havia partido, com seu rabo proletário, para Barcelona. Numa daquelas primeiras noites de setembro, a Fresca lhe dissera para não ir pegá-la em sua casa no dia seguinte. Que tampouco aparecesse dois dias depois nem nunca mais, porque ia estudar Farmacologia em Barcelona. "Posso deixar uma foto, se você quiser", lhe disse a Fresca, interrogando o desconcertado Meliveo com o olhar, com uma das mãos enfiada no bolso e uma expressão impaciente na cara.

"O nosso caso foi uma coisa de verão", Meliveo contou que a Fresca lhe dissera, "é praticamente certo que nunca mais volte, que fique vivendo ali. Tenho uns primos belíssimos, você nem imagina. Não queria lhe dizer que estava partindo, porque talvez não lhe interessasse ter-me assim, apenas por um verão, e poderia ficar pesaroso. Você quer a foto?", e Meliveo, que então era apenas um aprendiz de economista e nem sequer iniciara sua carreira como ator de teatro, hesitou entre fingir um desmaio e cair dramaticamente sobre o trepadeira do portão ou fazer um esforço e, com uma voz seca, indiferente, dizer que ele também tinha pensado em lhe dizer num daqueles dias que já era hora de acabar com aquilo, que o verão estava indo embora e resolvera dedicar o inverno aos estudos ou a qualquer outra coisa. Mas Meliveo não pôde superar a paralisia bucal, nem mesmo conter as duas lágrimas, únicas, porém longas, de quase trinta centímetros, que escorreram velozmente pelo seu rosto e pescoço, e só conseguiu esticar a mão para pegar, em silêncio, a foto que a Fresca lhe estendia.

Com aquela foto no bolso de seu blusão branco, Antonio Meliveo percorria as ruas do bairro e as estradas dos arredores da cidade. O trovão de sua moto quebrava o silêncio da tarde e a coceira do coração enodado na garganta. Detinha-se à beira das praias e nos desvios dos caminhos em que ao longo daquele verão se refugiara com a Fresca. E ali, com o motor de sua moto extravagante desligado, mas ainda fumegando e emitindo gemidos lastimosos, tirava do bolso a foto manuseada e ficava olhando para a Fresca, sentada agora para sempre no gramado da piscina da Cidade Desportiva com seu biquíni vermelho, aquele sonho, rindo com uma expressão limpa. As duas esferas extremamente perfeitas de seus peitos também riam, e do gramado, amarelado na foto, parecia subir um rumor que continha todas as vozes que sempre flutuavam ao redor da piscina.

O vagabundear do meu amigo também se somava àquela minha sensação de provisoriedade e mudança. A mesma coisa acontecia com o Garganta, que fora chamado certa manhã para uma entrevista de trabalho na rádio e logo fora contratado para ser o homem do tempo, o menino do tempo eterno, lhe diziam com ironia no bar, e irradiava diante do microfone, com o mesmo tom que antes usava para nos contar os filmes ou falar dos acontecimentos do bairro, suas intervenções meteorológicas particulares:

— E saibam, amigos do outro lado das ondas, amigos invisíveis, mas cálidos, que este será um outono chuvoso. Mas não se esqueçam: será o nosso outono, o outono de todos — dizia, e sua voz impostada parecia sair do espaço que seu copo deixara no balcão do bar, entre a máquina de café e a torre das caixas de cerveja.

Embora continuasse vivendo no bairro com seus pais, ele também foi visto num daqueles dias com uma mala. Vestia seu terno preto e uma camisa verde, e carregava uma mala grande e meio vazia na qual enfiara algumas roupas e uns quantos objetos que queria ter ao seu lado na rádio, porque, segundo disse ao Carne, achava que alguém de nível infundia mais respeito quando estava cercado por seus pertences, pois estes contribuíam para expandir pela atmosfera em volta a personalidade de seu dono. "Tudo sai pelo microfone", disse ao Carne, "os biscoitos que como, os bonequinhos idiotas que gosto de ter na mesa ou as duas ou três camisas e calças que tenho guardadas em meu escaninho para o caso de algum dia se apresentar uma tragédia e eu tenha de ocupar o microfone não se sabe ao longo de quantas horas, trocando a roupa empapada de suor sem parar de falar, como naquele filme do Kirk Douglas."

Ali estava seu espaço livre no balcão. Então, em seu lugar, González Cortés colocara um rádio pelo qual às vezes saía a voz do Garganta, contando quase as mesmas coisas que antes, só que agora, além disso, falava de nuvens e aguaceiros e tinha a voz um pouco arranhada pelo crepitar das interferências e pela areia do alto-falante. Também havia a diferença de tom, um pouco menos empolado. Talvez tivessem lhe dito na rádio que devia ser menos radiofônico. "E saibam, amigos, amigos do outro lado do microfone, mas deste mesmo lado do coração, saibam que este outono será chuvoso."

E eu pensava que no fundo aconteceria com todos nós o que acontecera com o Garganta e seu espaço no bar. Tudo estava sendo substituído. A vida que até então havíamos levado seria substituída por algo intangível, ainda sem corpo. E pensava que muito em breve todos seríamos apenas isso, figuras etéreas, vozes flutuando na memória dos demais que, pouco a pouco, seriam dominadas pelas interferências, os sons que chegavam da rua e o eco de outras vozes. Talvez, então, numa zona remota do meu cérebro, naquele terreno turvo onde os sonhos são formados, começasse a se forjar o propósito de vencer aqueles desaparecimentos e levar algum dia, mais de vinte anos depois, à luz aquela paisagem da qual o sol começava a se retirar para não voltar até muito tempo mais tarde. Seria, sim, um outono chuvoso.

Rafi Ayala já parecia um soldado de verdade. Aquele tique que fazia suas sobrancelhas pular a cada meio minuto não parecia mais um defeito e sim uma brincadeira, uma expressão irônica daquele rosto anguloso, curtido pela intempérie e a disciplina. Não fazia mais exercícios com as vassouras nem andava pela rua vestido de uniforme. Não precisava dele para mostrar uma marcialidade que se manifestava em cada movimento de seu corpo. Ninguém que o tivesse visto acotovelado no balcão do Rei Pelé poderia ter pensado então que um ano antes aquele sujeito sereno e calado se dedicava a esfolar gatos nas cercas do Convento. Provavelmente tampouco fizesse mais malabarismos nem contorções com sua pica.

Viera para uma licença de fim de semana e ficou passeando pelo bairro com o anão Martínez. No dia em que Miguelito Dávila topou com ele, Rubirosa também o acompanhava. Disseram-me que era grande o contraste entre a pele resplandecente e bronzeada de Rafi e a palidez quase amarela de Miguelito. Mas que, apesar dessa diferença e da temperança que o paraca ganhara naqueles meses, na metade da conversa já era possível perceber que havia uma ponta de desassossego nos olhos de Rafi. A boca não suportava bem seu sorriso e o tique, tão em consonância naquele momento com a limpidez de seus músculos faciais, voltou a ter um jeito crispado e quase cômico.

— Voltarei com uma licença pra valer dentro de um par de semanas. Ficarei um mês inteiro. Então você e eu poderemos nos ver à vontade, não é Miguelito? Estão dizendo que você está mudado.

Rafi se levantara da cadeira na qual estava sentado com seus amigos no Rei Pelé e quase cortara o caminho de Miguelito, que, por cima do ombro de Rafi, via o anão Martínez disfarçado com uma camisa branca e uma gravata, parecida com aquelas que Rubirosa usava, caindo-lhe pelo peito e chegando abaixo da virilha. O anão cochichava alguma coisa com o vendedor de lingerie.

— Não. Que eu saiba não mudei. E você? Você já virou homem?

— Eu creio que sim. Logo veremos — Rafi Ayala conseguia manter o sorriso, mas dava para notar seu esforço.

Miguelito pôs a mão em seu ombro com a intenção de afastá-lo de seu caminho.

— Sim, vamos ver. Tenho um pouco de pressa.

O anão e Rubirosa, que até então evitara olhar diretamente para Miguelito, se levantaram. Ao ficar em pé, a gravata continuava chegando à altura das coxas do anão.

— Você está sempre apressado, sempre tem de estar em outro lugar, lá onde não tem de estar — Rafi resistia ao suave empurrão de Miguelito.

O anão Martínez e Rubirosa se aproximaram. Miguelito sentiu os olhos de Rubirosa nos seus. Tinham algo de ímã e também de punhal afiado. Mas, se Miguelito sentiu que aquele olhar era perigoso, não foi apenas porque deixasse implícita uma ameaça a ele, mas sim pela atração que aqueles olhos rasgados e brilhantes poderiam exercer sobre Luli. O anão cumprimentou Miguelito levantando a mão e dizendo seu nome em voz baixa, "Miguelito". Dávila respondeu com um leve movimento do queixo.

— Você não vai beber nada com a gente? — Rafi Ayala voltara a se parecer com o esfolador de gatos, com o adolescente exibicionista. — Vamos a outro lugar. Ao Bucán, se você quiser.

— Deixe o menino. Ele está com pressa — a voz de Rubirosa possuía uma rachadura que partia os sons em dois. — Outro dia convidaremos uns aos outros para alguma coisa, está bem? Quando todos acharmos melhor.

Miguelito voltara a olhar para Rafi. Retirou a mão de seu ombro e o paraca voltou a sorrir.

— Bem, outro dia — agora era ele quem apalpava suavemente o braço, o ombro de Miguelito.

— Além do mais, esta estação já perdeu o interesse. Já vimos passar todos os trens importantes — os olhos de Rubirosa estavam olhando para o outro lado da rua.

Miguelito percebeu a ironia mais nos olhos do que na voz do vendedor de lingerie. Adivinhou o motivo de suas palavras e de seu olhar. Ficou tentado a virar a cabeça, mas continuou olhando para Rubirosa, que agora sorria abertamente.

— Miguelito — voltou a dizer o anão, começando a andar e tocando o nó da gravata à guisa de despedida.

Rafi Ayala se limitou a apalpar-lhe novamente o braço e a sorrir, já com o espírito marcial recuperado. Miguelito e Rubirosa ficaram um diante do outro. O segundo deu um passo adiante e disse em voz baixa, olhando fixamente para o outro lado da rua.

— É muita mulher para você.

Miguelito agüentou sem dificuldade o olhar e não titubeou, seus olhos só se moveram quando Rubirosa acrescentou, em um sussurro ainda mais baixo, um pouco queixoso:

— Sobretudo com essa coisa sua, com sua doença. Leve-me a sério... É muita mulher...

O vendedor de calcinhas e sutiãs seguiu seu caminho. Juntou-se a Rafi Ayala e ao anão Martínez e os três começaram a se distanciar, rua abaixo. Dávila, ainda um pouco mais lívido, virou-se lentamente e olhou para a calçada da frente, procurando o lugar para onde Rubirosa olhara. Viu Luli. Não estava certo, mas lhe pareceu que um sorriso sumiu de seus lábios antes de olhar para ele, antes que seu cenho se franzisse. Estava ali, esperando-o, com sua bolsa de A Estrela Pontifícia pendurada no ombro. Miguelito pensou que havia algo de resignação no gesto de Luli. A Senhorita do Capacete Cartaginês passou fugazmente por sua cabeça. Ouviu seu riso apagado, o eco de sua voz enquanto atravessava a rua. Também nesse trajeto, enquanto dava os passos que o separavam de Luli, notou o cheiro que Rubirosa desprendia, um perfume ácido do qual só teve consciência naquele momento, quando já não podia senti-lo.

Naquela tarde, Luli Gigante sentiu a raiva de Miguelito na cama. Ele também percebeu nela algo semelhante ao desespero, uma espécie de avareza no desejo que, em alguns momentos, chegou a lhe parecer quase violento, ansioso. Miguelito comentara com Luli alguns dias antes sobre os sintomas que vinha sentindo. Só ela sabia. Manchara outras três vezes a privada com aquela tinta parda. Dissera-lhe que só fora uma, e prometera procurar um médico se a coisa se repetisse. "Você deve ter cuidado com a sua doença — ela aconselhara e depois se aproximara por trás e cingira suavemente seu pescoço com os braços e beijara seu cabelo e sussurrara ao seu ouvido: Eu o amarei para sempre, não importa o que aconteça. Eu sempre estarei aqui."

Se chegasse a viver mil anos, nunca esqueceria aquele abraço — disse Miguelito a Paco Frontão, semanas depois, no hospital. — Quase gostei de estar doente, de voltar a urinar aquela merda, para que me abraçassem assim. Tive vontade de lhe dizer, mas a única coisa que disse foi que eu não era um doente, que não estava doente. E aquela foi a primeira vez em que pensei de verdade em não voltar a ver a Senhorita. Senti remorso. Você está vendo para que ele me serviu.

Mas toda aquela ternura desapareceu subitamente no momento em que Rubirosa mencionou sua enfermidade. A ternura deu passagem a um rastro amargo, um pólen que, misturado ao perfume do vendedor, envenenou a garganta de Miguelito Dávila. Ao atravessar a rua e chegar junto a Luli, beijou seus lábios e caminhou ao lado dela em direção a sua casa. O silêncio foi ficando tenso, circulava por dentro das palavras que Luli arrancava à força de sua boca. "Aquele era Rafi Ayala?" "Sim." Miguelito sabia que estava mais pálido do que nunca. Percebia que não tinha sangue no rosto. "Estava com José, não é?", Miguelito fez um gesto afirmativo muito leve, olhou a bolsa de A Estrela Pontifícia no braço de Luli. Ouviam-se os passos na calçada, o eco dos carros passando por outras ruas. Quando já estavam chegando à casa de Miguelito, Luli, talvez sem suportar o silêncio por mais tempo, chegou a dizer, "Que calor", e a Miguelito isso pareceu uma declaração de culpa. Nem ao menos quis olhá-la. Abriu o portão da casa. Aquele cheiro de lixívia.

Nunca dissera aquilo a Luli, mas sentia algo parecido com o asco, uma repugnância secreta, cada vez que via a bolsa de A Estrela Pontifícia apoiada no pé do aparador desgastado que havia em seu quarto. Naquela tarde, esteve prestes a lhe dizer que não usasse a bolsa quando fosse a sua casa, que levasse seus livros, a bolsa vermelha que lhe pendia do ombro quando a vira no começo do verão na piscina, o que ela quisesse, mas nunca mais aquela bolsa. Mas Miguelito não disse nada. Apoiou-se contra a parede e deixou que ela se aproximasse lentamente, com aquele meio sorriso. "Beatriz", pensou. "A glória de quem move todo o mundo", e sentiu por aquele verso uma repulsa semelhante à que sentia pela bolsa de A Estrela Pontifícia. As palavras da Senhorita do Capacete Cartaginês, "Você. Você é o mundo, você é a poesia. O mundo fez um longo caminho até chegar a você". Aquela piada.

Miguelito Dávila renegava tudo, mas nenhuma palavra escapou de seus lábios. Deixou que Luli se aproximasse dele, que suas mãos passassem por detrás de sua cabeça e seus dedos frios apertassem sua nuca. Deixou que beijasse sua boca e retribuiu o beijo. Abraçou sua cintura com uma única mão, atraiu-a para si e, apertando seu ventre contra o dela, unindo-os com força, ficou mirando as pupilas de Luli, sério, fazendo com que o sorriso dela se evaporasse. "A glória de quem move todo o mundo." Desejou afogar-se no cheiro de Luli, naquele aroma de lavanda como alguém que se afoga no meio da noite no oceano, fechar os olhos e que o mundo inteiro se apagasse.

Mas à medida que fechava os olhos e percebia o cabelo dela em seu rosto, os lábios em seu pescoço, aquela umidade, o mundo se manifestava de um modo mais evidente, tornava-se mais real, e Miguelito se sentia mais invadido do que nunca por sua própria consciência. Ao abrir as pálpebras, encontrou os olhos de Luli. Ela também tinha um ar de desafio no olhar. Foi ela quem desabotoou a blusa, quem tirou um seio de dentro do sutiã e fez Miguelito se inclinar até que seus lábios capturassem seu mamilo. E ali inclinado, sua raiva voltou a se multiplicar ao se perguntar em quem ela estava pensando. E notava, agora sim, como sua cabeça ia ficando em branco, como todos seus sentidos, aguçados, se concentravam em Luli, naquele mamilo adolescente que roçava seus lábios e tinha um sabor amargo, parecido com o do cloro das piscinas misturado com um perfume de canela, a voz de Rubirosa, seu hálito dizendo-lhe, "A sua coisa, enfermo. É muita mulher". Ajoelhou-se, "Muita mulher", e desabotoou o botão da calça rancheira de Luli. Uma camada quase invisível de penugem vermelha, um trigo dócil apareceu sobre aquele campo de pele bronzeada e lisa. Recebeu o golpe. Uma investida das cadeiras de Luli contra seu rosto, seus dedos agarrando-se aos seus cabelos e apertando seu rosto contra seu ventre, o sabor do tecido da calça, a espuma negra da calcinha e a penugem do púbis, e o cheiro, a culpa. Miguelito se levantou e, com aquele cheiro ainda na boca, beijou Luli, mordeu seu lábio inferior ao mesmo tempo em que dizia, "Puta". Disse-o sem voz, sem pronunciar a palavra, só mexendo os lábios, os lábios com os quais a beijava. Voltou a dizer puta, agora sussurrando, quando sua mão desceu pelo ventre de Luli, afastou a calça e seus dedos encontraram a fronteira negra da calcinha. Ao olhar aquela peça, voltou a repetir a palavra puta, enquanto ela o olhava nos olhos e ele afundava os dedos em seu sexo, e Luli, talvez pela primeira vez em sua vida rebelada contra a lentidão que a envolvia, obrigou-o a dar dois passos abraçado a ela e o fez cair na cama.

Houve certa dose de vingança naquele ato amoroso. Miguelito pensava que Luli também era impulsionada pelo mesmo sentimento. Precisavam um do outro e sentiam ódio por ceder à necessidade, ódio pelo desejo que crescia ao lado da raiva. Os braços tensos de Miguelito, suas cadeiras golpeando as cadeiras de Luli, ela com aquele arquejo rouco que se convertia em gemido, no início de alguma coisa que parecia um pranto e acabava desembocando novamente em uma respiração forçada, um corpo avançando sobre o outro, e braços imobilizando outros braços, e o sol do último verão formando através da persiana de madeira um desenho fantasmagórico e geométrico na parede que havia diante da janela e também nos corpos que se aninhavam sobre a cama e pareciam, com aqueles traços e aqueles pontos desenhados em sua pele, destinados a um estudo de anatomia.

E quando toda aquela tensão se desfez dentro de Miguelito Dávila, como se seu cérebro se liquefizesse e se derramasse com seu sêmen, e Luli, arfante, ainda com as pupilas dilatadas, voltou a ser a jovem de movimentos pausados que conhecera naquele verão e não aquele desespero sem forma, aquele corpo múltiplo e impossível de ser abarcado, a raiva e o ódio começaram a se recompor em sua mente, já livres de qualquer lastro. Voltaram ondulando lentamente, empapando a areia ressecada do seu interior, onde antes, o ódio revolvido com o desejo, não alcançara sua maré.

Dávila olhou a calcinha amarrotada de Luli, que recolhia em seu tecido o frescor do solo. Estava sentado ao lado da cama, apoiado contra a parede. Ela deitada.

— Não estou doente. Não sou um doente — disse e ficou observando-a.

Luli, enfiando os lábios na boca para umedecê-los, olhou-o fixamente e cobriu os seios com o lençol. Miguelito dobrou o pescoço suavemente, apontando com a têmpora a peça que estava no chão:

— Essa calcinha é nova, não é? Antes você nunca queria usar as pretas.

Luli não afastara os olhos de Miguelito desde que ele começara a falar. Continuava olhando-o, serena.

— Foi ele quem lhe deu de presente?

Na cabeça de Miguelito se abriam comportas pelas quais saía uma podridão antiga. Vira uma vez um cachorro morto flutuando em um charco de água podre. A corrente arrastava uma maré escura pela cabeça de Miguelito Dávila. O olhar resignado de sua mãe, as mãos pobres das mulheres da drogaria, a careta de Rubirosa ao falar com ele, seu hálito. Luli o cheirara, aspirara aquele hálito antes dele, fitara aqueles olhos, conhecia seu poder e nunca lhe falara dele.

— São de uma de suas marcas, daquelas caras? E o que mais ele lhe dá de presente? O que mais faz com você?

Luli Gigante não parou de observá-lo. Não havia nenhuma expressão em seu rosto. Só uma escuridão leve, a sombra de um pássaro que estivesse voando alto. Fechou as pálpebras. Afastou suavemente o lençol de seu corpo e se levantou. O cabelo se derramou em seu ombro. Miguelito disse a Paco Frontão que as linhas e pontos de luz que passavam através das persianas eram uma espécie de código Morse na pele de Luli. Não se movia apenas com lentidão, mas também com indiferença. Não parecia ter memória e nem mesmo um olhar. Hesitava por onde começar a pegar sua roupa e se vestir. Deu um passo para trás, olhou ao seu redor. Também perdera a faculdade de ouvir. Não ouvia Miguelito, parecia sozinha naquele quarto. O aposento lhe era estranho, do mesmo modo que sua figura parecia alheia entre aqueles móveis ao lado dos quais parecia estar pela primeira vez em sua vida.

Miguelito sentiu que a nudez de Luli, aquela falta de pudor, não era mais do que uma nova demonstração de culpa. Ou assim uma parte dele quis acreditar, aquele outro indivíduo que escolhia suas palavras.

— O que mais ele lhe dá? E você a ele? Diga.

Viu um reflexo, um vestígio de umidade no rosto de Luli. Abotoava a blusa com cuidado. Miguelito se inclinou um pouco. Voltou a ver o rosto de Luli. Olhava para baixo, para lugar nenhum. Tinha lágrimas nas faces. Aquele foi o sinal para que as comportas que momentos antes haviam se aberto no interior de Dávila começassem a se fechar. Mas ele quis continuar no caminho iniciado, e ao mesmo tempo em que perguntava a si mesmo quem armara aquela cilada, como pudera se deixar levar por aquele impulso, continuou falando:

— O que mais ele lhe dá de presente? Por que você não me diz? Por que não quer me dizer?

Não acreditava mais no que suas palavras diziam. Não tinha nem mesmo certeza de que estivera falando. Luli acabara de abotoar a blusa. Miguelito se lembrou do instante em que ela mesma a desabotoara, o peito aparecendo por cima do sutiã. Sobreveio-lhe uma pontada de desejo, viu a si mesmo desejando Luli em um futuro próximo, no dia seguinte, naquela mesma noite. O destino acabara de se bifurcar às suas costas. E soube que aquilo que acontecera alguns minutos atrás já pertencia a um passado inalcançável, que a vida, os fatos, haviam tomado um caminho equivocado. Estava assustado diante do poder das palavras, do modo como alguns sons podem mudar o curso de várias vidas.

Luli acabara de vestir as calças de vaqueiro. Jogou a cabeça para trás e prendeu os cabelos na nuca. Aquele gesto também pareceu a Dávila uma coisa que pertencia ao passado, algo que desapareceria em suas mãos. Via como Luli se abaixava e recolhia a calcinha do chão. Guardou-a na bolsa de A Estrela Pontifícia. A bolsa já não lhe parecia ofensiva encostada ali no velho aparador. Sentiu uma nostalgia antecipada. Os dias felizes. Luli pegou o sutiã no meio dos lençóis. Não chorava mais. Tinha os olhos brilhantes, mas sua expressão era serena. Miguelito se lembrou de sua voz no primeiro dia em que conversaram nos vestiários da piscina. Algumas palavras flutuavam na cabeça de Miguelito. "Não vá." Acariciava-as, percebia como essas duas palavras começavam a lhe subir pela garganta, mas não se decidia a pronunciá-las; continuava imóvel, observando Luli.

Sentiu medo ao pensar em Rubirosa. Em seus olhos. Na dor que a imaginação podia provocar. Ver Luli em sua companhia. Pensar que ia vê-la com ele. Luli virou a cabeça, talvez sussurrasse algo, e saiu do aposento. Miguelito Dávila ouviu o som leve de seus passos no corredor. Por ali haviam chegado em outras ocasiões a música e o riso de Luli. "Não vá." Ouviu o som da porta se abrindo, o golpe seco ao ser fechada. E só então, com um sussurro, disse: "Puta."

— Meu pai talvez seja um homem de guarda-chuva. Um homem que sempre sai à rua e olha para os dois lados como se estivesse sendo esperado por gângsteres de cinema. Tem um bigode parecido com o que tinha meu outro pai, aquele que não acreditava que era meu pai verdadeiro, e quase sempre usa um terno com listras pretas, ao contrário, um terno preto com listras brancas, daqueles antigos, como se ele também fosse um gângster. Não sei onde trabalha, porque sempre desaparece em uma esquina com seu carro e não consigo segui-lo com a mobilete. Perco-o na subida da Eugenio Gross, ele acelera muito, e me parece que fica olhando pelo retrovisor. Eu o perco ao fazer a curva que vai para a Trinidad, assim como perdi meu outro pai. Só que este eu encontro na manhã seguinte, outra vez com o guarda-chuva e quase sempre com o terno listrado. Uma vez usava uma jaqueta que parecia de marinheiro. Chama-se Raimundo e me parece que tem um dente de ouro. Anda como eu e também é baixo. Vive ao lado de onde eu vivia. Um dia vou tirar uma foto dele para enviá-la à minha mãe em Londres — o Babirrussa falava distraído, com um talo de grama na boca.

— E o que você vai perguntar a sua mãe? Se ia para a cama com ele? — Avelino Moratalla era o único que parecia verdadeiramente interessado, mais do que o próprio Babirrussa, no que este contava. — Mamãe, me diga, você fodia com esse cara?

Amadeo Nunni não respondeu. Fez uma pausa e moveu com os lábios o talo de relva. Levou-o de um lado a outro da boca. Estava com a cabeça virada para trás, com seu gorro da Carpintaria Metálica Novales colocado ao revés, a viseira na nuca, sentado no gramado da piscina da Cidade Desportiva.

— Tenho certeza de que naquela época, quando minha mãe o encontrava, já usava o terno listrado. A porra do terno deve ter mais de quarenta anos. Eu olho pra ele e ele dissimula, afasta meus olhos. Somos como os animais; se alguém não lhe diz que alguém é seu filho ou seu pai, não nos reconhecemos. Muitas crianças são trocadas nos hospitais por causa disso. As pessoas se conformam com o que lhes dizem.

— Eu nasci em um hospital e sou igual ao meu pai — Avelino olhava para os demais, esperando a aprovação de alguém. — Meu pai viu uma enfermeira me levando pelo corredor e não teve dúvidas, Esse é meu filho, e, efetivamente, era eu.

Era o segundo sábado de setembro e já havia menos gente na piscina. A distância, quando o chapinhar da água e os gritos dos banhistas diminuíam, podia-se ouvir a pelota batendo contra a parede do frontão, a voz dos jogadores.

— E até o meu corpo está ficando como o dele, como o do meu pai. E o do meu irmão também, embora ele tenha a cabeça em forma de pepino da família do meu pai — Moratalla apoiou-se então na Corpo, que cruzou a vista com a dele e lançou um rápido e indiferente olhar à barriga coberta de penugem de Moratalla e a sua cabeça, quase redonda. — O ruim é que ficarei careca como ele, como meu pai.

— E na caixa do correio está escrito Raimundo, o sobrenome apagado por ter sido molhado ou por causa dos anos. Ou ele o terá apagado da consciência. Talvez eu fique sabendo o que faz, em que trabalha. Tenho minhas pistas. Se gosta das coisas de que eu gosto. Embora na época dele não existissem as artes marciais nem se conhecesse Bruce Lee, que devia ser uma criança ou nem devia ter nascido. Usa sempre guarda-chuva, mesmo quando faz calor. Um guarda-chuva no verão. Eu nunca tive guarda-chuva. Um gângster que usa um guarda-chuva em vez de metralhadora. Podiam fazer um filme assim. Um dia vou me aproximar muito lentamente da janela do carro e vou lhe dizer papai. Ou talvez lhe diga filho-da-puta. Olá, papai. Olá, filho-da-puta. Para ver o que me responde.

— Você pode perguntar a sua tia. Se conhece um cara que usa sempre terno listrado — Paco Frontão ficou olhando fixamente para Amadeo. Ajeitou com o dedo médio os óculos de sol.
— Você pode perguntar a ela ou então a seu avô.

O Babirrussa virou a cabeça para olhar Paco Frontão. Paco estava deitado, com a cabeça apoiada na coxa da Corpo. Ela passava os dedos por seus cabelos, tão encrespados como o topete já ralo. O Babirrussa inclinou a cabeça, avaliando a alternativa que seu amigo lhe sugerira e voltou a olhá-lo, embora tenha olhado mais para os dedos da Corpo do que para Paco. Alguns dias depois, disse a Miguelito que tinha ficado muito sensibilizado ao ver aqueles dedos acariciando a cabeça de Paco Frontão, que até teve vontade de chorar, não sabia por quê, pensou que aqueles dedos um dia estariam mortos, enfiados num ataúde, na escuridão. Mas não falou de sentimentos nem de mortes. O que disse foi algo diferente:

— Os seus cabelos da frente se parecem cada vez mais com os de um puto, Paco.

— Por que você não pensa o que pensava antes? Que seu pai era seu pai e que uma noite foi levado por uma nuvem? É o mais fácil, e o melhor — Miguelito nem se virou para falar. Estava quase de costas para os demais e todas as tardes ficava olhando para a cerca viva do fundo, ali onde, antes de conhecê-lo, Luli Gigante estendia sua enorme toalha vermelha e passava horas sem falar com ninguém. — Pense nisso, Babirrussa, é o melhor.

— O melhor para quem? — o Babirrussa endireitou o gorro, a viseira na frente.

— Para você. Para sua mãe.

— Minha mãe é como se estivesse morta.

— Ai, Babi — protestou a Corpo.

— E também para seu pai — Miguelito virou levemente o pescoço. Não chegava a ver seu amigo, mas provavelmente vislumbrava sua silhueta. — Pense nisso. Para seu pai também é melhor. Ninguém o enganou tampouco ninguém o matou, ninguém pôde com ele. Foi-se com uma nuvem, aí está. Fim da história.

Amadeo Nunni abaixou um pouco a cabeça, remexeu em silêncio entre os cadarços de seus sapatos, arranhou com suas unhas roídas as velhas cruzes gamadas, as caveiras pintadas com esferográfica, e depois mirou fixamente a nuca de Miguelito, suas costas. Sob a camiseta de Miguelito aparecia um pedaço de pele, nas costas se via o início de sua cicatriz.

A cerca viva do fundo estava vazia. Luli Gigante não voltara à piscina. Depois fiquei sabendo que Miguelito não a vira desde a tarde em que ela saíra de sua casa com a roupa íntima enfiada na bolsa de A Estrela Pontifícia. Uma brisa suave queria mover as folhas da cerca. Uma brisa que às vezes vinha fria e ao passar entre os eucaliptos que nos separavam da pista do frontão trazia um ruído metálico, sacudindo as lâminas das folhas de latão. Eu estava com Milagritos Doce e o Carne, muito perto do quiosque de sorvetes Camy. Haviam colocado um cadeado na geladeira e Juan Pino, o cara dos refrescos e dos sorvetes, e seu amigo Ignacio Castellano, o fabricante de doce de ovos e nata, a *natilla*, não estavam mais no quiosque. E não havia música.

A silhueta do anão Martínez recortava-se contra o céu na parte mais alta do trampolim. Mas já não saltava nem se exibia. Não havia quase ninguém, e quem andava por ali já vira tantas vezes seus confusos giros e seus saltos em bomba que não prestava mais atenção. Um pouco antes, atravessara o fundo da piscina trepado nos ombros do Sandália. Eram seus últimos passos sobre a água da temporada, e agora, trepado ali, mais do que chamar a atenção de alguém, o que provavelmente queria era rememorar suas piruetas passadas ou talvez vislumbrar as que aconteceriam no futuro, no próximo verão ou talvez nos seguintes, que para ele seriam mais ou menos idênticos, imutáveis.

A distância, na outra ponta da Cidade Desportiva, estavam queimando folhas de eucaliptos e o ar às vezes trazia uma baforada amarga, um perfume parecido com o do incenso que anunciava o inverno de tal modo que se eu não temesse o futuro teria percebido aquele cheiro como uma sensação agradável, o giro necessário do tempo. Mas não. No ar, além do incenso, também havia veneno. Um veneno talvez parecido com aquele que Miguelito Dávila sentira ao ver seu amigo Paco Frontão nos braços da Corpo. Seus beijos, suas palavras sussurradas eram um memorial de sua perda.

"Qual fortuna me s'apressa. Que fortuna me aguarda", escreveu Dávila num daqueles dias. E em seguida copiou os versos da *Divina Comédia*. "Meu desejo estaria satisfeito sabendo a fortuna que me aguarda, pois a flecha que é esperada causa menos danos." Naqueles dias, Miguelito acreditara ter visto a costa da

África da casa da Senhorita do Capacete Cartaginês. E também, naquele fio de névoas cinzentas, quase roxas, que havia no horizonte, achou que via os lábios de Luli envoltos em uma sombra suave. Fez-se noite muito depressa, e ali no terraço o rosto da Senhorita foi ficando escuro. Suas feições se apagaram e Miguelito, sentado do outro lado de uma mesa de metal pintada de branco, às vezes só conseguia distinguir o brilho de seus olhos, um fulgor pálido nos lábios.

"A fortuna que me aguarda", pensaria ali em cima, um continente inteiro se escurecendo à sua esquerda e a silhueta daquele penteado estrambótico recortando-se contra a cal da parede à sua direita. Às vezes via, iluminada pela brasa de um cigarro, a pele do rosto da Senhorita do Capacete Cartaginês, ouvia sua voz. Mas Luli crescia por todos os cantos. Surgiu no meio da penumbra, levantou-se no meio dos poros da pele da Senhorita quando Dávila aproximou seus lábios dela e foi acariciando-a com sua respiração, sem chegar a tocar aquela superfície que, talvez por falta de luz, por aquele perfume amargo que desprendia, lhe pareceu terrosa e árida, tão distante da fragrância de Luli.

"Eu o desejarei como se deseja o que nunca se tem, sem que o tempo nem eu mesma possamos estropiar esse amor", a voz da Senhorita era um sussurro, todas as palavras entrelaçadas, sem pausa, como o sopro do ar ali no céu, "eu o desejarei como se desejam os sonhos, o desejarei como o que não se alcança e continua vivo, crescendo quanto mais se afasta." Mas a única coisa que Miguelito desejava era que ela se calasse, que parasse de falar, e o silêncio, aquele ar das alturas, o envolvesse como um suave lençol.

E assim aconteceu quando, depois de ajoelhar-se diante dela e beijar seus seios por cima da blusa de tecido sedoso, entraram no quarto e se despiram lentamente. Depois do desejo, dos beijos na escuridão, dos queixumes e do cheiro dos corpos, ficaram alguns minutos sem falar, tombados sobre os lençóis, e Miguelito teve a sensação de que o ar era o silêncio, que em seus pulmões entravam baforadas de silêncio que se expandiam por seu corpo e ele flutuava naquela atmosfera que só era quebrada pela respiração da Senhorita, pelo eco de alguma buzina distante ou de um pássaro retardatário que ainda cruzava o céu. Luli permanecia presente, uma imagem que habitava Miguelito Dávila e seu cérebro projetava ali aonde ele dirigia o olhar.

Ali estava a cerca viva vazia. Miguelito viu a imagem de Luli Gigante deitada diante dele, com seus cabelos caindo por seus ombros e seu corpo de adolescente. Viu-a levantar-se e caminhar, olhá-lo com um sorriso e depois tornar-se transparente no ar. Naquele momento, talvez estivesse sentada no carro azul de Rubirosa, atravessando velozmente alguma daquelas estradas que margeavam a costa. Alegre, afastando-se dele. O Babirrussa falava agora das estranhas profissões de algumas pessoas. Na fundição, conhecera um sujeito que passara toda a vida entre animais mortos, dissecando-os, procurando uma posição que deveriam adotar depois de mortos. Ele falou dos líquidos corrosivos que usava e o Babirrussa lhe perguntara sobre o poder destruidor do ácido sulfúrico. "Mas é um veado. Não quis me explicar como se fabrica."

O Babirrussa falava sozinho. Havia se deitado no gramado e olhava para o céu. "Algum de vocês sabe quanto tempo vive uma nuvem? Não estou dizendo isso por causa do meu pai, só quero saber. Dentro de dois meses, de dois anos, onde estas nuvens vão estar? Elas dão a volta ao mundo?" "Vão estar no rabo da sua tia. Em nenhum lugar, já terão se desfeito", Avelino ria, tentava tomar o gorro do Babirrussa, este o segurava com uma das mãos e com a outra batia no braço de Avelino. "Solte, merda. Então, quando tempo vive uma nuvem, hein? Ninguém sabe? E outra coisa, Miguelito, quando fui à Inglaterra, vi, do avião, muitas nuvens e até nos enfiamos nelas e não vi meu pai em nenhum lugar. Você já sabe o que vi na Inglaterra. Muitas putas, foi isso o que eu vi." "Você nunca vai ficar calado, Babi?", a Corpo parara de beijar Paco Frontão e olhava para o Babirrussa, depois lançou um olhar desconfiado para a gente e voltou a abraçar Paco. Miguelito olhava para a frente. Por cima da cerca do frontão, as árvores se mexiam lentamente de um lado a outro. Pareciam lhe dizer sem parar "Não", com aquele movimento cadenciado de suas copas, que não paravam de oscilar da esquerda para a direita, majestosas e obstinadas.

González Cortés partiu numa manhã de chuva, quando setembro já estava avançado. Creio que foi a primeira vez que choveu naquele outono, pelo menos a primeira vez em que a cidade foi envolvida por um aspecto invernal. A alameda estava cinzenta como em um dia de novembro e, ao passar, os carros levantavam um som quase esquecido de água e pneus. A despedida não teve nenhuma emoção. Havia apenas um pouco de pressa e um nervosismo geral que se percebia na tensão dos músculos do rosto de González Cortés e no seu olhar volátil, que com intervalo de poucos segundos ia do seu relógio ao ônibus em que devia subir. Era um ônibus de uma linha pirata e seu pai fez piadas a respeito. Ele seria parado pela Guarda Civil e devolvido Despeñaperros abaixo. O pai de González Cortés gostava muito de dizer Despeñaperros, e contar quantas vezes o cruzara. Oito.

Na noite anterior, havíamos nos reunido no bar de González Cortés e ele tinha tirado da geladeira uma garrafa do melhor champanhe. Ficamos sentados nas mesas da porta, e dali, através da janela, eu vi como lá dentro meu amigo tirava o avental e o deixava pendurado atrás do balcão, como se fosse usá-lo no dia seguinte, só que naquela noite se entreteve um pouco mais alisando-o e o pendurou com mais cuidado. Só voltaria a usá-lo quando voltasse nas férias, às escondidas de seu pai. Alguém que estava se preparando para ser economista não podia aparecer em público com um avental nem trabalhar como garçom, dizia o pai enquanto enxugava as mãos, úmidas de lavar pratos, em seu próprio avental. Embora fosse provável que respeitasse mais o filho mais velho não por causa dos estudos de economia e sim pelas muitas vezes que cruzaria o Despeñaperros ao longo dos próximos anos.

Naquela noite ficamos sentados ali até tarde. Rimos muito. Parecia que no dia seguinte faríamos todos uma viagem juntos. Alguém falou vagamente do futuro. "Vocês irão me ver", perguntou ou talvez anunciou González Cortés. Meliveo falou de seu tio de Madri, ele sim iria, ia todos os anos, várias vezes. "Você não prefere ir a Barcelona, ver a Fresca?", o Carne olhava divertido para Meliveo. "A filha-da-puta. Barcelona", respondia Meliveo, ainda com a fotografia da Fresca no bolso.

Um vento fresco e às vezes forte anunciava a chuva do dia seguinte, movia os galhos por cima de nossas cabeças. As flores do jardim de dona Úrsula não cheiravam. Milagritos Doce se refugiava nos braços do Carne e sussurrava que eles também iriam a Madri. Pouco a pouco fomos ficando calados. Eu não disse que minha mãe me arranjara um trabalho de cobrador de cautelas em uma empresa municipal. O ruído que González Cortés fez ao fechar a persiana do bar soou triste, e temi que minha notícia, que a princípio me parecia boa, talvez aumentasse um pouco a repentina melancolia que o ruído da persiana despertara se fosse dada naquele momento. Cobrador de cautelas, teriam pensado naquele momento meus amigos. Cobrador, como o homem dos mortos, o empregado pequeno e enlutado das pompas fúnebres que batia a cada mês na porta do bar do pai de González Cortés para cobrar seu seguro funerário. E assim fomos descendo pela rua e a despedida banhada em álcool que havíamos combinado semanas atrás foi reduzida a um passeio longo até o cruzamento do caminho dos Ingleses. O Carne foi o único a se despedir de González Cortés naquela noite. Os demais ficaram de vê-lo na manhã seguinte no bar de onde saíam os ônibus pirata.

Mas só Milagritos Doce e eu comparecemos. Luisito Sanjuán também marcou presença, mas só porque estava passando por ali, ainda meio adormecido e já vestido para o inverno, sem lembrar que González Cortés estava partindo para algum lugar. Acabara de levar um de seus gatos a um veterinário da alameda e o trouxe com ele, um animal enfermo metido numa gaiola, para se despedir de González González, que era como o chamava. E ali, já disse, não houve espaço para nenhuma emoção. Só houve pressa e a locomoção de pacotes e maletas de um lado a outro, sobretudo depois que um empregado da companhia pirata enfiou a gaiola que Luisito deixara ao lado das bolsas de González no bagageiro do ônibus. Tiveram que tirar a metade da bagagem até encontrar os miados do gato hemiplégico.

"Um gato no Despeñaperros" ria o pai de González Cortés enquanto sua mulher beijava o filho. A pressa e os gritos do motorista ao volante obrigaram nosso amigo a correr para o ônibus. Abriu a janela para nos dizer adeus quando o motor já estava ligado, mas não ouvimos o que disse. O ônibus soltou um grunhido profundo, talvez para anunciar sua condição de pirata, e começou a avançar sob os fícus gigantes da alameda, já misturado no tráfego lento, no meio dos carros que serpenteavam lentamente pelo asfalto molhado. Parecia que González Cortés não ia a lugar nenhum. Sua mãe chorava e assoava o nariz enquanto seu marido dizia, com um ar fantasioso e satisfeito, Despeñaperros, provavelmente por outra razão.

E quando Milagritos Doce, Luisito, seu gato doente e eu voltávamos pela alameda, protegendo-nos da chuva sob os balcões e as marquises dos edifícios, creio que todos, menos o gato de Luisito, tínhamos certeza de que naquela noite ou no dia seguinte encontraríamos González Cortés no bar de seu pai, que havíamos representado aquela comédia de despedida e que aquele ônibus, por muito que pesara ao pai de nosso amigo, nunca chegaria a Despeñaperros.

Mas o ônibus cruzou Despeñaperros e a planície triste da Mancha, e embrenhou-se com seus bufos roucos de pirata naquele labirinto imaginário de ruas cinzentas e intermináveis que eu supunha que devia ser Madri. E vieram os dias escuros. Dias estranhos que não foram especialmente desagradáveis, ou se o foram me proporcionaram um espaço de recolhimento e fortaleza, um vislumbre de confiança que me servia de alimento. Ao voltar pela primeira vez da cobrança das cautelas, fiquei olhando a foto da bailarina Hortensia Ruiz, a Lili, que meu irmão enviara de Barcelona anos atrás e ainda estava ali, no móvel da sala de jantar, como se fosse mais um parente, apesar de ninguém naquela casa, salvo meu irmão, tê-la conhecido. E, com um sorriso, recordei que naquela época eu olhava aquela foto sem saber que a bailarina não estava mais viva. Lembro que ao receber a notícia de que já morrera senti que ela era como uma dessas estrelas que estão apagadas há milhares de anos, mas ainda permitem que vejamos sua luz.

Pensava que minha vida talvez já fosse uma estrela sem combustão, mas que ainda podia caminhar por aquele halo de luz, não esplendorosa, mas ainda morna, que iluminava meu caminho. Naqueles dias, sem saber exatamente por quê, pensava muito em Miguelito Dávila, em sua determinação, em seu empenho desmedido e louco para virar poeta. Não sei se o admirava ou simplesmente sentia compaixão por ele. Mas sempre o recordava quando via aquela gente de quem ia cobrar cautelas. Eram caloteiros, e cada um me contava uma história diferente, talvez inventada. Pensavam que eu tinha o poder de cancelar suas dívidas. Houve quem tivesse me expulsado da porta de seu apartamento e até ameaçado de me atirar pelo vão das escadas, mas normalmente me convidavam a entrar em suas casas, ofereciam-me uma cadeira que rangia, uma cadeira capenga ou um pouco oscilante, nunca uma nova, e me contavam um drama qualquer. Não se importavam com o fato de eu ser um mero cobrador novato. Falavam e falavam.

Vi crianças órfãs duplamente disfarçadas de órfãs, um homem que se esquecera de seu próprio nome e estava há três anos prostrado em uma cama sem parar de pedir água a cada vinte segundos e de quem cobravam uma dívida pelo caminhão com que ele se estatelara e o deixara naquele estado. Anciãos consumidos que me olhavam com olhos indiferentes e opacos, como se eu fosse uma paisagem pouco interessante e já conhecida, enquanto suas noras me perguntavam com autêntica curiosidade se deveriam deixar de alimentá-los para liquidar suas dívidas.

Eu imaginava o homem que pedia água pulando da cama e dizendo que pensava que aquele cobrador idiota nunca iria embora e os anciãos comendo de boca cheia e me dedicando uma fieira de palavrões assim que eu passava pela porta, ou, pelo contrário, começando a chorar depois de terem contido a emoção na minha presença. E também imaginava a mulher do sujeito acamado olhando fixamente a cozinha e dizendo que finalmente abriria a torneira do gás para acabar com tanta miséria. E, apesar de mal ter visto Miguelito Dávila naqueles dias, me via lhe contando aqueles casos e rindo com ele. Pensava também, difusamente, que talvez aquelas histórias o inspirassem a escrever alguma coisa. Eu ainda não sabia que Miguelito precisava da poesia precisamente para fugir daquele mundo.

De qualquer forma, quando eu o encontrava, nunca lhe dizia nada. Limitava-me a saudá-lo de longe com um gesto ou apenas com uma palavra, e a confiança imaginária, essa cumplicidade que mentalmente eu estabelecera com ele enquanto visitava aquelas casas cheias de armadilhas ou desgraças, se desmoronava em um instante. Eu o via conversando com o Babirrussa na porta do salão recreativo Ulibarri, ou sentado no Rei Pelé, ou o via passar, pálido e talvez um pouco mais magro, na rua dos Álamos, talvez a caminho da drogaria ou da casa da Senhorita do Capacete Cartaginês. Sem ainda conseguir entender que os laços que me uniam a ele eram os mesmos que me atavam a tantas outras coisas que naquele momento formavam minha vida e nas quais mal reparava, aquela paisagem que com o tempo seria meu próprio rosto. Um retrato de quem éramos.

Luli Gigante não viajara tão longe, não se afastara tanto de Miguelito. É provável que naqueles dias estivesse percorrendo algumas centenas de quilômetros sentada no carro reluzente de Rubirosa, mas cada quilômetro feito à beira dos precipícios, nas estradas montanhosas e até pelas ruas atapetadas com folhas recém-caídas do bairro do Limonar pareciam aproximá-la um pouco mais do poeta e empregado de drogaria Miguelito Dávila. Às vezes Luli pensava que ela também tinha uma cicatriz de 54 pontos tatuada em algum lugar de seu corpo. Às vezes lhe parecia tão evidente a presença daquela cicatriz que examinava suas costas no espelho. E depois ficava ali, observando com calma a superfície lisa e ainda bronzeada de sua pele, sonhando que eram dunas e que as mãos de Miguelito voltavam a pousar, como um avião silencioso e delicado, sobre ela.

Luli voltou a carregar aqueles livros velhos, praticamente todos com as capas meio soltas, e a passear com eles abraçados no peito pelas ruas do bairro. Por sua mente passavam melancólicos cascos de navios, despedidas no cais. Imaginava barcos saindo de portos enevoados e amantes que diziam adeus amparados pelo último toque da sirene. Paquetes e transatlânticos um pouco desengonçados. Pares que uma guerra separava para sempre. Cartas de amor que não chegavam a nenhum lugar ou que ao chegar a um hotel remoto o faziam no próprio momento em que seu destinatário abandonava para sempre aquele hotel e aquela cidade.

E o barco que partia sempre levava escrito seu nome na proa, Luli em letras góticas, e o soldado ou diplomata com uma missão secreta de quem ela se despedia sempre tinha o rosto de Miguelito, um Miguelito em branco e preto e ataviado com um uniforme americano ou uma gabardina com muitas pregas e fivelas. À espreita, em um carro que se adivinhava remotamente azul entre a névoa e o branco e preto de sua imaginação, estava o vendedor Rubirosa, com seus ternos imaculados e seus olhos verdes. Verdes-alumínio, pensava ela cada vez que os via nos sonhos e na realidade.

Passeava abraçada a seus livros, imaginando a volta inesperada do soldado Dávila, o modo terno e decidido com que a arrancava dos braços de Rubirosa. E, em seguida, fumando um daqueles cigarros cronometrados sentada no terraço de um bar qualquer, Luli pensava nas aulas de A Estrela Pontifícia, o privilégio de chegar ali, a cada tarde, sem a preocupação com as cobranças nem os aumentos de mensalidade. Pensava na maneira como o vendedor Rubirosa tratava os garçons dos restaurantes, sem a desconfiança nem o rancor de Miguelito, e como dava as gorjetas, esticando os dedos como se fossem pinças sustentando cédulas no ar.

Gostava da sua voz, da voz de Rubirosa, e da forma como às vezes, quando se esquecia de que estava com ela, contava coisas do passado, de quando se levantava à noite para ir trabalhar em uma fábrica de Sabadell, e olhava para seus companheiros da linha de montagem sabendo que ele não apodreceria naquele trabalho, que seria livre, ou lhe falava de quando era criança, antes da emigração de seus pais para a Catalunha. Gostava de como sorria naqueles momentos. E Luli também queria gostar de seu cheiro, daquele aroma de colônia que, ao se misturar com loções estranhas, produzia um perfume de menta ou de porão, ou de porão com cheiro de menta, que parecia emanar de todos os poros de seu corpo, inclusive da boca, e era um pouco enjoativo. E das duas rugas longas da face que dividiam seu rosto em três partes quase iguais e às vezes pareciam uma cicatriz, um corte feito a punhal.

Queria, inclusive, gostar do verde de seus olhos. Mas nunca sonhava com nenhum porto em que se despedisse ou recebesse, cheia de emoção, o vendedor de lingerie José Rubirosa. E os barcos com seu nome desapareciam, como a fumaça suave de seus cigarros, quando Rubirosa ou mesmo seu carro azul marcavam presença. Luli Gigante nunca se abraçou a seus livros nem a sua pasta cheia de rostos sorridentes e dentaduras perfeitas pensando nele. E menos ainda desde aquela tarde em que ao sair depois da chuva de A Estrela Pontifícia viu ao longe Miguelito, o Poeta, o Louco, e ele, ao constatar que ela continha seus passos e ficava olhando-o, abriu a boca em um sorriso. Foi como se Miguelito chegasse verdadeiramente de terras remotas.

Caminharam pelas ruas do centro. Miguelito andava ao lado dela falando em voz baixa. Sim, era sua Beatriz. Sim, Beatriz existia. Aquela beleza não estava dentro dele. O mundo e as estrelas, os planetas girando, as selvas e o ruído, os rios e a vida estavam fora, não nasciam em seu interior. Miguelito e Luli caminhavam como se nunca tivessem se tocado. Tudo parecia novo entre eles, como naquela manhã do começo do verão nos VESTIÁRIOS da Cidade Desportiva. Miguelito descobriu uma fivela nova no cabelo de Luli, e não se importou que fosse ou não um presente de Rubirosa. Era um sinal da trama de vida, daqueles oito ou dez dias que percorreram separados.

— Sua malha é muito bonita.

— É antiga — respondeu Luli, quase na defensiva. Sorriu ao ver o sorriso dele.

— Tenho-a quase desde que era criança.

— Eu nunca vira você no inverno. Só de longe, sem conhecê-la.

Nos olhos de Luli havia uma névoa que se desvanecia.

— E você, está bem?

— Eu? — Miguelito olhou para o chão, fez um movimento leve, quase depreciativo, como se fosse encolher os ombros. Gostava que conversassem quase como dois estranhos, sabendo que não o eram. — Lá na drogaria. Não tenho escrito.

— Não, falo do seu problema — a malha de Luli subiu um pouco, a bolsa de A Estrela Pontifícia se mexeu. — Voltou? — não sabia como dizer. — Você urinou sangue novamente?

— Não, não — Miguelito manchara outras três vezes a louça da privada, mas não queria que aquilo turvasse aquele momento. — Não, não voltou a acontecer, deve ter sido uma coisa estranha, algo que pode acontecer com qualquer um. Além do mais, não era sangue-sangue. Um pouco de sujeira. Você tem feito muitos exercícios? Continuam pondo você pra dançar sem música, só com as batidas do Zaldívar?

— Sim — agora foi ela quem encolheu os ombros.

Olhou para ele recordando a última vez em que haviam se visto, na casa de Miguelito. E ele viu em seus olhos aquela recordação. Mas ela desapareceu rapidamente dos olhos iluminados de Luli:

— Olhe o que eu aprendi a fazer.

Deu a bolsa de A Estrela Pontifícia a Miguelito. Colocou suas mãos na altura das clavículas, os cotovelos levantados como se fosse fazer um exercício de ginástica, e deu quatro ou cinco voltas, impulsionando-se com um pé e encolhendo-o como se fosse um artefato que girasse harmonicamente sobre si mesmo na calçada da rua Mármoles.

— Você está parecendo uma bailarina de caixa de música.

— Mas você não viu o movimento dos tornozelos, como pendulei, e o escorço? Você viu como me saí?

"Sim, Beatriz existe, e está aqui e me olha e me fala e diz meu nome, meu nome está em seus lábios Beatriz seu nome e eu sou só uma voz que fala em seu ouvido como aquele que lhe fala à noite nunca voltarei a olhar o perfil da África nem os lábios azuis que me dizem o que não sou e que você não que você não existe", escreveu Miguelito em um dos guardanapos do Rei Pelé que tinha um desenho do jogador de futebol e estava cuidadosamente dobrado entre as páginas 256 e 257 da *Divina Comédia*.

Ao chegar à casa de Luli, Miguelito pôs uma mão em seu cabelo, aquela tepidez, e aproximou seu rosto do dela para beijá-la. Mas Luli afastou suavemente a boca e limitou-se a roçar sua face com o nariz e os lábios. Ficou ali um instante, cheirando aquele aroma quase esquecido e fitou de perto seus olhos, aquela cor de açude, com sombra de folhas e galhos refletidos em sua superfície.

Miguelito disse a Paco Frontão que se sentiu feliz, feliz como se ele também fosse um galho movido pelo vento da primavera, feliz porque aquela negação continha todas as afirmações, o futuro. Aquela negação só era um adiamento do que estava por chegar. Uma promessa longa.

— Eu não sei se a máquina de remover sangue que havia naquela época, além das visões e seqüelas psicológicas que deixava em algumas pessoas, provocava um otimismo insensato, como o que sentem alguns tuberculosos, e por isso pensava que a vida iria na mesma direção que a *Divina Comédia*, do inferno ao paraíso, e não ao revés. Embora Miguelito só tivesse feito diálise antes de ser operado, quando lhe tiraram o rim. Talvez ele estivesse mesmo louco. Ou só fazia como fazemos todos: recusamo-nos a ver o que temos diante dos olhos — me disse Paco Frontão, calvo e com uns óculos pequenos pendurados no peito, enquanto girava sobre uma mesa de mogno um cálice de conhaque em cujo líquido parecia ter ficado aprisionado para sempre seu olhar de olhos pequenos e azuis.

No final daquele verão, Paco Frontão não usava nenhum par de óculos pendendo de nenhum lugar, nem ficara calvo, só sua franja rareava ali onde os cabelos se tornavam cada vez um pouco mais rebeldes e, tal como lhe avisara o Babirrussa, adquiriam a aparência de um púbis louro e ralo. Nem usava uma gravata de motivos suaves, cinza e esverdeados, como a que usava naquele momento. Naquela época, nem seu pai usava mais gravata.

Depois do desaparecimento da Fonseca, o pai de Paco Frontão deixara de usar seus ternos azul-marinhos e suas camisas de colarinho duro. Pedira a sua mulher que os distribuísse entre os velhos dos asilos que freqüentava. A cada dia que passava, ele próprio ia se parecendo mais com um daqueles anciãos que agora usavam seus ternos. Vagava sem destino pelo jardim de sua casa, assim como, no pátio dos asilos, procurando o sol do primeiro outono, vagavam uns velhos elegantemente vestidos, deformando pacientemente com suas costas entortadas, com suas corcundas pouco contundentes e seus andares tortos os ternos escuros de dom Alfredo. "Tenho muita pena. É como se houvessem enchido os ternos com palha, parecem espantalhos que começaram a andar. Mas o que vamos fazer? Tudo pela caridade em Cristo", lamentava a mãe de Paco Frontão, que nem sequer conseguira convencer seu marido a deixar no armário pelo menos um daqueles ternos.

— Para uma eventualidade — aventurava ela.

— Que eventualidade?

— Não sei. Um casamento, um batismo. Qualquer coisa que se apresente. Um funeral.

— Que funeral? O meu?

— Por Deus, Alfredo — benzia-se ela.

— Pois saiba que quero que me enterrem com o hábito dos trapistas. Que os ternos vão tomar no cu — dom Alfredo dava o assunto por resolvido lançando mão de sua última munição, dos restos daquele caráter que fora sua bandeira e agora não era mais do que um pendão arriado e roto.

Vestido com uma camisa de flanela e com as fraldas pra fora das calças, como um lenhador que tivesse se esquecido de se aposentar, dom Alfredo caminhava pelo jardim da casa. Nem ia mais à agência dos correios. E, embora seja verdade que às vezes subia no Dodge, a única coisa que fazia era ficar ali durante algum tempo ao volante, com a dianteira do carro alinhada ao jardim, sem nem girar a chave no contato. Talvez circulasse por estradas imaginárias ou por aquelas outras que ainda apareciam no meio da bruma de suas recordações. Mas dava a impressão de que a cada dia lhe era mais difícil transitar por aquelas estradas e que nem mesmo os faróis antineblina do potente Dodge poderiam iluminar aquele território que ia se tornando mais e mais sombrio.

Para tranqüilidade de sua mulher e de seu filho, temerosos de que se trancasse na minúscula garagem com o motor ligado e soltasse a rédea do monóxido de carbono ou de que girasse definitivamente a chave no contato e se lançasse contra a araucária ou a piscina, a cada dia dom Alfredo passava menos tempo ao volante de seu velho carro. Descia depois de pisar várias vezes nos pedais e de trocar algumas marchas, sempre com o motor desligado. Ou cochilava sobre o volante e acordava sobressaltado, como se estivesse de fato dirigindo e o sonho o tivesse tirado da estrada e naquele momento tivesse se precipitado em algum abismo. Tocava com ansiedade o peito, cada vez mais avultado, e o pescoço, cada vez mais curto e afundado, e apalpava os assentos como antes o fazia Avelino à procura de pêlos de buceta para aumentar sua coleção.

Dom Alfredo descia suado do automóvel e, ainda tocando a camisa e o rosto em busca de algum rastro de sangue, caminhava com os tornozelos frouxos, sempre prestes a perder o equilíbrio e fazendo ranger as folhas secas que cobriam o jardim. Não deixava que o limpassem. Nem permitia que o jardineiro pisasse nele. Pagava-lhe o devido salário, mas o deixava na cozinha, tomando um suco atrás de outro ou as sopas insossas da mulher de dom Alfredo, olhando com melancolia a deterioração e a imundície que iam tomando conta daquele lugar que durante vinte anos ele se esmerara em dotar de um ar civilizado e aprazível e agora estava a caminho de se transformar em uma sucursal do Mato Grosso, com os ciprestes tosquiados e díspares, a cerca viva selvagem e o manto de folhas que cobriam a grama e a piscina ficando a cada dia mais espesso.

Dom Alfredo só cuidava de um canto do velho jardim. Fazia-o pessoalmente e só para cavar buracos e enfiar na terra uns caniços que, segundo ele, sustentariam suas futuras plantações de tomates. Mas o fazia tão mal que os caniços jamais conseguiriam sustentar o peso de um único tomate anão. Não eram nem capazes de sustentar a si mesmos, e ficavam todo o tempo tombados no chão; caíam ao primeiro sopro de brisa ou quando passava pela rua Soliva qualquer caminhão que pesasse mais de duas toneladas. Mas dom Alfredo se importava pouco com a precária estabilidade de suas tomateiras. Parecia que tinham lhe anunciado de antemão que numa manhã ensolarada daquele inverno, três dias depois do Natal, fosse derrubá-las ao sofrer seu ataque de coração e morrer ali mesmo, à sombra da araucária e meio coberto por folhas um pouco hediondas. Perto do lugar onde uma manhã aparecera meio dessangrada, com seu vestido de gaze verde-limão, Natividade Fonseca, a Batedora.

O enterro de dom Alfredo foi testemunhado por muitos chapéus femininos, perfumes e ternos escuros. E o próprio dom Alfredo assistiu a ele exibindo no interior de seu caixão um impecável terno azul-marinho que sua mulher mandou confeccionar com toda urgência quando já estava morto. Dizem aqueles que o viram que tinha um meio sorriso, como se seus desejos acabassem de ser cumpridos e o tivessem vestido com um hábito de trapista ou assim que chegou ao além houvesse encontrado a Fonseca no meio de uma daquelas farras que o tornaram famoso em toda a cidade. Mas essa história, a da sua morte no meio dos caniços e seu funeral, aconteceu um pouco depois, quando aquele outono cheio de desastres já começava a ficar para trás.

Na realidade, a morte de dom Alfredo foi o arremate menor, quase simpático, daquilo que pouco antes haveria de acontecer àquele grupo de amigos. Uma conseqüência lógica de tudo o que fora gestado ao longo daquele verão recém-concluído e transtornara profundamente a vida dos Cebola. Porque enquanto dom Alfredo vagava pelo jardim com suas camisas de lenhador, dona Dolores, sua mulher, começou a tomar conta das finanças do marido. Compatibilizando a nova responsabilidade com suas visitas aos asilos, sacristias e conventos, encarregou-se de despachar com os antigos sócios de dom Alfredo que, assim como o desconsolado jardineiro, viam através da vidraça da cozinha como seu velho companheiro, transformado em zumbi, transitava sobre o leito de folhas enquanto eles bebiam as misturas de dona Dolores e aclaravam com ela o modo como deveriam resolver seus negócios, quase todos eles, de uma maneira ou outra, ilegais.

A matriarca dos Cebolas revelou-se uma sócia muito mais dura e minuciosa do que seu marido. Pelo visto, era implacável. Apoiava as mãos sobre a mesa da cozinha, fitava fixamente os olhos de seu interlocutor, dava ordens e pronunciava as palavras lenta e contundentemente. Dir-se-ia que a qualquer momento pegaria um daqueles charutos que os amigos de seu marido fumavam, morderia sua ponta e a cuspiria por um canto da boca, murmurando, ao mesmo tempo, obscenidades.

Mas de sua boca nunca saiu nada de obsceno, nem mesmo de seu cérebro, os dois convenientemente protegidos pelo modo simples, quase imperceptível, mas oportuno, com que dona Dolores se benzia. Mesmo assim, ninguém se atrevia a contradizê-la quando, por cima da fumaça dos ensopados, com os óculos embaçados de vapor, sentenciava, "É a última palavra, não quero falar mais do assunto", e, para abrir espaço para sua caçarola fervente, afastava da mesa o cotovelo de algum velho conselheiro, agente imobiliário ou importador de bebidas que ainda a contemplava cheio de incredulidade.

Sua filha Belita também mudara um pouco. Paco Frontão, talvez preocupado com as brincadeiras de seu pai com a pistola automática e o tempo que passava ao volante do Dodge, diminuíra sua pressão sobre ela. Quase nunca a insultava, e, embora Belita evitasse cruzar com o irmão no corredor ou na escada procurando se enfiar no primeiro aposento que encontrasse ou recuando sob o pretexto de ter esquecido algo, ela chegou a transitar pela casa sem sentir muito medo. Talvez tenha sido isso o que a fez florescer. Foi uma flor tardia e um pouco murcha, mas, ao descobrir seus próprios encantos, não hesitou em exibi-los ao mundo. Mudou de penteado e começou a usar vestidos insinuantes que talvez tenham levado Paco Frontão a refletir, convencendo-se, definitivamente, de que devia mudar de atitude em relação à irmã.

Belita acabara de descobrir suas tetas. Por sua idade, e inclusive por seu desenvolvimento, teria que tê-las descoberto há mais tempo. Fazia três ou quatro anos que Paco Frontão notara protuberâncias informes, que o deixaram ainda mais enfurecido, sob os vestidos felpudos e os suéteres demasiadamente grandes de sua irmã. Mas foi a partir daquele outono, depois que o calor já passara, que Belita começou a exibir decotes cada vez mais desproporcionais, sobretudo se se levasse em conta que os usava em reuniões familiares ou para ir ao supermercado.

As suas tetas eram pálidas, quase cadavéricas, e deviam ter mamilos um pouco tortos; pobres tetas que ficaram desorientadas por ter passado tanto tempo na penumbra e nunca conseguiram se adaptar à luz do dia por mais que sua dona as fosse exibindo ao longo dos anos nas praias nudistas de meio Mediterrâneo e em algumas um pouco menos permissivas do sul da Califórnia.

Seus olhos haviam ficado um pouco mais ovalados e também tinham um ar fúnebre e ao mesmo tempo provocador. Pareciam querer sair do rosto e olhavam tudo muito diretamente. Duas vezes por semana pedia dinheiro a sua mãe para ir ao cabeleireiro. Tinha os cabelos um pouco queimados. Mas sempre usava mechas de cor amarela queimada, um pouco armadas, mas perfeitamente penteadas. Cheguei a vê-la algumas vezes no caminho dos Ingleses, quando estava saindo carregado com minhas cautelas da casa de algum inadimplente. Não parecia uma vampira tampouco se tornara parecida com algumas das ex-amantes de dom Alfredo. Na sei se os vestidos de Belita eram mais baratos do que os daquelas mulheres, mas, como era adequado a sua beleza, eram menos alegres, mais murchos, e sua única sofisticação estava nos decotes em V, em forma de losango ou redondos, que conferiam aos seus peitos a qualidade de equilibristas audazes, sempre prestes a escapar do vestido e cair no abismo. Parecia uma monja indecente ou que tivesse ficado louca.

Meliveo, que esteve na casa acompanhando algumas daquelas reuniões familiares dos Cebolas, nos contou que os visitantes ficavam o tempo todo tentando controlar a vista. As irmãs e os cunhados de dona Dolores passavam a tarde obrigando-se a olhar para as molduras dos quadros e os tapetes bordados dos sofás para que seus olhos não se dirigissem, como joões-bobos indomáveis, ao centro daquele decote. Dona Dolores sempre estava alerta e dava um salto para arrebatar a cafeteira das mãos de Belita e impedir que se inclinasse para servir mais uma xícara aos visitantes. Ao que parece, a mãe de Paco Frontão sofria muito com as exibições da filha, mas de nada serviam seus protestos depois que os familiares haviam ido embora. Belita se justificava dizendo que gostava de ficar bem-arrumada. Quando os sócios de dom Alfredo estavam na casa, sua mãe a fechava em seus aposentos e trancava a porta por fora, com uma cadeira.

Dom Alfredo, por sua vez, se limitava a olhá-la com um certo tédio e desprezo. "As tetas de sua irmã não vêm ao caso", disse uma vez a Paco Frontão, talvez com a vã esperança de que seu filho interviesse no assunto. No entanto, Paco, que insultara e vexara sua irmã de todas as maneiras possíveis, nunca lhe disse nada sobre seus extemporâneos vestidos de festa e seus decotes. Talvez lhe parecesse que sua irmã entrara em outra dimensão, para ele incompreensível. "Não entendo minha irmã, essa mania repentina de exibir o bucho", foi o único comentário, feito a Antonio Meliveo, que se ouviu de sua parte.

O papel de Paco Frontão na família dos Cebolas também mudara ligeiramente desde que seu pai deixara de exercer o papel de líder provincial da Rápida. Não consentira em matricular-se na faculdade de direito e continuava desocupado, dormindo pelas manhãs até o meio-dia, lendo romances do Coiote ou levando a Corpo para jantar em restaurantes onde cruzava com algum amigo de dom Alfredo, sempre a espera de ser admitido nos negócios familiares. Mas tampouco respondia com virulência a seu pai quando este lhe insinuava que sua carreira de advogado era o maior sonho que tivera em sua vida. "Não como outros que tive, disparatados e estrambóticos. Um sonho que talvez ainda não seja impossível, embora eu não chegue a avistá-lo", dizia dom Alfredo com aquela voz que adquirira e que mais do que de ancião era de anciã, sentado em um dos bancos do jardim e afagando o dorso da mão do filho.

— Era a mão de um jacaré, toda cheia de escamas, pintas que não eram pintas e veias que pareciam corredores subterrâneos quase desabando — me diria certa vez Paco Frontão. — Mas aquela mão me enchia de ternura, embora repetisse, para meu íntimo, várias vezes Jacaré, jacaré, você vai morrer, jacaré.

Paco Frontão se calava ouvindo a voz aflautada e calma de seu pai, e observava sua mão com os óculos de sol postos para que o velho não adivinhasse seu pensamento. "E lhe peço outra coisa. Deixe-a. Deixe essa gente com quem anda. Seus amigos são seus amigos, e o tempo logo começará a afastá-los, eles irão se soltando de você como folhas." Pisava as folhas com suas babuchas velhas. "Mas deixe essa mulher, ela não te convém. É daquelas que não convêm a ninguém, e menos a você. Sei do que falo, sei o que digo. Deixe-a agora, logo. Deixe essa gente", e dom Alfredo ficava olhando os óculos de sol de seu filho, arquejando um pouco, cansado das recomendações que acabara de fazer, negando ainda com a cabeça e a papada, que também era nova e oscilava como um artefato que ainda não se sabe usar, com seu próprio ritmo, e ficava ali balançando um pouco, como uma criança adormecida, quando o próprio dom Alfredo já deixara de se mexer.

— Essa gente era a Corpo. Os demais, Miguelito e os outros, não o preocupavam, como se soubesse o que aconteceria. Mas ela sim. Um dia me disse que estava envenenada, que tinha que deixá-la antes que acabasse de me inocular todo seu veneno. Você não vê seu ferrão enfiado em seu corpo?, me perguntou, de verdade não o vê? Mas eu nunca vi nenhum ferrão, pelo contrário. Tudo ao contrário — Paco Frontão levantou então os olhos da mesa de mogno e do cálice de conhaque, talvez porque já estivesse vazio, e com um sorriso que era o contrário de um sorriso, me disse: — Quer saber de uma coisa? Muitas vezes pensei que a deixei por causa de meu pai. A Corpo. Tenho me lembrado muito dela. Não tive nenhum outro motivo. Eu a amava e a deixei. Não quis vê-la certo dia, nem no dia seguinte nem no outro. Não atendia ao telefone. Penso que jurei ao meu pai, em cima de seu ataúde, embora esteja pouco seguro de tê-lo feito. Ou que sua voz, perseguindo-me, Sei do que falo, sei o que digo, aquelas coisas que me dizia, me convenceu depois de morto. Foi certamente algo assim.

— Ontem vi o Capacete. Estava sentada perto da vidraça do Alho Vermelho e quase não a reconheci. Parecia um manequim em uma vitrine. Está com uma franja assim, como se o Capacete tivesse vindo para baixo.

— Deve ser um manequim antigo, daqueles que eram feitos com pedaços de outros manequins. Um larvário — o Babirrussa ficou olhando para Moratalla com seus olhos asiáticos, quase ofendido pelo que o outro acabara de dizer.

Mas Avelino Moratalla não se acovardou. Fizera três carambolas seguidas, recorde para o jogador de bilhar mais desajeitado da história do salão recreativo Ulibarri, e comentara naquela tarde duas vezes que o fato de ter começado a cursar o segundo ano do curso para perito industrial o colocava já no auge da carreira. Além do mais, estava deixando o bigode crescer e a cada meio minuto ia olhá-lo num espelho manchado, o da propaganda de um conhaque antigo que ficava ao lado das latrinas.

"Avelino, se seu bigode não crescer logo, passando o dia todo grudado aí você vai ficar cheirando a merda ao longo de dois anos", acabara de lhe dizer Miguelito. Moratalla não se importou com aquele comentário. Ao contrário, era quase um elogio. Mas não estava disposto a permitir que o Babirrussa o calasse daquela maneira.

— Se a única coisa de que você gosta é a Gorda da Calha é problema seu. Você nunca gostou mais de ninguém além dela, não é verdade? — fingiu surpreender-se Avelino. Virou-se para Miguelito e Paco Frontão e lhes perguntou com curiosidade: — Vocês o ouviram dizer alguma vez que gostava de alguma garota, de alguma além da Gorda?

Mas Miguelito Dávila se inclinava sobre a mesa de bilhar e olhava fixamente para as bolas. Paco Frontão observava como seu amigo apontava o taco. Ele também não parecia ter ouvido uma palavra do que os outros dois estavam dizendo. Na realidade, Moratalla falava para o Babirrussa, sentado no banco que havia ao lado da mesa, com os pés em cima do banco e o taco entre os joelhos apontando o teto.

— Você não viu o Capacete ultimamente? — Avelino continuava, perguntando ao vazio. Deixara de freqüentar a Academia Almi no início de setembro e mal via a Senhorita do Capacete Cartaginês. — Eu estou falando sério, ela está usando o Capacete de uma maneira um pouco diferente, um pouco de lado, não sei. E tem tetas. O que acontece é que sempre as têm muito escondidas pelas roupas que usa.

— Um manequim — o Babirrussa fingiu rir, apertando os sapatos rabiscados com a base do taco. — Uma pica.

— Eu estou dizendo a verdade — Avelino estava outra vez ao lado da porta do banheiro, escrutava aquela treva com forma de espelho. — Se ainda tocasse punheta, ontem teria batido uma pensando no Capacete.

— Você está parando? — lhe perguntou Paco Frontão, sem afastar a vista do pano verde, vendo as bolas correndo suavemente.

— Três dias sem tocá-la — Avelino levantava as mãos, como se alguém lhe apontasse uma arma, voltando da penumbra do banheiro. — Agora também tenho outras coisas em que pensar.

— Sim, em ver como chega ao equador ou ao paraguai de brochas como você — o Babirrussa continuava no banco, mas agora segurava o taco de bilhar pelo meio, como se fosse uma lança de batutsi.

— Vocês estão vendo? O que está acontecendo com esse cara?

— Perito industrial — disse o Babirrussa querendo insultar, com o sorriso e os olhos atravessados — Estudante.

— E você é o que, sucateiro?

Miguelito errou sua carambola. Protestou:

— Vamos, porra. Você, Avelino, cale-se imediatamente.

— É ele — protestou por sua vez Moratalla.

— Perito industrial! — repetiu do banco o Babirrussa.

— Babirrussa, vá se foder — mirou-o com uma expressão chorosa Miguelito.

— Equador do paraguai — disse ainda o Babirrussa.

Paco Frontão passava giz na ponta de seu taco, olhava a disposição das bolas. Podia-se ouvir o ruído da chuva lá fora. "Vai ser um outono chuvoso", dissera a voz empolada do Garganta na rádio. "Mas não se esqueçam, será o nosso outono." Paco Frontão soltou o giz. Parecia que ia inclinar-se sobre a mesa, mas, em vez de fazê-lo, olhou para Miguelito e perguntou:

— E você, Miguelito. Você gosta da Senhorita do Capacete Cartaginês?

O Babirrussa e Moratalla olharam para Miguelito.

— Por mais que eu goste ou deixe de gostar, estes dois não vão chegar a um acordo.

Paco Frontão continuou olhando-o, apoiado em seu taco de bilhar.

— Sim, mas você acha que ela é gostosa?

— O que está acontecendo? Você está com medo de tentar a carambola? Está cansado de jogar? — Miguelito sustentou seu olhar, quase sorrindo.

E o outro ficou imóvel ainda por alguns segundos, apoiado em seu taco, antes de inclinar-se sobre a mesa e golpear com suavidade a bola e responder em voz muito baixa:

— Não, não cansei de jogar.

Paco Frontão vira dois dias antes Miguelito perto da praça de Vasconia. Miguelito caminhava com passos curtos ao pé da Torre e às vezes dirigia a vista ao seu relógio e ao alto do edifício. Quando viu Paco Frontão se aproximar, quase lhe confessou a verdade, mas preferiu mentir. Tinha decidido acabar com a Senhorita. Contaria tudo a ele quando passasse um pouco de tempo, quando nada mais tivesse importância. Disse ao seu amigo que dom Matías Sierra, o dono da drogaria, o enviara para entregar uma encomenda, uma coisa urgente. "Não sabia que a drogaria aceitava encomendas, nem que você as entregasse." "Todas as tardes", respondeu-lhe Miguelito. E Paco Frontão alçou a vista e olhou para o alto da Torre, e depois para o rosto de Dávila. Ficou decepcionado porque Miguelito lhe perguntou um pouco forçadamente, quase como se fosse um estranho. "E você, o que está fazendo por aqui?". "Trouxe minha mãe", Paco Frontão apontou com a cabeça o Dodge estacionado na calçada da frente, como se o carro fosse de sua mãe: "Veio comprar papéis pintados." "Ah." Paco Frontão não lhe perguntou se queria que o levasse a algum lugar. Deixou que passassem alguns segundos, fez uma careta ambígua com sua cara de velho prematuro e virou-se depois de murmurar uma palavra de despedida.

— Aquela puta pelo menos podia ter lhe dado uma chave da casa para que a esperasse lá dentro, vendo a África ou a porra da

Bernarda. Não lhe restava nada mais do que exibir um cartaz dizendo que ia vê-la. Ficava ali parado na esquina, como um anúncio, naquele lugar onde não havia nada além de um jardinzinho e onde você podia ser visto por qualquer um que passasse a meio quilômetro — Paco Frontão continuava indignado, agora com a Senhorita do Capacete Cartaginês, quase 25 anos depois.

Mas talvez naquela época, naqueles dias chuvosos de outono, já nada importasse a Miguelito Dávila. Era verdade que decidira deixar definitivamente de visitar a Torre. E se ainda viu a Senhorita do Capacete Cartaginês duas ou três vezes depois de se reconciliar com Luli, foi precisamente, ou assim pelo menos ele pensava, para fortalecer aquela relação, para dar uma longa baforada de oxigênio que lhe permitisse correr, abandonar a Senhorita para sempre.

"Não ia para fodê-la. Não era mais isso. Ia para ouvir as coisas que me dizia depois que a fodia", confessou um pouco depois Miguelito a Paco Frontão. "E ela adivinhou. Adivinhou tudo, se é que não o sabia desde o começo."

Era verdade que a Senhorita do Capacete Cartaginês mudara ligeiramente de aspecto. Não usava o cabelo com a mesma rigidez de antes, talvez no lugar de um capacete cartaginês agora aquilo fosse um capacete romano. Continuava tendo a capota das pálpebras caída e sua boca estava sempre camuflada atrás daquela pasta de cor de berinjela que lhe cobria os lábios e com a qual impregnava a ponta de seus cigarros. Mas a maquilagem dos olhos e da cara era muito mais leve, assim como a rigidez do pescoço, que agora se mexia com suavidade, sem aquela antiga ancilose que lhe conferia uma aparência de animal imóvel, quase dissecado. Também sorria com mais naturalidade, sem parecer que suas bochechas e mesmo o nariz fossem cair no chão, derrubados pelo esforço.

A Senhorita adivinhou o que passava pela mente de Miguelito Dávila num dia em que Miguelito estava debruçado no terraço da Torre, com um cálice de vinho nas mãos. Estava se despedindo em silêncio daquela paisagem, e ela viu isso em seus olhos. Naquele olhar de nostalgia antecipada estavam escritas todas as palavras de despedida, e a Senhorita as leu com a mesma clareza com que a cada dia lia as frases absurdas dos manuais de datilografia da Academia Almi. Para confirmar aquilo que acabara de perceber, só precisou apontar a Miguelito o horizonte e anunciar-lhe como toda aquela paisagem mudava à luz da primavera. "Você verá no final da primavera. Quando estivermos aqui tendo a impressão de que o sol nunca vai se pôr." Miguelito levou mais um ou dois segundos do que o necessário para fixar suas pupilas em um ponto, para conter seu titubeio. Depois fez um gesto duvidosamente afirmativo e se virou para observar o horizonte, com o olhar da Senhorita em sua nuca.

Mas não importava o que a Senhorita tivesse lido ou adivinhado naquele dia na expressão de Miguelito. Não lhe disse nada. Roçou sua orelha com seus lábios e sua respiração e depois entraram no quarto. Talvez a Senhorita também concedesse a si mesma um novo prazo ou talvez tivesse um convencimento profundo de que era Miguelito quem devia estabelecer os tempos daquilo que ia acontecer. E assim a Senhorita do Capacete Cartaginês também colaborou para que os últimos dias daquele verão, já confundido com o outono, fossem aprazíveis, como se estivessem verdadeiramente chegando à margem do Tigre ou do Eufrates, à fronteira do paraíso.

A Senhorita do Capacete Cartaginês tampouco suspeitava que Miguelito voltara a ter problemas com seu único rim. E, por mais que lesse os olhares e adivinhasse o que ocultavam os pestanejos ou a falta deles, ela, procurando ir além das intenções e dos desejos que alentavam o coração de Miguelito, também não sabia o que ia acontecer.

Ao cabo, ela própria não passava de uma pequena parte daquela paisagem, uma árvore algo extravagante agitando os galhos ao compasso marcado pelo vento. Ela não era o vento, ela não era a luz tampouco a força que fazia mover o mundo inteiro. Ela também era erva estremecida pelo ar, folha ou pétala que a luz dota de uma cor ou outra e que o sol, a terra e seus minerais fazem crescer ou morrer. E como tal, débil apesar de suas intuições, frágil como mais adiante iria se ver, com aqueles lábios cobertos de berinjela que tanto asco provocavam no Babirrussa e com aqueles vestidos que não se sabia a que época, passada ou futura, da humanidade pertenciam, a Senhorita fez tudo o que lhe cabia para que o destino cumprisse escrupulosamente seus desígnios.

Num dia de chuva vi a Lana Turner do armazém. Vi-a com um lenço verde, talvez de seda falsa, na cabeça e um guarda-chuva que bamboleava ao vento. Caminhava depressa e com o olhar baixo. Sapatos muito usados. Era a Lana Turner dos filmes mais desgraçados, aquela que se veste às pressas para ir à rua porque lhe disseram que sua filha está no hospital ou porque ela mesma está tão cansada da vida que vai comprar um frasco de barbitúricos para se suicidar, tão distante daquela outra Lana Turner que usava aqueles incríveis suéteres prestes a gritar devido à pressão dos peitos. O outono chegara para aquela mulher, envolvera-a e trabalhava nela do mesmo modo que nas árvores e na própria terra. Escavava-a docemente, estremecia-a e a inundava.

Haviam me dito que agora quase não abria a velha biografia de John Davison Rockefeller. O velho Rocky dormia abandonado debaixo da caixa registradora, sobre um saco de farinha que, pouco a pouco, ia se apoderando, com seu musgo branco, do sorriso do grande homem de negócios fotografado na capa. O ruim é que aquele musgo parecia avançar sobre a pele da dona de O Sol Nasce Para Todos ao mesmo tempo em que ia tomando conta da capa do livro. De tal modo que, sob aquele lenço verde que vi, o antigo louro platinado ia sendo dominado por raízes brancas e pretas, como se fossem autênticas raízes de árvores ou plantas descuidadas que afloravam da terra em busca de um alimento que já não encontravam nela.

Na loja da Fina apareceriam cada vez mais raramente adolescentes atordoados que, com o pretexto de comprar um quilo de açúcar ou terem esquecido dois envelopes de açafrão, voltavam a entrar na fila dos clientes para observar um pouco mais a dona do estabelecimento. Não desfrutariam mais o olhar enturvado pelo lânguido cigarro pendurado nos lábios nem seus suéteres ao estilo de Hollywood, como se, em vez de dizer o preço de meio quilo de arroz ou de um pacote de biscoitos, aquela mulher, derretendo os adolescentes com o olhar, estivesse prestes a lhes propor tomar uma dose de bourbon enquanto roçava suas mãos com seus dedos de seda e depositava nelas as moedas do troco.

Não. A Lana Turner do armazém começara a parecer uma comerciante. Percebi isso não apenas em sua forma de caminhar e no modo um pouco descuidado como se vestia, mas no brilho apagado dos olhos, na expressão resignada que havia sob sua pele e que era tão contundente, tão inapagável como seu próprio esqueleto. Contudo, o que me deu mais tristeza ao vê-la naquela manhã um pouco chuvosa foi confirmar que ela estava acompanhada pelo antigo vendedor da Cola Cao. Era um homem magro, com a cara e as orelhas pontiagudas, um pouco parecido com as fotos de Manolete, mas ainda mais triste. A cara e as orelhas do ex-vendedor da Cola Cao também ficavam mais pontiagudas quando estava ao lado da ex-Lana Turner. Era a responsabilidade. A responsabilidade e o orgulho que o atazanavam e o transformavam praticamente em surdo-mudo.

Arias, que é assim que aquele homem se chamava, se aproximara cada vez mais da família Nunni, de tal modo que quase já pertencia a ela, embora não se soubesse muito bem qual era seu parentesco nem que vínculo o unia a Fina. No princípio, depois de seu reaparecimento após o acidente e da repentina partida do Gravata para o Japão, Arias foi pouco mais do que uma sombra. Uma sombra banguela que sempre escoltava o avô do Babirrussa e lhe dava conselhos sobre o negócio dos descascadores de batatas.

— Não sei, Montanhês, não sei por que você não investe nos descascadores. É um negócio redondo. O próprio futuro.

— Eu não sei falar muito bem em público. Na Cola Cao era diferente. O refrigerante se vendia sozinho. Com a pensão que vou receber e com as coisas do posto de gasolina e da comunidade tenho minha vida resolvida. Além do mais, minha bacia não está muito bem e não posso ficar muito tempo em pé. Sinto uma espécie de formigamento muito desagradável dentro do osso, como se tivesse um transistor no tutano. Um transistor que não funciona bem. E meu caráter mudou também pela coisa de não ter dentes — e o antigo vendedor ficava um pouco pensativo, vendo a melhor maneira de acrescentar: — Mas não me chamo Montanhês. Eu me chamo Arias.

— À merda com o Montanhês — protestava o velho. — É que você tem o mesmo rosto do Montanhês, meu amigo que mataram na guerra. Você, que merece toda minha consideração, vai me perdoar, mas é a cara dele. Ainda mais quando Montanhês estava morto do que quando estava vivo, Deus o tenha em sua glória.

Arias tomara as providências para que lhe fizessem uma dentadura. Fizera-o um dia depois de Fina ter consentido que a acompanhasse da loja até sua casa. Quando a ex-estrela do armazém lhe disse que sim, que se não tivesse coisa melhor a fazer podia caminhar ao seu lado, Arias sentiu que de novo caía no precipício, só que agora se tratava de um precipício esponjoso, com um cheiro cálido, como se o carro imaginário no qual despencava fosse esmagando em sua queda uma plantação de nardos e ervas aromáticas. O cheiro de Fina que Arias chegava a perceber vagamente ao caminhar ao seu lado no meio da noite. Um cheiro que devorava todas as palavras de Arias antes que saíssem de sua boca e o obrigava a um silêncio sublinhado pelo eco de seus passos, macios, quase andando pelo ar, e tensos, rotundos, penetrando até o centro da terra, os de Fina Nunni.

Depois de vários passeios semelhantes e da repetição dos olhares de cima abaixo e da batida seca que Fina, esbanjando os restos de Lana Turner que lhe restavam, dava na porta para despedi-lo ao chegar em casa, o antigo vendedor começou a sonhar com a dentadura já posta e a se ver dizendo coisas muito espirituosas. Imaginava seu sorriso aberto, cheio de dentes, e também imaginava o sorriso de Fina ouvindo-o, pedindo-lhe por favor que entrasse em sua casa, com uma daquelas pálpebras de veludo fechando-se em uma piscadela promissora. Mas os dentes não tornaram Arias mais espirituoso, e quando, uma noite, Fina convidou-o para entrar na casa, o fez sem vontade, atendendo a um pedido de seu pai. O velho queria consultar Arias — "Esse rapaz competente e com o dom da prudência" — sobre seu negócio com os descascadores de batatas.

Aquelas visitas se transformaram em hábito, e nas noites seguintes Arias entrava na casa e ia se sentar diretamente na poltrona que o pai de Fina lhe atribuíra. De relance, via Fina comer apaticamente, enquanto o velho Nunni o informava sobre os descascadores vendidos naquele dia e os projetos que tinha para o futuro. E depois, quando o avô do Babirrussa cochilava, ele ficava ali imóvel, observando com dissimulação a ex-Lana Turner do armazém, que olhava, distraída, a televisão com os pés em cima do sofá, fumando aborrecida ou também cabeceando. Nunca se despedia dele quando ia se deitar. A não ser que algum daqueles longos bocejos pudesse ser considerado uma saudação.

Mas Arias não se importava com aquele desprezo. A possibilidade de experimentar o desprezo pressupunha uma conquista. Estar ali, diante da foto emoldurada que haviam usado para que Fina, uma menina com cachos louros, anunciasse os Talcos Moreno Peralta, vendo o que ela jantava, cheirando de longe seu corpo ou ouvindo o ruído de sua tosse ou de sua roupa ao tirá-la do outro lado da porta para se enfiar na cama, o compensavam de seus silêncios, de ter de aturar os grunhidos e os insultos do velho quando o despertava para se despedir ou inclusive os olhares que Amadeo lhe lançava quando chegava da rua e o via sentado diante da televisão que piscava. "Outra vez aqui. Este merda já parece um móvel da casa", o Babirrussa dizia, não se sabia bem a quem, enquanto deixava a mobilete no vestíbulo e se sentava ao lado de Arias, mudando o canal da televisão com o único propósito de molestá-lo.

Arias só despertava entusiasmo no avô do Babirrussa. E mesmo assim esse entusiasmo foi diminuindo. "Que grande rapaz! Quando tiver dentes vai comer o mundo", dizia o velho no princípio. "O Montanhês podia falar melhor. Às vezes parece que foi raptado, que não está aqui, embora esteja ao seu lado. Como as estátuas. É verdade que há uma porcentagem de adormecimento", lhe concedia, passadas umas semanas, sua filha. "Mas foi ele quem me meteu nisso", sentenciava sempre o velho.

"Nisso" eram os descascadores de batatas, e, naquela época, os descascadores constituíam o centro da vida do velho. Na realidade, o foram até o final, os descascadores encheram de fantasia seus últimos dias na Terra. Parece que chegava a vender cinqüenta ou sessenta descascadores por dia, o que situava o avô do Babirrussa em uma dimensão financeira próxima do paraíso. Repetia continuamente que o patriarca dos Rockefeller começara como ambulante. Tinha isso sublinhado em uma fotocópia manuseada que tirara do livro de sua filha. Até perguntara em uma gráfica quanto lhe custaria confeccionar etiquetas de papelão em seu nome, DESCASCADOR DE BATATAS NUNNI, para substituir as originais e se sentir dono de uma patente. "Isso é o que tínhamos que ter feito na juventude, pelo menos eu. Trabalhar menos com o amoníaco e ter nos tornado donos de uma patente, ser alguém", dizia o velho a seu amigo Antúnez. "É curioso como às vezes o futuro nos chega", murmurava, pensativo, observando um daqueles descascadores em sua mão. "Eu achava que o meu futuro ia chegar com marcianos e foguetes espaciais e ele veio com um aparelho de descascar batatas."

Chegou a insinuar a sua filha que escrevesse ao Gravata para que o inquieto jornalista abrisse o mercado de descascadores no Japão. "Com a quantidade de japoneses que há! Noutro dia o Japão apareceu na televisão e quase não cabiam na rua." "Escreva você a sua nora em Londres, que ali também há muitos filhos-da-puta", respondeu-lhe Fina enquanto se penteava, sem sequer afastar a vista do espelho. Mas o avô do Babirrussa não desanimava. Enchia a cabeça de números, de rótulos com que pintaria a fachada de seu armazém de descascadores. Continuava lendo os jornais na parte traseira da casa, e agora que a lança batutsi de seu neto estava pendurada na palmeira e o Babirrussa já se cansara de jogar pedras nela, colocava sua poltrona desconjuntada com forro de veludo no meio do descampado, sem se importar que o vento do outono levasse metade das folhas daqueles jornais atrasados nem que Amadeo ficasse olhando-o fixamente de sua janela, com um olhar parecido ao que lhe dedicava em outros tempos, quando o via sair do banheiro com a braguilha aberta e seu pênis escuro brincando de vaivém.

Mas o outono, com seus ventos cinza e úmidos, também parecia ter se instalado dentro de Amadeo Nunni, o Babirrussa, sufocando-lhe as iras do verão. Deixara de perseguir o homem do terno de listras e guarda-chuva. Já não lançava sua mobilete a toda velocidade atrás do automóvel daquele sujeito que talvez se sentisse na alça de mira de algum louco. Pelo menos aparentemente a sua inquietação em relação ao pai diminuiu. Não perseguia o homem do terno listrado e quase não patrulhava seu antigo bairro. E se o fazia era mais para manter um hábito do que para levar a cabo alguma investigação. Não prestava atenção na forma de caminhar de seus supostos pais nem levava no bolso aquele pequeno espelho no qual comparava sua aparência com a de qualquer suspeito que pudesse ter fecundado sua mãe.

Tampouco olhava fixamente para as nuvens. Nem ia à fundição Cuevas atirar revistas no forno. Queimara todas e agora, quando ia ali vender algum cacareco encontrado nos desmontes da Granja Suárez ou algum pedaço de metal estranho, olhava o fogo com um pouco de desdém, como se estivesse diante de um velho conhecido com o qual tivesse compartilhado segredos e misérias em outros tempos. Qualquer um, salvo seu avô, que continuasse clamando que Amadeo era uma ameaça permanente, teria dito que o Babirrussa estava mais calmo. Talvez fosse porque ia ver com mais freqüência a Gorda da Calha.

A Gorda achara muita graça no fato de o Babirrussa ter tentado arrancar um olho de Picardi. Talvez pensasse que o fizera por ela, por ciúmes, e isso elevava a figura do Babirrussa diante da Gorda. Foram vistos um dia passando pelo bairro na mobilete dele. O Babirrussa dirigia muito sério, com seu gorro azul da Carpintaria Metálica Novales colocado ao revés e a Gorda sentada de lado na grade metálica, com as tetas balançando preguiçosamente por causa dos buracos. Algumas pessoas começaram a chamá-los de Romeu e Duas Julietas, por causa do volume dela. Na Calha já não havia filas para foder com a Gorda. Nos dias em que o Babirrussa ia vê-la, se dedicava inteiramente a ele. Só admitia ser fodida por algum mecânico da Oliveros pela manhã, ao passar na oficina na hora do lanche, quando os irmãos Oliveros saíam para fazer o desjejum. Então os mecânicos deitavam-na nos assentos traseiros de algum ônibus e se enfiavam dentro dela.

É verdade que a hora do desjejum e a Gorda se encontravam bastante naquelas oficinas, mas, fora isso, a Gorda da Calha se reservava para o Babirrussa, seu amante ciumento. Um dia levou-a a fundição Cuevas, para que visse o forno. Também lhe mostrou os descampados do Monte Pavero e os da Granja Suárez, aquela mina interminável de onde o Babirrussa não parava de extrair garrafas, bujões, bobinas de cobre e todo tipo de sucata.

Até chegou a perguntar a Miguelito pelo preço de alguns restaurantes e o que precisava fazer para rangar, se precisava telefonar antes e depositar dinheiro em alguma conta. Pensava em levar a Gorda para jantar. "Não agora", comentou diante do olhar mudo, mas muito atento, de Miguelito, "agora não, mas algum dia, alguma noite, talvez a leve e lhe dê um pouco de ração para que coma. Talvez, Miguelito, talvez eu a escove em um daqueles banheiros que Paco Frontão diz que há nesses lugares, cheios de vasinhos com flores e cheiro de merda perfumada."

Chegaram a dizer que o Babirrussa ia se casar com a Gorda, mas não é certo nem mesmo provável que isso tenha passado pela sua cabeça. Foi apenas um boato, possivelmente espalhado por algum dos mecânicos da Oliveros ou algum dos amantes frustrados que o Babirrussa substituíra com aquele direito quase exclusivo que durante aquela época teve sobre ela. Palavras. O Babirrussa nunca se casaria, nem com a Gorda da Calha nem com ninguém. E, pelo que se sabe, a única mulher com quem compartilhou sua vida durante um tempo foi aquela Ana dos olhos esbugalhados e claros que apareceu anos depois no bairro. Uma viciada em heroína pela qual o Babirrussa esteve profundamente apaixonado e que não tornou sua vida muito agradável.

Mas então, naquele outono de 23 anos atrás, quando eu vi numa manhã sua tia, a velha Lana Turner do armazém, com um lenço verde na cabeça e um guarda-chuva bamboleante, o Babirrussa estava longe de se casar com alguém. Então tudo estava distante, ou pelo menos era isso que parecia. Tudo estava calmo e teria sido possível dizer que Miguelito acertara seus vaticínios de felicidade ou algo parecido. Aquela era uma manhã de nuvens passageiras e um sol que, como o pênis do velho Nunni, brincava de vaivém entre a chuva e o algodão negro das nuvens.

Uma manhã nem triste nem alegre, dessas que ninguém guarda na memória e, se eu me recordo dela, é por causa da ternura que a tia de Amadeo Nunni, acompanhada pelo antigo vendedor da Cola Cao e dando passos curtos, com meias antigas, daquelas que tinham uma costura na parte traseira da perna, despertou em mim. Também usava sapatos de mulher antiga. Sapatos demasiadamente usados para alguém que quisesse continuar se parecendo com alguma atriz de Hollywood, e que, no fundo, não eram mais do que uma bandeira arriada.

Assim como as raízes brancas e pardas que afloravam sob a seda falsa do lenço, assim como o olhar baixo ou a presença daquele homem de rosto afilado. Pensei que éramos todos vendedores de coisas alheias, cobradores de inadimplentes. Trapeiros do tempo despencando lentamente por um abismo que às vezes, em sua carreira aloucada, cheirava a ervas aromáticas recém-cortadas e a nardos que alguém tivesse esquecido há muito tempo em uma gaveta.

As folhas esvoaçantes do outono corriam pela rua de dona Úrsula, pela rua Soliva e pelo caminho dos Ingleses como se o mundo inteiro quisesse se assemelhar ao jardim abandonado do pai de Paco Frontão. "Olhe quem somos", me disse uma noite Antonio Meliveo, olhando nosso reflexo nas vidraças do Alho Vermelho. Éramos dois pássaros diurnos voando no meio da noite. "Parece que fomos radiografados e toda essa gente está dentro de nós." No interior do bar, movendo-se sobre a imagem de Meliveo e a minha como se fossem fantasmas que habitassem nosso corpo, havia mulheres bem-vestidas, um pouco desabrigadas graças à temperatura agradável que reinava ali dentro, alguns homens elegantes e cheios de segurança que pediam bebidas ao barman Camacho sem nem sequer olhá-lo, acompanhando a conversa com seus amigos ou movendo no ar as mãos e seus relógios com pulseira metálica.

No início daquele outono, Meliveo e eu fomos algumas noites àquele bar. As pessoas que estavam ali nos olhavam como se ainda estivéssemos do outro lado da vidraça e não fôssemos mais do que reflexos estampados em um vidro que não lhes pertence.

Eu pensava na casa de Meliveo, na profissão de seu pai, ginecologista, e na carreira de economista de meu amigo, como se tudo aquilo fosse um passaporte para entrar ali. Mas esse salvo-conduto ficava invisível diante da japona velha que Meliveo gostava de usar e que provavelmente ainda escondia, em algum de seus bolsos, a foto da Fresca com seu biquíni vermelho e seus peitos esféricos.

Tampouco ajudava muito aquela japona que eu tirara do armário onde tinham ficado as coisas do meu pai depois de sua morte. Uma japona gasta que comecei a usar quando ainda fazia calor. Eu a vestia para ter um pouco mais de autoridade na hora de fazer minhas cobranças e porque, além do mais, fazia me sentir um pouco mais velho e até um pouco aventureiro, como se fosse o jornalista Augustín Rivera, o Gravata, que devia estar agora passeando seu paletó de espiguilha verde pelas ruas apinhadas do Japão em busca não se sabe de que estranhas notícias. Tampouco o tom de voz, alto e provocador, de Meliveo, ou meus sapatos velhos, cansados de andar por aqueles bairros intermináveis em busca de inadimplentes, levava o barman Camacho a nos atender com muita simpatia. Tratava-nos com a mesma indiferença com que era tratado pelo resto dos clientes. Mas gostávamos de ver aquelas mulheres que bebiam coquetéis sofisticados e, ao passar ao seu lado, sempre sem olhá-lo, deixavam uma esteira de perfumes desconhecidos.

Vi José Rubirosa ali algumas noites. Às vezes estava acompanhado de homens parecidos com ele e de mulheres que largavam descuidadamente seus abrigos com gola de leopardo sobre o encosto das poltronas e viravam o pescoço quando alguém lhes acendia o cigarro que acabavam de pendurar nos lábios. Em outras noites, Rubirosa aparecia com o anão Martínez, já exibindo sempre aquelas gravatas que quase chegavam aos seus joelhos. Eu os observava com desconfiança. Era a época em que me imaginava conversando com Miguelito Dávila. Rubirosa tinha o olhar turvo e dava sempre a sensação de que estava pensando em outra coisa; não importava se estivesse rindo ou falando com muita seriedade, ele estava procurando outras possibilidades, avaliando não se sabia o quê.

Quando Rafi Ayala chegou para seu mês de licença, era normal vê-los juntos no Alho Vermelho ou em qualquer outro lugar. Houve, inclusive, uma madrugada em que Rafi Ayala chegou a ser visto no bairro dirigindo o carro azul de Rubirosa, sentado ao seu lado e com o olhar vitorioso de álcool e de sonho. Paco Frontão me contou anos depois que no começo daquele mês de outubro, quando Miguelito e Luli tinham acabado de se reconciliar, Rafi Ayala e Miguelito se encontraram nos arredores da Cidade Desportiva e ficaram conversando sem muita tensão.

Foram ao bar de González Cortés e tomaram algumas cervejas juntos. Parece que Rafi não baixou em nenhum momento a guarda, mas chegaram a pilheriar, e Miguelito, sem colocar muito veneno em seu sorriso discreto, recordou os tempos em que Rafi esfolava gatos e brincava de faquir com sua pica. "Quando éramos amigos", recordou-lhe Rafi, olhando-o fixamente, com seu tique paralisado e a cabeça voltada um pouco para trás. "É isso, Rafi, quando éramos amigos ou meio amigos." Os dois se encararam por alguns instantes, Rafi com o tique já superado, esperando a próxima investida, e Miguelito sustentando seu olhar, os dois fazendo um leve e repetido gesto afirmativo. "É isso."

Separaram-se e não voltaram a se ver até a tarde em que se encontraram no Bucán, com Luli sentada entre o anão e Rubirosa. A tarde em que Rubirosa quebrou a garrafa de genebra na borda metálica do balcão e colocou a lasca de vidro no umbigo de Miguelito. Até aquele dia Rafi e Miguelito Dávila transitaram pelo bairro sem se encontrar, dobraram as mesmas esquinas, atravessaram as mesmas ruas e foram aos mesmos bares; até jogaram partidas de bilhar no salão recreativo Ulibarri no mesmo dia, mas sempre o fizeram com sincronia perfeita, abandonando qualquer desses lugares no momento exato em que o outro estava prestes a chegar.

Tudo foi calma naquela época. Até o sol apareceu para desmentir o Garganta e seu prognóstico de chuvas incessantes. Miguelito e seus amigos continuavam unidos, apesar dos estudos de Moratalla, das visitas constantes do Babirrussa à Gorda da Calha e da relação cada vez mais intensa de Paco Frontão e a Corpo. Eles pareciam estreitar cada vez mais seus laços ao mesmo tempo em que nós íamos nos dispersando dia a dia. González Cortés me escrevera. Falava da faculdade, das ruas e da gente de Madri e daquela antiga namorada, Lola Anasagasti, com quem se encontrara algumas vezes nas festas que seus companheiros de escola ofereciam. E tudo me soava distante, não apenas porque me falava de um mundo e de uma gente que desconhecia; o tom com que ele me escrevia também me soava alheio. Não parecia que eram cartas escritas por González Cortés. Tampouco que fossem dirigidas a mim. Mas era o que estava começando a acontecer com toda a minha vida.

Eu quase não ia ao bar de seu pai. Encontrava Luisito Sanjuán na rua, levando algum de seus gatos ou cachorros, que sempre tinham sarna e caruncho ou dor de dente, ao veterinário. Perguntava pela Gorda da Calha e se eu tinha namorada, falava-me apressadamente de alguma garota ou mulher mais velha com a qual pretendia se deitar e, depois de negar várias vezes com a cabeça e de repetir, "Que desastre, que desastre", seguia seu caminho, balançando fora de compasso suas gaiolas repletas de miados e enfermidades.

Visitava o Carne quase diariamente em seu quiosque e costumava ver Milagritos Doce nos arredores da pastelaria onde trabalhava, mas intuí que muito depressa também poderíamos começar a nos falar como se fôssemos estranhos. Uma noite o Carne e Milagritos marcaram com a gente no bar do pai de González Cortés e disseram que iam se casar naquela primavera. Houve risos. Outra vez champanhe. E a certa altura da noite vi todos os nossos rostos enfiados em uma fotografia, como se tivessem se passado muitos anos e eu houvesse encontrado aquela foto entre muitas outras do meu passado.

A recordação era tão clara como se tivéssemos, verdadeiramente, sido retratados dentro de uma cartolina e eu a tivesse tido em minhas mãos em muitas ocasiões. Milagritos Doce levanta com alegria uma taça de champanhe e olha com os olhos limpos para a câmara. Meliveo, quase deitado em uma daquelas cadeiras de madeira escura, faz uma pose de homem duro que observa de relance aquilo que acontece ao seu redor, enquanto Luisito Sanjuán, em pé ao seu lado, está quase em posição de sentido, talvez ironizando a seriedade de Meliveo e os risos dos demais. O Carne está segurando uma das mãos de Milagritos e olha para a frente. Eu sou uma silhueta borrada às suas costas, apenas um paletó gasto, mãos apoiadas no espaldar de uma cadeira. Ainda não saí das sombras. Ainda não tenho traços definidos, a paisagem da minha vida está se desenhando, sendo elaborada atrás daquele espelho no qual irei me olhar muitos anos depois para saber quem éramos, em que espelhos aparecia e o que havia dentro de mim. Como naquele tempo nas vidraças do Alho Vermelho, eu e Meliveo fizemos aquela noite em que alguns seres estranhos pareciam percorrer o interior do nosso corpo.

— Eu sempre soube disso na Nova Zelândia. Eu nasci para morrer de amor — a Senhorita do Capacete Cartaginês olhava Miguelito com um ar de timidez, com um sorriso frágil, desculpando-se por alguma coisa. — Os médicos certificarão outra coisa, mas eu morrerei de amor. Não se assuste — a Senhorita abriu o sorriso. — Será dentro de muito tempo, mas por essa razão. Eu soube disso ali, no meio daquele país, e voltei a sabê-lo quando vi você uma noite. Foi uma noite em que você não me viu. Uma noite em que você estava ali, sentado em um bar do caminho dos Ingleses. Não havia nenhuma paisagem de sonho, nenhuma miragem que pudesse me enganar como na Nova Zelândia. Era você, estava ali sentado, ao lado da estrada, diante de uma mesa de plástico. Vi como conversava com seus amigos, vi como conversava com ela, e soube. Não pense que estou louca. Nunca pense isso, jure, não pense — a Senhorita parou de falar por um instante e olhou para ele fixamente, deixando passar os segundos necessários para que o silêncio de Miguelito equivalesse a uma promessa. — Quando olhar para trás e me vir ali perdida no tempo, não acredite que fui enganada por fantasmas. Eu vi você, foi a única coisa que aconteceu. Vi. E soube.

Miguelito Dávila sustentava seu olhar. Nunca poderia ter imaginado que aquelas pálpebras lambuzadas de pintura fossem capazes de enternecer alguém. Olhou as marcas de batom na borda do copo que ela sustentava grudado no seu ventre, como se o copo fosse um animal frágil e com frio. Talvez sim, talvez estivesse louca. Miguelito lhe dissera um pouco antes que nunca mais iria vê-la. As máscaras penduradas nas paredes olhavam-nos fixamente, e embora pela sua expressão já parecessem saber de tudo o que ia acontecer, aguardavam as palavras com atenção.

— Soube que você estava com ela quando o conheci. E também soube que continuaria com ela, que continuará com ela um tempo. Sempre soube, quase nunca tive outra ilusão. Você é aquele que nunca soube de nada, Miguelito. Está vendo agora, pelo menos? Vê que nunca soube de nada?

— O que eu sou? Uma folha que o vento leva de um lado a outro? — simulou, um pouco desajeitado, um sorriso. — Você acha que não posso dar um passo por minha conta?

— Não — a Senhorita vesgueou um pouco, lambeu levemente o batom berinjela com a ponta da língua. — Exatamente o contrário. Você faz seu próprio caminho, é o único que está fazendo. É muito egoísta para ser uma folha ou dar importância ao vento. Você é uma árvore, cresce, procura o céu, mas não vê a si mesmo. Tem força, e é esperto, mas não pode crescer e ao mesmo tempo traçar o caminho do seu crescimento. Não. Você é feito de outra maneira. Procura a luz. Sobe. Com seus galhos mortos e seus brotos. Nunca chegará ao sol, mas seus braços têm de se sobressair acima do bosque. Em certos momentos, voltará a cabeça e olhará para sua própria sombra; só assim, vendo o desenho de sua sombra na terra, saberá qual é o seu caminho, só que então esse caminho já terá sido quase completamente percorrido. E nada importará. Mas você saberá. Saberá quem é e também saberá quem sou e por que está hoje aqui, por que sairá por aquela porta e nunca mais voltará. Saberá o que veio procurar aqui. Não meu corpo nem a costa da África que nunca se vê — a Senhorita do Capacete Cartaginês sorriu.

Miguelito a ouvia com uma expressão vazia no rosto. Não lhe importava aquela história florestal, as árvores e os bosques. Na realidade, não lhe importava nada do que a Senhorita pudesse dizer. Decidira na noite anterior, vendo Luli dançar no Bucán. A hora chegara. Os pés de Luli se moviam pela pista de dança fora das regras do tempo. O corpo de Luli tinha seu próprio ritmo, e ele ia seguir esse compasso. Não queria que nada se interpusesse entre ele e aquela pulsação que o chamava. Talvez a Senhorita o tivesse ajudado a iluminar um caminho, mas a força para atravessá-lo viria daquela mulher com corpo de adolescente que se mexia no meio da fumaça e da música do Bucán, girando entre os braços de seu antigo instrutor, avançando ao seu lado até o balcão do bar ao compasso da música, com os punhos lânguidos, como se os braços pertencessem a outro corpo, os dedos apontando a terra.

Tudo estava prestes a se renovar e a crescer entre Luli e ele. Beijara-a, voltara a abraçá-la sob os eucaliptos da Cidade Desportiva. Voltara a levá-la a sua casa; a bolsa de A Estrela Pontifícia ao pé da cômoda meio afundada e lamurienta se assemelhara à bandeira de uma conquista. O tempo chegaria e eles sairiam daquele aposento e daquela casa, daquele bairro e talvez daquela cidade. Viria o mundo, viriam os oceanos cruzados na metade da noite a bordo de um avião que os levaria para longe. A vida viria. Miguelito sentia que a acariciava, que estava ali, roçando-a com a ponta de seus dedos. Pensava, sim, que depois do purgatório sempre há um Paraíso à espera.

— O mundo tem uma forma estranha, como os galhos de uma árvore. Quando se cruzam, formam um labirinto. As árvores desnudas do outono naquele país. Na Nova Zelândia. Às vezes os via, os galhos, e pareciam gritos de socorro, gritos que saíam do interior de uma árvore, outras vezes esses mesmos galhos me enchiam de calma. Há árvores tão grandes que mal podem sustentar os galhos; eles descem até se apoiar na terra. Você não sabe se são árvores fortes, tão grandes, ou demasiadamente débeis. Ali aprendi a olhar o mundo. Sem essa parte da minha vida não teria podido vê-lo naquela noite — a Senhorita continuava olhando Miguelito com um sorriso um pouco apagado.

E ele, Miguelito, sem pensar, lhe perguntou pelo seu marido morto. Quis saber se era verdade que fora casada e se seu marido morrera, se suicidara na Nova Zelândia.

— Foi isso o que lhe contaram? É o que dizem por aí? Seus amigos... — o sorriso da Senhorita estava cheio de tristeza. — Não. Nunca fui casada. Ele não era meu marido — suspirou. Olhou o copo vazio que tinha entre as mãos. — Não foi um suicídio. Foi um acidente. Às vezes penso que aquilo aconteceu com outra pessoa, não comigo. Faz mil anos. Outras vezes me parece que aconteceu ontem, que continua acontecendo e que ainda estou ali, vendo seus pés nus. Só vi seus pés, quando o tiraram da água — calou-se por um momento. — Mas aquilo não existe mais. É o passado. Você não vai saber o que aconteceu nem quem ele era.

Miguelito baixou as pálpebras quando ela, depois de ficar com o olhar vazio vendo de novo aqueles pés mortos, levantou os olhos e se encontrou com seu olhar. O sorriso da Senhorita parecia agora mais alegre.

— Nunca quis nada de você, Miguel. Eu quero você. Mas

você está confuso e ainda não sabe o que estava procurando em mim. Você se engana se acredita que são as coisas que às vezes lhe digo. Sou o eco daquilo que quer ouvir, mas você não veio aqui na primeira vez para ouvir minhas palavras, tampouco nas outras vezes. Não se engane. Você veio por amor. Pelo meu amor, o que eu sinto por você. Atraído por essa força. Precisou de mim e talvez volte a precisar, porque eu te amo. Mas agora você parte e esse amor fica aqui. Não o acompanhará, você não voltará a senti-lo nunca.

A Senhorita do Capacete Cartaginês tocou suavemente um seio. Entre as sombras da tarde, seu penteado parecia normal, sem a rigidez antiga. Levantou as sobrancelhas. Miguelito viu o branco azulado de seus olhos, sentiu vontade de beijar-lhe o batom, voltar a perceber em seus lábios aquela pasta perfumada. Mas não se moveu, ela voltara a falar:

— *Lèvati siù, disse'l maestro, in piede: la via è lunga e'l cammino è malvagio.*

Miguelito olhou-a fixamente. Ela sorria. As nuvens, repentinamente aceleradas, se moveram rapidamente do outro lado da vidraça, se desfaziam muito velozmente para parecerem reais.

— Você não se lembra? Inferno, Canto 34. Último inferno.

Miguelito fez um gesto vagamente afirmativo. Ela sorria já quase abertamente. Repetiu no mesmo tom:

— Fique em pé: a estrada é longa e o caminho é mau.

Miguelito ficou ainda alguns segundos olhando-a. Virou a cabeça lentamente. As nuvens sossegavam. Ficou em pé e a olhou de cima, seu capacete, os lábios orgulhosos, as pálpebras e aquele copo na mão, um anel fazendo um ruído surdo contra o cristal.

— Adeus — disse ela.

Miguelito afirmou levemente com a cabeça:

— Sim.

Quando já estava na porta do salão, ouviu o anel arranhando levemente o cristal, e a voz da Senhorita lhe dizendo:

— Aconteça o que acontecer, nunca volte a esta casa. Nunca mais, Miguel.

Ele se deteve por um instante para ouvir aquelas palavras sem sequer virar a cabeça e depois continuou andando.

O anão, com seus olhos de veludo celeste, tinha um cotovelo apoiado no balcão. Ao entrar, Miguelito não se deu conta de que estava em pé em um tamborete, só viu a cor de seus olhos. Sua vista foi rapidamente até Luli. Mas sim, o anão Martínez estava em pé e apoiado no balcão do Bucán como um objeto estranho ou como um menino disforme que alguém tivesse abandonado ali. Rafi Ayala bebia um líquido escuro, e o vendedor Rubirosa mexia o pé acompanhando o ritmo de uma música frenética. Mas não havia nenhuma música. Só havia Luli. Estava em pé entre eles, com seus olhos avermelhados e um cigarro trêmulo entre os dedos. Debaixo da jaqueta de lã grossa ainda podia se ver sua malha de dança, uma vermelha-escura. "A estrada é longa e o caminho é mau."

Ao sair da casa da Senhorita do Capacete Cartaginês, Miguelito passara pelo salão recreativo Ulibarri e pelo Rei Pelé para ver se encontrava Paco Frontão. Não o viu e ficou no bar bebendo cerveja, conversou com o garçom e depois saiu caminhando lentamente para A Estrela Pontifícia. Caminhou um pouco pelos arredores da academia e da esquina onde sempre se encontravam, viu os companheiros de Luli saindo. Pensou que se atrasara no banho. Esperou. Depois se aproximou da porta e olhou para dentro. Acabou perguntando ao vigilante. O homem hesitou um momento, o suficiente para deixar registrada sua capacidade de observador, de cão de caça. Tinha vindo buscá-la assim que a aula começara. Um homem de paletó e gravata falara um momento com ela e depois tinham saído juntos. "Havia um carro azul na porta com outra pessoa dentro."

Miguelito nunca ficou sabendo como tudo acontecera. Se em algum dia anterior o haviam descoberto ao pé da Torre Vasconia e desde então ficaram atentos aos seus passos ou se simplesmente o haviam visto naquela tarde. Se acontecera quando ele chegava à Torre e haviam ido apressadamente buscar Luli para que ela mesma o visse sair do edifício ou se só a haviam levado ao Bucán e ali haviam lhe contado. Se além da verdade tinham inventado alguma coisa. Nunca soube, naquela noite não pôde falar com Luli. O anão o olhava muito sério, como se fosse uma rês que iriam sacrificar, e Rafi Ayala agitava tranqüilamente sua bebida, fazia soar contra o vidro os cubos de gelo enquanto Luli o mirava com uma expressão de indiferença, quase compassiva. Não lhe respondeu quando disse que queria falar com ela. Lágrimas surgiram em seus olhos e continuou calada, sem fazer nenhum gesto.

— Estas coisas devem ser pensadas antes. Agora o que se espera de você é que se comporte como um homem, se é que sabe o que é isso, porque a coisa não consiste em ir se enfiando na cama de qualquer uma. Explicaram-lhe mal. Mas já é tarde. Agora você já sabe — o pé do vendedor Rubirosa parara de balançar enquanto falava. Apontou com o queixo a porta da rua para Miguelito.

Luli soltou uma baforada de fumaça de seu cigarro e por um instante a pequena nuvem escondeu seu rosto. Naquela noite não havia dança no Bucán, o bar estava quase vazio. Um garçom se movia no fundo do balcão, procurando ficar o mais distante possível do grupo. Miguelito viu passar por uma porta do fundo o instrutor que fingia ser cubano, que o olhou de relance. Deu-se conta de que o outro já estava sabendo do que estava acontecendo.

— Aqui hoje não há ambiente, Miguelito, você está vendo — Rafi Ayala apontou com sua nuca o bar e esperou que o tique que levantava suas sobrancelhas passasse para falar de novo. — O melhor é que você faça o que lhe disseram. Vá embora, homem. Você não vê que aqui ninguém quer vê-lo?

— Vá e escreva suas poesias. Faça-o com boa caligrafia — José Rubirosa o olhava mal pestanejando.

Miguelito ainda deu um passo mais à frente. Já podia sentir o perfume ácido do vendedor. Viu entre os pés de Luli sua bolsa de A Estrela Pontifícia. Só então duvidou de sua força. Sentiu que o mundo era um trem em marcha e que ia muito depressa, que podia escapar-lhe. "Vi outra vez a bolsa na casa de minha mãe e o móvel velho no qual a apoiava como vermes muito pequenos saindo dos buracos das traças, e ao mesmo tempo me vi aqui, no hospital, dentro da sala de cirurgia, enquanto estavam me operando, quando me tiraram o rim", disse, dias depois, a Paco Frontão. Miguelito Dávila viu a si mesmo tombado na mesa de operação como se ele fosse um dos médicos que o estavam operando e viu aqueles vermes minúsculos saindo do móvel, mas procurou que nada alterasse seu rosto tampouco sua voz, que saiu suavemente de seu corpo.

— Venha comigo. Venha aqui, um momento, e eu lhe direi o que aconteceu. Venha.

Rafi Ayala abriu ainda mais seu sorriso, negou com a cabeça ao mesmo tempo em que murmurava o nome de Miguelito,

"Miguelito, Miguelito". O anão o olhava fixamente. Também olhava para Rubirosa.

— Venha.

Miguelito olhava o pescoço ainda ligeiramente bronzeado de Luli Gigante, o lugar onde talvez a beijara no último encontro, suas mãos, os dedos de adolescente com suas unhas redondas enturvadas pela fumaça do cigarro. Mirou o verde-escuro de seus olhos procurando que aquelas imagens que corriam velozmente por sua cabeça, janelas de um trem fulgurante e silencioso, acabassem de se afastar.

— Não sei o que lhe contaram. Vou dizer a verdade.

— Não se rebaixe, Miguelito, assim não. Parece mentira. Este não é o Miguelito que eu conhecia. Ele piorou muito — Rafi Ayala informou a Rubirosa. Depois continuou se dirigindo a Miguelito.

— Você se esqueceu de como as mulheres devem ser tratadas? Parece mentira, porra. Assim você não vai ganhar nada.

Luli olhou-o diretamente nos olhos por um instante e ele, fazendo um gesto com a cabeça, apontando a pista de dança abandonada, acrescentou:

— Venha.

Estendeu a mão para Luli, estava quase roçando seu braço.

— Não dê espetáculo. Faça-o por ela, não se comporte como um veado — o sorriso de Rubirosa ficou azedo.

Rafi Ayala se levantou do tamborete, continuou tendo aproximadamente a mesma estatura, mas seu corpo quase já roçava o de Miguelito. Sua testa estava a ponto de tocar o queixo de seu ex-amigo quando este finalmente estendeu a mão e segurou o braço de Luli. Miguelito mal se deu conta do movimento de Rubirosa, foi despistado pelo olhar do anão, um fulgor iluminando seus olhos excessivamente abertos. Quando ouviu o golpe contra a borda metálica do balcão já tinha a mão de

Rubirosa diante dele e o vidro rachado da garrafa de genebra, aquele gargalo partido colado na boca de seu estômago, roçando-lhe a camisa branca.

— Espete-o.

Miguelito contou a Paco Frontão que sentiu o hálito de Rafi Ayala dizendo a Rubirosa que o espetasse. Mas não sentiu nenhuma dor. Rubirosa deteve o movimento de sua mão.

— O que você quer? Que eu arranque a merda do rim que ainda lhe resta? — Rubirosa também ficara em pé, Miguelito não sabia quando.

Repentinamente tudo cheirava a genebra, o ar, o hálito de Rafi, e a roupa de todos. A bebida gotejava da mão de Rubirosa até o solo. Miguelito pensou que de um momento a outro aquele líquido incolor se tingiria com o vermelho de seu sangue, mas o vidro nem sequer rasgara sua camisa, apoiava-se contra ele exatamente do lado do umbigo.

— Dê a volta ou eu mato você, saco de merda — Rubirosa falava, mal abrindo a boca.

Miguelito olhou para o garçom, que continuava no fundo do recinto. Os olhos de Rubirosa. E então ela se mexeu.

— Deixe-o — a mão de Luli Gigante pousou docemente sobre a de Rubirosa, molhando-se de genebra, a pressão do vidro cedeu um pouco. Uma mancha vermelha, um círculo minúsculo de sangue apareceu na camisa de Miguelito. Luli olhou-o nos olhos. — Vá.

— Mais do que o hálito de Rafi, mais do que aquela espécie de sorriso louco na cara do anão Martínez e mais do que o olhar de Rubirosa, me doeu a mão dela na mão dele. Senti que não era a primeira vez que se tocavam e não soube mais quem enganava quem. E senti também que aquela era a forma que ela encontrara para fincar no fundo do meu estômago aquele pedaço de vidro ou outro ainda mais afiado. Fazer-me duvidar do passado e sobretudo fazer-me ver o futuro através daquele gesto, seus dedos de menina sobre as veias daquela mão. Nada valia mais a pena. Ela já estava no outro lado do mundo. Percebi. Embora fizesse um esforço, embora pudesse correr mais do que ninguém jamais correra e subir naquele trem, a vida já estava em outra parte, aquele era um trem cheio de fantasmas e de gente morta, e eu, eu tampouco tinha vida, me vi entrando no dia seguinte na drogaria e foi como se houvesse me visto cair no fundo de uma tumba, isso foi o que pensei, isso foi o que senti, que uma porta muito grande se fechava atrás de mim e me restava só o outro lado, e que tudo estava escuro nessa parte do mundo, confessou Miguelito Dávila a Paco Frontão numa tarde de tormenta na qual o céu se enegreceu de repente e a água ficou durante muito tempo açoitando com força os vidros do Hospital Civil.

E assim tudo acabou.

Miguelito Dávila saiu naquela noite do Bucán depois que Luli olhou para seu rosto e lhe disse Vá enquanto ainda sustentava em sua mão a mão e as veias do vendedor José Rubirosa. Era o outono da chuva, e Miguelito, nos dias que se seguiram, ligou muitas vezes para Luli Gigante. Às vezes ouvia sua respiração e sua voz dizendo "Alô", e o golpe seco do telefone ao ser desligado assim que reconhecia sua voz. Em outras ocasiões, foi o pai de Luli quem desligou o telefone. Ouvia, então, o eco de vozes, passos se aproximando por um corredor que ele imaginava escuro e o som do fone ao ser levantado de uma mesa para voltar a ser desligado.

Sentiu-se doente. Durante seis dias seguidos manchou a louça branca dos mictórios em sua casa, no Rei Pelé e no salão recreativo Ulibarri, e ficou pensando em ir ao médico. Estava pálido, mas resolveu esperar mais um pouco, tentar uma última vez falar com Luli, tentar recuperá-la e depois resolver todo o resto. Esqueceu a poesia. Não abriu o livro de Dante. Talvez também se sentisse traído nesse caso. Passeou várias vezes debaixo da chuva nos arredores da Torre Vasconia. Aquela cobertura. Não queria voltar a ver a Senhorita do Capacete Cartaginês, mas era um cachorro abandonado e percorria os lugares conhecidos. Sua mãe se preocupava com ele e ele sorria. Estou bem, trabalho mais do que nunca, pergunte a dom Matías, carrego caixas, confiro os pedidos, subo nas partes mais altas das estantes, pergunte-lhe, dizia a sua mãe. Sentia uma ternura nova por ela, algo que já não tinha nada a ver com o ressentimento nem com a piedade.

Nas manhãs em que chovia pouco, Luli Gigante passeava com seus livros, mas se limitava a fazer trajetos curtos. Preferia que Rubirosa a levasse a um lugar qualquer em seu carro, embora fosse apenas para ouvir uma voz que a tirasse da estreiteza daquele mundo. Não quis voltar ao Bucán. Nunca em sua vida voltou a pisar ali. Sabia que estaria para sempre flutuando ali no bar aquele cheiro de genebra derramada, o olhar de Miguelito e sua própria dor. Até mesmo anos depois, quando fecharam o bar e abriram em seu lugar uma loja de material de escritório, quando Luli Gigante passava diante de sua porta olhava para o outro lado e apertava a mão de algum de seus filhos, recordando aquela noite distante. Era algo parecido com a desolação dos náufragos, um barco que nunca chegara a lugar nenhum, as vidas tragadas pelo mar. A partir daquela noite, Luli só dançou em A Estrela Pontifícia, mas o fazia cinco vezes por semana, com duas sessões extras de reforço e ginástica. O instrutor Zaldívar a selecionara para dançar com ele num festival beneficente.

É provável que Luli tenha ido para a cama com Rubirosa naqueles dias. Mas o fez para tentar borrar os vestígios de Miguelito Dávila, para sentir que já não lhe pertencia ou talvez para saber que ela também o traía. Mas sentiu que na verdade estava enganando a si mesma. Ou pelo menos foi o que lhe disse a Corpo. Não tinha por que lhe mentir. "Se vou para a cama com ele, a quem estou enganando?", perguntou-se diante da Corpo em um daqueles passeios longos que davam pelo caminho dos Ingleses. Chorava. Não queria ver Paco Frontão, porque dizia que era como ver Miguelito. Quando Paco estava prestes a chegar, ela olhava o relógio com mostrador vermelho que Rubirosa lhe dera e se despedia da Corpo. Um dia o viu, viu Miguelito parado diante de sua casa. Grudou-se na janela, para que a reconhecesse através das cortininhas e deixou cair lentamente a persiana.

Luli Gigante queria que o tempo corresse e Rubirosa permitia. Rubirosa dizia que ia lhe dar a vida inteira, e ela gostava de ouvi-lo enquanto estavam no carro, enquanto jantavam em algum restaurante que lhe parecia luxuoso ou quando a deixava na porta de sua casa e se inclinava sobre ela para dizer que a amava e beijava seus lábios suavemente, como se faz com alguém que está adormecido. Um dia cruzaram com o Babirrussa. Rubirosa e ela estavam com o anão Martínez. Caminhavam pela calçada, talvez em direção ao carro dele, perto do bar do pai de González Cortés. O Babirrussa estava em sua mobilete com a Gorda da Calha e acreditou ver alguma expressão no rosto do anão. Talvez o anão tivesse, de fato, feito uma careta, algum comentário sobre o Babirrussa.

Amadeo Nunni parou o ciclomotor na esquina e disse à Gorda que o esperasse. Foi caminhando com muita calma até o grupo, que só reparou nele quando estava quase ao seu lado. Deve ter encontrado no trajeto da esquina até o grupo o pedaço de pau que usou para golpear o rosto do anão. A Gorda da Calha confessou à polícia que ele não levava nenhum pau quando a deixou ao lado da mobilete. Era a perna de uma cadeira antiga, uma perna fina, rococó barato, que devia ter saído de algum contêiner de entulhos, talvez de brinquedos de alguma criança. Foi melhor para todos que fosse uma perna pouco grossa, porque, caso contrário, o Babirrussa provavelmente teria matado o anão. De qualquer maneira, quebrou-lhe o nariz, mas os dois ou três dentes que caíram no chão com um som de pequenas bolas de gude teriam sido mais alguns e a mandíbula teria se quebrado em outros lugares.

Amadeo Nunni, o Babirrussa, não disse nada. Não gritou nem fez nenhuma ameaça. Manteve seu estilo habitual. Aproximou-se do grupo com o pedaço da cadeira oculto nas costas e quando estava ao lado do anão e viu aquela luz em seus olhos, aquela veadagem, aquela merda ambiciosa, como sempre Amadeo o chamava, golpeou-o com todas as suas forças. O Babirrussa usava seu gorro da Carpintaria Metálica Novales e pelo modo como golpeou o anão parecia que era um jogador de beisebol. Um bom batedor em pleno esforço e concentração. Empenhou-se a fundo. O terceiro golpe fez com que o pau se rachasse em dois. Uma farpa cortou sua bochecha direita, mas acabou salvando-o de uma fratura de crânio ou talvez até da morte.

Na verdade, Amadeo Nunni queria bater em Rubirosa e talvez também em Luli Gigante. Sabia que seu amigo Miguelito estava sofrendo por causa deles. O Babirrussa queria também espancar Rafi Ayala, que não estava ali. Essa gangue de escrotos, ele os chamava. Mas não lhe deram opção. Começou pelo anão devido à sua antiga aversão, mas a perna da cadeira não deu para mais. Tinha na mão apenas metade da perna de cadeira, desmantelada. A outra parte, um pouco mais grossa e igualmente imprestável, rodava pelo chão, com suas folhas de acanto manchadas de sangue. O anão caminhava pela calçada ziguezagueando, como se suas pilhas estivessem acabando. Também parecia estar perdendo a estabilidade e a vista. Acabou batendo contra a parede e depois contra um carro que estava mal estacionado. Pisou em seus próprios dentes.

José Rubirosa, recuperado da surpresa, atirou-se sobre o Babirrussa. Este o recebeu com dois golpes de caratê, um dos quais, que acertou o vendedor no pescoço e quase lhe quebra a traquéia, teria deixado orgulhoso o próprio Bruce Lee. O outro foi mais uma cotovelada nas costelas, uma coisa mais de brigão da periferia do que de técnica. Rubirosa sentiu as pancadas, doeram muito, mas o vendedor era mais forte e mais corpulento do que suas camisas folgadas e seus paletós elegantes permitiam adivinhar. Acabou agarrando seu oponente pelas costas, passou-lhe o braço pelo pescoço e apertou com força. Talvez o tivesse estrangulado se o pai de González Cortés e dois de seus fregueses não tivessem saído apressadamente do bar para separá-los. Alguém chamou a polícia.

O anão Martínez não parecia ter ficado apenas sem pilhas, mas ter tido seu mecanismo avariado. Depois de ter tropeçado na parede e no carro mal estacionado, caiu no chão e ficou ali tremendo um pouco. Parecia tiritar de frio. Primeiro chegou a polícia e em seguida a ambulância. E depois a Gorda da Calha, que, seguindo instruções do Babirrussa, ficara na esquina, de onde vira tudo. Só desobedeceu a Amadeo quando o tumulto de pessoas e uniformes impediu-a de acompanhar o desenvolvimento dos acontecimentos e o que poderia acontecer com o Babirrussa. Caminhando com a mobilete ao seu lado, chegou a tempo de ver simultaneamente o anão ser enfiado na ambulância e o Babirrussa na rádio patrulha. Mataram uma criança, ouviu um ancião dizer a outro. Vão dar o cu, foi o comentário dirigido pela Gorda em voz alta aos dois velhos; depois levantou o ciclomotor sobre o cavalete e começou a pedalar para dar a partida.

Luli Gigante chorava outra vez, e Rubirosa, agarrando um dos lados do próprio corpo e falando com a voz meio rachada por causa do golpe do Babirrussa na traquéia, tentava consolá-la. Amadeo Nunni deixou o anão alguns dias no hospital; conseguiu que passasse várias semanas com a boca costurada por arames e obrigou-o a carregar, pelo resto de sua vida não muito longa, vários dentes postiços que deixavam suas gengivas em chagas. Além disso, deixou-lhe uma cicatriz que dividiu em dois sua face esquerda. É possível que, apesar disso, o Babirrussa não tivesse atingido nenhum de seus objetivos com aquela gangue de escrotos, mas conseguiu pelo menos que Luli, no meio de seu pranto, rechaçasse com veemência o consolo do vendedor Rubirosa e o deixasse sozinho no meio da via pública, atendido por um médico jovem que ficou olhando aquela jovem atraente se afastar enquanto perguntava a Rubirosa pelas suas dores.

A Gorda da Calha percorreu alegre meia cidade na mobilete atrás da rádio-patrulha que levava o Babirrussa. Dava-lhe adeus com a mão quando paravam nos semáforos. Nos buracos, suas tetas quicavam. A ruptura entre Luli e Rubirosa durou apenas algumas horas. Ao final daquela tarde, ela o chamou pelo telefone e lhe disse que tudo fora uma questão de nervosismo. O sobressalto. Ele, com a voz quebrada pelo golpe do Babirrussa, voltou a lhe prometer a vida inteira. A Gorda quis entrar na delegacia e declarar que Amadeo Nunni não tentara matar nenhuma criança nem ninguém. Quando lhe perguntaram se o anão provocara o Babirrussa, ela se limitou a encolher os ombros e a assegurar que o anão era veado e queria mesmo era que Rubirosa lhe enfiasse a pica. Por isso usa gravatas, para agradá-lo, acrescentou. Nunca fui fodida por nenhum anão, nem por ninguém de gravata, e menos ainda por um anão de gravata. A Gorda da Calha riu da sua própria piada, mas os policiais não. Talvez tivessem pensado em prendê-la também. Lá fora caía uma chuva mansa, gotas finas que, pouco a pouco, iam desfazendo a serragem que o pai de González Cortés jogara na calçada sobre o sangue e os dentes do anão Martínez.

Ao longo dos três dias seguintes, vimos a Gorda da Calha percorrer as ruas montada na mobilete de Babirrussa. É a moto do meu namorado, disse aos mecânicos da Oliveros, ele está no cárcere. E eles lhe diziam, Sim, no cárcere? Que medo, enquanto se revezavam fodendo-a na hora do desjejum. Quando ficou sem gasolina e cansada de fazer seus percursos pedalando, levou a mobilete à casa de Amadeo. Naquele momento, suas tetas não estavam quicando e, embora não estivesse fazendo calor, suava, abria a boca, e ficava com uma expressão de dor semelhante àquela que exibia quando se deitava com alguém e começava a ter sua cadeia de orgasmos. O avô do Babirrussa limpou o barro do ciclomotor. Colocou-o no vestíbulo da casa e pôs um papel pardo sob o motor para que absorvesse as gotas de óleo. O avô do Babirrussa chamava a Gorda da Calha de Baleia. Disse mil vezes a sua filha Fina que a Baleia fodera os amortecedores da mobilete.

Talvez o avô do Babirrussa sonhasse que ele mesmo poderia ir de um lado a outro montado no ciclomotor do neto. Solucionar seus assuntos dos descascadores de batatas. Ir ao armazém pegar um novo pedido. Adicionar-lhe um cesto novo e colocar nele seus descascadores a caminho da rua Carretería. Voltar para casa com todo o material vendido, fazer suas conjecturas e depois sair do banheiro com a braguilha como lhe desse na veneta e roncar sem medo tudo o que sua garganta e seus pulmões dessem de si. O avô do Babirrussa queria que seu neto ficasse preso. No cárcere ou numa clínica psiquiátrica qualquer.

Tentou convencer sua filha e também a polícia. Já convencera seu amigo Antúnez, o mestre do salão Ulibarri, e alguns outros vizinhos. "Há animais que por melhores que sejam não podem ficar fora de uma jaula; para seu próprio bem, ficam melhor quando estão guardados", argumentava o velho. O antigo vendedor da Cola Cao não parava de se manifestar. Em parte lhe dava razão, mas acima de tudo não queria contradizer Fina, e ela achava que Amadeo precisava era de carinho e não que o prendessem em algum lugar.

A mãe do Babirrussa mandou três cartas seguidas e até prometeu que iria ver seu filho. Amava-o mais do que nada no mundo. "Pense você o que pense, eu o amo mais do que nada no mundo", escreveu na carta que dirigiu a sua cunhada Fina, a ex-Lana Turner. Essas cartas não exibiam nenhum beijo de batom, apenas algumas declarações de amor maternal e vários erros de ortografia.

Soltaram o Babirrussa depois de diversos interrogatórios e testes psicológicos. Haveria um julgamento e ali decidiriam o que fazer com ele. "Estou em liberdade condicional ou coisa parecida. Sou perigoso", o Babirrussa gostava de dizer com a testa apoiada na janela do Dodge branco de Paco Frontão. O carro apareceu outra vez no bairro, mas ocasionalmente. Agora, além dos quatro amigos, podia-se ver a Corpo em seu interior. Moratalla, que voltara a suas punhetas, continuava metendo a mão na junção dos assentos à procura de algum pêlo púbico que tivesse escapado de suas colheitas anteriores. Paco Frontão observava-o de esguelha pelo retrovisor, chateado com aquela busca, pensando que algum daqueles pêlos poderiam ser da Corpo. Não gostava que algo que pertencia a sua namorada fosse parar nas mãos daquele depravado. "É como se tocasse sua buceta a distância", confessou Paco Frontão a Miguelito, indignado.

O Babirrussa murmurava aquelas palavras sobre sua liberdade condicional e assoviava com a testa apoiada no vidro. Sem afastar os olhos do exterior, perguntava se um dia ele deixaria a Gorda da Calha subir no carro. Mas nem Paco nem ninguém lhe respondia, e ele continuava assoviando como o vento entre os eucaliptos da Cidade Desportiva. Algumas folhas caíam tão lentamente como o corpo de um afogado e o gramado ia se assemelhando a uma pequena selva, como o jardim de Paco Frontão, com suas cercas vivas não podadas e seus ciprestes despenteados. "Sou perigoso", murmurava o Babirrussa. Miguelito Dávila, pálido, ouvia-o sem olhá-lo, atentamente. Às vezes os dois caminhavam sozinhos pelo caminho dos Ingleses. Ficavam até tarde no Rei Pelé, falando muito pouco.

Miguelito continuava telefonando para Luli de todas as cabines telefônicas da cidade. Quando ia a caminho da drogaria, quando Paco Frontão se metia em uma partida muito disputada de carambolas no salão Ulibarri e ele precisava esperar sua vez ou quando paravam o carro e desciam para esticar as pernas e beber alguma coisa em algum bar das cercanias. Um dia Luli lhe disse que sim. Miguelito já ligava de forma rotineira, sabendo que não ia obter nada mais do que um rangido no fone e só ouviria a voz de Luli e sua respiração durante meio segundo. Mas um dia Luli Gigante ficou ao telefone e perguntou o que ele queria. Só vê-la, ele respondeu, desconcertado. Só vê-la um dia, repetiu. E ela lhe disse que sim. Um sopro de brisa entrou pela rua de dona Úrsula, que é onde ficava a cabine da qual Miguelito ligara naquela tarde. Um sopro de ar parecido com aquele que no verão trazia o cheiro dos jasmins.

O avô do Babirrussa apareceu cravado no chão como a borboleta de um colecionador. Estava sentado em sua poltrona de veludo vermelho e com a cabeça abaixada, mirando fixa e obrigatoriamente os sapatos. Tinha os olhos tão abertos que parecia que tinha acabado de engolir um ovo duro que ficara engasgado no meio da garganta. Tão espantado quanto, só que estava morto. Deixara o braço pendendo para fora da poltrona. A lança penetrara na parte posterior do pescoço, quase no centro da cruz formada pelos ombros e a coluna vertebral, e que no caso do avô do Babirrussa era uma cruz um tanto irregular, fabricada com troncos retorcidos pelos anos.

Depois de atravessar o pescoço, a lança traspassara limpamente seu punho direito e se fincara, finalmente, na terra fofa do descampado que havia atrás da casa da família Nunni. Era uma borboleta, ou pelo menos um inseto raro, o avô de Babirrussa ali fixado ao solo por uma lança batutsi fabricada com um pedaço de metal de fio duplo e um pau de vassoura untado com três vernizes diferentes, e que, além do mais, tinha outra peça metálica colocada na parte final do pau como contrapeso.

Aconteceu no mesmo dia em que Miguelito Dávila ficara de voltar a ver Luli Gigante. O velho foi encontrado pela Lana Turner do armazém e o vendedor da Cola Cao. Ela o avistara da janela da cozinha, mas daquela distância o avô do Babirrussa parecia inclinado sobre seus jornais. Estava lendo as páginas atrasadas de economia, imaginou sua filha. Não importava que fosse um dia desagradável. Ele gostava do ar livre. Só quando o tempo passou e Arias, o antigo vendedor da Cola Cao, chegou dizendo que o pai de Fina não comparecera a um encontro que tinham no armazém dos descascadores de batatas, a proprietária de O Sol Nasce Para Todos sentiu uma súbita preocupação.

Na realidade, foi algo mais do que uma preocupação. Foi um pressentimento. Um raio que atravessou sua cabeça de um lado a outro, como se ela também tivesse sido traspassada por uma lança e a luz do dia tivesse entrado no seu crânio pelos orifícios abertos pela arma. De fato, antes mesmo de ir espiar pela janela foi ao seu quarto à procura de um casaco. Tremia quando saiu do dormitório em direção à cozinha. Seu pai continuava ali, lendo ao pé da palmeira. Mas Fina Nunni sabia que não estava lendo. Algumas folhas de jornal voavam em círculo ao redor do velho. Eram corvos brancos.

A lança era um pobre mastro saindo das costas do avô de Babirrussa. Ele, um barco naufragado. Um barco de muito pouca cabotagem. E assim Fina e Arias foram vendo o velho de longe, enquanto se aproximavam pelo descampado naquele vento frio. A ex-Lana Turner do armazém não resistiu à visão. Na realidade, nem quis olhar. Adivinhou tudo com um simples golpe de vista. Abraçou Arias. Não se pode dizer que o pranto de Fina fosse de fato um pranto. Era o tremor que tivera em casa, só que bastante amplificado. Um tremor sem lágrimas que, unido ao seu cheiro corporal, aos restos de perfume e a um vago aroma de tabaco claro, farinha e talvez casca de limão, levaram o antigo vendedor da Cola Cao a ter uma tremenda ereção.

Era o primeiro abraço, o primeiro contato físico com a mulher de seus sonhos. E aquele homem já estava morto. Não podia fazer nada por ele. A cor da poltrona, que em algumas regiões escurecera bastante, dissimulava o sangue. Na terra, o sangue era uma espécie de mancha negra, assim como no paletó escuro do velho. Só na camisa, que parecia um babador de cor bordô, se evidenciava o drama. Ainda assim, as folhas voadoras dos jornais davam àquilo um ar entre festivo e sinistro, como também a música irregular, mas no fundo alegre, das folhas da palmeira sacudidas pelo vento. O resto do jornal que o avô do Babirrussa mantinha na mão direita, aquela que a lança atravessara na altura do punho, fazia um movimento de leque. Não sabia que seu pai tinha olhos claros, Arias pensou em comentar com a ex-Lana Turner, mas compreendeu que não era adequado falar daquelas duas esferas quase saltadas de suas órbitas, e só disse Que digno o sincipúcio.

Miguelito estava indo encontrar Luli. Vestia uma capa de chuva azul e uma camisa branca. A tarde caía e começava a chover suavemente. Fazia frio. A Lana Turner do armazém colocou uma manta em cima do pai, depois um impermeável. A lança impedia que o vestisse adequadamente, mas Arias aconselhou-a a não tocá-lo. Passado o leve desvario sobre o sincipúcio do velho, um desvario que não foi outra coisa que timidez, uma tentativa de desviar a atenção da firmeza da virilha, Arias se revelou um homem inteligente, capaz de solucionar qualquer problema relacionado à morte. Ele solucionava tudo — menos a própria morte — de uma maneira vital e dinâmica. Polícia, médicos forenses, atestados, serviços funerários e até religiosos. Conhecia o mundo das pompas fúnebres, dominava seus códigos. Era claro e direto, sabia o que queria, não hesitava. Se fosse tão desenvolto no mundo dos vivos, naquela época já estaria casado há algum tempo com Fina Nunni. E, quem sabe, talvez nada daquilo tivesse acontecido. Arias só prolongava suas conversas telefônicas um segundo a mais do que o necessário quando seu olhar se encontrava com o de Fina. Então lhe voltavam os eflúvios do abraço, o tremor que sentira grudado no seu corpo. Avaliava se os acontecimentos propiciariam uma nova oportunidade de abraçar a dona de O Sol Nasce Para Todos. Ela fumava diante dele com as pernas cruzadas e o olhar perdido. Não chorava e agora só tinha tremores.

Miguelito Dávila caminhava pensando que estava indo ao centro de sua vida. Do outro lado da cerca da Cidade Desportiva, o vento frio e a chuva açoitavam os eucaliptos. As árvores emitiam um murmúrio tumultuado, cada uma daqueles milhares de folhas sussurrava uma coisa diferente, suas vozes se cruzavam e eram incompreendidas no meio do vento. A tristeza estranhamente rejuvenescera Fina Nunni. Descontraíra seu cenho e iluminara seu olhar. Deixara o abrigo jogado nos ombros como se estivesse esperando alguém na gare de uma estação vazia. Mas nem um trem iria chegar mais à vida de Fina Nunni, a ex-Lana Turner do armazém. Se alguém a observasse direito, perceberia que os trens haviam saído da estação há muito tempo e ela ficara ali, olhando a linha vazia do horizonte, sem saber aonde ir ou, o que é pior, sem vontade de ir a lugar nenhum. Era o tempo das despedidas, e às vezes seu adeus era um sussurro, uma voz que murmurava "Como pôde fazer, como pôde fazer uma coisa dessas". Falava do Babirrussa, que naquele momento estava fodendo com a Gorda da Calha. "Meu menino", dizia a ex-Lana Turner, sem que ninguém soubesse se estava se referindo ao pai ou ao sobrinho.

A polícia perguntou por ele, mas ninguém sabia onde estava. Só a Gorda, que abria sua boca de dragão meigo e repetia seu apelido, "Babirrussa, Babirrussa", afogando-se, sabia onde estava. Quando foram encontrados naquela casa abandonada da Calha, seminus e iluminados por uma pequena fogueira, os policiais perguntaram ao Babirrussa que tipo de bicho ele era. Estava festejando a morte de seu avô? Seu assassinato? Mas o Babirrussa não sabia que seu avô tinha morrido. Ao sair de casa na primeira hora daquela tarde, deixara-o lendo seus jornais atrasados. Pensou que estava louco, ali ao ar livre com aquele vendaval, com o céu cinza e a ameaça de chuva. Também pensou que ia se resfriar e que naquela noite, além dos roncos, daquele arrastar de móveis que lhe saía da garganta, seria despertado pela tosse do velho. Mas aquilo não era motivo suficiente para matá-lo.

O avô do Babirrussa foi morto pelo vento, pelo ar que levava de um lado a outro aquelas nuvens baixas e agitava irregularmente as folhas da palmeira ferida. As nuvens nunca devolveram o pai de Amadeo Nunni ao planeta terra, se é que de fato alguma vez o haviam levado, mas foram elas que devolveram do céu a lança do Babirrussa. As nuvens empurraram o vento, o vento os galhos da palmeira e estes a lança que, finalmente, como uma enguia despertando do sono, se moveu entre os galhos que a prendiam, se deslocou alguns centímetros e mirou o avô do Babirrussa. Foi um giro suave, de apenas 15 graus. Mas aquilo foi suficiente para que sua longa ponta de fio duplo cabeceasse suavemente e depois de um cadenciado balanceio, impulsionada ao mesmo tempo pelo vento e pela lei da gravidade, se precipitasse naquele vazio de seis ou sete metros. A lança cortou em dois o suspiro do ar, entrou no pescoço do velho Nunni como se fosse uma alface partida, atravessou-lhe a mão sem que o velho soubesse o que estava acontecendo e foi se cravar com um som úmido, mas contundente, no solo. Naquele instante, quando a ponta da lança tocava a terra, segundo o informe posterior do médico forense, poderia se afirmar que o senhor Nunni estava morto.

Quando Miguelito Dávila estava chegando ao final do caminho dos Ingleses, gotas finas de chuva começaram a fazer desenhos, delicadas letras árabes, sobre sua capa de chuva azul. Miguelito ficou sabendo da morte do velho alguns dias depois. Perguntou muitas vezes pelo Babirrussa. Mas o Babirrussa e ele não voltariam a se ver.

Pensei nesta novela nos campos de Flandes. Caminhava por uma vereda estreita, perto de Mont Noir, uma vereda que também se chama caminho dos Ingleses e leva a um pequeno cemitério militar. São apenas cem túmulos de pedras brancas alinhadas sobre um pequeno prado verde, quase um pátio. Ao escalar um leve montículo, saindo da bruma que ao passar deixa entrever a autopista que vai de Lille a Dunkerque, pude ver a distância a torre da igreja de Méteren. A torre parecia fabricada com a mesma matéria da bruma, frágil e gasosa. Aquela paisagem era um quadro que nunca seria pintado. Pensei na minha própria vida e em quem eu era. Nos itinerários que haviam me trazido daquele distante caminho dos Ingleses da cidade em que nasci até este outro.

Pensei que talvez uma pessoa possa chegar ao lugar mais profundo dela mesma descrevendo o que os seus olhos viram em vez desse outro terreno, pantanoso e sempre iluminado por claro-escuros e penumbras em que vive nosso coração. E também nosso pensamento. Pensei que somos pouco mais do que a paisagem na qual transcorrem nossas vidas. Às minhas costas estavam as lápides dos soldados mortos. Nomes escritos sobre algumas pedras brancas que logo ninguém mais recordaria e só algum visitante perdido voltaria a pronunciar. Insígnias de um exército que certa vez foi vitorioso. Lembrei-me, inesperadamente, de Miguelito Dávila. Os nomes esquecidos, as pedras que afundam na água.

Meses antes, havia me encontrado em Málaga com Paco Frontão. Não nos víamos há quinze ou vinte anos. Conversamos em um terraço projetado sobre um jardim de onde subia o rumor animado da gente naquela espécie de recepção em que estávamos. Apesar de todas as mudanças, não foi difícil ver naquele homem de meia-idade e terno escuro o jovem desafiador e taciturno que andou em companhia da Corpo naquele verão. Reconheci algo obscuro e remoto de mim mesmo naquele olhar. De certo modo, era como estar diante de um espelho. O espelho de minha memória. Mas foi em Mont Noir, olhando aquele prado verde com o desenho da igreja ao fundo, que pensei ou senti que pintar uma paisagem, aquilo que temos diante de nós, é pintar um auto-retrato. E foi ali, observando o campanário da igreja de Méteren, que, sem saber por quê, assim como naquele outono distante imaginara a mim mesmo contando a Miguelito Dávila o que via nas casas das pessoas de quem pretendia cobrar umas miseráveis cautelas, que pensei nele, tanto tempo depois. Escrevi em um pequeno caderno algumas frases apressadas. "No centro das nossas vidas houve um verão. Um poeta que não escreveu nenhum verso, uma piscina de cujo trampolim saltava um anão com olhos de veludo e um homem que numa noite foi levado pelas nuvens. Os dias caíram sobre nós como árvores cansadas." E decidi que, ao voltar a Málaga, iria ver Paco Frontão.

Encontrei-me com ele pela primeira vez em sua banca de advogado. Embora no nosso primeiro encontro na recepção mal tivéssemos falado de Miguelito Dávila, Paco Frontão levou a essa primeira reunião os cadernos de seu velho amigo. Duas ou três cadernetas quadriculadas e com espiral de arame onde havia pequenos desenhos, algumas frases perdidas, versos da *Divina Comédia* e muitas páginas em branco. "Lembro dele todos os dias. A cada dia me acontece um momento em que me lembro dele", me disse sem mencionar o nome de Dávila, olhando as cadernetas que deixara sobre sua escrivaninha, perto de mim. O tempo trabalhara irregularmente aquela máscara de velho que Paco Frontão sempre pareceu usar colocada sobre o esqueleto. Às vezes parecia uma manifestação extemporânea do jovem que fora e no momento seguinte se manifestava o ancião que seria.

"Aquele vento matou um homem. Aquele vento matou muita gente, muitas coisas", me disse Paco Frontão. "Também matou uma parte de mim. Entendi que era um covarde, que nunca seria como aqueles homens que trabalhavam com meu pai, não os políticos que chegavam com seus modos mais ou menos educados, mas os outros, os que eu admirava, os de má reputação, os que entravam e saíam com meu pai do hotel ou os que, ainda pior, desapareciam para sempre e nunca mais se falava deles a não ser em voz baixa. Não sei se sou advogado para atender ao desejo do meu pai ou porque naquele dia me dei conta de que não serviria para outra coisa. Talvez meu pai o soubesse desde sempre e por isso me empurrava nessa direção. Aquele verão deixou cada um de nós em seu lugar, mostrou quem éramos." E assim, em voz baixa, começou a me falar daquele verão.

No terceiro ou quarto encontro me falou da tarde em que o avô do Babirrussa morreu, quando Miguelito ia pelo caminho dos Ingleses para encontrar Luli Gigante. "Naquele dia choveu muito. Era uma chuva constante, uniforme. Não sei onde você estava nem se ainda se lembra, mas eu sim. A chuva começou a cair com a última luz da tarde, era como se tivesse sido lançada lá de cima por uma máquina automática, e acho que ficou caindo com a mesma intensidade durante toda a noite, sem parar um segundo."

Miguelito Dávila pensava que caminhava para o coração de sua vida. E talvez fosse isso mesmo. Havia um carro parado na calçada, a água começava a descer pelo caminho dos Ingleses formando um rio frágil, de cor marrom, na beira das calçadas. O carro, embora estivesse parado, estava com o limpador do pára-brisa funcionando. O ruído da borracha contra o vidro parou quando Miguelito estava muito perto, tanto que já descera da calçada para margear o carro pela parte traseira. Um ônibus de Teatinos descia pela rua com as luzes acesas e Miguelito viu o rosto do chofer, também iluminado por uma luz estranha.

Sentiu o ruído do ônibus. Também o tremor do solo, a água esmagada pelos pneus e o som de uma porta de carro se abrindo. Virou-se e viu por alguns instantes no rosto do homem que descia do carro as feições do motorista do ônibus. Foi tudo muito rápido. Reconheceu Rubirosa e seu carro azul ao mesmo tempo. Assim que soube que o homem que acabara de descer do veículo parado na calçada era Rubirosa, no instante em que também ficou implícito que sua presença ali não era casual, ouviu um som às suas costas. Passos na água. Tentou se virar. Viu o rosto de Rafi Ayala molhado pela chuva, seu tique elevando suas sobrancelhas e seus olhos muito abertos. Miguelito Dávila já tinha o braço direito dobrado e preso nas costas. Rubirosa já abrira uma das portas traseiras do carro e Rafi o empurrava para dentro. O paraca caiu sobre ele, os dois de boca pra baixo, em cima do banco traseiro. Ouvia Rafi ofegando, sentiu seu hálito de álcool e de fruta, talvez maçã um pouco ácida, misturado com o cheiro da napa. Pensou que podia asfixiar-se, sua boca e seu nariz estavam esmagados contra o assento, e, embora a dor do braço aumentasse com o movimento, fez um giro brusco com o pescoço. Rafi aumentou mais sua pressão, Miguelito pensou que seu braço fora deslocado na altura do ombro e soube, por aquela força, pela violência de Rafi, que aquilo era sério, mas se sentiu aliviado, pôde aspirar uma baforada de ar. Agora, embora Rafi apertasse o queixo contra seu rosto e o arranhasse com a barba malfeita, embora Rubirosa dobrasse suas pernas para poder fechar a porta, podia respirar, e isso o encheu de felicidade por um instante.

"Foi assim, uma coisa parecida com a felicidade", disse a Paco Frontão. "Um instante de felicidade absoluta, tudo muito rápido, e depois a dor e a angústia. Só haviam passado alguns segundos e eu ainda sentia o ônibus de Teatinos retumbar se afastando." Rafi Ayala não dizia nenhuma palavra. Miguelito só ouvia sua respiração apressada e o ruído da chuva no teto do carro. A porta dianteira foi aberta, percebeu o peso de alguém que estava se sentando no assento do motorista e o estremecimento do motor ao dar a partida. Ao mesmo tempo o rádio foi ligado e uma música abafada pelas interferências invadiu o carro, que já estava em movimento.

Luli Gigante olhava seu relógio com mostrador vermelho sob a marquise de uma loja de móveis. Havia quadros de cavalos cavalgando pendurados em falsas paredes. Naquela manhã, Luli discutira com Rubirosa. Dissera-lhe que naquela tarde iria ver Miguelito, e Rubirosa, depois de passar um tempo em silêncio, envenenando-se lentamente, a tinha proibido. "Você não é meu dono. Não vai me dizer o que tenho de fazer só porque me paga umas aulas de dança. Eu nunca vou ter um dono, valho mais do que esse dinheiro que você paga pela academia. E eu quero vê-lo. Quero saber o que tem pra me dizer."

Acabaram se beijando, Rubirosa chegou até a fazer piada com o encontro de Luli e seu antigo namorado, mas quando a deixou na porta de sua casa, quando a viu se afastar a caminho do portão com aqueles passos lentos, o veneno voltou a circular em seu corpo. Dirigiu lentamente pelas ruas do bairro, tentando diluir a peçonha.

Miguelito percebia que o carro ganhava velocidade. Tentou girar a cabeça, ver Rafi, mas este apertou ainda mais seu braço. José Rubirosa se encontrara com Rafi Ayala e o anão Martínez perto do Rei Pelé. Ficou bebendo com eles. O anão, que ainda tinha os maxilares costurados com arame, bebia seus drinques com um canudo. Rubirosa só lhes falou depois da terceira ou quarta rodada do encontro de Luli com Miguelito. Foram ao Os 21, ao Picado e ao Abóbada. No julgamento que foi realizado meses depois, Rubirosa disse que foi Rafi quem mencionou primeiro a idéia de ir atrás de Miguelito. O anão não se lembrava. O anão garantiu que sempre achara que tudo não passava de uma piada. Riam. Os três riam pensando nas coisas que iam fazer com Miguelito, mas sabendo que era brincadeira. "Vamos cortar seus ovos, vamos metê-los no bolso da calça e depois vamos costurar o bolso." "Vamos também cortar sua pica. Que tenha de mijar como as vadias e que a mame." Beberam muito. O anão caiu do tamborete do Rei Pelé. Haviam voltado àquele bar, mas quase não falavam mais. Temeram que na queda a mandíbula do anão tivesse se desencaixado de novo, mas só deixaram escapar alguns monossílabos. Sentaram-no numa cadeira baixa. Rubirosa estava com os olhos semicerrados. Olhava torto. O anão foi para casa, mal podia andar. Rubirosa olhou várias vezes para o relógio que havia na parede sobre uma foto amarelada do Pão de Açúcar. Rafi Ayala acompanhou o movimento de seus olhos e ficaram por um momento se olhando. Saíram do bar antes que começasse a chover e subiram no carro. Não se sabe se conversaram no caminho, mas já não precisavam, sabiam aonde iam. Rubirosa atravessou o carro na calçada. Rafi desceu e ficou na calçada da frente, para o caso de Miguelito descer por aquele lado da rua. Ficou ali se molhando até que a figura de Miguelito surgiu ao longe.

"Só queríamos assustá-lo. Avisá-lo de que não devia se meter onde não era chamado. A menina já era coisa do José. E foi o que fizeram. Meteram um pouco de medo em seu corpo. Nada mais. Somos assim. O que acontece é que Miguelito, com tudo o que dizem, tem pouca resistência", foi dizendo o anão Martínez no dia seguinte pelo bairro. Presumia. "Eu não fui com eles porque estava mal, a bebida me caiu mal. Deve ter sido por ter bebido com a porra do canudo. Mas isso foi tudo, nada mais do que um aviso e uma brincadeira. Coisa de bêbados. Vocês não sabem o quanto bebemos. Quando José, eu e o Rafi estamos juntos, bebemos até desinfetante", o anão sorria entrecerrando seus olhos de veludo celeste, alisava a gravata sobre o peito com sua mão de criança deformada. Estava contente. "Me disseram que o Garganta vai me levar pra falar na rádio", brincava, e a cicatriz que o Babirrussa lhe fizera com a perna da cadeira, ainda arroxeada, quase azul, se curvava como um sorriso dentro do sorriso.

É possível que nem mesmo eles, nem Rubirosa nem Rafi, soubessem o que ia acontecer quando pegaram Miguelito. Rafi perguntou desconcertado a Rubirosa aonde iam. O outro não lhe respondeu. O carro dava muitas voltas, parava nos semáforos, Miguelito via faróis acesos e a chuva caindo iluminada sob seus fachos de luz, ainda amarela, quase laranja. Iam para a estrada dos Montes. Luli abandonara o lugar do encontro. Estava nos vestiários de A Estrela Pontifícia, sua japona de brim pendia de um cabide, prendia o cabelo na nunca, meticulosa, com o rosto impassível. Amadeo Nunni, o Babirrussa, comia sozinho em um calabouço de apenas cinco metros quadrados. Levantava-se e olhava pela janelinha da porta metálica. Observava os presos que estavam na cela da frente, ampla e gradeada. Um sujeito louro piscava-lhe um olho, outros comiam em silêncio. Estavam arrancando a lança do velho Nunni e os galhos da palmeira agitavam os braços loucamente sobre ele. Os buracos de seu tronco ferido começavam a se encher de água. A Lana Turner do armazém, com um lenço na cabeça, olhava seu pai, agora estendido numa maca. A água escorria por suas bochechas, mas Lana Turner não chorava, nem tremia, tinha os olhos brilhantes e continuava bela, com o sopro da juventude dominando pela última vez seu rosto. Um policial levava uma lanterna, e a poltrona de veludo, ao lado da palmeira, começava a se empapar de água, era negra na penumbra. A poltrona também parecia um cadáver, inchando-se, abandonado.

Não deram a Miguelito Dávila muitas oportunidades de se defender. Rafi Ayala era um especialista em matar gatos, animais indefesos. Talvez tivessem percorrido sete ou oito quilômetros da estrada dos Montes quando enfiaram o carro em uma vereda daquelas que são largas para evitar que o fogo de eventuais incêndios se propague. Avançaram entre os pinheiros. O desnível do terreno levava o corpo de Rafi a se movimentar em cima de Miguelito, torcendo ainda mais seu braço. Dávila se queixou. Rafi disse que se queixou três vezes, e que dizia Ai, como os veados. Devia ser mentira. O carro parou poucos minutos depois. "Aqui? Acho que a gente deve ir mais longe", protestou Ayala. "Tire-o do carro", ordenou Rubirosa, abrindo sua porta. A porta traseira pela qual haviam enfiado Miguelito também foi aberta. "Tire-o", a voz de Rubirosa estava distante, misturada com o ruído da chuva. Sentia-se o cheiro dos pinheiros molhados, da resina. "Este é um passeio de merda. Chame um táxi para ele, para que chegue antes em casa. Estamos perto. O que você vai fazer?" A única resposta era a da chuva. Sem soltar o braço de Miguelito, Rafi Ayala arrastou seu corpo, puxou-o para fora. Miguelito tentou se soltar. Rafi caiu sobre ele. É possível que nesse momento tivesse fraturado o braço, mas, apesar disso, Rafi, talvez para garantir seu domínio, talvez enfurecido pela tentativa do outro, mordeu Miguelito por cima da camisa, na junção do pescoço com o ombro. Mordeu com muita força, durante quinze ou vinte segundos. Estavam com as pernas para fora do carro, e os dois arranhavam o barro com os pés, faziam desenhos imprecisos. Miguelito voltou a ouvir a voz de José Rubirosa, agora dentro do carro, acima de sua cabeça e da de Rafi Ayala. "Tire-o." Finalmente, os dois, Rafi e Rubirosa, tiraram Miguelito do carro. A capa de chuva estava enrolada, e sentiu a água no rosto e também na camisa. Pensou que saía sangue de seu pescoço, da mordida, escorrendo pelas suas costas. Deu-se conta de que o rádio continuava funcionando. Os faróis também estavam acesos, iluminavam o caminho, os troncos e os galhos baixos dos pinheiros. Parecia que uma multidão se aproximava pela negrura do bosque, mas era apenas o ruído da chuva.

"Se um homem não sabe onde está não é um homem. Rubirosa me disse algo parecido. Foi aí que eu percebi de verdade que estavam bêbados. Se um homem não sabe onde está não é nada. E você é um merda, me dizia. Pareceu-me que era ele quem tinha medo. E se eu não tivesse visto aquele medo se manifestar, talvez agora não estivesse aqui, e não teria me acontecido nada, só a coisa do braço", disse Miguelito Dávila a Paco Frontão um par de dias depois. "Se eu não tivesse cheirado seu medo, medo não sei de quê, teria ficado quieto, teria deixado-os partir e não teria acontecido mais nada. Ou sim, porque Rafi estava como sempre nervoso, e o outro tinha medo das coisas que pensava que fosse capaz de me fazer." Dizem que no hospital Miguelito tinha um sorriso frágil. Seus olhos se mexiam mais do que sua boca.

Rubirosa olhou para Rafi Ayala, fez um gesto com a cabeça e se dirigiu à porta dianteira do carro. Ia entrar, mas Miguelito fez um movimento brusco e atravessou sua perna diante da porta. "Aonde você vai?", lhe perguntou. E foi nesse momento que Luli Gigante começou a dançar em A Estrela Pontifícia com sua malha bordô. Movia-se, alienada, ao lado dos outros bailarinos, até a parede esquerda da sala; todos avançavam em sincronia, uniformes, seus pés faziam uma cruz, um desenho geométrico no ar, e Rafi Ayala se aproximava de Miguelito Dávila, o poeta sem versos, o Louco, e o pegava pelo pescoço, os dedos de Amadeo Nunni no calabouço eram um animal na sombra, Me chamo Amadeo, Meu nome é Amadeo, Mataram meu pai numa noite de chuva, dizia a si mesmo o Babirrussa, e seu avô, coberto com uma manta, estava sendo tirado de casa por homens de cabelo molhado, e a palmeira ferida continuava esvoaçando seus galhos, preenchendo as lacunas provocadas pela lança com água e vento, e a poltrona era um altar no meio da noite, Me chamo Amadeo, Me chamo Amadeo, dizia com os lábios, sem pronunciar palavra, aos presos da outra cela, Rafi Ayala dobrava os joelhos de Miguelito, tentava derrubá-lo, e Rubirosa se agachava em busca de algo no barro, Paco Frontão unia seus lábios aos da Corpo e percebia seu cheiro dentro do Dodge branco, a pasta do batom em sua boca, havia trens na noite, janelas amarelas correndo na escuridão, Eu tenho uma flor que cresce no meu peito e você, você nunca quer vê-la, os lábios da Corpo roçavam os lábios de Paco Frontão, e uma mulher observava a escuridão do horizonte, dali não se via nenhum país, nenhum continente, apenas a noite e suas luzes e a mulher continuava falando, Eu tenho uma flor, e a chuva caía sobre ela, sobre sua camisa branca, quase transparente, Rubirosa pegou uma pedra e soltou-a na água turva de barro para pegar um galho, um pau, os corpos desmoronados de Rafi e Miguelito ao lado do carro, Meu pai vai matar todos vocês, agora o Babirrussa quase falava, quase pronunciava as palavras, muito lentamente, em voz muito baixa, olhando os presos da outra cela, Meu pai vai matá-los, e também se ouvia a chuva ali dentro, se ouvia golpeando janelas que o Babirrussa não sabia onde ficavam, a água batia contra o vidro e o aço das grades, descia pela parede, lambia o vidro e o cimento, Meu pai matará todos vocês, o Babirrussa olhava para as mãos, os dedos curtos, como se ali, em suas mãos, estivesse encerrada a morte, enquanto Avelino Moratalla se masturbava vendo na brancura dos azulejos o corpo de uma mulher que rebolava em cima de uma cama e dizia seu nome, Foda-me, Avelino, na solidão do banheiro, Foda-me, e do outro lado da porta se ouvia o ruído dos pratos na cozinha e a voz de sua mãe perguntando não se sabia o quê, Foda-me, o verão já era um túmulo, o verão era o trem, uma janela perdida na noite, ali estavam seus viajantes, habitantes de outro mundo, o corpo do velho Nunni cruzava a cidade, lento como a morte e o sol do verão, Meu pai vai matar todos vocês, o anão trepado no trampolim, sua figura diminuta pulando contra o sol e o ruído das árvores, e a Senhorita do Capacete Cartaginês repetia, debruçada no terraço da Torre Vasconia, o edifício do qual nunca se viu nenhum continente, só a miragem cinzenta do horizonte nos dias luminosos, Uma flor crescendo em meu peito e você tão longe, sem querer vê-la, sem saber que você era a raiz desta flor que cresce em mim e me quebra, você, a chuva deformando o Capacete de seu penteado e de seu nome, desenhando debaixo da camisa transparente de água os encaixes brancos do sutiã.

Assim corria o mundo e alguém, de uma janela do outro lado da rua, através da vidraça de A Estrela Pontifícia, observava a menina de malha bordô dançar acompanhando o compasso dos demais, havia em seus lábios uma música e uma oração, Deseje-me um arco-íris, deseje-me uma estrela, e embora seu ritmo fosse o mesmo que o da música e do resto dos corpos, seus movimentos pareciam mais lentos, ela também observava o horizonte, aquela vidraça da qual alguém a observava, os lábios e as línguas de Paco Frontão e da Corpo se misturavam, o hálito que ia de uma boca a outra e de um pulmão a outro, Foda-me, nas escadas vazias de minha casa também retumbava o eco da chuva e as vozes do mundo, a voz da rádio anunciando o fim das chuvas, a tosse de um enfermo e o eco de um riso, a mulher no banheiro tem a cara de Fina Nunni e depois a cara da Gorda da Calha e abria as pernas para Avelino, a cabeça de Miguelito estava debaixo do carro azul de Rubirosa, o corpo de Rafi estava sobre o seu, arrastavam-se lentamente, travados, e Rubirosa deu um golpe e o galho da árvore se partiu contra o metal do carro, Miguelito e Rafi faziam tanta força um sobre o outro que mal se moviam, ouviam-se os golpes e os arquejos e Miguelito ouviu palavras no som da chuva, Foda-me, você, puta, a mulher abrindo as pernas no azulejo branco, a fumaça na boca, e a solidão da cela, Se você viesse, o Babirrussa fechando os olhos e querendo ouvir o som do corpo estatelando-se contra o teto da delegacia, um homem caindo do céu entre as gotas de chuva, Meu pai nos matará, os eucaliptos da Cidade Desportiva deixavam suas folhas voar, a erva virava esponja, e na água turva da piscina as folhas afundavam como homens que submergem no labirinto dos pesadelos, o sêmen corria suavemente pela mão e pelos dedos de Avelino Moratalla e de sua boca se derramava em silêncio a saliva, o olhos da mulher, o mamilo e o frio do azulejo, beijando-o, beijando o azulejo com os lábios e a língua, Você, Você virá a mim e eu não estarei aqui, não estarei mais, a Senhorita se sentava em uma cadeira sob a chuva, a fumaça saía lentamente da boca da Lana Turner do armazém, fumava, e no silêncio se ouvia o rangido do tabaco ao ser queimado, e o homem da morte, o negociante das funerárias, o ex-vendedor da Cola Cao observava-a com a gabardina enrolada entre os braços esperando que ela se levantasse, nas dependências fúnebres, Um dia você me amará?, a Corpo perguntava na beira da ferrovia a Paco Frontão e ele sorria, fingindo indiferença, quase desprezo, escondia a suavidade de seu sentimentos e o silêncio queimava sua boca, girava a chave no contato do carro para afogar o que não queria dizer, Te amo, te amo desde o primeiro dia, e as luzes iluminavam a chuva e os trilhos do trem, como um rosto com os olhos fechados, como um morto, as vozes subiam outra vez pelo vão das escadas e teria desejado partir com elas, com qualquer mulher que subisse às escuras aqueles degraus que não levavam a lugar nenhum, refugiar-me com ela na penumbra daqueles quartos desconhecidos que havia sobre minha cabeça, por onde eu ouvia os passos da vida, subir com ela, com quem fosse, despir-me a seu lado e beijar uma boca sem nome, com minha pobreza e meu futuro, afundar em seu corpo como as gotas da chuva afundavam na superfície escura da piscina, Diga-me que nunca virá e saberei que está mentindo, Diga-me que nunca me esquecerá, diga-o em voz alta, diga-o e arranque de você e arranque de mim este veneno, ou não diga nada porque já está morto, sim, morto, porque eu era sua vida e agora você é apenas um corpo vazio, a camisa antiga da Senhorita do Capacete

Cartaginês grudava em seus peitos com a chuva e ela levantava o queixo orgulhosa e sorria com desprezo, a noite subia pelas escadas do mundo assim como o mar inunda o porão de um barco que afunda e Amadeo Nunni se encolhia na penumbra e se cobria com o cheiro de uma manta suja, com o cheiro de outros corpos, já sem dizer nenhum nome nem chamar seu pai, o som do golpe foi surdo, Rubirosa voltou a erguer o galho e a golpear Dávila, já quase em pé, o golpe no braço e Rafi capotando sobre ele, agora sim, derrubando-o com força, atirando-o contra o solo e ele batendo suas costas, na região lombar, caindo contra aquelas rochas salientes, o golpe teve o som de uma fruta arrebentada, e seu corpo se esvaziou de alento e o sangue se misturava na boca de Rafi Ayala com a água e a saliva, a voz de um policial no corredor dos calabouços, os passos e a chuva, através da vidraça de A Estrela Pontifícia se viam os bailarinos se movendo sem música, se adivinhava a música no movimento dos corpos, Luli se olhava no espelho, o carro branco de Pablo Frontão percorria as ruas da cidade, e a Corpo, resignada, tocando com seus dedos a perna dele, olhava a fuga das luzes e a escuridão das vitrines, Vamos embora, Rafi Ayala chutava o corpo no barro e Rubirosa, murmurando Vamos embora, subia no carro e dava partida, as árvores se moviam com a luz, o trampolim vazio na metade da noite era um monumento fúnebre, Luli mirava no espelho da sala de dança seus próprios olhos e queria continuar dançando, dançar dentro de seu corpo, mais além da música, Deseje-me um arco-íris, deseje-me uma estrela, dançar como a água nos charcos sendo água, o carro se movia com as portas abertas e fazia sulcos no barro, a fumaça branca, Rafi Ayala se aproximou da boca de Miguelito Dávila e disse umas palavras que Miguelito não chegou a entender, não se via os olhos na escuridão, então foi aí que o carro de Rubirosa se dirigiu à vereda larga antifogo e Rafi Ayala subiu com o carro andando e as árvores balançaram à luz dos faróis, pilotos vermelhos piscando pela vereda e depois só o rumor da chuva entre as árvores, os fios de água descendo pelas ladeiras e o vento, o vento correndo pela cidade, sacudindo as folhas da palmeira ferida, as persianas esvoaçantes da casa do morto, um mensageiro sem corpo, o vento sussurrando o nome de todos nós, chamando-nos como se fosse um sino agudo.

Miguelito Dávila ficou lentamente em pé no barro, recolheu sua capa de chuva e sabia que estava ferido, não podia mexer o braço direito, pensou que ainda ouvia o rádio do carro de Rubirosa, seu motor, mas era outra vez a chuva, seu pensamento ou talvez só a escuridão, os irmãos Moratalla comiam mansos, seu pai careca, inocente e só, e a mãe cruzava alegre o corredor, trazia comida, pratos fumegantes, e Avelino ainda pensava na mulher nua que o chamara do fundo dos azulejos, mais além do mundo, do fundo de si mesmo, Paco Frontão circulava sozinho em seu carro, olhava com os olhos perdidos o movimento do limpador de pára-brisa como antes olhara a Corpo afastar-se a caminho do portão de sua casa, triste sob a chuva, enfiavam o velho Nunni em um ataúde de mogno falso e algumas rosas pálidas começavam a apodrecer a seus pés, Miguelito caminhava pela vereda, entre as árvores, trilhava o espaço antifogo sem ânimo, Oh, amada do primeiro amante, oh, deusa, meu corpo gelado, aonde desemboca, O pão nosso de cada dia dai-nos hoje, misturava os verbos em sua cabeça e cada sílaba era um passo incerto, O pão nosso de cada dia dai-nos hoje, amada do primeiro Amante, a roupa molhada da Senhorita do Capacete Cartaginês caía aos seus pés nas louças geladas do banheiro, e seu corpo nu se refletia no espelho que havia diante dela, o musgo triste do púbis, os peitos celestes e as veias pálidas, um campo abandonado, Diga-me quem você é, quem foi agora que sei que já não está no mundo, agora que já não está em nenhum lugar, não existiu nunca, Miguel Dávila, nunca fora de mim.

E Miguelito caminhou sob as árvores da estrada, sem saber quanto tempo poderia se manter em pé, caminhou lentamente e um rio frágil de água turva descia pela estrada dos Montes e inundava seus pés, os tornozelos amolecidos, viu passar ao seu lado a luz dos carros, sua memória se tornou vaporosa, caminhava na escuridão e nos dias seguintes não conseguiu recordar com exatidão o que acontecera, só sabia que a noite fora longa e que no meio da bruma falou com alguém, recordava turvamente a figura de um homem recortada contra um foco de luz, talvez alguém que parara seu carro e se oferecia para levá-lo estrada abaixo, talvez nada além de um sonho ou um homem que lhe falava do portão de uma casa abandonada, nunca soube como chegou ao centro da cidade nem como escalou o caminho dos Ingleses. Tudo já havia acabado.

Tudo havia acabado. Só soubemos que perto do amanhecer encontraram seu corpo na escada de sua casa. Estava sentado, e o vizinho que o viu pensou primeiro que estava amarrando os sapatos ou recuperando-se de um enjôo; depois achou, simplesmente, que estava adormecido ou bêbado. Ainda tinha os cabelos molhados, dizem que tremia um pouco e murmurava alguma coisa. É possível que tenha chegado ali no meio da madrugada, exatamente quando, na escuridão de uma cela, Amadeo Nunni, o Babirrussa, observava a noite com os olhos abertos de ponta a ponta e pensava que os corpos eram ataúdes flutuando no rio dos sonhos. Quando o sangue de todos corria em silêncio pelo labirinto das veias, um caudal manso e escuro levando, como os rios do Babirrussa, o sonho e a casca adormecida dos cérebros, quando a água se infiltrava em todas as frestas da cidade e as rosas, todas as rosas cortadas do mundo, espalhavam lentamente pelo ar o cheiro suave de sua decomposição. Quando Luli Gingante apenas dançava no sonho dos espelhos, e só os galhos de uma palmeira ferida e as folhas dos eucaliptos voavam no ar, foi então que ele, Miguelito Dávila, estava se desaprumando ou caindo ou se sentando para descansar um instante naquela escada que nunca mais terminaria de subir.

Depois vieram os dias e todos foram chuvosos, por mais que o Garganta se empenhasse em dizer ao microfone da rádio que o sol ia brilhar e o mau tempo passara. "Depois continuaremos tendo um outono chuvoso, amigos do coração e do tempo, mas agora nos toca a doce recompensa do sol. Aproveitem seus raios, e como o céu, amigos do tempo, abram seus peitos para a luz. É nossa vida, é nosso tempo", dizia a voz no bar de González Cortés, no fundo dos corredores, nos rádios dos carros que transitavam sob a chuva. Embora naqueles dias as nuvens tenham se aberto em três ocasiões.

Uma delas foi para deixar que um sol débil acompanhasse o enterro do velho Nunni, que viajou dentro de seu ataúde com os buracos que uma lança batutsi fizera em sua nuca e no braço direito costurado com esmero e com meio corpo aberto e costurado de novo pelos pespontos mal traçados da autopsia. A mãe do Babirrussa veio de Londres. Chegou ao enterro com um perfume de rosas selvagens, salto agulha e o mulato Michael de guarda-costas. Foi, efetivamente, um enterro medianamente ensolarado. E os dentes do mulato Michael brilharam tanto como sua camisa branca e sua gravata azul-cobalto. Também compareceram o armazeneiro dos descascadores de batata, o mestre Antúnez do salão recreativo Ulibarri, dois companheiros da fábrica Amoníaco e um vizinho com gorro xadrez que empurrava a cadeira de rodas de dona Úrsula.

A partir daquele dia, começaram a chamar o antigo vendedor da Cola Cao de o Noivo da Morte, ou simplesmente o Legionário, pela sua competência em lidar com os rituais funerários. E também porque aquele foi o dia em que a Lana Turner do armazém agarrou pela primeira vez seu braço. Ele, com sua dentadura postiça, emitiu um sorriso frágil, uma imitação barata do sorriso esplendoroso que o mulato Michael exibira. Mas não havia possibilidade de competir. Seus dentes eram falsos, e o sol já começara a sumir quando Fina Nunni passou sua mão pálida pelo antebraço enlutado de Arias. Só as nuvens e a penumbra puderam abençoar aquela união.

Miguelito Dávila foi levado ao Hospital Civil por uma ambulância com vidros pintados de branco. Recuperara a consciência ao pé da escada e pôde ver, através de uma cruz vermelha descascada pintada na porta traseira, raios de sol que, ao atravessar a cruz, iluminavam a ambulância com uma luz rósea e um pouco irreal. Vomitou um pouco e estava meio desconcertado, mas sua mãe segurava sua mão e repetia em voz baixa seu nome. Também o tranqüilizava o tilintar de alguns instrumentos médicos que se sacudiam suavemente dentro de uma bandeja metálica, um vaso de vidro que deslizava nas curvas.

O primeiro a vê-lo no hospital foi Paco Frontão. Quando a notícia, ainda confusa, do que ocorrera começou a correr pelo bairro, misturada com a da morte do velho Nunni e às vezes confundindo episódios das duas desgraças, Paco Frontão já estava na porta do Hospital Civil com uma permissão de visita permanente que um dos amigos de seu pai conseguira. Ficou sentado à cabeceira da cama durante três dias, e quando Miguelito abria os olhos ele sempre estava ali, com seu ar distante e um sorriso dúbio na boca. Paco Frontão pensou que era covarde. Sentiu vergonha.

Os médicos conversavam com a mãe de Miguelito em voz baixa e às vezes faziam gestos negativos com a cabeça. A mãe de Miguelito tinha um lenço amarrotado entre os dedos e Paco Frontão percebeu que no rosa das unhas daquela mulher estavam surgindo ilhas brancas, quase amarelas, que mudavam de posição e tamanho, como barcos à deriva que navegassem pelo interior do corpo e em sua viagem errática cruzassem de vez em quando aquelas zonas transparentes. Miguelito pareceu recuperar-se na terceira manhã de sua chegada ao hospital. Levantou-se na cama e ficou brincando com dom Matías Sierra, o dono da drogaria. Disse-lhe que não ia mais descer as latas grandes de Titán Lux do alto das estantes, que começasse a procurar um aprendiz no Ginásio Pompéia. Mas, naquela tarde, quando o sol resolveu pela terceira vez naqueles dias atravessar as nuvens e mostrar-se timidamente, a mãe de Miguelito e Paco Frontão saíram do quarto por alguns minutos e ao voltar ele já não estava. Só havia um corpo delgado na cama, coberto por um lençol, e dois homens de rosto triste, e tudo, a cama e os homens, flutuava na luz transparente do meio da tarde.

Paco Frontão sentiu que uma parte de Miguelito passara para aqueles dois homens, alguma coisa de seu amigo flutuava dentro deles. Havia água nas ruas e nos vidros. Paco Frontão passou um longo tempo daquela noite no escritório de seu pai, sentado diante da escrivaninha. Ficou acariciando a pistola com muito cuidado. A Astra automática de dom Alfredo. Olhava a pistola como um adivinho olha o futuro dos outros, só que olhava o próprio futuro. Colocou e tirou várias vezes o carregador, mas sabia que nunca dispararia contra ninguém, que Rubirosa, Rafi e inclusive o anão Martínez nunca precisariam temê-lo. "Não foi ali que fiquei sabendo", me disse Paco Frontão numa daquelas conversas. "Eu soube desde sempre. No fundo, sempre me dissera que era um covarde. O que aconteceu naquela noite não foi mais do que uma confirmação, e eu tive que aceitar a verdade, parar de me enganar."

Rubirosa e o anão foram presos na porta do Alho Vermelho. Haviam bebido um pouco. O anão com seu canudo e Rubirosa com cuidado para evitar que um corte que tinha no lábio superior, que não sabia como fora feito na noite da surra, se abrisse. Do outro lado das vidraças, aquelas mulheres de olhos maquilados e pernas cruzadas viram-no subir na viatura da polícia. O anão olhou para o interior do bar com um sorriso orgulhoso e lhes mandou um beijo da palma da mão. Prometeu-lhes o futuro, mas o anão nunca em sua vida voltou a entrar naquele local. Rafi Ayala foi levado de manhã cedo por um carro militar. E Luli Gigante voltou durante aqueles dias a passear pelo bairro. Mas já não carregava livros nos braços. Agora abraçava a si mesma e sempre estava acompanhada pela Corpo. No dia em que o carro de Rubirosa ardeu, as duas passaram um tempo à beira daquela fogueira metálica. Vendo como os sonhos ardiam. Dizem que algumas lágrimas correram pelas faces de Luli. E que eram de cor laranja, como o resplendor das chamas.

Todos se lembraram do Babirrussa quando o carro do vendedor Rubirosa ardeu. Pensaram que poderia ter sido coisa dele. Mas o Babirrussa ainda estava encarcerado. Além do mais, qualquer um que tivesse conhecido medianamente o Babirrussa saberia que Amadeo Nunni teria queimado o carro com Rubirosa e o anão dentro. As pessoas do bairro acreditaram que fora uma desgraça a mais, um desastre menor que acompanhava tudo o que estava acontecendo. Não ocorreu a ninguém pensar que os irmãos Moratalla tivessem alguma coisa a ver com aquilo. Ninguém viu Avelino comprando naquela tarde dois litros de gasolina em Las Chapas e ninguém poderia ter imaginado a vocação e os conhecimentos piromaníacos de seu irmão menor. Ninguém se perguntava nada. Tudo acontecia depressa e uma notícia apagava a anterior. No fundo, havia certa alegria, certa euforia contida entre a vizinhança, que por uma vez na vida se sentia no centro de alguma coisa, protagonista coletiva dos rumores que corriam por meia cidade.

A cabeça da Senhorita do Capacete Cartaginês foi parar no balcão de uma vizinha de minha tia Antonia. Foi no bairro de Dos Hermanas, mas também se considerou como uma coisa própria, algo que de um modo sutil enaltecia cada um dos habitantes daquelas ruas apagadas pela chuva e o esquecimento. Disseram-nos que o corpo da Senhorita ficou intacto, com um terninho azul-celeste um pouco manchado de grama e fuligem e uma blusa branca, as mãos grudadas nos quadris em delicada posição de sentido e tombado ali, perto das vias. Mas a cabeça saiu a mil. Caiu dentro de uma floreira vazia e ficou ali, olhando para o céu, com a camada de maquilagem adornando de cor berinjela suas pálpebras e os olhos um pouco cerrados, como se o brilho das nuvens a molestasse. Seu penteado estava quase intacto, só um pouco amassado na parte de trás. Era o penteado de seus melhores tempos.

A Senhorita saíra de manhã muito cedo de sua casa, antes mesmo do amanhecer. Caminhou até aquele bairro distante e ficou na frente do trem que ia para Bobadilla. Ficou na beira da estrada e quando o trem estava a vinte metros deu um passo muito discreto e parou ali no meio, com sua bolsa e seu terninho. Não quis viver em um mundo em que não houvesse Miguelito. "Me junto a você. Se há outra vida, ficaremos olhando dali, juntos, a costa de todos os continentes, de todos os mundos", estava escrito em um bilhete, dentro de sua bolsa. A locomotiva centrifugou a Senhorita. Uma parte de seu corpo caiu para um lado, como se a roupa não tivesse um corpo, e a cabeça voou para outro lugar. Os bombeiros ficaram muito tempo procurando a cabeça e a vizinha da minha tia ficou observando as operações de busca, apoiada no parapeito de seu balcão do primeiro andar, sonolenta e com um penhoar verde acolchoado, muito mais despenteada do que a Senhorita do Capacete Cartaginês depois do atropelamento. Até que a vizinha virou-se para entrar em casa e viu a Senhorita colocada ali, olhando o movimento das nuvens, normal. "Como se fosse me dar bom dia", disse à minha tia Antonia enquanto bebia a infusão de tília que ela lhe preparara. "Parecia uma senhora. Não sei quando vou poder regar de novo os gerânios, dona Antonia. Aquela mulher vai estar sempre ali. Ela parecia ser a dona da casa." Os bombeiros levaram a cabeça numa caixa de papelão. Disseram-me que era a caixa de um ventilador.

A mãe do Babirrussa e o mulato foram visitar Amadeo. Tiraram-no do calabouço e o Babirrussa ficou um tempo sem falar, em uma sala pintada de cinza e mobiliada só com duas cadeiras. Ele já sabia a história de Miguelito. O mulato estava em pé e Amadeo sentado diante de sua mãe. Ela lhe perguntava se queria ir viver em Londres ou voltar a estudar alguma coisa e lhe dizia *my darling*, mas não se atrevia a passar a mão em sua testa, como, segundo contou sua cunhada, era seu desejo. O Babirrussa, sem responder, olhava fixamente os sapatos marrons e brancos do mulato Michael. Levantou a vista e perguntou quanto haviam custado. *Money*, disse. E o negro, como fazia com tudo, respondeu-lhe com um sorriso esplendoroso de seus dentes. Babirrussa abaixou a cabeça e sussurrou a sua mãe que não queria mais vê-la. "Nunca mais me mande cartas, nem me diga mais *darling* nem diga a ninguém que é minha mãe. Eu só vou contar a todo mundo que você morreu, não o que faz nem como é nem como cheira, apenas que se esvaiu em sangue quando eu nasci", disse Amadeo olhando de novo para os sapatos do mulato Michael.

"Chove. Chove, e a chuva nos leva à intimidade, à mão sobre a mão, ao coração ao lado do coração. Os céus choram por nós, conosco, queridos amigos das ondas e dos dias." A voz do Garganta também cruzou o ar mencionando a Senhorita do Capacete Cartaginês. Falou de um corpo de boneca na beira das vias, com sua cabecinha, como a das bonecas, colocada em outro lugar. Disse com sua voz melosa que a Senhorita viu, daquele arrabalde, a luz pálida do amanhecer e as nuvens que voltavam a surgir com esse dia, provavelmente carregado de chuvaradas irregulares. "Uma cabeça esquecida, um brinquedo nas mãos do azar, queridos amigos da meteorologia, esta ciência que às vezes também nos tinge de tristeza, como a vida desses pequenos brinquedos que somos todos, amigos do tempo, nas mãos de alguém que, não se esqueçam, se chama destino."

E foi assim. Essa é a paisagem daquele verão que, olhando para trás, eu vi quando estava diante da igreja de Méteren. A paisagem que foi se esfumando ao longo dos anos, e ali, nos campos de Flandes, recuperei de repente, envolta naquela neblina provocada pelo bafo do campo e a fumaça dos automóveis que iam pela auto-estrada de Lille a Dunkerque. Depois veio o tempo. Disseram que Rafi Ayala foi levado a uma fortaleza militar de Alicante. Não soubemos dele durante vários anos e, quando voltou a Málaga, era uma espécie de caricatura dele mesmo, falando sempre em voz muito alta e tentando controlar aqueles tiques que haviam se espalhado por toda sua cara. José Rubirosa, o arrogante vendedor de lingerie que um dia tivera um carro azul e olhos de alumínio, passou alguns meses no cárcere. Saiu dali dominado por uma profunda depressão e desapareceu para sempre do bairro.

O anão Martínez foi solto dois dias após ter sido preso. Embora continuasse ainda durante algum tempo usando aquelas gravatas que lhe chegavam bem abaixo da cintura, não se atreveu a voltar ao Alho Vermelho sem a companhia de Rubirosa e muito depressa voltamos a vê-lo debruçado na janela de sua casa, espiando o decote das transeuntes e cuspindo nos amigos. No verão seguinte continuava ali, com sua camiseta de alças e exibindo seus músculos de anão. Esqueceu para sempre as gravatas e Rubirosa. Continuou caminhando mais alguns verões sobre as águas da Cidade Desportiva, dando o salto do anjo do trampolim, com seu calção de criança e seus olhos de veludo. Morreu cedo e sozinho, como quase sempre morrem os anões.

Paco Frontão abandonou a Corpo e, atendendo aos desejos de seu falecido pai, foi estudar direito. Começou a se afastar rapidamente de seus amigos do bairro. Em algumas noites daquele inverno, ainda o viram perambular sozinho pelas ruas que rodeavam a casa da Corpo. Mas, finalmente, seguiu escrupulosamente os desígnios de dom Alfredo. Passou dois anos nos Estados Unidos e quando voltou tudo já mudara. Saudava as pessoas de longe, sem atravessar a calçada, seguindo seu caminho. Tinha medo de encontrar a Corpo ou saber dela, sentir um mal-estar no estômago só pelo fato de que alguém a mencionasse. "Vi o Babirrussa uma vez. Na verdade, o vi várias vezes, mas só falei com ele uma vez, no Rei Pelé. Já estava com aquela viciadinha e me fitava com os olhos atravessados, com os olhos de chinês que assumia quando não gostava das pessoas que tinha ao seu redor. Continuava na dele, recolhendo garrafas e ferros, mas já era outro. Não me deixou pagar as cervejas que havíamos tomado. Apontou-me a porta com os olhos e me olhou tranqüilo. Disse-me, Vá, e deixe-me convidá-lo, que isso me dá categoria, se o meu avô me visse, o seu menino Amadeo convidando um senhor advogado da América... Você se lembra do meu avô, não é, Paco? É aquele que o vento matou com minha lança de batutsi, o velho dos descascadores e das batatas", me contou Paco Frontão.

"Perdi a pista de Avelino Moratalla. Estivemos juntos algumas vezes depois da história de Miguelito. Ele foi esperar o Babirrussa com Lana Turner e o Legionário quando ficou esclarecido que não matara seu avô e resolveram soltá-lo. Moratalla falava muito daquele verão, um pouco como você, e fazia muitas conjecturas sobre o que teria acontecido se alguns dos fatores que confluíram naquela época tivessem sido outros. Se Babirrussa tivesse matado o anão Martínez com a perna da cadeira, se Miguelito não tivesse conhecido a Senhorita do Capacete Cartaginês, se ele, como tantas vezes, tivesse passado na noite da chuva pelo caminho dos Ingleses e houvesse visto Rubirosa e Rafi enfiando Miguelito no carro. Fazia variações aritméticas com a providência. Pelo visto era seu consolo. Depois começou a trabalhar em um banco e creio que se mudou para Talavera de la Reina, ou por ali. Enviou-me um cartão-postal nos dois primeiros Natais. Depois nunca mais soube dele. Não sei quais são as suas recordações daquele tempo. Deve se lembrar das suas punhetas, da coleção de pêlos que foi recolhendo no carro de meu pai?", Paco Frontão sorria, girando sobre a mesa de mogno de seu escritório seu copo de uísque, com os olhos azuis cravados nos círculos de umidade que ele ia espalhando pela madeira nobre.

Sim. A Gorda da Calha continuou fodendo nos assentos traseiros dos ônibus da Oliveros, nos descampados da Calha, nos apartamentos vazios onde os jovens acabavam suas festas fazendo fila para cair ajoelhados e bêbados entre suas pernas. Foi se entregando, nos hotéis pobres, nos muros da estação de trem, nas praias desertas, nos banheiros com cheiro de cânfora dos cinemas do bairro e nos furgões abandonados, a uma legião de corpos sem nome nem rosto, a Gorda da Calha, com seus peitos pálidos cheios de veias verdes, seu corpo volumoso de cadáver e seus olhos turvados por algo parecido com o desejo. Disseram que durante um tempo foi fiel a um mecânico da Oliveros, se apaixonou por ele e, ao ser abandonada, nunca voltou a foder com ninguém. Também disseram que uma doença venérea acabou com o fogo de seu sexo e transformou em melancolia a espontaneidade e a alegria de seu caráter. Ainda se pode vê-la avantajada e triste nos arredores da Rosaleda, estacionando carros ou exercendo esporadicamente a prostituição no leito do rio.

O louro platinado desapareceu para sempre da cabeça e da alma da Lana Turner do armazém, sua biografia de John Davison Rockefeller acabou ficando cheia de pulgas em uma gaveta úmida de sua loja. Luli Gigante jamais saiu do bairro. Seus sonhos acabaram na fronteira do caminho dos Ingleses. Ali o mundo acabou para ela. Não dançou no palco de nenhuma cidade distante e nenhum jornalista de alguma revista ou jornal jamais quis fotografá-la. Abandonou as aulas de A Estrela Pontifícia, e, embora naquele inverno ainda tivesse dançado no Bucán e talvez tenha tido um romance com o falso cubano que fazia o papel de instrutor, casou-se jovem com um policial municipal, alto e nervoso, que lhe deu três filhos e uma vida triste. Em sua biografia não houve outro néon além de seus sonhos juvenis.

Para orgulho de seu pai, González Cortés cruzou muitas vezes o desfiladeiro de Despeñaperros. Voltou com seu sorriso de sempre e durante algumas férias, às escondidas do pai, usou de novo seu avental de garçom e serviu algumas mesas. Mas o bar deixou de ser o lar daqueles corações solitários que nós fomos durante aquela época. Nunca, a partir daquele outono, a vida voltou a ser a vida. Bebemos juntos naquele Natal, olhamos para trás, para o ano que se perdia às nossas costas. Ainda não tínhamos a perspectiva do tempo nem sabíamos nada a respeito de nós mesmos, mas intuíamos que o porvir estava traçado. Milagritos Doce e o Carne se casaram, Meliveo deixou de construir motocicletas com restos de outras máquinas, rasgou em mil pedaços a fotografia, as tetas redondas, de María José, a Fresca, e abandonou sua carreira de economista para virar engolidor de fogo, ator de teatro, pianista de casas noturnas e compositor. Luisito Sanjuán continuou perseguindo mulheres, passeando gatos com caruncho e sarna, cães mancos e algum esquilo asmático. A voz de Garganta, "Amigos do tempo, queridos amigos da amizade e das ondas mais íntimas, deste mundo invisível, porém sólido e cálido que é a rádio", continuou apregoando os informes do tempo com sua voz melosa e monocórdia, com suas fotografias pregadas na parede de seu estúdio de rádio, posando com seu paletó negro e suas camisas de cor verde-maçã ao lado das efêmeras celebridades que de vez em quando passavam pelos microfones daquela emissora local, prevendo durante milhares de dias a mudança dos céus, a possibilidade de uma tormenta ou anos de seca, e cada um foi seguindo a esteira que já tinha sido estabelecida por aquele verão, por aquela paisagem que vi do Mont Noir e na qual cada um de nós estava retratado no perfil suave das árvores ou no desenho de nuvens que se perdiam ao longe. Ali ao fundo ficava, para sempre, aquele carro de cor morango e creme circulando pelas ruas do bairro e do qual assomavam os vestidos alegres e as madeixas das amantes de dom Alfredo. Ali ficava a história daquele homem que foi levado numa madrugada pelas nuvens, a loucura de um poeta que teve seu rim direito jogado na lata de dejetos e o ritmo lento de Luli Gigante, a bailarina sem futuro que numa noite de chuva espiei através dos vidros de A Estrela Pontifícia e carregava no ritmo de seu corpo adolescente toda a cadência, toda a fúria do mundo.

Este livro foi composto na tipologia Electra LH Regular,
em corpo 11/15,5, e impresso em papel off-white 80g/m²
no Sistema Cameron da Divisão Gráfica
da Distribuidora Record.